文学理论教程

主　编　李西建
副主编　王　刚　权雅宁
编　者　（以章节编写顺序为序）
　　　　王　刚　朱　云　刘　欣　席忍学
　　　　王保中　权雅宁　徐向阳　徐军义
　　　　杨静涛　强东红　刘　鑫　房玉柱
　　　　安　博

陕西师范大学出版总社

图书代号　　JC17N0896

图书在版编目(CIP)数据

文学理论教程／李西建主编．—西安：陕西师范大学出版总社有限公司，2017.8
ISBN 978-7-5613-9413-7

Ⅰ．①文… Ⅱ．①李… Ⅲ．①文学理论—高等学校—教材 Ⅳ．①I0

中国版本图书馆 CIP 数据核字(2017)第 168059 号

文学理论教程

李西建　主编

责任编辑	牛金鹏　高　鹏
责任校对	高　鹏
封面设计	泯林品牌设计
出版发行	陕西师范大学出版总社
	(西安市长安南路199号　邮编 710062)
网　　址	http://www.snupg.com
经　　销	新华书店
印　　刷	陕西省富平县万象印务有限公司
开　　本	787mm×1092mm　1/16
印　　张	13.75
字　　数	301 千
版　　次	2017 年 8 月第 1 版
印　　次	2017 年 8 月第 1 次印刷
书　　号	ISBN 978-7-5613-9413-7
定　　价	35.00 元

读者购书、书店添货或发现印装质量问题，请与本社高等教育出版中心联系。
电话:(029)85303622(传真)　85307864

编委会
（以姓名拼音音序为序）

韩宝育　贺卫东　胡安顺　李西建
梁向阳　苏仲乐　张新科

前　言

　　文学理论是大学中文专业教育中一门重要的基础性理论课程。它能够提供科学地认识文学活动的系统思想和多元方法,达到对文学现象进行审美性认识和理论把握的目的,在中文专业知识的学习和文学研究中具有主导的、甚至是奠基性的作用。众所周知,文明发展的动力之一就是不断地提升和发展人类认识自我、社会及自然现象的能力。从历史源头看,早期人类对各种文化现象的理性思考,已形成了古代丰富多彩的思想资源及理论形态。例如,中国古代的《论语》《文心雕龙》,西方古希腊时期的《诗学》《文艺对话集》等,就是对不同民族独特的文化与文艺现象进行思考的理论结晶。伴随人类自身的发展和文学现象的变化,文学理论也不断建立起多样性的类型与形态。文学作为一种极为复杂、广延性极强的事物,也决定了其理论研究视角和方法的多样性。文学研究从较早时期的"诗学""诗艺"类型,发展到作为文艺学分支之一的文学理论,标志着这一学科现代形态的不断完善和成熟。概要地说,文学理论是一门综合性学科,它可以借助人文学科、社会及自然科学中的多种思想、理论和方法,尤其是以哲学方法论为总的指导,从理论的高度和宏观视野上审视文学现象,探讨和认识文学活动中带有规律性的问题。文学理论既要以文学史所提供的大量材料和文学批评实践所取得的成果为基础,又需依据哲学的理论、思维和方法对文学现象进行系统把握和概括,以达到对文学的性质、特点及普遍规律的深刻认识,进而也形成和建立一种阐释文学现象的基本原理、概念、范畴以及相关方法。就大学设置文学理论的教育目的来看,它不仅包括使学生获得对文学活动相关知识的系统了解和认识,从审美功能方面完善学生的艺术感受力,发展审美判断力,提高其分析和解决问题的能力等,更为重要的是,积极地致力于恢复和践行文学理论的实践品格,发挥文学理论在文化创造中的生成功能,以及对人的整体理论素养的自觉建构和不断完善,则是本教材在观念确立与内容构成方面,深入思考和重点探讨的核心问题。

与20世纪文学理论知识的不断更新及多元发展态势相比,现行高等院校文学理论教材的建设,在如何达到理论与实际的统一与融合,如何将学科知识有效转化为发现与解决问题的实际能力,以及如何培养和提升学生的理论素养、逻辑思维水平和文化创意能力等方面,缺乏更为整体与系统的思考,当然也就很难将此观念渗透和体现于文学理论的知识构架之中。正像杰拉尔德·格拉夫人等在《文学理论的未来》一书中所指出的"一旦这种学问在学术领域、在各种专业、课程方面被制度化了以后,要看出那种理应赋予整体以一致性的进化性的文化统一性,就日益困难了。"[①]而且这种停滞和脱离实践的过程如此漫长,以致使"我们又有可能丧失了灵活性,并随之而丧失了抽象和具体描述之间的适当比例。甚至存在一种'理论主义'——即过分追求形而上学理论的倾向。这种倾向表现在日益僵化、或者是无聊的理论化,越来越关注于各种教条主义学派的内部关系。"[②]新时期以来,我们在建构各种形态的文学理论教材体系时,也或多或少存在着抽象的知识表述和传授、理论与文学实践某种程度的脱离、以及学生感受和分析作品能力的大幅度下降。客观地讲,这是当前大学教育存在的普遍倾向,即过分推崇知识表述而忽略素质与能力的培养,尤其缺乏对学生的理论素养、逻辑思维水平、价值思考和判断能力的自觉培养和提升。从当前我们所处的知识经济时代的独特状况和民族文化软实力发展的战略目标看,要造就一代代能适应经济社会发展和文化创新的高素质人才,高等院校的教育体制,教学的观念、内容和方法,学生的学习方式及教材建设等,均必须进行根本性的改革和创新。尤其是高等院校的文科教育,如果想要恢复创造性的生机,在文化的传承和建设方面产生强大的推动力,就必须面向社会实践、文化创新和人的整体发展的诸多需要,以适应知识经济时代的深刻变革和转型。

在我们看来,文学理论作为一种对文学活动与文学现象的理性把握和界说,不仅需要学科知识的系统表述与不断更新,也需要从根本上回答文学现实中产生和提出的种种问题,以及学生对文学世界了解和探求的内在需要。从这种意图出发,我们所理解的科学而有效的文学理论形态,似乎并不仅仅在于一味追求学科理论的完整性、知识构成的系统性,而主要在于这种理论所拥有的文化立场和价值态度,所显示出来的捕捉、提炼、阐释、评估问题的思想和能力,以及在观念和方法层面所体现的现代意识、科学精神和开放程度。基于这种考虑,我们强调文学理论教材的建设和探索,应强化和突出文化观念、实践品格,以及理论学科特有的提升思维水平和方法论能力的建构作用,以建立一种行

---

① 拉尔夫·科恩.文学理论的未来[M].程锡麟,王晓路,林必果,等译.北京:中国社会科学出版社,1993:333.

② 拉尔夫·科恩.文学理论的未来[M].程锡麟,王晓路,林必果,等译.北京:中国社会科学出版社,1993:387.

之有效的文学理论知识形态,适应文化变革与学生全面发展的需要。

目前通用的文学理论教材,对与其相关的知识构成及编写内容的理解,学界已有相当一致的认识,本教材也充分吸收了诸多教材的有益成果。我们想特别强调的是,本教材倡导文学理论编写中的大文化观与实践性品格。从文化的视域、观念,以及文化阐释的角度看,文学理论的知识构成,首先意味着对文化意识和人文价值目标的自觉追求。文化的核心是精神,它凝聚着文明形态中丰富而独特的价值取向,而文学的根基和内容就牢固地植根于文化的精神领域之中,甚至给文学提供了一种生存的环境、土壤和背景,促使文学接近或者达到人类学的高度。所以说,文学理论知识形态的建构应具备一种宏阔的文化视野与意识,坚持在文化的结构和视域中理解和透视文学,以发现和了解文学生产、发展与演变的文化学根据,进而揭示文学活动和文学现象所承载的文化含量与意义深度。其次,文学理论所倡导的大文化观,也注重多元研究方法的交叉与融合,强调在广阔的文化视野与文化时空中分析和研究文学活动及现象。迄今为止,中外文论史上具有典范意义的研究成果,大都体现了多学科的思想资源与方法相融合的特征。如20世纪早期周作人、茅盾、苏雪林等对中国神话的研究,闻一多、郭沫若等对中国古典文学的研究,英国"剑桥学派"对西方文学源头神话的探索,加拿大批评家弗莱对古希腊文学的分析,美国批评家维里克对叶芝、艾略特等作家现代主义作品的解读,后马克思主义学者詹姆逊对后现代主义文化文本的深度解析等,无不显示出文化视野中多学科知识的相互联系与贯通。

所谓实践性品格,是指文学理论的知识建构,既强调与社会文化之间始终保持一种有机的联系,而不是把文学视作一个孤立自足的整体,把理论视作一种知识与思想的堆积。在其现实性上,它是自觉面向生活世界与人的生存实践的;另一方面,它特别重视理论的生成效应及开放性,重视对一种高度参与的理解能力与分析行为的培养,强调知识和理论应转化为能力。从这种理念看,我们所理解的文学的活动、作家的创造、作品的生成和接受、以及文学的意义与真理等,均不是一个已经定型的客观系统,它正在通过有阐释力的读者,通过培养新的文化接受主体,内在地推动文学意义的生成与实现,也包含文化主体的不断建构。由此来看,编写《文学理论教程》的目的,也是为了适应当代社会文化创意和多学科交叉、融合发展的需要,培养和提高大学生的人文素养、文化创造能力,尤其是为了充分利用和发挥文学学科的人文优势和丰富的文化资源,把文学理论的研究和教学渗透到文化建设的不同领域和层面。

需要指出的是,作为一部面向中文学科及艺术、新闻等相关专业的实用性教材,其编写目的在于通过提高学生理解和运用文学理论的基本能力,促使学生能有效从事一定的文化创意、文艺创作及文化与文艺评论活动,积极走向文化生活实践,适应社会审美需求,自觉参与社会文化创造。我们倡导的教材编写原则是,坚持以当代经济社会发展的现实需求为导向,面向和服务社会文化建设;坚持宽口径、重基础、强能力的人才培养理念,提升以应用为驱动的创新能力;在学科知识的设计与构成方面,坚持基础性,突出重点性,关注前沿性;在学生能力的培养与提升方面,坚持方法引导,突出案例教学,强化实践过程。

  本教材的内容共有十二章,包括基础知识和能力训练两大板块。基础知识板块包括一、三、五、七、九、十一共六章,所选择的是文学理论的基础知识和问题,构成教材内容的基本方面;能力训练板块包括二、四、六、八、十、十二共六章,与基础知识板块中的每一问题构成对应关系,是教材编写的新创意和新内容,更注重方法引导、案例教学和能力训练,既是教材内容设置的突出特色与亮点,也是教材实用性的学理根据及具体落实。教材的基本体例是,每章均由四节基础内容、文献阅读(或个案分析)及问题思考等环节构成。基础知识板块中的第四节均为"文献选读",目的是回到原典文献中深化理解,以扩大学生的阅读视野,所选择的大多为学术史上的经典文献。能力训练板块中的第四节均为"个案分析",主要为案例教学,重在方法论的启发、引导及文化创新能力的培养和提升。后一种设计所体现的正是本教材倡导和贯通的一种基本的编写理念,我们希望通过新的学习模式的探索和尝试,把学生从长期形成的以知识的记忆、背诵和被动接受为主导的学习惯性中解放出来,使学生获得一种自主的、探究性和创造性的学习。对于这样一种带有尝试性的编写意图实践,我们期待学界同仁的指导与批评。

编者

2017 年 6 月

目 录

第一章　文学概说 ……………………………………………………（1）
　第一节　文学的性质 …………………………………………………（2）
　第二节　文学的历史 …………………………………………………（7）
　第三节　文学的作用 …………………………………………………（11）
　第四节　文献选读 ……………………………………………………（16）
　　一、《文心雕龙·原道》（刘勰）………………………………（16）
　　二、《文学理论·文学的作用》（韦勒克,沃伦）………………（16）

第二章　多角度认识文学 ……………………………………………（18）
　第一节　文学作为审美形态 …………………………………………（19）
　第二节　文学作为语言艺术 …………………………………………（24）
　第三节　文学作为一种文化存在 ……………………………………（29）
　第四节　个案分析 ……………………………………………………（34）
　　一、《关于文学特征问题的思考》（童庆炳,节选）……………（34）
　　二、《意识形态分析·哥白尼革命·再现论》（杰姆逊,节选）………（34）

第三章　文学作品 ……………………………………………………（36）
　第一节　文学作品的类型与体裁 ……………………………………（37）
　第二节　叙事性作品与抒情性作品 …………………………………（41）
　第三节　文学风格 ……………………………………………………（46）
　第四节　文献选读 ……………………………………………………（50）

· 1 ·

一、《文心雕龙·体性》（刘勰） ……………………………………………（ 50 ）
　　　二、《诗学》（亚里士多德，节选） ………………………………………（ 51 ）

第四章　作品分析模式 …………………………………………………………（ 53 ）
　第一节　文学作品的层次与结构 ……………………………………………（ 54 ）
　第二节　叙事作品分析模式 …………………………………………………（ 58 ）
　第三节　抒情作品分析模式 …………………………………………………（ 65 ）
　第四节　个案分析 ……………………………………………………………（ 70 ）
　　　一、《〈阿拉比〉中的人物性格》（克林斯·布鲁克斯，罗伯特·潘·华伦）
　　　　 ………………………………………………………………………（ 70 ）
　　　二、《人间词话》（王国维） ………………………………………………（ 70 ）

第五章　文学创造 ………………………………………………………………（ 72 ）
　第一节　文学创作与作家 ……………………………………………………（ 73 ）
　第二节　文学创造的属性与过程 ……………………………………………（ 77 ）
　第三节　文学创作方式的流变 ………………………………………………（ 81 ）
　第四节　文献选读 ……………………………………………………………（ 86 ）
　　　一、《文心雕龙·神思》（刘勰） …………………………………………（ 86 ）
　　　二、《二十世纪文学批评中的形式和结构概念》（R.韦勒克，节选）
　　　　 ………………………………………………………………………（ 86 ）

第六章　创意写作理论 …………………………………………………………（ 88 ）
　第一节　从文学创造到创意写作 ……………………………………………（ 89 ）
　第二节　创意写作的基本元素 ………………………………………………（ 94 ）
　第三节　创意写作的文本类型 ………………………………………………（ 99 ）
　第四节　个案分析 ……………………………………………………………（103）
　　　一、《理解爱荷华——"创意写作"在美国的诞生和发展》（Mark McGurl）
　　　　 ………………………………………………………………………（104）

二、《山姆,男孩和他的脸》(汤姆·霍曼二世,节选) ………… (104)

第七章　文学接受 …………………………………………………… (106)
　　第一节　文学接受与读者 ……………………………………… (107)
　　第二节　文学接受的性质与过程 ……………………………… (112)
　　第三节　文学接受的要素 ……………………………………… (117)
　　第四节　文献选读 ……………………………………………… (121)
　　　　一、《文心雕龙·知音》(刘勰) ………………………… (121)
　　　　二、《接受美学与接受理论》([德]H·R·姚斯,[美]R·C·霍拉勃)
　　　　　 …………………………………………………………… (122)

第八章　文学的文化阐释 …………………………………………… (124)
　　第一节　文学的文化意义 ……………………………………… (125)
　　第二节　文化阐释理论 ………………………………………… (129)
　　第三节　文学的文化阐释原则 ………………………………… (134)
　　第四节　个案分析 ……………………………………………… (138)
　　　　一、《〈三国演义〉接受的文化阐释》(张红波) ………… (138)
　　　　二、《文学接受中的文化阐释性——以〈查泰莱夫人的情人〉为例》
　　　　　 (李志华,赵双玉) ……………………………………… (138)

第九章　文学批评 …………………………………………………… (140)
　　第一节　文学批评的性质与功能 ……………………………… (141)
　　第二节　中国古代文学批评资源 ……………………………… (146)
　　第三节　20世纪西方文学批评概览 …………………………… (151)
　　第四节　文献选读 ……………………………………………… (157)
　　　　一、《中国文学批评的发展》(郭绍虞,节选) …………… (157)
　　　　二、《20世纪文学批评的主潮》(韦勒克,节选) ………… (157)

第十章　文学批评方法 (159)

第一节　马克思主义文学批评 (160)
第二节　从形式主义到结构主义 (165)
第三节　文学批评方法的运用 (171)
第四节　个案分析 (176)

一、《再论〈百合花〉——关于〈红楼梦〉对茹志鹃写作的影响》(李建军) (176)

二、《响亮的未来——马克思主义与伊格尔顿的戏剧》(杜格尔·麦克尼尔) (176)

第十一章　文学理论 (178)

第一节　文学理论的性质 (179)
第二节　文学理论的形态和任务 (182)
第三节　文学理论的发展 (187)
第四节　文献选读 (191)

一、《文学理论,文学批评和文学史》(韦勒克,沃伦,节选) (191)

二、《后理论》(拉曼·塞尔登等,节选) (191)

第十二章　文学理论的应用 (193)

第一节　作为人文阐释的方法 (194)
第二节　作为文学研究的基础 (198)
第三节　作为文学批评的手段 (203)
第四节　个案分析 (207)

一、《对杜甫〈江南逢李龟年〉的分析》(宇文所安,节选) (207)

二、《文学理论在今天的功能》(希利斯·米勒,节选) (208)

注：⌞⌝为二维码扩展内容,请于相应正文处扫码阅读。

第一章

文学概说

　　本章名为文学概说,是教材的导引。
　　第一节探讨文学的性质,指出文学是一个复杂的、多层次的艺术整体,是"人的符号本性"的意义呈现活动。文学具有深刻的人文性、符号性和意识形态性。文学作为人呈现自身的一种特殊的符号行动,是一种"形象和意义的生产",它借助于文字、语词、想象、体验和情感等载体,传达一种生命的意义。作为一种社会文化形态的文学,始终反映和呈现着个体、群体的文化属性与生命境遇。
　　第二节梳理文学的历史,通过对文学概念在中西方文化系统中演变历史的考察,旨在阐明我们目前所接受的文学观念与文学形态,是一个动态变化、自我调整、又深受不同民族文化特征浸染的"观念史"。文学,既要体现自身的独立性与合法性,一步步地走入"文学之内",也要时刻地伴随社会文化的进程,观照"文学之外"。本节还从历时性角度,对文学形态演变的现状做了分析,对当代文学所面临的发展趋势做了评估。
　　第三节阐明文学的作用,指出文学揭示"天地之道",重构全新的"生活世界"。同时让人"审美愉悦",滋养、塑造"臻美心灵"。文学运用"话语权力",规训人们的交往行动,引领时代前进,提升民族的审美素养。
　　第四节作为文献选读,特别选取了中西方两种经典文献,辨识不同文化根基、思维模式和价值取向主导下的"文学之思",为同学们理解并生成自己的"文学本体观和价值观"做出导引。

　　文学究竟是什么?是语言艺术、意识形态,还是话语蕴含、权力符号?是文学创作者对宇宙天地或现实世界"移情"之后生成的"第二自然",还是文学接受者依据自己的审美体验创设的独特"艺境"?作为事件或行动的文学活动,如何在不同的社会文化场域内生产意义,呈现意象,实现不同趣味之间的沟通?

围绕着这样的疑问和反思，多年来，各种版本的文学理论教材对此做出了复杂多样而又充满学理的阐释与界定。与此同时，在中西方文学观念的发展与文学形态的转换中，文学经历的历史境遇和面临的现实困境，文学世界和文学活动者丰富而鲜活的塑造、交往与重构，一次次地让文学的意义、功用及文学的历史得到了新的延续和生发。因而，文学不会消亡，文学依然神圣，文学正以前所未有的多元形态激发着当代人类的文化创造力及想象力。

第一节　文学的性质

本节是对文学的文化特性和一般性质的介绍。对于文学理论的学习而言，任何一种体系化的教材，任何一番关于文学的论述，似乎都不应该、也无法回避"何谓文学""文学如何""文学何为"这样的本源性、终极性问题。当西方理论家在"文学已经终结"的喟叹中形成他们关于现当代文学形态的价值判断时，我们本民族的当代文学参与者、实践者们，却常常会发出"文学依然神圣"的呐喊。而考察二十世纪后半期以来，相较于西方的传统"文学"向"文化研究"领域的融合与扩散，本民族的文学实践，却始终在"大文化"的转型、断裂、冲突与对话、解构、创新的进程中艰难前行，并一步步地走向"复兴"。这两种不同的文学发展态势，厚植于不同的社会文化语境，但从文学发展的一般性规律来看，都是文学的本质、特征和作用在不同历史条件下的生动体现。

文学的性质，也就是布拉格学派的雅克布逊所指的"文学性"，是"文学之所以为文学"的"本质"。文学究竟具有什么样的特殊性质？在传统文学的边界不断变迁和扩充，"文学性"逐步蔓延的时代，对于文学性质的界定，也应拓展视野，用文学文化学的视角做出新的阐释。

一、文学是人呈现自身的特殊符号活动

德国哲学家卡西尔说过，人是符号的动物。这句话有多重意蕴。一方面，是指人能够使用符号交流、生存。人类既能够、也需要借助于特殊的符号——神话、宗教、文学、艺术、科学等，构建一个超出其生存环境的符号世界，在这个世界中，人类通过"对象化"的自我实现获得了空前的自由，从而不再受制于环境的束缚，实现了符号化生存。另一方面，是指人的活动、人的文化具有一种符号象征的特殊功能和内在意义。人的理性成长和肉身生存，一旦有了符号的象征性，便超越了简单的生存意义，向着更加高远的境界提升。这就是我们古人所讲的"人文"。人类的种种文化形态，如宗教、艺术和科学等，就是符号功能的集中表现。就此而言，作为"符号的动物"所自由创造的文学，是一种显示人的自由意志和生命情怀的"人学"，文学的世界是不折不扣的"人的世界"。

1. 文学活动是一种呈现人文性的符号活动

文学活动的人文性，是指文学的创造和话语实践，总是人类显现自身主体性，通过创造"第二自然"而彰显"制造和使用工具"的类本质的活动，是作为"符号的人（卡西尔）"

的本质属性的一种外化，是人的诗性文化精神的体现。中国古代文化以天、地、人合称为"三才"，而"三才"的合一，就是人文活动的境界与意义。

在文学活动中，作家借助于语言符号塑造形象、描摹现实、抒发情感、讴歌理想，始终是一种积极的文化实践，体现着自身的意志。而在这样的生命创造活动中，人文性的价值取向呈现在作家营造的意象、表露的情感中，到达深度审美体验之后的"人化"而非"物化"的境界，是一种真景物、真情感相互交融、渗透的"有我之境"。同样，读者在阅读、鉴赏的过程中，也在借助替代性想象或心理完形的过程，达到感情的外射和生命能量的释放，同时，在潜移默化之中完成了自己的文化沟通的旅程。

以著名诗人北岛的作品《日子》为例——

> 用抽屉锁住自己的秘密
> 在喜爱的书上留下批语
> 信投进邮箱 默默地站一会儿
> 风中打量着行人 毫无顾忌
> 留意着霓虹灯闪烁的橱窗
> 电话间里投进一枚硬币
> 问桥下钓鱼的老头要支香烟
> 河上的轮船拉响了空旷的汽笛
> 在剧场门口幽暗的穿衣镜前
> 透过烟雾凝视着自己
> 当窗帘隔绝了星海的喧嚣
> 灯下翻开褪色的照片和字迹

在这首诗作中，无论是文字营造的物象，还是诗人表现的心迹，都是一种"人化"了的时空感觉，因此它超越了生活的片断，生成了关于"日子"的咀嚼和体悟、自省和反思的独特审美境界。而正是透过这样一种诗化了的语言符号，文学活动对于人的生命意义的特殊辐射性才得以体现。

因而，我们认为，文学活动的符号性，首要表现在其作为主体自由意志对象化的"人文性"上。文学活动，不只是为艺术而艺术的产物，它是由作者、读者、作品和世界共同构建的"文化的世界、人文的世界"，它源自天地宇宙，来自社会生活，却又增添了人对宇宙天地和社会生活的自由直观，被赋予了个体或群体生命意志的诗意想象，因而更接近于内在的真理，更趋近于人的本性。这也说明了，为什么读者在阅读古今中外的经典文学作品时，常常被其中所蕴含的人物命运、内在情感和理想情怀所深深打动。因为，作品文本呈现的、吁请读者参与的符号世界，本质上就是读者所经历、所渴望、所遗忘、所追求的本真世界，文学作品在用它的特殊形式，复现、再造和还原人化了的自然与生命、历史与现实。

2. 作为一种社会文化形态的文学，始终反映和呈现着个体、群体的文化属性与生命境遇

文学作为一种社会文化形态，既是个体的，又是非个体的，它始终在以"小写的情绪"沟通"大写的情怀"，展示着群体的文化属性与文化境遇。无论是现实主义的文学还是浪漫主义的文学，本身都是在"各美其美"的前提下趋向"美美与共"。在文学的诗意世界里，人类为什么生存、如何生存、活得怎样，一个时代和族群的特殊文化记忆，都具象而鲜活地呈现出来。人的文化属性（身份、阶层、地位、权力、欲望等等）和生命境遇（存在、交往等）以文学形象的"反常合道"的形式，引发传播和接受，从而感动人、激发人、凝聚人。读者在欣赏《雷雨》戏剧文本时，看到的不只是特定时空中周朴园、繁漪的悲哀遭遇，而是自己的性格、身边的故事和熟悉的命运，并由此联想到的是一种"类情绪"，这也就是戏剧文学所着力展示的"人与命运抗争无果的传统母题"的文化意义。

历史跨入了新的世纪，文学越来越"文化化"，这不仅仅是跨界的混搭，其恰恰折射出当代人类的文化境遇需要重新审视、回望，文学就是开启文化"乌托邦"的独特文化符号形态。近年来的女性文学、底层文学、苦难文学、打工文学等话语描述，是一个鲜明的例证。可以预料，未来的文学形态，将更加注重对文化属性与生命境遇的展示。

二、文学是一种"形象和意义的话语生产"

文学是一种人文性的符号活动，它主要借助于语言，但生产的却是形象和意义。无论是叙事文学还是抒情文学，它们之所以不同于其他的符号活动，是因为文学生产的本质性质——形象和意义。文学的形象和意义不可分割。形象是意义所灌注的形象，意义是形象所蕴含的意义。

正所谓，文学的形式是"有意味的形式"。读者在读古典诗词时，对意象的体验式"内模仿"，常常就超越了语词本身的局限，在兴味盎然的"象外之象"中，体味"驱车登古原"的苍茫、"大漠孤烟直"的空旷、"举杯望明月"的惆怅、"对影成三人"的感伤。由语词和韵律所交织生成的诗的意境，就成为一种独特的"审美蕴含"。

就文学作为"形象和意义的话语生产"这一特殊性质而言，无论文学曾经如何、未来怎样，它的想象性、情感性、审美性、形式感（话语符号性），都是被人们普遍接受的文学性质和特征。

1. 文学具有丰富的想象性

文学的想象性，既表现在文学创作者和接受者在审美移情过程中的天才创造与诗意勾画，也包含着文学活动中人们运思与沟通方式的个别性、多样性与差异性。文学调动着人的想象力，激发着生命无尽的潜能。我思故我在，我活故我美，文学的诗意以其不同于其他符号行为的非理性而让人迷狂、陶醉。哲学家叔本华在《论文学》中指出，"对文学最简单和最确切的定义就是：一门借用字词把想象力活动起来的艺术"[①]。文学依靠形象，这种形象是想象力的产物。伟大的作家、经典的作品，靠的就是想象力创造的艺术形

---

① 叔本华. 叔本华美学随笔[M]. 韦启昌, 译. 2版. 上海：上海人民出版社, 2014: 38.

象。汤显祖的《牡丹亭》之所以经典,关键在于对"因梦生情、生死相依"的瑰丽想象,而莎士比亚的《罗密欧与朱丽叶》中对凄美爱情的展示,也是由于作家的想象。"想象力在文学中是最基本的也是最重要的。文学,换一种说法即虚构性写作。得明白掌握两点:一是会讲故事,二是会用细节。"①莫言在获得诺贝尔奖时的致辞,也在强调自己是个讲故事的人,而他的获奖很大程度上是因为用丰富想象力塑造了神奇的"高密世界"。

2. 文学具有内在的情感性

这种情感性,既是"感于物而动"的外在境遇的触发,更是"情深而文明"的内隐情绪的舒张。中国古代文学传统中,有着大量的关于"物感"的论述。同时,对于文学主体的心灵意会,也强调"不精不诚,不能动人"。文学的情感性,是基于人物命运、人性本质和人类灵魂的情感,是经过个体化创造、个性化展示、个别化书写而提炼升华的"类情感",因而能够跨越时空,经久传情。当代著名作家贾平凹说过,文学作品绝对要有真情,有真情才产生诗意。能够受到社会欢迎的小说就是写人生,写命运。"但是,小说写到这一层面,严格讲它还不是最高层面,还应该写到性灵的层面,即写到人的自身、人性、生命和灵魂。"②与此有异曲同工之妙的是,著名作家余秋雨在其《伟大作品的隐秘结构》一书中指出,对于"两难命运"揭示,是一切伟大作品的共有结构模式。在精心品鉴了中外数百部文学经典之后,他抓住了伟大作品的"隐秘",那就是文学经典作品以其情感性的抉择,让人动容、走心。

3. 文学具有强烈的审美性

文学的趣味、文学的意义在于文学创造活动蕴含着巨大的审美能量,能够使人置身其中,进入喜怒哀乐情绪交织、价值判断兴味浓厚的审美境界。"就像欣赏壮美的景观一样,悲剧使我们超越了意欲及其利益,并使我们在看到与我们意欲直接抵触的东西时感觉到了愉悦。能够使悲剧性的东西——无论其以何种形式出现——沾上对崇高、壮美的特有倾向,就是能让观者油然生发出这样的一种认识:这一世界、这一人生并不能够给予我们真正的满足,这不值得我们对其如此依依不舍。悲剧的精神就在这里。悲剧精神因而引领我们进入死心、断念的心境。"③悲剧如此,喜剧形式则以让人愉悦、解脱为趣味。

4. 文学具有独特的形式感(话语符号性)

任何一门艺术都有自己独特的质料和手段,文学作为语言的艺术,主要依靠话语符号自身的特性呈现其形式感。文学的形式感印证和呈现着文学的本质。这一形式感,首先表现在文学借助于语言的形式材料,诚如韦勒克指出的那样,文学语言不同于科学语言和日常语言,表现在它的"多歧义性、高度内涵性、情意性、强调语词的声音象征"等,它"对于语源(resources of language)的发掘和利用更加用心和更加系统"。不同的时代民族、不同的地域文化、不同的文学体裁、不同的文学风格,会导致不同的文学"形式感"的生成。而这样的特殊"形式感",恰恰也是"文学的个性特点"。"文艺所享有的一大优势

---

① 贾平凹.关于散文[M].北京:生活·读书·新知三联书店,2015:151.
② 贾平凹.关于散文[M].北京:生活·读书·新知三联书店,2015:160.
③ 叔本华.叔本华美学随笔[M].韦启昌,译.2版.上海:上海人民出版社,2014:51.

就是详尽的描写和微妙、细腻的笔触,可以根据读者参差不一的个性、情绪和知识范围而灵活发挥作用,并造成生动的效果。"①

文学叙事方式本身也是一种特有的形式感。"作为所指的叙事,文学话语确定着所叙之事的意义,从而在一定程度上充当着符号权力或意识形态的功能。"文学叙事通过特定的叙事语态、叙事结构、叙事视角等叙事规则,通过对包含在叙事话语中的一些经验、事件和人物关系的选择组织和书写,通过个体化或主观化了的生命存在的体验,通过在此过程中所体现出来的价值、信念和感觉,构建了一种对受众而言具有影响力的观物方式和体物方式。②

通过以上的几个鲜明的特点,文学依靠话语符号生产"形象和意义"的性质凸现出来。

三、文学是复杂的、多层次的艺术整体

文学是一门独特的艺术,但它又不仅仅是一门单一的语言艺术。文学活动是复杂性、多层次性的艺术整体。在美国学者韦勒克的文学理论体系中,其核心是强调文学是一个复杂的、多层次的艺术整体。他提出一种从不同角度分析判断作品的所谓"透视主义"观点。这种观点要求从结构、符号、价值三个不同维度审视作品。他认为文学作品的结构不是静止的,而是动态的,文学作品要通过一代又一代读者、批评家和别的艺术家的头脑的阅读和解析,在这样一个历史过程中,它将不断发生变化,从这个意义上说,文学作品既是历史的、又是永久的。③

文学的"整体性、合一性"主要表现在:

从文学的内部研究角度来看,文学作品、文学创作本身具有丰富的多样性,题材、体裁、手法、形式多变,文学作品往往以作者和读者的"灵境"呈现出来。并且,从文学运用语言符号进行形式创造的本身来看,由于言语行为流变的自身规律,文学的复杂性、多层次性也随之应变。比如,当代网络小说的写作,其语言的符号性、视觉性和虚拟性,就常常超越了传统文学写作风格的概念框架,显示出时代的意趣。对它的接受与创造,就需要用新的文化整体观去考量和审视。

从文学的外部研究角度来看,主要是从文学社会学的层面,说明文学除了自身特有的性质与规律之外,我们必须从文学与历史、文学与政治、文学与社会、文学与权力、文学与科学、文学与艺术等多个层次和角度去观照文学活动的意义。文学是一种人文性、社会性的实践,它以语言这一社会创造物作为自己的媒介,因而文学始终在历时性与共时性交汇的社会场域之中。就文学在审美地再现历史和人文而言,文学比历史贡献更大。正如亚里士多德所说,"诗是一种比历史更富哲学性、更严肃的艺术……"。④ 韦勒克、沃

---

① 叔本华.叔本华美学随笔[M].韦启昌,译.2 版.上海:上海人民出版社,2014:38.
② 朱国华.文学与权力:文学合法性的批判性考察[M].上海:华东师范大学出版社,2006:17.
③ 韦勒克,沃伦.文学理论[M].刘象愚,邢培明,陈圣生,等译.南京:江苏教育出版社,2005:24-25.
④ 亚里士多德.诗学[M].陈中梅,译注.北京:商务印书馆,1996:81.

伦也认为,"诗人是社会的一员,拥有特定的社会地位:受到某种程度的社会公认和奖赏;他向读者讲话,不管假想的是什么样的读者"。①

　　文学话语除了具有人文性和符号性之外,还具有"权力性"和意识形态性,这是文学不同于宗教、科学、道德等其他符号活动的特性。一个时代有一个时代的文学,一个民族有一个民族的文学。不同时代、民族和地域的文学活动,也有着审美意识形态的"复杂性"和"整体性"。文学的权力意义,文学与政治的相互关系,是文学体现其复杂性与整体性的重要方面。文学主要体现的是"话语权",是一种借助语言和形象生产的"服务于权力的意义",这种意识形态的生产方式,充当着意识形态的功能,也是文学合法性的体现。当前,我们的文学需要紧跟时代的步伐,通过"文以载道",彰显中华民族优秀传统文化和社会主义核心价值观的"意识形态",以此来抵御消费文化的侵袭,重塑社会转型期的人性基础和文化形态。

　　历史在变迁,文学空间、文化事件承载着多元文化形态的对抗、渗透与交融,因而文学活动也随之呈现出文化的整体性。当作为社会行动者的人在不同的结构和场域中交汇的时候,行动的意义也迥乎不同。因而,如何理解文学的本质、特性与功用,也应有不同层面的多义性阐释。以往的文学教材,偏重于从文学理论建构、文学观念流变、文学自足系统的角度来论文学特性,是一种"大写的理论、往后看的理论、照着讲的理论";较少观照文学事件和文学活动意义的"当事人"的直觉体验。文学"究竟是什么、能够怎么样",需要更多地从作者、读者的感知、判断与反思中体认,着力构建一种"小写的理论、同步看的理论、接着讲的理论";既要从理论原理的分析角度来做"文学的判断",又要同作者、读者们一起,感受和体验"文学的整体性意义"。

第二节　文学的历史

　　从我们对文学性质的分析可以看出,基于不同的"文学"定义,不同论者会给出不同的答案。而从中西历史上不同时期对于"文学"概念的不同理解,我们也有充分的理由相信,关于"文学"的观念和对文学形态的理解,是一个动态演变,自我调整而又浸染不同时代和民族文化特征的"观念史"。因此,我们有必要从历时性的角度,对于"文学"这一概念的演变进行一个简单的梳理,对其在当下的生存形态与发展趋势进行一个预估。

一、文学概念的历史演化

　　严格来讲,我们今天所谓的"文学",实在是一个现代概念。西方人的"文学"观念大约只有二百年的历史,而在中国古代,虽然"文学"一词出现甚早,但其含义却相当丰富,与现代以来对文学的理解大相径庭。

---

① 韦勒克,沃伦.文学理论[M].刘象愚,等译.上海:三联书店,1984:92.

1. 中国古代的文学观念流变

在中国古代,长期以来,人们对于文学的概念定义是模糊不清的。郭绍虞先生以为,自周秦以迄南北朝,为古代文学观念演进期。① 先秦时期的"文"同"纹",带有花纹、纹饰、彩色交错之意(《易·系辞下》:"物相杂,故曰纹";许慎《说文解字》:"文,错画也,象交文");"学",则是一个观念符号,有学者认为是一种与宗教祭祀有关,传授与仿效同时进行的双边活动。② 大约在春秋中后期的孔子那里,"文"与"学"合用,具有了新的含义("文学"是孔门四学之一)。

在先秦时期,人们对于文学的概念定义虽然丰富,但大体来讲,主要包括三个方面的涵义:一是"文"。此处所谓的"文"内容多样,大约我们今天所说的礼仪制度、典籍文献等均可包含在内。如"周监于二代,郁郁乎文哉,吾从周"(《论语·八佾》),刘宝楠《论语正义》释为"周代之礼法"。再如"子贡问曰:'孔文子何以谓之文也?'子曰:'敏而好学,不耻下问,是以谓之文也'";此处之"文",则有"美好操行"的意思。其二是"文学"。当然,先秦所谓的"文学",其意与今人所谓也是不同,它更多指的是渊博的知识学问。如《论语·先进》云:"文学:子游、子夏";《荀子·大略》云:"人之与文学也,犹玉之于琢磨也"。这里的"文",均具有指向学术的意味。其三是"文章"。先秦所谓"文章",指"立文垂制",如《论语·泰伯》云:"大哉尧之为君也……焕乎其有文章"。由此可见,先秦时代,文学和学术的观念是紧密缠绕在一起的,或者说,它是一种"大文学"观。

两汉时代的"文学"和"文章"有了一个"准"分野。时人多将重辞采的文字称之为"文章",而将重学术的文字称之为"文学"。王充说:"著作者为文儒,说经者为世儒……汉世文章之徒,陆贾,司马迁,刘子政,扬子云,其材能若奇,其称不由人"(《论衡·书解》)可见彼时的"儒生"和"文章之徒"已经有了一个相对明晰的界限。

至魏晋六朝时期,时人对于文学观念的认识趋于纯熟,对于文学特性的体认逐步完善。他们认识到"文章"的抒情特与审美特性,并将其推举到"经国之大业,不朽之盛事"(曹丕)的位置。葛洪说"文章之与德行,犹十尺之于一丈,谓之余事,未之前闻"(《抱朴子·文行》);萧纲则说"文章且须放荡"(《诫当阳公大心书》)。时人通过对"文""笔"的分辨,文体的划分等,逐步分清了纯文学与杂文学的界限。至南朝齐梁年间,以"永明体"为代表,更是开始了对于文学语言声韵之形式美的自觉追求,这显示出中国古人对于"纯文学"的认识更加趋于成熟。

但是,尽管中国古人在漫长的岁月中逐步意识到了文学的一些内部特性,无论如何,他们的文学观念却始终带有"古典"的特征。也就是说,中国古人的"文学"概念,始终是表现出对于外在权威的依附,体现出伦理政治的色彩。文学从未取得作为语言艺术的独立地位。

2. 西方文学的观念流变

我们再来看看"文学"在西方世界的演化。如前所述,"文学"(Literature)在西方的

---

① 郭绍虞.中国文学批评史(上卷)[M].天津:百花文艺出版社,1999:4.
② 王齐洲.呼唤民族性:中国文学特质多维透视[M].北京:中国社会科学出版社,2000:52.

出现也不算古老。在它出现之前,西方人在进行描述时也颇为含混。如古希腊哲学家亚里士多德使用"诗艺"(poetry)一词来界定文学。英语"literature"一词的出现是在十四世纪,但它最初的含义却是泛指一切文本材料。一直到十八世纪末,在欧洲,"文学"一词还是专指"文献",后来专指对有关古典文献特别知识的研究。最终大约在1900年,才专门指涉"具有审美象性的那一类特殊文本"。① 由此可见,在我们用现代意义上的"文学"一词指称我们的研究对象之前,古典意义上的"文学"曾经长期存在,并且在不同的文化语境中被赋予了不同的时代内涵。

韦勒克和乔纳森·卡勒等学人考证了现代意义上的"文学"在欧洲的出现。在韦勒克看来,"文学"一词在十八世纪的欧洲经历了一个"民族化"和"审美化"的过程。这一时期出现了一些以民族语言写就,具有审美想象性的文学作品。乔纳森·卡勒则通过对浪漫主义文学观念的阐述,认为"创造性、想象性、整体性、审美性等价值就附着在文学文本之上,并成为衡量某一类型写作的标准"②,表明浪漫主义对文学现代意义的确立居功至伟。

在中国,"文学"的概念也经历了一个古今的转化和"西化"、现代化的过程。在清末民初的话语实践中,"文学"一词的概念并不十分清晰。中国传统学术重"通儒"而轻"专家","在中国传统知识体系中,以文字记载历史、哲学甚至自然科学诸科内容的,亦不妨为'文章';而近代的'文学'概念则是作为与历史、哲学等科同级的学科分类,范围较'文章'要小得多"。③ "五四"以后,西方"文学"概念的进入促使中国传统对于"文学"的理解重新定义,并逐步成为文学史研究和文学学科建立的基础。

如同历史上的观念演进一样,随着人类社会的不断发展和知识体系的不断更新,现代以来关于"文学"的一些不言而喻的知识观念也面临着挑战,充满了未来的种种不确定性。一个显而易见的挑战是,伴随技术的飞跃进步,关于"文学"观念的赖以存在的基础受到了深刻冲击。信息社会的到来,即时性的沟通交流,使得曾经被视为文学生存的外部环境趋于瓦解,外部条件的变化使得曾经被视为现代文学重要特征的民族性和独立性走向消亡。而伴随着日常生活审美化和消费文化的兴起,人们发现了"文学之外的文学性",曾经为了便于认识世界、把握对象而做出的种种"知识区隔",却因为知识对象本身的扩张,而使得畛域趋于填平。在这一不可阻逆的进程中,现代"文学"的命运或许是被泛化,也或许是走向边缘,总之,其正当性受到严峻挑战,其身份则面临着深重的"合法化危机"。

二、文学观念的辩证发展

文学概念演化,显示出的是文学发展的客观境况,而在这种客观境况的背后,是文学观念的历史变迁。人们对文学的基本认识和看法对于文学发展尤为重要,文学研究绝不

---

① 赵一凡.西方文论关键词[M].北京:外语教学与研究出版社,2006:595.
② 赵一凡.西方文论关键词[M].北京:外语教学与研究出版社,2006:596.
③ 余来明.在历史中理解文学概念[N].中国社会科学报,2014-03-28.

能轻视文学观念的演变对文学发展的支配性影响。

　　从总体上看,人类文学观念的发展呈现出守成与开放的对立。所谓守成的文学观念,即将某一文学样式视为永恒经典,固守其所体现的审美原则,拒斥文学创作对既有原则的背离。应该说,守成的文学观念在对特定文学样式的创制、发扬壮大及其经典化方面均起着不可忽视的作用。然而需要注意的是,守成的文学观念往往具有一种预设文学边界的倾向,其往往希望通过划定一劳永逸的边界,来明确地判定文学"是"与"非"的区别,并由此出发去评判特定文学作品是否有资格进入文学的疆域。也正是基于这一态度,守成的文学观念对新样式、新经典大多采取拒斥乃至压制的态度,这便阻碍了新的社会历史背景下文学的进一步发展,尤其在经典通行既久、样式需要革新的时期,守成的文学观念往往起到了限制性作用。

　　守成的文学观念对人类思想观念发展变动不居的特性不够重视。按照马克思唯物主义的观点,现实社会关系的不断变化,导致人的思想观念不断变化:"人们按照自己的物质生产的发展建立相应的社会关系,正是这些人又按照自己的社会关系创造了相应的原理、观念和范畴。所以,这些观念、范畴也同它们所表现的关系一样,不是永恒的。它们是历史的暂时的产物。生产力的增长、社会关系的破坏、思想的产生都是不断变动的,只有运动的抽象即'不死的死'才是停滞不动的"。① 由此而言,就文学观念来说,在文学发展的任何时期,也都会面临着一个引发文学观念调整和变动的特殊语境,正是这一语境,使得文学观念呈现出变动不居的特征。同时也正基于此,在特定的历史阶段,开放的文学观念总是与守成的文学观念相对而出,其虽不盲目反对已有的文学经典,但其眼光却始终祈向未来,引导着新的文学经典的出现。在历史上,秉持开放的文学观念的作家很多,其对后世文学创新的影响也往往十分巨大。例如,杜甫的诗作既是唐诗的巅峰之作,同时这些诗作又为后来宋诗的发展另开生面,成为江西诗派遵从的楷模,这与杜甫诗歌创作中强烈的创新求变意识密切相关,正如胡应麟所论:"杜诗正而能变,变而能化,化而不失本调,不失本调而兼得众调"。②

　　总而言之,文学观念是一个动态开放的概念,人们总是在历史的演进中,以新的时代、社会背景为参照,形成新的、当下的文学观念。也正是人类文学观念的开放性与流动性,带来了文学发展的包容性和多样性。基于此,我们在理解特定时代和社会所造就的文学观念之时,不能将之当作一成不变之物,尤其当既有的文学观念开始凝固和本质化的时候,更要以宽广的胸怀、超越的视野,打破条条框框的束缚,对既有文学观念的进行必要的反思,在对创作者的生存环境、风俗信仰、创作理念以及时空观等因素基本把握的基础上,提取出形塑文学新观念的基因。也只有在这种反思之下,一种被重新历史化的文学观念才能萌生。

---

　　① 中共中央马克思恩格斯列宁斯大林著作编译局.马克思恩格斯全集:第 4 卷[M].北京:人民出版社,1958:144.

　　② 胡应麟.诗薮[M].上海:上海古籍出版社,1979:73.

三、当代文学发展的境遇与挑战

当今时代,在市场经济环境的影响下,我国现当代文学面临的问题越来越严重,经济的发展带来的文学的商品化,网络媒介的兴起带来的文学存在方式的变革,均给文学的发展提出了挑战:

所谓文学的"商品化",本不是一个新近的话题,马克思在世之时,就曾把文学作品的创作与欣赏的关系视为生产和消费的关系。他还从"物质生活的生产方式制约着整个社会,政治和精神生活的过程"这一观念出发,指出在不同生产方式下,艺术生产具有商品性和非商品性的不同特点。马克思对文学"商品化"特点与缺陷的论述,在当代文学发展境遇中得到了某种程度的体现,当代中国文学与商品社会、文化市场、消费需求等诸多观念相互交织,与整个社会的商品化大潮相互呼应,日益彰显出其商品化特征。而与传统文学进行比较,现阶段文学的发展总体所呈现出快餐化与娱乐化的倾向,是不言而喻的。由于很多文学创作者过于注重经济效益,过于注重市场的发展,逐利求名,最终导致了文学创作的唯商品化、庸俗化。

当代文学与新媒介技术的结合,是当代文学发展的另一个境遇。随着新世纪以来新媒体技术的不断发展,网络作为新的文学载体已受到了社会广泛的关注。一方面,网络文学的发展在一定程度上改变了传统文学的写作状态与形式,这不但给人们带来不同的阅读与审美体验,而且对广大文学爱好者提供了一定的平台,促进了文学活动的普及与推广。另一方面,不可否认的是,随着网络技术的进一步发展,其亦给当代文学与文化带来了不容忽视的负面影响,越来越多的低俗文学作品出现在新媒介的阅读视线中,导致了文学精神内涵的淡化乃至消失。

尤其值得注意的是,文学的商品化与媒介化,最终使得文学的概念走向泛化。一个基本的事实是,现代意义的文学观念走向了衰微。在经典文学经受挑战的同时,渗透于广告词、歌词、情感故事中的诸种文学从各种非文学的领域显露出来。与文学概念的泛化相应,围绕文学产生的观念分歧越来越大,人们对文学的理解也变得越来越模糊。在此背景下,如何客观地评价当代文学的发展境遇,通过张扬语言审美特质,调动人类的想象力进而表现人类情感,来应对当代文学发展中所面临的多种挑战,并建立新的文学发展方略与模式,已成为当下摆在人们面前的一个重大课题。然而瞩目未来,文学的历史必将以全新的面貌出现。法国当代批评家莫里斯·布朗肖说过文学必将消亡,一个没有作家、艺术家、思想家和书籍的时代将会到来。对此,韦勒克则认为,这种对语言和文学的怀疑实质上是对人类文明的怀疑,对人类未来的怀疑,对人类自身及其创造物乃至人类社会的怀疑。人只要活着,他就要讲话,就要写作,语言绝不会消失,文学也绝不会"死亡"。

第三节 文学的作用

关于文学作用问题的讨论,无论在中西方都有漫长的历史,柏拉图、亚里士多德、贺拉斯,孔子、曹丕、韩愈,中西方理论家文学家的讨论延续至今。文学既令人愉悦、"缘情绮靡",是个体潜意识的升华,也"寓教于乐"、文以载道。文学既是真理的"去蔽与显现",又是"经国之大业、不朽之盛事"。作为审美的想象活动,文学以其特有的"形象和意义的符号生产"再现一个世界,却始终在揭示真理、守望理想、教化人文。"文学家把我们的想象力活动起来的目的,却是向我们透露人和事物的理念,也就是通过某一例子向我们显示出人生世事的实质。"①在这样的"真理显身"的过程中,我们的人性得到重塑,情感得到陶冶,在感发志意、激荡情怀之中"群居切磋",求真、向善、臻美,不断提升自我境界。

一、文学的启真作用

如前所述,文学活动是用诗意模仿现实,用情感沟通世界,用艺术揭示真理。文学作品的创作和接受,既是对生活物象的描摹,对人类行动的模仿,更是对"大我"本体的象征,对人类意志的抒发。文学在用个别替代全部,用特殊显示一般,用情感标识理性。从而,经由审美主体"移情"之后的世界,更具有"客观性、合理性",更符合人们对意欲的期待,也更加自然地揭示出天地之道。

对天地人文的感知与想象,在文学活动中就是"道法自然"的艺术再现,是忠实于客观世界和人性规律的艺术概括。歌德指出,"对艺术家提出的最高要求就是:他应依靠自然,研究自然,模仿自然,并创造出与自然毕肖的作品来。"②

文学不光是回溯自然,更再造自然,揭示真理。尼采在《悲剧的诞生》中指出,艺术比真理更有价值。在谈到诗的"客观性"时,指出诗要排除纯粹个人的愿望、情绪。抒情诗人的"自我"不是经验的"小我",而是本体的"大我",它从存在的深渊里呼叫,象征性地表达了世界的原始情绪。③

在此,尼采谈到的,实际上是文学艺术对真理意志的"符号"再现。这里,实际上指代的是文学艺术所蕴含的"道"或"一般性规律"。因为,每一文学作品的文词,本质上都是"一般性的",而不是特殊的。"须知每一文学作品都兼具一般性和特殊性,或者与全然特殊和独一无二性质有所不同。就像一个人一样,每一文学作品都具备独有的特性;但它又与其他艺术作品有相通之处,如同每个人都具有与人类、与同性别、与同民族、同阶级、同职业等的人群共同的性质。"④在这种塑形与重构的过程中,"生活世界"得到了全新的意义诠释,并具象化、审美化地呈现在人们的心目中。如同阿Q的遭遇揭示着尚未觉醒的底层民众群体和并不彻底的辛亥革命、妓女羊脂球所乘坐的马车"装进了整个社会"一样,独特的文学形象和意象世界背后,是全新地塑造了的生活世界、意蕴世界。

孔子把"兴观群怨"作为文学功用的阐释,其中的"观风俗之得失",就是对文学认识

---

① 叔本华.叔本华美学随笔[M].韦启昌,译.2版.上海:上海人民出版社,2014:39-40.
② 朱光潜.西方美学史[M].北京:人民出版社,1979:415.
③ 尼采.悲剧的诞生[M].周国平,译.北京:作家出版社,2012:13.
④ 韦勒克,沃伦.文学理论[M].刘象愚,邢培明,陈圣生,等译.南京:江苏教育出版社,2005:7-8.

作用的强调。但文学不是镜子,机械化地折射现实;它是灯,在照亮黑暗、发端人心。文学的认识作用是对社会规律、人文活动的反映与再现,但更是一种人情化了的想象和拟写,它的确不是社会进程的一种简单的反映,而是全部历史的精华、节略和概要。艺术家传达真理,而且也必然地传达历史和社会的真理。同时,作为一种特殊的社会实践,文学不只是自然主义地再现"天地之道",而是用语言的叙事,现实地,甚至前瞻地构建一种意识形态的观念体系,从而呈现其批判性、反思性、启蒙性的特质。

二、文学的尚美作用

文学艺术虽然能够启迪真理、教人向善,但它毕竟不是科学、道德和宗教。作为审美活动,文学的功用更多地在于文学让人快乐,在审美享受之中获得愉悦,得到放松和陶冶,受到感召与净化。

无论是西方亚里士多德将悲剧的"净化"说作为文学的功用论,还是《尚书·尧典》把"诗言志"作为中国文论的"开山纲领",文学的抒情性、愉悦感表征着人们接触文学活动的"无目的的合目的性(康德语)",是一种自在而自为的身心体验。阅读散文,吟咏诗歌,观赏戏剧,甚至在网络文学的虚拟空间中得到互动式的角色转换,审美愉悦是我们理解和接受文学的前提,而可读性、在场感,也是当代文学空间中文学作用体现的重要因素。

文学活动不光是让人在语言和想象的快乐游戏中,经历从"悦耳悦目"到"悦心悦意"的"游心"之旅,更重要的是让文学事件的参与者得到"悦志悦神"的境界提升。文学让我们的心灵无限趋美。美学家宗白华认为,不是实用生活中的华美或美化,而是臻美的心灵的养成,才是个体人生中最重要的或最高的境界。人生可以有功利、伦理、政治、学术、宗教、艺术等六种不同境界,与"功利境界主于利,伦理境界主于爱,政治境界主于权,学术境界主于真,宗教境界主于神"不同,艺术境界直指人的最深与最高的心灵的形象世界。"以宇宙人生的具体为对象,赏玩它的色相、秩序、节奏、和谐,借以窥见自我的最深心灵的反映;化实景为虚境,创形象以象征,使人类最高的心灵具体化、肉身化,这就是'艺术境界'。艺术境界主于美。"[①]这里所谓"艺术境界"正约略相当于臻美心灵的一种艺术符号中的具体化状态。"艺术境界"以美为宗旨,但这种美的秘密不在于外在美的事物或景物,而在于人类心灵。它是"人类最高的心灵具体化、肉身化",也就是人类的臻美心灵的具体映射。"一切美的光是来自心灵的源泉:没有心灵的映射,是无所谓美的。"[②]

这种臻美心灵的养成,需要导引,更需要文学的现实品格与理想情怀,需要文学作品的温度与力度,需要文学家对精神家园的坚守。"文艺创作如果只是单纯记述现状、原始展示丑恶,而没有对光明的歌颂、对理想的抒发、对道德的引导,就不能鼓舞人民前进……应该用现实主义精神和浪漫主义情怀观照现实生活,用光明驱散黑暗,用美善战胜

[①] 宗白华.美学散步[M].彩图本.上海:上海人民出版社,2015:76.
[②] 同上。

丑恶,让人们看到美好、看到希望、看到梦想就在前方。"①

三、文学的沟通作用

文学蕴含着话语的权力,通过文学创作、鉴赏、传播与接受,作家以批判性的视野、眼光、意识来表达其对于宇宙自然和社会人生的理解与感悟,从而"为天地立心、为生民立命"。而读者、批评家们也借助于"异趣沟通"的方式,实现文学的场域化交往,建构一种新型的审美意识形态。"一方面,文学作为一种重要的话语实践,通过二元对立的叙事,通过作用于我们的感知、体验和观念,通过促使我们积极回应意识形态这一绝对主体向我们发出的质询,通过在人的意识或无意识层面上改变人们的信念,而使自己成为一种具有隐匿性质的意识形态装置,成为一种符号权力;但另一方面,文学对于自己审美形式的追求又可能会使自己成为特定意识形态的离心力量,文学话语的文学性可能会淘空、肢解和撕裂意识形态的整体性、具体性和连贯性,并导致它所由出发的符号权力遭到削弱,甚至于解体。也就是说,文学可以被确认为一种话语权力,一种符号权力或意识形态,但却远不是一种严密、稳定和完善的权力。"②

这段论述指出,文学作为一种特殊的话语实践,其特异性作用是在"运用意识形态挑战意识形态"。前一个"意识形态"的观念、意义体系,是指经由文学语言、形象、叙事和情感等多种因素组合而成的"形式世界",经由作者的主体性创造和读者的接受效应而共同生成的作品的"意蕴世界"。后一个"意识形态"的观念、意义体系,特指在日常生活世界中被长期的文化习俗或社会心理结构固化、"结构化了"的观念系统。交往行动者们在自身所集聚、生成的社会结构中,共同遵循或被"规训"为某一概念化的体系之中。

这种教化与规训,是寓教于乐的"作家的职业是与社会有摩擦的,因为它有前瞻性,它的任务不是去顶礼膜拜什么,不是歌颂什么,而是去追求去怀疑,它可能批判,但这种批判是建立在对世界对人生意义怀疑的立场上,而不是明确着什么为单纯的功力去批判,所以,作家与社会的关系永远是紧张的,这种紧张愈强烈愈能出好作品"。③

而正因为了作家的批判性思维和反思性重构,文学艺术的价值才能在追求真善美、摒弃假恶丑的"规训"中得到实现。正如美学家李泽厚所言,艺术应当以美启真、以美储善、以美化美。这是一种文艺规律。对此,习近平总书记在2014年10月召开的文艺工作座谈会上指出:"追求真善美是文艺的永恒价值。艺术的最高境界就是让人动心,让人们的灵魂经受洗礼,让人们发现自然的美、生活的美、心灵的美。""我们要通过文艺作品传递真善美,传递向上向善的价值观,引导人们增强道德判断力和道德荣誉感,向往和追求讲道德、尊道德、守道德的生活。只要中华民族一代接着一代追求真善美的道德境界,我们的民族就永远健康向上、永远充满希望。"④

---

① 中共中央宣传部.习近平总书记在文艺工作座谈会上的重要讲话学习读本[M].北京:学习出版社,2015:81-82.
② 朱国华.文学与权力:文学合法性的批判性考察[M].上海:华东师范大学出版社,2006:21.
③ 贾平凹.关于散文[M].北京:生活·读书·新知三联书店,2015:159.
④ 参见 http://news.xinhua&net.com/zgix/2015-10/15/c_134715070.htm.

四、文学的辐射作用

《文心雕龙》指出,"文变染乎世情,兴废系乎时序。"在当前语境下谈文学的作用,尤其要重视文化的引领、辐射和凝聚作用。习总书记在文艺座谈会上还指出,文艺是时代前进的号角,最能代表一个时代的风貌,最能引领一个时代的风气。

文学具有历史性和时代性,也即文学创作深受特定时代、特定历史的局限和影响。歌德认为,"作家与普通人一样不能制造他降生和工作的条件。每个人,包括最伟大的天才在内,在一些方面受他所处的那个时代的苦处,正如在另外一些方面也会从它那里受益一样。因此一个出类拔萃的民族作家的产生,我们只能向民族要求。"[①]以上的论述,我们从许多作家创作和成长的例证中可以看到:孔尚任、曹雪芹经历了时代的断裂与家族的变故,他们的创作才能紧扣时代的脉搏,写出一段特殊的世情故事和兴废情怀;没有新中国成立后中国农业合作化运动的风云变幻,作家柳青也就不能写出既具有史诗品格、又带有浓厚政治印记的《创业史》;同样,正如厚夫(梁向阳)在《路遥传》中所记述的那样,当代著名作家路遥的青少年成长历程中,经历了家族仪式("过继给大伯顶门")、求学苦难、贫穷饥饿、校园意气、"文革"武斗等一系列不平凡的历史记忆和世代浸染,才形成了作家基于陕北地域的特殊文学体验,滋养了路遥作为一名现实主义作家所特有的理想主义、青春激情和政治诉求,也才有了《平凡的世界》这样一部展现"民族特性"的经典作品。

正因为文学具有历史和时代性,我们才强调,任何一个时代的文学活动,都不能脱离时代的语境,也应该成为本民族文明进步、政治发展和审美提升的心体基石。中国文学脱胎于中国文化的母体,具有经世致用的特殊品格和传统。本民族文化传统中,我们既重视乐感文化,也重视文德文道。因而,重视文学的政治性,用文学的爱国情怀"春风化雨、润物无声",这是当下文学作用显现的重要途径。

关于文学与政治的关系,中国当代著名作家多从不同视角谈到了自己的观点。陈忠实在《白鹿原》开卷中即用"小说被认为是一个民族的秘史(巴尔扎克语)",表达了自己的文学观念。贾平凹也说过,文学是摆脱不了政治的,不是要摆脱,反而需要政治。"这种政治不是狭隘的政治,而是广义的政治。""我们要明白我们是怎样的一个民族。中华民族是苦难的民族,又加上儒家文化的影响,造就了强烈的政治情结。所以,关注国家民族,忧患意识是中国人和作家无法摆脱的,这也是中国作家的特色。如何在这一背景下、这一基调下按文学规律进行创作,应该以此标尺衡量每一个作家和每一个作品。而新的文学是什么,我以为应是有民族的背景,换一句话就是政治背景,但它已不是政治性的。"[②]

在作家看来,这种"政治性"显然不是仅仅指代表统治阶级意识形态的上层建筑意味的"政治",而是基于国家民族发展的大视角、体现共有的时代意愿和情绪的"政治"。以

---

① 歌德.歌德文集(第10卷)[M].范大灿,安书祉,黄燎宇,等译.北京:人民文学出版社,1997:14.
② 贾平凹.关于散文[M].北京:生活·读书·新知三联书店,2015:161.

此来观照当下时代的中国文学,正如习近平总书记在全国文代会、作代会上所指出的那样,面对拥有十三亿多人口的中华民族的伟大复兴这一历史进程,我们的文学和文学家应该"心中有大义,笔下有乾坤","铸就中华民族伟大复兴的文艺高峰"。这种对时代潮流、民族愿景和人民立场的坚守,就是当下中国文学的"政治性"的最根本的体现。

第四节　文献选读

一、《文心雕龙·原道》(刘勰)

在《文心雕龙》一书中,刘勰秉持了儒家文论的基本立场,以原道、征圣、宗经标举"文心",对汉末以来"缘情绮靡"的浮奢文风做了挽救和纠偏。总体而言,刘勰的《文心雕龙》一书,既体现了中国古代文学观念特殊流变的历史性与时代性特征,又彰显了中国文学理论传统的"本土化知识生产的谱系化"特质,值得我们重视。

《原道》篇是其中作为"文之枢纽"的代表作,也是古人从文学角度首提"原道"传统的文本。本篇中,刘勰提出"文之为德也大矣"的文德观,这是其对文学的属性或功用的总体判断。文学的这一"德",就礼乐教化说,指功用;就形文、声文说,指属性。文德体现在其"文心之作本乎道",推崇文学的根源在于道,而非形式、语言等外在的东西。这种"道",既是朴素唯物主义的天地意志的"自然之道",也是"天地人三才合一、标识天地之心"的"人文之道"。正所谓"心生而言立,言立而文明,自然之道也"。"道言圣以垂文,圣因文而明道,旁通而无滞,日用而不匮。"用文学、文章来"明道",既是文学观念上重视内容、淡化形式的革新,也是文学价值上回归本源、以自然为宗的守成,其最终取向,暗含着中华人文传统对"实用理性"的强调。

由此观之,刘勰主张文学要"本乎道"。他的这种朴素的文道观,折射着中国古代"道本论"宇宙观、哲学观在文学领域的长期而深厚的影响。中国古代人文传统非常重视文学活动中对"道"的传承(尽管这个"道"的学理内涵具有复杂的多义性和模糊性,在儒家、道家等不同体系中指涉各异),形成了特殊的"道统"。总体而言,中国人讲文学,重视强调文学的辐射性、天人合一性,重视文学的社会效应和经世功用。文学被视为一种非自足的特殊载体,来呈现一种"道(天道、人道与文道的合一)"的内涵与力量。

二、《文学理论·文学的作用》(韦勒克,沃伦)

这部由美国批评家韦勒克和沃伦合著的作品,区分了文学的"外部研究"和"内部研究",重点研究文学的"内部",以此彰显文学的"文学性"。我们节选的《文学的作用》一节中,韦勒克指出:文学的作用与文学的本质密切相关。他通过梳理西方古典以来的文学价值观,对文学的作用问题提出意见。如贺拉斯所言,诗是甜美而有用的。文学给人的快感是一种高级的快感,即从无所希求的冥思默想中取得的快感。文学的有用性是令人愉悦的严肃性。同时,文学兼具多重作用,可以传达知识,具有认识价值。文学通过作品的蕴涵宣示自己的"真理",并具有"净化"功能。

通过两篇经典文献的阅读,我们会发现,无论关注内部还是外部,文学总以其特殊的符号创造,为我们打开一个依靠想象和情感"美化"了的艺术的世界。

本章问题

1. 为什么说文学是人的一种"特殊的符号行动"?
2. 从中西方文学观念的历史演变中,你看到了哪些差异?
3. 在当下的网络化时代,文学的情感替代的作用如何体现?
4. 比较《原道》和《文学的作用》,分析中西方文学理论对文学的阐释和认知有何不同?

参考文献

[1] 朱东润. 中国历代文学作品选[M]. 上海:上海古籍出版社,2002.
[2] 耀斯. 审美经验与文学解释学[M]. 顾建光,顾静宇,张乐天,译. 上海:上海译文出版社,2006.
[3] 伊格尔顿. 二十世纪西方文学理论[M]. 伍晓明,译. 北京:北京大学出版社,2007.
[4] 托尼·本尼特. 文学之外[M]. 强东江,译. 北京:人民出版社,2016.
[5] 卡西尔. 人论:人类文化哲学导引[M]. 甘阳,译. 上海:上海译文出版社,2013.
[6] 韦勒克,沃伦. 文学理论[M]. 刘象愚,邢培明,陈圣生,等译. 南京:江苏教育出版社,2005.

第二章

多角度认识文学

　　文学作为一种复杂的存在,可以从多个角度去认识。从文学与生活的关系看,文学从审美的角度反映生活,是一种审美形态;从文学与其他艺术对比的角度看,它以语言为艺术载体,是一种语言艺术;从文学在社会结构中的地位看,它负载着各种文化信息,是一种文化存在。

　　第一节阐述文学作为一种审美形态的含义和表现。本节首先从形式和人文内涵的角度阐述了对文学审美的理解;其次从文学的情感性、形象性和技巧性三个层次,由内及外地阐述了审美在文学中的具体表现。

　　第二节阐述文学作为一种语言艺术的含义及特点。本节首先从语言在文学中的作用角度阐述了文学作为一种语言艺术的内涵;其次依据文学语言的技巧性、文学形象的间接性及表现生活的自由性三个角度,由外至内地分析了文学作为语言艺术的特点。

　　第三节阐述文学作为一种文化存在的含义及表现。本节首先从文化建构和文化产品的角度阐述了文学作为一种文化存在的含义;其次从文学的意识形态性、文学的文化包融性、文学的诗性文化特征三个角度,阐述了文学作为一种文化存在的表现。

　　第四节是两篇个案分析。两篇个案分别节选自童庆炳的《关于文学特征问题的思考》和杰姆逊的《后现代主义与文化理论》,前者是新时期以来中国关于文学本质认识的代表性论文,后者是后现代主义文艺理论的经典文献。

　　文学作为一种复杂的存在,可以从多个角度去认识。从文学与生活的关系看,文学从审美的角度反映生活,是一种审美形态;从文学与其他艺术对比的角度看,它以语言为艺术载体,是一种语言艺术;从文学在社会结构中的地位看,它负载着各种文化信息,是一种文化存在。

第一节　文学作为审美形态

　　文学从审美的角度反映生活,文学审美的含义是什么,它具体表现在什么地方,不同的文艺理论家有不同的看法。本节从形式内涵和人文内涵两个角度阐述文学审美的含义,形式内涵指表达上的形象思维和语言技巧,人文内涵指内容上对生活意义和价值的揭示。然后从文学的情感性、文学的形象性、文学的技巧性三个层次,由内及外分析审美在文学中的具体表现。

　　分析过程中,紧扣文学与科学、宗教、道德和实用文体的区分,文学的审美性是在与它们的比较中彰显出来的。

一、文学审美的含义

1. 文学审美的形式内涵

　　无论中国还是西方,最初的文学都指用文字写成的文献。钱基博认为六朝以前,文学乃"述作之总称"①,而乔纳森·卡勒说一千八百年前的西方,literature 这个词指的是"著作"或者"书本知识"②。只是后来,人们在对"文学是什么"的自觉追求中,才逐渐发掘出文学的审美属性来:

　　一是从文学与科学比较的角度,认为文学不同于科学的地方在于它是用艺术形象这一感性的形式去对探求真理,因此形象性是文学审美的基本特性。自从 18 世纪美学作为一门独立的学科诞生以来,西方就是从这个角度界定文学和艺术的审美特性的。黑格尔说:"艺术之所以异于宗教与哲学,在于艺术用感性形式表现最崇高的东西。"③别林斯基认为:"哲学家用三段论法,诗人则用形象和图画说话,而他们所说的都是同一件事。"④20 世纪 50—70 年代的中国文艺理论受这一观点影响很深,文学的审美性在于形象是此一时期人们的普遍认知。

　　二是从文学语言与其他语言对比的角度,认为文学审美的特性在于其独特的语言运用。在"文的自觉"时代的魏晋,曹丕的《典论·论文》说:"夫文本同而末异,盖奏议宜雅,书论宜理,铭诔尚实,诗赋欲丽。"这里的"丽"指的是语言辞藻的华丽,曹丕认为这是诗歌和赋区别于奏章、书信、铭文、诔文等实用文体的重要特征。19 世纪末期,俄国形式主义代表斯克洛夫斯基批判了艺术"用形象来思维"的传统看法,他从文学语言与实用语言的区分中,独辟蹊径地得出:"这样,我们便得出作为被阻挠的、变形的言语的诗之定

---

① 钱基博.中国文学史[M].北京:中华书局,1993:3.
② 乔纳森·卡勒.当代学术入门:文学理论[M].李平,译.沈阳:辽宁教育出版社,1998:22.
③ 黑格尔.美学(第一卷)[M].朱光潜,译.北京:商务印书馆,2008:10.
④ 别林斯基.别林斯基论文学[C]//别林金娜.别林金娜选辑.梁真,译.北京:新文艺出版社,1958:20.

义。"①即文学之所以为文学,在于其对实用语言的偏离(被阻挠的、变形的言语)。此后,独特的语言运用是文学审美的基本特性成了西方理论界的重要共识。

2. 文学审美的人文内涵

从形象思维或者独特语言运用的角度探求文学的审美特性,确实指出了文学审美的一些基本特性,但忽视了审美包含的人文内涵。

按照马克思的看法,审美是人与世界的一种特殊关系,它是在人类漫长的社会实践过程中逐渐形成的。在人类历史上,人与世界的关系首先是物质改造关系,即人类为了满足物质生存需要,对世界进行物质实践改造活动。其次是认识关系,即人类为了更好地从事物质实践改造,对事物客观规律的探求和认知。人类根据自己掌握的客观规律,创造工具,对世界进行物质改造,使世界按照人类的意志发生改变,一方面满足了人类的物质生存需要,另一方面又使其成了人的智慧和力量的证明。马克思说:"劳动的产品就是固定在某个对象中、物化为对象的劳动,这就是劳动的对象化。劳动的现实化就是劳动的对象化。"②意即人类通过劳动的过程,将自身的力量融化到劳动产品中,劳动产品成了人类劳动能力的一种体现,即"劳动的对象化"。

这就为人类从外在世界中去感受和理解人的价值和意义提供了可能。一个劳动者建造了一幢房子,既满足了自己住的物质需求,而且由于这幢房子是自己亲手建造的,他还能从中体验到自己智慧的高超、身体的灵巧,从而获得一种巨大的成就感和愉悦感。人运用感觉器官,在外在世界中感悟到自身的物质力量和精神力量,进而体悟到自身的价值和意义,从而获得一种精神的愉悦感,这就是美学上说的人与世界的特殊关系——审美关系。审美,就是对内化在外在世界中人的物质力量和精神力量的体悟和欣赏。所以,文学作为一种审美形态,它从审美的角度反映生活,根本的还在于对人和人生意义的揭示和把握。文学主要不是像科学那样探求生活的真理,而是揭示生活对人的意义和价值、导引人向善。勃兰兑斯说:"文学史,就其最深刻的意义来说,是一种心理学,研究人的灵魂,是灵魂的历史。"③

二、文学审美的表现

1. 文学的情感性

审美是对内化在对象中人的物质力量和精神力量的体悟和欣赏,如果作家体悟到的是人类美的物质力量和精神力量,他就会肯定它,反之则会否定它,所以文学作品中天然地包含作家的思想情感评价。康德认为科学的目标是获取事物的客观知识,文学艺术的目标是探求事物的价值并做出情感判断:"为了判断某一对象是美或者不美,我们不是把

---

① 斯克洛夫斯基.作为程序的艺术[M]//伍蠡甫,胡经之.西方文艺理论名著选编(下卷).北京:北京大学出版社,2009:386.
② 中共中央马克思恩格斯列宁斯大林著作编译局.马克思恩格斯全集:第42卷[M].北京:人民出版社,1979:91.
③ 勃兰兑斯.十九世纪文学主流:第1分册[M].张道真,译.北京:人民文学出版社,1980:2.

[它的]表象凭借悟性连系于客体以求得知识,而是凭借想象力(或者想象力和悟性相结合)连系于主体和它的快感和不快感。"①

文学作品之所以包含作家的思想情感评价,是因为审美是人与世界的一种价值评价关系,即人站在自身的立场对事物是否美做出情感价值判断。不同的人有不同的立场,他对事物是否美的价值评判会不一样,这就导致文学创作中,即便写作的是相同的对象,写出来的结果也不一样。以鲁迅和沈从文为例,他们的文学作品都用了相当篇幅描写中国的农民,但鲁迅作为一个启蒙思想家,他更多地看到中国农民愚昧的一面,因而其作品中的农民基本呈现为愚昧、麻木的精神状态;而沈从文作为一个乡土的歌者,他在城乡的对比中,更多地看到农民质朴、自然的一面,因而其作品中的中国农民基本呈现为自然、质朴的精神状态。

作家在作品中注入自己的情感评价,是为了揭示生活的意义和价值、导引读者向善。鲁迅在《阿Q正传》中,以"怒其不争"的态度批判阿Q的精神麻木,目的是引导国人在落后时不要麻木自欺,而应奋发图强。沈从文在《边城》中,讴歌翠翠与傩送在爱情选择上的纯真,否定"父母之命、媒妁之言"和看重物质利益的婚姻观,目的是引导国人在生活中多一些自然和纯粹,少一些"文明"和物质的异化。事实上,只有在作家情感评价的烛照下,生活中的黑暗才会暴露,有价值的生活才能得到彰显。托尔斯泰评价莫泊桑的《一生》说:"读者能感觉到作者是爱着这个女性……读者要问:为什么,何以这个优美的女性被毁灭了呢?难道应该这样吗?读者心中就自然而然产生了这个问题,而迫使他们思索人生的意义。"②没有莫泊桑的同情,生活的黑暗和面对这种黑暗的正确态度就无法彰显,作家通过作品引导人追求向善的目标就无法达成。

文学通过情感评价引导读者追求向善,这就要求作者的情感评价要真挚、立场要合理。从真挚的角度看,作家需要写自己真实体验过的社会生活。老舍的《茶馆》虽然也是"文学为政治服务",但由于他写的是自己曾深度体验过的市民生活,这部剧作的情感评价真挚动人。相反,20世纪中国文学很多作家,没有相应的政治体验,强行创作,只能导致情感评价的空洞和虚假。从立场要合理的角度看,作品的情感倾向要有助于提升人类善的价值,宗教和道德虽然也讲究提升人类善的价值,但它们为了维护特定的教义和伦理思想,往往会否定人性中一些合理的世俗欲望,从而有违对人类善的价值的提升。文学则既要肯定人性中合理的世俗欲望,又不能局限于此,它还需要追求更高的人生意义境界。

2. 文学的形象性

审美是对内化在对象中人的物质力量和精神力量的体悟和欣赏,这里的"对象"指外在物质世界,它是一个看得见、摸得着的活生生存在,所以审美的基本特点是形象性。蒋

---

① 康德.判断力批判[M]//伍蠡甫,胡经之.西方文艺理论名著选编(上卷).北京:北京大学出版社,2009:367.

② 托尔斯泰.莫泊桑文集序言[M]//伍蠡甫,胡经之.西方文艺理论名著选编(中卷).北京:北京大学出版社,2009:438.

孔阳说:"人的本质力量(即人的物质力量和精神力量——引者注)通过劳动实践,在外在世界中取得了物质感性形式的存在,变成了具体的形象。"①文学从审美的角度反映生活,形象性就成了文学的一个基本特点。与现实生活形象不一样,文学形象凝聚着作家对生活的情感认识,它总是会揭示生活一定的意义,因而具有主观与客观、个别与一般相统一的特点。形象对文学的意义,下面三点尤其需要注意:

首先,它是否生动形象,是我们评价文学作品审美价值优劣的重要标准。比如朱自清的《背影》:"我看见他戴着**黑布**小帽,穿着**黑布**大马褂,**深青布**棉袍,**蹒跚地**走到铁道边,**慢慢**探身下去,尚不大难。"这段叙述的描写运用非常出彩,如果把黑体描写词去掉,这样改写:"我看见他戴着小帽,穿着大马褂和棉袍,走到铁道边,探身下去,尚不大难。"那么,由于描写词的删除,我们将无法知晓"父亲"戴着怎样的帽子,穿着什么样的大马褂和棉袍,他又是如何走到铁道边并怎样探身下去的,句子的形象刻画和表现效果显然逊色不少。

其次,由于文学用形象进行表达,所以在思想情感的表达上应该力求隐蔽,避免直露。恩格斯在《致敏·考茨基》中说:"可是我认为,倾向应当从场面和情节中自然而然地流露出来,而无需特别把它指点出来。"②即作家不应该像道德那样进行说教式地直接表达,而应该把思想情感融化在故事之中,让其在阅读中自然而然地流露出来。如《祝福》,鲁迅在这部作品中力图通过祥林嫂的死,批判封建礼教和封建迷信思想对中国人的精神戕害,但他并没有直接说明,而是把它融化在对祥林嫂故事的描写中,让读者自己在阅读的过程中体会出来。这表现在中国古代诗话中,就是对诗歌含蓄的强调,所谓含蓄就是思想情感不要直接在作品中说出来。王国维说的"有我之境"和"无我之境",谈的就是文学表达应该含蓄:

> 有有我之境,有无我之境。"泪眼问花花不语,乱红飞过秋千去。""可堪孤馆闭春寒,杜鹃声里斜阳暮。"有我之境也。"采菊东篱下,悠然见南山。""寒波澹澹起,白鸟悠悠下。"无我之境也。有我之境,以我观物,故物我皆著我之色彩。无我之境,以物观物,故不知何者为我,何者为物。古人为词,写有我之境者为多,然未始不能写无我之境,此在豪杰之士能自树立耳。③

前两句,在文中直接出现"泪眼""可堪"等表达作者主观思想情感的词,所以是"有我之境",后两句没有出现直接表达作者主观思想情感的词,所以是"无我之境"。可见,"有我之境"指情感表达比较直露的作品,"无我之境"指情感表达比较隐蔽含蓄的作品。对此,王国维认为,很多人都能写"有我之境"的作品,但能写"无我之境"作品的必须是

---

① 蒋孔阳.关于美的本质问题的一些探讨[C]//李书敏.蒋孔阳自选集.重庆:重庆出版社,1999:80-81.
② 中共中央马克思恩格斯列宁斯大林著作编译局.马克思恩格斯选集:第4卷[M].北京:人民出版社,1995:673.
③ 王国维.人间词话译注[M].施议对,译注.长沙:岳麓书社,2003:7.

"豪杰之士",意即"无我之境"的作品比"有我之境"的作品,在艺术品位上要更高。

最后,文学用艺术形象来进行表达,而对形象的解读可以从多个角度进行,所以文学作品的主题意蕴往往是丰富的,可以从中解读出政治、道德和宗教等多种内涵。不过,我们想着重强调的是,虽然文学可以容纳政治、道德、宗教等其他内涵,但必须建立在形象塑造的基础上,一个显然的事实是,如果《西游记》缺乏对孙悟空、唐僧、猪八戒等生动人物形象的塑造,它可能是政治、道德、宗教的通俗读本,绝不会是优秀的文学作品。

3. 文学的技巧性

在中西文艺理论史上,文学的审美特性从来就包含语言技巧的合理运用。前文已经指出,曹丕就是从语言技巧的角度区别文学文本与其他文本的。而陆机在《文赋》中说:"诗缘情而绮靡,赋体物而浏亮。""绮靡"是文辞美丽之意,"浏亮"则是清楚明白的意思,谈论的都是文学文本的语言技巧问题。事实上,魏晋之后,从辞藻运用、音韵选择、诗法分析、字词提炼、文法探究等方面对文学文本进行阐释构成了中国古代文论一个非常显明的特征。

西方文论,从亚里士多德的《诗学》《修辞学》,贺拉斯的《诗艺》,一直到布瓦洛的《诗的艺术》,莱辛的《汉堡剧评》,对文学文本语言技巧的讨论一直没有中断。19世纪末,随着俄国形式主义文论的出现,分析文学文本的语言技巧开始占据西方文论的中心舞台。此前,文学的语言技巧还仅仅是一种艺术表达手段,到俄国形式主义文论这里,它们构成了文学之所以为文学的唯一标识。雅各布森说:"文学科学的对象不是文学,而是'文学性',也就是说使一部作品成为文学作品的东西。"[①]这里的文学性指的就是文学文本中的语言技巧。俄国形式主义文论对语言技巧的关注,在20世纪的新批评和结构主义批评中获得了回响,前者在诗歌的隐喻、反讽、张力、复义、象征等语言技巧上面用力颇深,后者则在小说的事件组合、视角选择、叙述节奏等叙述技巧上进行了集中探讨。

语言技巧成为文学审美的一个基本属性,是因为文学的形象塑造和情感表达都有赖于文学技巧的运用。《左传·襄公二十年》记载孔子的话说:"言而无文,行之不远。"一部文学作品如果没有文采,形象塑造就无法生动,思想情感的传达也难以久远。所以,语言技巧之所以具有审美属性,是与其负载的内容密切相关的。乔纳森·卡勒评价俄国形式主义,认为"突出的语言"并不能作为文学的完整定义,一个明显的例子是没有任何人会把绕口令作为文学,因此问题的关键不在"突出的语言",而是"在文学中寻找和挖掘形式与意义的关系,或者说主题与语法的关系,努力搞清楚每个成分对实现整体效果所做的贡献"[②]。所以,分析文学作品的语言技巧,一定要结合内容传达和艺术效果进行,任何割裂两者关系的做法都有失偏颇。

在进行语言技巧运用的时候,需要避免脱离具体内容,为语言而语言,为技巧而技巧。布瓦洛在《诗的艺术》中曾经尖锐地讽刺那些不围绕题旨在语言上进行大肆渲染的

[①] 转引自鲍·艾亨鲍姆."形式方法"的理论[M]//托多罗夫,编选.俄苏形式主义文论选.北京:中国社会科学出版社,1989:24.

[②] 乔纳森·卡勒.当代学术入门:文学理论[M].李平,译.沈阳:辽宁教育出版社,1998:32.

行为,说这是"浮词滥调","说得过多的都无味而又可嫌"①。钱钟书《围城》中的比喻,既因为其"用抽象比喻具象"的新奇而让人称道,又因为某些地方不够经济,一个比喻能说明的却铺排若干个比喻,从而被人批评为是为技巧而技巧,有"炫智"的嫌疑。

第二节　文学作为语言艺术

所有艺术都是审美的,文学作为艺术的一种,有其独到的特点。本节主要探讨文学与其他艺术的关系,并在这样一种比较中彰显文学的特点。首先,本节界定了文学作为语言艺术的基本内涵,讨论了语言在文学活动中的地位;然后从语言运用的技巧性、形象塑造的间接性、表现社会生活的自由性三个维度阐述了文学作为语言艺术的特点。

分析过程中,紧扣文学语言与日常语言、科学语言的差异,以及文学与其他艺术类型的区别。

一、文学作为语言艺术的内涵

任何一种艺术都需要一定的物质载体来传达自己的审美经验,绘画、雕塑等造型艺术用的是线条、色彩等物质手段;音乐、舞蹈等表演艺术用的是旋律、形体动作等物质手段;影视戏剧等综合艺术则综合运用色彩、音乐、形体动作、语言等多种手段。文学作为一种特殊的艺术类型,其物质手段是语言,文学作为语言艺术是在这一比较的意义上确立的。

1. 语言是文学的表达工具

语言是文学的表达工具是一个显而易见的事实,作家在现实生活中的体悟,如果不表达出来,谁也无法知晓。一旦表达,就需要表达的工具。正如前文所指出的那样,不同的艺术家用以外化自我精神的物质手段是不同的,作家用的是语言。高尔基说:"语言把我们的一切印象、感情和思维固定下来,它是文学的基本材料。文学就是用语言来表达的造型艺术。"②

语言是作家用以表达自我的工具,但他们又往往感到语言无法准确、完整地传达自我意图,陆机在《文赋》中说"恒患意不称物,文不逮意"。究其原因,一是在头脑中想象比较容易,用语言将来它表达出来比较困难。刘勰在《文心雕龙·神思》中解释为"意翻空而易奇,言征实而难巧也"。二是文学创作中的一些感官印象和情感中的一些细微起伏难以用语言描绘,从而造成了表达的困难。爱德华·萨丕尔将之称为艺术的物质限制:"个人表达的可能是无限的……然而这种自由一定有所限制,媒介一定会给它些阻

---

① 布瓦洛.诗的艺术[M]//伍蠡甫,胡经之.西方文艺理论名著选编(下卷).北京:北京大学出版社,2009:181.

② 高尔基.论文学(续集)[M].冰夷,等译.北京:人民文学出版社,1997:387.

力。"①从文学史上看,作家是否优秀,一个重要的衡量标准就是看他能否通过各种语言运用技巧最大限度地破解这些阻力。由此,对文学语言技巧的关注成了中外文艺理论恒定的话题,西方的形式主义批评甚至搁置意义,直接认为独特的语言技巧是构成文学之所以为文学的所在。

2. 语言是文学的思维工具

将语言当作为文学的表达工具,有其合理的地方,也有错误的认知。持这种观点的人基本上认为作家在创作的时候先有思想和情感,然后再用语言将它表达出来。实际情形是,在创作过程中,思想情感和语言是同时出现的,一种思想情感如果不能用语言描绘,就无法指认它是什么,也就意味它还没有完全成型。朱光潜说:"心里一阵感触,如果已经认识得很清楚,就自然有语言能形容它,或间或地暗示它","我们通常自以为在搜寻语言(调配语言的距离),其实同时还在努力使情感思想明显化和确定化(调配情感思想的距离)"。② 可见,语言不仅是作家的表达工具,同时还是他认识世界、探索世界的思维工具。

20世纪西方的"语言学革命"推进了对这一问题的认识,即历史发展到现在,人总是出身在某种语言之中,他总是通过语言去认识和理解这个世界:"意义其实是被语言生产出来的。我们并不是先有意义或经验,然后再着手为之穿上语词;我们能够拥有意义和经验仅仅是因为我们拥有一种语言以容纳它们。"③从这样一个角度看,作家的语言创造就不仅仅是为了更完美地表达自我感受,而是在创造一种新的理解世界的可能。艾略特认为诗人"对语言则负有直接义务,首先是维护、其次是扩展和改进",一个"真正的诗人"可以"开掘别人能够利用的新的感受形式"。④

二、文学作为语言艺术的特点

1. 语言运用的技巧性

语言作为广泛运用的一种符号,不管人类从事什么活动,似乎都离不开它的参与。与人类在其他活动中使用语言相比,文学中的语言运用特点突出或特色鲜明。日常语言一般比较松散,缺乏严密的组织;科学语言虽然有所组织,但主要是理性的阐述,缺乏情感的表现。与上述两类语言不一样,文学语言往往饱含情感,并经过艺术家有意识的提炼和组织。另外,前两种语言以内容传达为目标,缺乏对语言本身的关注。文学语言则不仅注重内容,而且关注其是如何运用技巧将内容传达的。瓦莱里认为语言有两种效果,一种是"我对你说话,你如果听懂了,那么这些话就不存在了","就是说这些词语已经从你的心中消失,而由他们的对应物所取而代之";另一种是语言的"具体的形式由于它

---

① 萨丕尔.语言论[M].陆卓元,译;陆志韦,校订.北京:商务印书馆,2011:203.
② 朱光潜.诗论[M].桂林:广西师范大学出版社,2004:73-74.
③ 伊格尔顿.二十世纪西方文学理论[M].伍晓明,译.北京:北京大学出版社,2007:59.
④ 王恩衷.艾略特诗学文集[C].北京:国际文化出版公司,1989:243.

自己的效果,变得十分重要而确立了自己的地位,受到人们尊重"。① 日常语言和科学语言会产生第一种效果,瓦莱里将之比喻为"走路";文学语言会产生后一种效果,瓦莱里将之比喻为"舞蹈"。所以,文学语言以其技巧性而使自身凸显出来,成了被关切的重要目标。事实上,关于文学语言的技巧,从音韵调配、修辞运用到字句选择、结构安排,中外文艺理论的归纳难以数计。这里仅想强调两点:

一是表达需生动形象。形象性是文学审美的基本特性,表达需生动形象就成了文学语言的基本要求。促成语言的生动形象,手段是多样的,这里只简要说明三点:一是在表达抽象的思想情感时,要善于"化虚为实",赋予其一种可感的形象,如"问君能有几多愁?恰是一江春水向东流"之所以能成为千古名句,一个重要原因就是它赋予了"愁"这一抽象的情感以"一江春水向东流"这一具体的形象,让人通过长江水量之大、无法切割去体会词人愁苦之深、时间绵延之长。二是巧用间接描写和侧面烘托,通过"化实为虚"的方式对事物进行描写。如《陌上桑》对罗敷美的描写,作者没有直接描写罗敷的体貌,而是通过大量铺排路人见过罗敷后的表现,从侧面烘托罗敷的美,以虚写实有时更加生动感人。三是对事物进行如实刻画的时候,要注重细节的把握和描写的运用。高尔基在回复一位年轻作者的信中对此进行了富有启发的阐述:"请允许我给您一个忠告:您通常用一些同样的动词式来描写动作和活动,例如:'她站起来,走过去,拿了,就坐下来','他看了看,咳嗽一下,弯了弯腰'等等。这是非常枯燥的和记录式的……作为一个读者,我是感觉不出动作的。我想知道,她是怎样站起来,怎样走过去——是悄悄地,摇晃地,愉快地? 他怎样地弯腰,是迅速地,带着讥笑地,勉强地?"②

二是表达要新颖独到。求新求变是文学发展的基本动力,唐诗抒情到宋诗说理的转变是中国古典诗歌求新求变的一次重要转折,由于是求新求变,所以两朝诗歌都取得了辉煌成就。西方形式主义者认为"陌生化"是文学语言的基本特色,是标识文学之所以为文学的所在。这个观点的片面性是显然的,因为"一个人的标准可能是另一个人的偏离"③,比如农民的某些语言,在知识分子那里可能是非常规表达和陌生化的,我们总不能因为某一知识分子用了他很少用而农民经常说的一句话就说这是文学。但是,如果把"陌生化"理解为新颖性,形式主义者对文学语言基本特色的认定仍然是富有启发性的。大致而言,文学可以从四个方面进行"陌生化"创新:一是通过语法的故意错置来造成新颖的表达效果,如鲁迅《秋夜》中的"在我的后园,可以看见墙外有两株树,一株是枣树,还有一株也是枣树",从语法上讲,后两句重复啰嗦,但作者正是通过这种不合语法的句式强调了枣树反抗天空的韧性和倔强。二是通过修辞的创造性运用来造成新颖的表达效果,比如钱钟书在《围城》中说鲍小姐是"局部的真理",因为真理是赤裸裸的,"局部的真理"意指鲍小姐穿着很暴露,与一般人用具体的事物比喻抽象的思想情感不一样,钱钟书

---

① 瓦莱里.诗歌与抽象思维:舞蹈与走路[M]//戴维·洛奇.二十世纪文学评论:上册.葛林,等译.上海:上海译文出版社,1987:436.
② 林焕平.高尔基论文学[M].桂林:广西人民出版社,1980:60.
③ 伊格尔顿.二十世纪西方文学理论[M].伍晓明,译.北京:北京大学出版社,2007:5.

以抽象的思想比喻具体的形象,形式特别,效果也非同一般。三是文字组织上进行刻意的选择和安排,比如沈从文的小说刻意少用"的"字,并且在文字使用过程中掺入一些古文,从而造成一种独具特色的文本表达效果。四是改变描写的角度,比如一般描写爱情都喜欢从心心相印的角度进行,如"在天愿为比翼鸟,在地愿为连理枝"、"两情若是长久时,又岂在朝朝暮暮";而中国现代主义诗人穆旦却认为不同阶段人会有不同的价值追求,此一时期你爱对方,另一时期可能就不爱了:"我和你谈话,相信你,爱你/这时候就听见我底主暗笑/不断地他添来另外的你我/使我们丰富而且危险。"这样的描写,由于新颖和陌生,确实别具一格,让人印象深刻。由这里,我们也能感受到语言表达的不同,确实不仅仅是作家为了更好地表达自我思想情感,它实在是体验世界方式的一种更新。

2. 形象塑造的间接性

语言作为一种抽象的符号形式,其能指与所指是任意的,比如现实生活中的花在汉语中叫"花",在英文中称"flower",之所以用"花"和"flower"这两个词指称花这种东西,来自一种约定成俗的规定,其中没有必然的逻辑联系。在这一点上,语言符号和色彩、线条、影像、音响是很不一样的,后者可以直接被人的视觉、听觉直接感知到,而语言由其抽象性则难以被感觉器官感知到。所以,同样是艺术,绘画、雕塑、影视和音乐由于其物质手段是色彩、线条、影像和音响等可感知的符号,其艺术形象具有直接显现的特点,而文学由于以语言这种抽象的符号为物质手段,其艺术形象无法直接呈现到人的感官面前,他需要读者运用理智去理解语义,并运用想象在头脑中进行再现,这就是文学形象塑造的间接性。

由于无法直接呈现事物的感性状貌,而语言又具有概括性的特点,这就导致了文学形象塑造的模糊性。比如鲁迅对孔乙己外貌的描写:"他身材很高大;青白脸色,皱纹间时常夹些伤痕;一部乱蓬蓬的花白的胡子。"这一段描写非常细致,然而由于它不是对孔乙己相貌的直接展现,仍然留下了很多空白和模糊之处,如"身材很高大"就非常概括,现实生活中身材高大的人所在多是,孔乙己到底是张三的"身材很高大",还是李四的"身材很高大",这就比较模糊,只能凭读者自己去想象。在实际的文学阅读中,如果说将林黛玉理解为一个敏感的少女,这一点不会有歧义,那么她是一个怎样的敏感少女则总是会由于读者生活经验的不同而呈现为不一样的形态。从这个角度看,"一千个读者有一千个哈姆雷特"几乎是必然的。

既然对文学形象的解读,很大程度上受制了读者,所以读者本身的文化程度和生活体验决定了他对一部作品理解的深度和广度。观看电影、聆听音乐和欣赏绘画,只要想象力足够丰富,即使不识字也能进行初步的欣赏,但阅读文学必须要能识字,而且由于语言在长期的使用过程中会负载一些文化,知识文化水平越高,就越能更好地解读文学形象。比如,徐志摩的"那河畔的金柳/是夕阳中的新娘/波光里的艳影/在我的心头荡漾"这几句诗,一个文化水平不高的读者,只能分析出景色优美,而文化水平稍高的读者,只要他明白在中国古典诗歌中,"柳"由于与"留"谐音,它一旦在诗词中出现,往往蕴含有留恋之意,那么他对徐志摩这几句诗歌形象的理解显然会很不一样。至于读者个人经验的深浅会影响其对文学形象的理解就更加明显,人们经常说老年人更适合阅读《红楼梦》，就是因为只有生活经验足够丰富，才能真正体味作者形象塑造的一些深意。

文学形象的间接性，既是一个缺点，也是一个优点。缺点是缺乏直接的感官刺激，接受起来相对困难，这是当今影视占据人们精神享受主流、文学退居边缘的重要缘故。优点是欣赏起来比较自由，由于缺乏直接感官影像的限制，读者在阅读文学作品的时候可以充分调动自己的想象，获得更自由、更顺意的审美享受。在影视制作上，名著一直很难改编，一个重要原因就在于众口难调，影视剧中的林黛玉再完美，恐怕也难以媲美你阅读《红楼梦》时的自我想象。

3. 表现社会生活的自由性

首先，文学可以自由地对人的心理世界进行描绘。文学以语言符合作为自己的物质表现手段，而"语言是思想的直接现实"①，所以，文学不仅可以运用语言再现现实生活图景，而且可以直接地对人的心理世界进行描绘，这是其他艺术类型难以做到的。绘画、雕塑、影视等艺术类型，要想展示人的心理世界，只能通过形体动作进行启发性展示，既含蓄又模糊；音乐倒是可以直接对人的思想情感进行表达，但太抽象，没有经过专业的训练，很难理解。只有文学，不仅可以直接对人的心理世界进行描绘，而且以其意义的明确，让人很容易理解。在一部分优秀作家那里，甚至可以直接展示人物的多层次心理世界。比如托尔斯泰在描写安娜自杀前的心理，就用了很长一段话来展示她对爱情、人生、世界的看法，而且层层递进，最后在报复心理中跳下了站台。这样的多层次心理展示，在其他的艺术类型中几乎是不可能做到的。虽然影视可以有旁白，但过多的旁白肯定会伤害其艺术魅力，真正优秀的影视艺术应该通过演员的动作和神态展现人物的内心世界，而不是依靠旁白。

其次，文学在描写社会生活上不受时间和空间的限制。莱辛在《拉奥孔》这部著作中，认为绘画和雕塑属于空间艺术，为了表现动态的过程，只能选择"最赋予孕育性的那一顷刻"去刺激人的想象，"使得前前后后都可以从这一顷刻中得到最清楚的理解"。② 雕塑《拉奥孔》在表现拉奥孔和他的两个孩子被两只大蟒蛇缠绕撕咬时，就选择了惊恐的一刻进行表现。而文学作为时间的艺术，则可以对整个动态过程进行详细地描写，维吉尔在《伊尼特》中就对两只大蛇是怎么从海上过来，它们是如何撕咬拉奥孔及他的两个孩子，拉奥孔和他的两个孩子又是如何反抗，最终又是如何疼痛哀嚎的过程进行了详细描写。相比较而言，在表现拉奥孔和他的两个孩子被蟒蛇缠绕撕咬上，文学要更加自由。影视艺术和文学一样可以展现时间的动态过程，但由于镜头的限制，会受到空间的限制。虽然说当代技术的进步，影视艺术也能在一定程度上突破镜头的限制，但比起寥寥几笔就可以展现一个扩大的时空场景而言，影视艺术为了要表现一个壮阔的场景不得不花费大量的时间和金钱。从这个角度看，文学显然在表现空间上更加自由。

---

① 中共中央马克思恩格斯列宁斯大林著作编译局.马克思恩格斯全集：第 3 卷[M].北京：人民出版社，1960：525.
② 莱辛.拉奥孔[M]//伍蠡甫,胡经之.西方文艺理论名著选编(上卷).北京：北京大学出版社，2009：315.

此外,文学还可以利用语言艺术的优势,创造一些现实生活中不可能出现、其他艺术类型也难以再现的景象。比如鲁迅在《死火》中描写了一块被冰冻住了的火,像珊瑚一样很漂亮。这样的景象,不独生活中不可能出现,其他艺术类型也难以再现。

第三节　文学作为一种文化存在

文学不仅是以语言为物质手段,从审美的角度反映生活的艺术,它同时还是一种社会文化存在。本节将文学放在社会历史文化背景中进行考察。首先,本节从文化建构和文化产品两个角度界定了文学作为文化存在的含义;然后从文学的意识形态性、文学的文化包融性、文学的诗性文化特征三个层次论述了文学作为文化存在的具体表现。

在论述的过程中,既强调文化对文学的影响,又强调文学对文化的反作用;既强调文学的文化内涵,又强调文学的审美价值。

一、文学作为文化存在的含义

从文化的角度研究文学,属于他律性研究,目的是把文学放在整体的社会历史文化语境中,探究其地位和作用。马克思认为:"物质生活的生产方式制约着整个社会生活、政治生活和精神生活的过程。不是人们的意识决定人们的存在,相反,是人们的社会存在决定人们的意识。"[①]文学作品是作家创作的一种精神产品,而作家总是处于特定的社会历史语境中,其思想和认识会受到时代、民族、地域、政治、宗教、哲学等各式各样文化的影响,这就导致文学作品中总是包含着一定的文化意蕴,"文学作品中有丰厚的文化意义,文学艺术作品不能不是文化的载体"[②]。在我们看来,文学作为一种文化存在至少包含两层含义:一是文学乃作家通过文学创作进行的文化建构行为;二是作品是一种文化产品,总是包含着各种各样的文化意蕴。

1. 文学是一种文化建构

审美是一种价值关系,所以文学作品中总是包含作家对世界的情感评价,作家正是通过他的情感评价,对世界进行褒贬评判,从而导引读者向善。从文化的角度看,作家的情感评价来自于特定的文化立场,所以文学的情感评判实质上是一种文化观点的表达或建构。这里想提出两点来讨论:

一是作家出身于一定的社会历史文化之中,其思想和精神是从社会中习得的,决定了其创作的实质是站在特定文化立场进行的一种价值建构。美国人类学家潘乃德博士在《文化模式》中写道:"一个人自出生落地,社会的风俗就开始塑造他的经验和行为,到

---

① 中共中央马克思恩格斯列宁斯大林著作编译局.马克思恩格斯选集:第 2 卷 [M].北京:人民出版社,1995:32.
② 童庆炳.《文艺学与文化研究丛书》总序[M]//陶东风,徐艳蕊.当代中国的文化批评.北京:北京大学出版社,2006:1.

了能言之时,他已经是文化的小产品,更进而到成年而能参加社会活动时,社会的习惯就是他的习惯,社会的信仰就是他的信仰,社会的盲点就是他的盲点。"①西方后现代主义则认为人所表达的思想,既是个人的,更是这种思想所归属的文化的,"当我们说话时自以为自己在控制着语言,实际上我们被语言控制,不是'我在说话',而是'话在说我'。说话的主体是他人而不是我"②。

二是作家作为审美创作的主体,总是以其对人类生存状态的关注而突破相应文化立场的限定。马尔库塞在《审美之维》中说:"艺术具有超历史的、普遍的真理性,它就要求有一个不仅属于一个特殊的阶级,而且属于作为'类存在物'的人的意识,发展人的所有美化生命的官能。"③意即作家作为一个审美主体,关注人的生存质量是其立足点,他总是以此为基点去揭露生活的真相,以"颠覆占统治地位的意识,也颠覆普遍的经验"。我们认为,马尔库塞关于作家主体的阐述是非常深刻的,如托尔斯泰就以其对人的生存状态的关照,突破了贵族文化立场,表达了对农民的同情,批判了上层社会的腐朽。

2. 作品是一种文化产品

从写作的内容看,作品总是会反映时代、民族、地域等文化特点。审美的人文性决定了文学以描写人为中心,而人总是处在特定的时代、民族和地域之中,这就导致作品中的内容总是会反映出某种时代、民族和地域的文化特点。一般而言,文学作品所处理的题材如果是历史的,就得符合历史上特定时代的现实逻辑;文学作品所处理的题材是特定民族的,就得符合相应民族的文化性格;文学作品所处理的题材是地域的,就得写出该地域的文化生活习俗。如有违背,将会因为写作上的硬伤损害文学的真实性,从而造成阅读的障碍。

从写作的立场看,作品总是与一定的思想文化背景相关,从而蕴涵着政治、哲学、宗教等文化内涵。文学与政治的关系向来紧密,从政党政治的角度看,在阶级斗争激烈的时代,文学总是会反映出党派政治的立场;从社会政治的角度看,文学总是由于揭示了生活中的各种权利关系,而与性别政治、种族政治等密切相关。④ 作为社会的人,作家的世界观必然还会与哲学思想相连,这就导致文学作品中总是会反映出某些哲学的思想。宗教在中西历史上对许多作家人生观和世界的形成具有重要影响,必然会在一些作品中留下自己的印痕。

从写作的方式看,作家对题材的挖掘和处理,由于其典范性,会形成独特的人文传统,成为文学史上反复出现的母题和原型;而他处理题材所运用的一些技巧,会构成文学的惯例,所有这些构成了一种独特的文化形态:文学的人文性和技巧性。

---

① 九歌.主体论文艺学[M].北京:中国社会科学出版社,1989:89.
② 杰姆逊.后现代主义与文化理论[M].北京:北京大学出版社,1997:32.
③ 马尔库塞.审美之维[M]//胡经之,张首映.西方二十世纪文论选.北京:中国社会科学出版社,1989:367.
④ 陶东风.关于文学与政治关系的再思考[J].文艺研究,1999(4):21.

二、文学作为文化存在的表现

1. 文学的意识形态性

意识形态是一个复杂的概念,英国著名的文化学者约翰·斯道雷在《文化理论与大众文化导论》中说"'意识形态'的定义方式可谓汗牛充栋"①,所以在使这一概念的时候,正确的做法是根据讨论的议题做出具体的界定。意识形态在马克思的著作里也具有不同的用法,在《德意志意识形态》里,他从否定的意义上使用意识形态概念,认为它是一种"虚假意识";在《〈政治经济学批判〉序言》中,他又把意识形态作为中性概念来使用,认为它是反映特定社会生产关系的思想观念体系:"人们在自己生活的社会生产中发生一定的、必然的、不以他们的意志为转移的关系,即同他们的物质生产力的一定发展阶段相适合的生产关系。这些生产关系的总和构成社会的经济结构,即有法律的和政治的上层建筑竖立其上并有一定的社会意识形式与之相适应的现实基础。"②我们是在后一种意义上使用意识形态概念的,即意识形态是反映特定社会集团的利益、要求和愿望的那一部分思想观念,是他们想象和理解世界的基本立场。③

文学具有意识形态性是一个显然的事实。作家作为一个社会的人,总是处于特定的社会关系之中,从而受到特定社会集团文化观念的影响,其作品中表达的思想观念因而会呈现出一定的意识形态文化立场。比如,陶渊明隐居诗中的道家文化立场、杜甫"三吏三别"中的儒家文化立场、《牡丹亭》中的晚明心学立场、《红楼梦》中的个性解放和反封建立场、鲁迅小说中的思想启蒙立场、柳青《创业史》中的社会主义革命立场、古希腊神话中的人本主义立场、莎士比亚戏剧中的人文主义立场、《简·爱》中的男权意识和女性话语、托尔斯泰小说中的人道主义立场、萨特小说中的存在主义哲学思想等。文学中的意识形态有隐显之分,社会现实内涵鲜明的作品,其意识形态立场要显明些;而写景山水类文学作品,则隐蔽些。但不管怎么隐蔽,仔细分析仍然能找出其背后的意识形态立场。比如中国古代的山水诗,不管其思想倾向如何,展现的都是古代读书人的生活态度和理念,农民和一般的劳动者不可能具有对山水之美进行细细审视的闲情逸致。文学作品中的意识形态还有多寡之分,有的作品的意识形态立场可能只有一种,如杜甫的"三吏三别"。有的可能是多种,如巴尔扎克的《人间喜剧》。这部作品既站在封建贵族"亲情"的立场批判了资本主义的金钱关系,又站在资本家充满社会活力的立场批判了封建贵族的思想僵化和必然没落。

文学具有社会意识形态性,所以在作品解读的时候要有清晰的头脑,要意识到任何作品都是作家站在特定立场表达的对社会生活的特定认知,这种认知有其意识形态立场的优点,也必然有其盲区。比如鲁迅的小说,他从启蒙的立场对国民劣根性的揭示确实

---

① 斯道雷. 文化理论与大众文化导论:第五版[M]. 常江,译. 北京:北京大学出版社,2010:3.
② 中共中央马克思恩格斯列宁斯大林著作编译局. 马克思恩格斯选集:第 2 卷[M]. 北京:人民出版社,1995:32.
③ 参见赖大仁. 文艺与意识形态:从理论视野到文艺观念[M]//董学文,李志宏. 文艺意识形态学说论争集·2. 长春:吉林大学出版社,2009:34-43.

引人深思,非常深刻,但这种国民劣根性外国就没有吗?或者说中国的国民性格除了这种劣根性之外,是否还有优良的品性呢?我们只有站在自身的立场,与作品对话,才能更清楚地认识作品的思想价值。刘禾在其《国民性理论质疑》的长篇论文中,通过分析鲁迅的阅读史,指出鲁迅的国民性批判话语来自于传教士对中国的偏见,具有后殖民主义的文化色彩,就非常具有启示价值。当今中国,大众文化兴起,中产阶级趣味在社会意识形态中的地位越来越高,很多文学(文化)与商业文化结盟,通过消费高雅文化(爱情、亲情、自由、民主、革命),实现娱乐大众和商业利益的目标,"它假装尊敬高雅文化的标准,而实际上却努力使其溶解并庸俗化"①,更是需要我们在分析和解读的时候提高辨析的能力。我们要充分认识到《玉观音》这样的畅销作品,它们在表现爱情、责任这些价值理念时缺乏深入思考,更多的是通过消费这些观念,来吸引读者的阅读,进而实现商业上获利的目标。

2. 文学的文化包融性

文学作品作为"一种特殊的文化标识","并不是孤立封闭的系统,其话语活动行为,既维系着主体的心理——精神结构,也维系着一个广阔的社会文化背景","所以说,对文学作品本质的理解,既要把它视作语言的符号与现象,因为语言是文学作品特有的存在方式,也要超越这种视界,同时把作品看作一种文化的符号和现实"②。这句话形象地指明了文学作品的文化属性,解释了西方形式主义批评何以在20世纪80年代式微,而中国的文化批评又何以在20世纪90年代兴盛的文本内部原因。同时,这句话也指明了分析作品文化意蕴的三个方向:从主体的角度,考察作家心理——精神结构所属的文化立场;从对象的角度,考察作品反映的社会文化内容;从写作的角度,考察作品独特的艺术处理。从主体的角度考察作家心理——精神结构所属的文化立场,我们在讨论文学的意识形态性的时候已经分析过,接下来主要从对象和写作的角度分析文学的文化包融性。

从对象的角度看,文学作品总是由于其对生活的反映而包融着特定时代、地域和民族的文化信息。比如,闻一多通过考证《诗经》中的一些爱情诗,得出上古时期中国人的情感生活是非常浪漫的,完全不像宋明之后人们情感生活的古板;而聂珍钊等学者从伦理学的角度阐述古希腊戏剧,认为《美狄亚》的悲剧反映了母系制的衰落,以及在这一衰落中对女性权利的损害;凌宇等学者经过比较分析,认为沈从文的小说创作蕴含着浓厚的湘楚文化气息和苗文化精神;而中外文学比较显示,《西厢记》和《罗密欧与朱丽叶》在处理一见钟情上,前者经过漫长的磨合,后者当天就同居,显示了中西在对待情感上的不同民族性格。当然,文学作品中所反映的这些时代、地域和民族的文化信息,不完全是由写作对象决定的,很多时候也来自作家写作立场的影响,因为任何一个作家总是生活在一定的时代、地域和民族之中的,不可避免地会受到相应时代、地域和民族文化的影响。比如沈从文的《月下小景》,描写寨主的儿子与一位年轻姑娘相爱,但其氏族有一个奇怪的风俗,即姑娘的第一夜不能和自己的结婚对象过,于是两人以自杀殉情的方式反抗这

---

① 张清华.我们时代的中产阶级趣味[J].南方文坛,2006(12).
② 畅广元.文学文化学[M].沈阳:辽宁人民出版社,2000:140.

一恶劣的习俗,以保全爱情的纯粹和完整。这部小说具有浓郁的民族风情,既由它处理的题材决定,也与沈从文身上粗蛮的苗文化思想有关。

从写作方式的角度看,作家对题材的挖掘和处理,会由于典范性,成为文学史的人文范型,从而成为母题和原型,在文学史中反复出现和流传。比如,鲁迅从国民性批判的角度,对民众劣根性的描写就构成了中国现当代文学的一个母题。老舍、赵树理、柳青、高晓声、莫言、贾平凹、路遥、陈忠实、余华、刘震云等一大批作家都在自己的创作中延续了这一主题。此外,如西方悲剧中的弑父主题、喜剧中的吝啬鬼主题、19世纪俄罗斯文学中的小人物悲剧主题都是如此。作家创作时候的一些技巧,则会由于其典范型成为文学史中反复出现的惯例。比如中国古典诗歌"浮云蔽日"的典故、古典小说的章回结构,西方小说中的成长叙事等。

3. 文学的诗性文化特征

所谓文学的诗性文化特征,是为了说明文学中的文化和其他形态中的文化是不一样的。在《审美之维》中,马尔库塞从两个方面说明了文学中文化的特点:其一,文学以其对人的存在的关注,"在再现现实的同时又反抗现实",文学并不会完全受制于文化,优秀的作品还总是揭示特定文化对人生价值的遮蔽;其二,艺术中的文化必须经过审美形式的转化,"艺术的真理在于:世界就是它显现在艺术作品中的样子"。[①] 马尔库塞关于文学中文化第一个特点的看法对于我们反驳后现代主义对主体的忽视具有重要的参考价值,同时也说明他是一个精英主义的批评家。在我们看来,文学史的优秀作品固然能以其先锋思想刺穿现实的幻想,但仍然还有很多作家受制于特定文化的制约,为现实提供合法性辩护,进而遮蔽人们对现实的认知。比如20世纪50—70年代的政治写作、当前的大众文化创作,这启示我们在文学解读的时候保持批评的锋芒是多么的重要。

马尔库塞的第二个看法是我们所赞同的,文学中的文化是经过审美转化的文化,是一种诗性文化。首先,作为一种诗性文化,文学作品中可以包含政治、宗教、哲学、时代、民族、地域等多样的文化观念,但他们必须建立在对人的表现的基础上,文学通过它们去理解和表现人,它们自身并非文学的首要目标;其次,文学的这些文化内涵融解在文学的总体形象之中,其含义并不清晰,需要通过文化批评去分析和阐释。比如《奥赛罗》,莎士比亚通过描写贵族白人小姐黛丝狄蒙娜对立下大功的黑人将军奥赛罗的爱情,展现了他对人的价值关注的人文主义文化立场;另一方面,又通过对伊阿古自私、凶狠和奥赛罗冲动自卑的描写,展现了人性的丑陋和弱点,从而表现出一种对人文主义思想进行反思的文化立场。莎士比亚的伟大之处就在于,当人们还在呼唤人性解放的时候,他就已经充分注意到了人性解放的后果。正是凭借这一种双重立场,莎士比亚创作出了一系列戏剧经典。显然,这些文化立场是隐蔽的,而且正是凭借他对奥赛罗、黛丝狄蒙娜、伊阿古这些人物的描写,它们才得到了生动的再现。

揭示文学的诗性文化特征非常重要,它提示我们的文化批评必须注重审美分析。当

[①] 马尔库塞.审美之维[M]//胡经之,张首映.西方二十世纪文论选.北京:中国社会科学出版社,1989:344-367.

前,文化批评方兴未艾,它结束了审美批评和形式批评的狭隘,解放了文学阐释的空间,提供了一些新鲜的研究可能。比如对《创业史》的研究,从审美的角度看,梁生宝的人物形象不管怎么评价,都难逃苍白和政治化的批评,但如果从文化谱系的角度进行分析,通过比较梁生宝和梁三老汉人物塑造背后的文化立场,将会发现后者只是鲁迅国民性批判话语的余响,前者才是真正的形象创新,它提供了一种想象和关照农民的新视野。不过,文化批评在发展的过程中,也逐渐暴露了一些问题,那就是对文学审美的忽视,比如在作品分析的时候完全不考虑作品的整体艺术构思,只是单纯从中寻求符合建构自己文化观念的材料。① 我们认为,这样的文化批评已经离开了文学批评,由于文学的诗性文化特征,将文学的文化阐释和文学的审美分析结合起来是非常有必要的。

第四节 个案分析

一、《关于文学特征问题的思考》(童庆炳,节选)

本篇论文写作于 1981 年,是新时期最早系统考察文学审美特性的研究文章之一。本篇论文检讨了 20 世纪 50—70 年代认为文学和科学都反映生活的本质,只不过反映的方式不同,文学用的是形象,科学用的是逻辑推理的观点;提出文学和科学处理的对象也不一样,要求从具体反映对象的角度进一步界定文学的性质,节选的部分就是从这个方面探讨文学的独特本质的。

首先,论文认为文学和科学反映的对象不一样,科学探讨生活的真理,透过现象认识本质,本质把握住了,现象就不重要了;文学反映生活的整体,既重视生活本质的揭示,也重视生活现象的感性显现。其次,论文指出文学的写作对象需要与作家建立审美关系,和科学探讨事物是什么不同,文学探讨的是生活的美丑,虽然作品也写丑的生活,但作家写丑是通过批判丑表现美。最后,论文从主体情感的角度分析了文学的写作对象打上了作家的思想情感烙印,而科学则避免主观情感的介入。

从方法的角度看,论文通过比较文学与科学在反映生活内容上的差异,阐释了文学审美的形象性、价值性和情感性特点,标志着新时期文学审美自觉的重大进展。论文的不足是显然的:其一,对文学审美的技巧性缺乏关注;其二,对文学探求人生价值、科学追求事物真理的分析不够清晰。

二、《意识形态分析·哥白尼革命·再现论》(杰姆逊,节选)

杰姆逊是美国著名的后现代主义思想家,《后现代主义与文化理论》根据他 1985 年在北京大学讲学期间的演讲整理而成,初版于 1986 年由陕西师范大学出版社出版。本书是较早在中国大陆传播后现代主义思想和西方文化理论的著作之一。论文节选自该

---

① 吴炫.非文学性的文化批评[J].社会科学战线,2003(2):64-68.

书第二章第一节,主要探讨的是意识形态问题,同时对西方语言学的最新进展作了简要介绍。

论文首先认为消费社会的形成造成西方世界对思想和政治意识形态问题的忽视,然后用了很大的篇幅阐述意识形态分析的必要性,并在阐述必要性的时候说明了意识形态分析的特点。在杰姆逊看来,意识形态分析的主要目的是揭示各种思想观念对世界的遮蔽,这既是它的特点,也是它的意义所在。在论述的时候,杰姆逊介绍了西方语言学的新进展,即人的思想是后天习得的,表面上你通过语言表达自己的见解,事实上是你所属的文化立场借你的语言行为表达自己。最后,杰姆逊讨论了对意识形态的两种经典理解,从他最后的总结看,倾向于将意识形态当作一个中性概念,用以描述某一社会群体对世界的想象性认知。

杰姆逊关于意识形态是一个中性概念,意识形态分析是揭示各种思想观念对世界遮蔽的思想,对我们认识文学的意识形态性,该如何去揭示文学意识形态的遮蔽性具有启发价值;杰姆逊关于语言是一种话语,能够控制我们思想的观点,对我们理解语言在文学活动中的地位以及文学的文化建构属性具有参考价值。

本章问题

1. 如何理解审美的内涵?审美在文学中的表现有哪些?
2. 如何理解文学作为语言艺术的内涵?文学作为语言艺术的特点何在?
3. 文学作为一种文化存在的内涵是什么?如何理解文学作为一种文化存在的具体表现?
4. 第四节所选的两篇个案对你认识文学的性质和特点有何启迪?请细读之,写一篇读后感。

参考文献

[1] 韦勒克,沃伦.文学理论[M].刘象愚,邢培明,陈圣生,等译.南京:江苏教育出版社,2005.
[2] 伊格尔顿.二十世纪西方文学理论[M].伍晓明,译.北京:北京大学出版社,2007.
[3] 乔纳森·卡勒.当代学术入门:文学理论[M].李平,译.沈阳:辽宁教育出版社,1998.
[4] 闻一多.闻一多全集:神话编·诗经编上[M].武汉:湖北人民出版社,1994.
[5] 畅广元.文学文化学[M].沈阳:辽宁人民出版社,2000.
[6] 王先霈,孙文宪.文学理论导引[M].北京:高等教育出版社,2005.

第三章

文学作品

　　文学作品是文学创作的最终成果,是文学创作活动完成的重要标志。本章是对文学作品的认知,全章对文学作品的类型与体裁、叙事性作品与抒情性作品、文学风格等三个方面重要内容进行了具体探讨。

　　第一节"文学作品的类型与体裁"是对中外文学作品分类状况的宏观讲述,本节力求在社会历史的关系网络中发现中外文学作品类型划分的基本特点,探究其形成、发展乃至变异的真正依据。

　　第二节"叙事性作品与抒情性作品"对中外文学作品的存在状况进行了功能性区分,在此基础上,本节还对抒情性作品和叙事性作品的内涵、特征、内容与结构、表达方式等方面的基本面貌进行了更为深入的认知与分析。

　　第三节"文学风格"是对文学活动过程中出现的一种重要现象的考察,重点探讨了文学风格形成的主客观因素、文学风格的特征与表现、文学风格的类型划分等话题,同时指出了文学风格之于文学的角色和作用及其对当前文艺发展所具有的重要现实意义。

　　第四节"文献选读",结合对文学作品的认识和理解,选择了中国古代文学理论的经典著作《文心雕龙》中的《体性》篇,以及西方古典文学理论家亚里士多德的代表作《诗学》中对"情节"的探讨,以从学理方面加深对本节内容的理解。

　　文学作品是文学创作的最终成果,是文学创作活动完成的重要标志。本章是对文学作品的认知,全章对文学作品的类型与体裁、叙事性作品与抒情性作品、文学风格等三个方面内容进行了具体探讨。

第一节　文学作品的类型与体裁

本节是对文学作品分类的宏观讲述,涉及两个基本概念——文学类型与文学体裁。文学类型指的是对文学作品的种类划分,其划分标准复杂多样,历史上称名极多,如文学种类、文学形态、文学体类、文学样式等。文学体裁是文学类型划分的一种特殊的综合性视角,其对文学作品的划分,主要依据作品语言、结构以及篇幅所形成的外部表现形态。

文学类型与体裁的划分是文学历史演进的产物,只有在历史提供的关系网络之中,才能发现其形成、发展乃至变异的真正依据。

一、文学类型

文学作品纷繁复杂,为了便于分析和研究,我们必须根据文学作品的不同属性把它们划分为不同的种类。正如著名学者沃尔夫冈·凯塞尔所说,文学"种类的问题"是"最古老的文艺学的问题"[1],这一判断彰显出文学作品分类问题在文艺学研究史上不可或缺的重要位置——对文学作品进行分类是既往文学理论的基础问题之一。

1. 文学类型缘起

从起源来看,文学类型最初只是对文学的一种描述与分类的说明,它来源于以相似性为依据,对人类已存在的文学作品的划分。韦勒克、沃伦在他们的《文学理论》一书中就曾明确指出:"我们认为文学类型应视为一种对文学作品的分类编组"[2]。

不过,文学类型问题之所以是文学理论一个重要的基础问题,并不简单在于其对文学作品的编组划分,而是在于其在人们早期认知文学现象、从事文学艺术活动中所具有的特殊功能。众所周知,文学史上独立的"文学"概念,其诞生时间远远晚于文学类型的出现,因此在早期人类文学创作接受活动中,文学类型即文学,文学即文学类型的总和。谈论文学,只能首先进入某种或者某几种文学类型,而对种种文学类型的理解必然带入对文学的理解。这样,对文学类型的理解既是对既有文学作品的认知,同时也势必指向一种规范。这一规范为特定时期文学作品的创作发展划定基本界限,引导着作品创作的结构模式、修辞策略乃至美学风格。美国学者詹姆逊便认为:"文类概念的战略价值显然在于一种文类概念的中介作用,它使单个文本固有的形式分析可以与那种形式历史和社会生活进化的孪生的共时观结合起来"[3]。也正是因此,成熟的文学类型绝不是抽象的名称,而是作为一种现实规范,全面地渗透在特定时代的文学评价以及文学阅读的趣味、感

---

[1] 沃尔夫冈·凯塞尔.语言的艺术作品:文艺学引论[M].陈铨,译.上海:上海译文出版社,1984:440.

[2] 韦勒克,沃伦.文学理论[M].刘象愚,邢培明,陈圣生,等译.北京:生活·读书·新知三联书店,1984:263.

[3] 詹姆逊.政治无意识:作为社会象征行为的叙事[M].王逢振,陈永国,译.北京:中国社会科学出版社,1999:92.

觉之中,通过维持自身的稳定存在,保持文学创作、接受的总体文学传统与文学创作、接受个体自由性之间的"发生学"联系。

2. 文学类型划分的基本依据

文学类型的考察既有悠久的历史,同时又意外地呈现出复杂性特征,这种复杂性表现在文学类型划分依据的多视角性和多层次性上。

第一,文学类型划分依据的多视角性。韦勒克、沃伦在《文学理论》一书中指出:文学类型的划分是"建立在两个根据之上的:一个是外在形式(如特殊的格律或结构),一个是内在形式(如态度、情调、目的等以及较为粗糙的题材和读者观众的范围等)"①。韦勒克和沃伦虽强调从外在和内在形式两个方面对文学作品进行类型划分,但无论这两个方面中的哪一个,都依然通向了更多视角的文学类型划分。而依据我们的观察,可将这些文学类型划分的视角概括为三类:一是根据文学作品自身的体制规模、结构样式、语言特点等来加以区分。例如,我国古代文学的分类往往采用这种办法。二是根据文学作品所反映的情调态度、表现手段等来加以区分。例如,在中国《诗经》中,依文学表现手段不同,作品可分为"赋""比""兴"三类;而在西方,黑格尔将文学分为"现实型""表现型""象征型"三类。三是根据文学作品描写的对象和题材来加以区分。例如,在西方,文学类型按对象可分为骑士文学、流浪汉文学等;在中国,新时期以来文学类型按题材可划分为伤痕文学、寻根文学、知青文学、改革文学、新移民文学等。

在上述文学类型划分的多种视角中,体裁是文学类型划分的一个特殊视角。与一般文学类型划分视角的单一性相比较,体裁偏重于综合作品结构外观、语言特点以及篇幅容量等多个视角来审视作品的外表形态,从而对既有文学作品进行划分。例如,当代中国崇尚文学体裁的"四分法",即将文学划分为诗、小说、散文、戏剧四种。

第二,文学类型划分依据的多层次性。文学类型划分的复杂性还体现在,随着文学创作的繁荣和文论家、文集编订者们对文体认识的不断深入,文类划分也日益精细,即使在特定视角下,文学类型划分仍然可以呈现为多层展开的状态。例如在诸种文学体裁中,诗还可以持续地分解为众多次级类型。如在我国古代,诗歌根据题材又可细分为田园诗、山水诗、边塞诗、游仙诗等。在西方,诗歌根据语言形式可分为格律诗、自由诗、十四行诗、八音节诗等,根据艺术表现手段又可细分为抒情诗、叙事诗、赞美诗、讽刺诗等。就小说而言,按题材划分,中国近代以来的小说可分为武侠小说、公案小说、谴责小说、言情小说等。而在西方,小说则具体包括科幻小说、侦探小说、惊险小说、历史小说等。就戏剧而言,在西方,依据表现形式与手段的不同,戏剧又可细分为悲剧、喜剧、悲喜剧或者话剧、歌剧等。

3. 文学类型划分的历史开放特征

文学类型并非一个严密的体系,并没有某种神秘的图式能够主宰这个体系的内部结构。正如有学者所指出的:"文学史始终是多种文学类型的复杂角逐,重要的不是寻找到

---

① 韦勒克,沃伦.文学理论[M].刘象愚,邢培明,陈圣生,等译.北京:生活·读书·新知三联书店,1984:263.

文学类型划分的终极标准,而是在历史提供的关系网络之中发现特定文学类型划分的现实依据"①。事实也是如此,从中西文学发展的整体状况来看,在文学类型的持续角逐过程中,文学类型的划分既存在某些不变的要素,同时又因文艺创作、接受境遇的历史性变迁而时常纳入种种异质成分,由此新陈演替并诞生出前所未有的新的文学类型。尤其是在当代,传统文学类型的划分面临重重危机,后现代主义的文本拼贴造成了文学类型无限制地扩容和越界,从诗到新闻,从历史著作到哲学摘要,众多类型的文本熔为一炉,形成形形色色杂糅的文学类型,让人更难识别与区分。而在电子媒介崛起的背景下,更有一批前所未有的文学类型相继面世,不但电影、电视剧、广播剧令人面目一新,而且时下互联网发展中"超文本"和多媒体交汇,微博、微信、短信等新的信息传达方式的出现,均隐含了巨大的文类变革潜能,酝酿着与之相宜的文学类型,这些文学类型亟待当代学者对之加以探索。

二、文学体裁

人们通常将文学的不同类别称之为"体裁",但就实质来说,文学体裁只是文学类型划分的一种特殊形态,其既体现着文学类型划分的一般认识属性,同时也强化了文学作品类型划分的形式规约与传统承续功能,由此成为文学作品形式的重要构成因素之一。

1. 文学类型与文学体裁

文学体裁不同于一般的文学类型划分,文学体裁偏重于根据作品结构外观、语言特点以及篇幅容量等综合性因素所形成的外表形态,即文学作品的外在基本样式来对文学作品进行划分。如果说一般文学类型划分着重于对史上文学作品发展势态的事后描述与归纳,其展现出的往往是不同文化传统中形成的文学类型的多视角性与独特性,其对文学作品的创造、接受只起到隐性规范作用。那么作为文学类型划分之特殊形态的体裁,对它的标举则明确指向未来,并注重从文本外在形态和文本语言运用入手寻找文学作品的相似性,由此找出文学作品体式演变的一般性、稳定性因素。也正是基于此,在历史上诸种文学类型划分中,文学体裁是构成稳定的中西文学传统的重要方面。

2. 文学体裁的功能

文学体裁涉及对文学文本存在形态和方式的认识,然而当这些原本基于描述与分类的认识逐渐演变为必须遵循的圭臬之后,文学体裁便开始充当文学评价的指南甚至首要标准。正如明代徐师曾在《文体明辨序》中所说:"夫文章之有体裁,犹宫室之有制度,器皿之有法式也"②。

文学体裁的功能具体包含两个方面:一方面,对于作者来说,文学体裁作为文学创造的权威形式,为作者提供了一套"文学语法",从而规范着作者创作的过程和结果。在此"文学语法"的规范下,文学创作中种种异质的、边缘、易变的形式因素,将被文学作品的权威形式——体裁——排斥在外,作家创作总是优先根据既有体裁所展示的"惯例"按部

---

① 南帆.文学类型:巩固与瓦解[J].中国社会科学,2009(4):173.
② 徐师曾.文体明辨序说[M].罗根泽,校点.北京:人民文学出版社,1962:77.

就班地运转,在既有体裁所形成的文学传统中活动。另一方面,对于读者来说,体裁作为一套"文学语法"也引导着读者对文学作品的阅读与接受,这就是说,读者必须首先具有理解、适应体裁的"文学能力",才能真正介入文学作品,完成特定体裁样式所规定的阅读任务。

总而言之,文学体裁介于文学的普遍性和作品的特殊性之间,作为总体文学与具体文本的中介,它提供了文学创作与阅读的基本范式,由此有力地制约了作家、读者乃至批评家对文学的想象与叙述。也正是基于此,著名学者托多洛夫指出,体裁像一种制度那样存在着,其作用对作者来说如同"写作范例",而对读者来说犹如"期待域"。

3. 文学体裁划分的历史形态

不同历史时期文学体裁的划分不尽相同。从中外文学理论史看,人类最早出现的是文学体裁的"二分法"。例如在中国,魏晋南北朝时期就出现了针对文章的"文""笔"之辨。南朝刘勰就曾用"文"和"笔"来区分文体,有韵者为"文",无韵者为"笔"。在西方,文学体裁的"二分法"最早出现在亚里士多德的《诗学》中,亚氏依据文学文本模仿现实的手段,将文学体裁划分为史诗和戏剧两大类,这种划分模式启发了西方人对体裁问题的早期理解。除了中西皆有的文学体裁的"二分法",在西方文论史上,更有文学体裁的"三分法",从布瓦罗的《诗的艺术》,到黑格尔的《美学》,再到别林斯基的《诗歌的分类与分科》,西方文学甚至形成了以抒情类、叙事类、戏剧类"三分法"为代表的文学分类传统,且这种"三分法"至今在西方文论界仍然流行。

当今我国的文学体裁划分,最为通行的是初见于晚清时期、成型于五四时期的文学体裁的"四分法"。所谓"四分法",是指将文学作品划为诗歌、小说、散文、戏剧四大类。这种分类方法主要以语言特征、体制篇幅等文学作品的外在形态为依据。在此依据下,不同体裁文学作品展现出鲜明的形式结构特征。

(1)诗歌。诗歌是世界上最古老、最基本的文学体裁,其擅长以抒情的方式高度凝练、形象地反映时代面貌与社会生活,其特点是具有丰富的想象,并具有充满节奏感、韵律美的语言形式。

(2)散文。散文是一种相对自由的文学体裁,其行文较少受特定语言形式的束缚及限制。散文作品的特点是"形散神聚",其通常以小见大,在相对较短的篇幅中传达出作者含蓄的思想与情感。

(3)小说。小说是一种以刻画人物形象为中心的文学体裁,与诗歌和散文相比,其篇幅通常较长,其特点是通过"三要素"来进行作品创作,通过塑造人物、叙述故事、描写环境来反映生活、表达思想。

(4)戏剧。戏剧是人类又一种古老的文学体裁,它采取语言、动作、舞蹈、音乐等多种形式,是一种综合性的舞台表演艺术。戏剧的主要特点是通过不同角色之间的对话来表达作者的思想和感情,最终达到作者的叙事目的。

4. 文学体裁的守成与创新

从古至今,文学体裁的划分并非一成不变,而是随着文学创作、欣赏的发展而不断变化。从文学史角度审视,文学体裁的概括、归纳始终隐含了两种倾向的抗衡:权威的文学体裁代表着特定时代文学的惯例与传统,其保证着文学发展的统一性与连续性,而新的文学体裁的不断涌现则代表着文学形态的划时代变革,整个文学史,总体就呈现为文学体裁守成与创新的辩证发展。正如南朝陆机所说:"其为物也多姿,其为体也屡迁"①。这表明,文学体裁对文学作品的形式规范是相对的,我们需要既承认文学体裁的存在,同时又承认文学体裁与文本之间不可避免的距离,承认后者并非时刻屈服、顺从于前者,而是处于不断的发展变化之中。也正是因此,我们对文学体裁的复杂性要有足够的估计,不仅要看到文学体裁所代表的相对稳定的文学传统,而且要充分注意文学体裁发展的历史性张力,注意人类文学体裁意识嬗变的相互认同问题,唯有如此,我们才有可能真正冲破迷障,接近古今文学体裁变革的实际状况。

第二节 叙事性作品与抒情性作品

文学作品从功能角度可划分为叙事性作品和抒情性作品两大类型。所谓叙事性作品,即突出文学叙事功能的作品;所谓抒情性作品,即突出文学抒情功能的作品。在具体的文学作品中,作品叙事与抒情功能之间的关系复杂多样,也正是因此,本节只是侧重从功能区分角度对文学作品的存在状况进行认知,其对叙事性作品与抒情性作品的划分是相对的。

一、叙事性作品

1. 何为叙事

所谓叙事,即通俗意义上的讲故事。从叙事学角度来讲,其指通过特定符号、依据一定的因果关系来组织一系列行为或事件。

人既是叙事的创造者,同时也广泛地游弋在叙事之中。从范围来看,人所创造并置身于内的叙事活动几乎包含在人类所有地域、民族、年代的各式文本上,尤其在艺术领域,这种活动得到了最充分的体现,其不但体现在绘画、雕塑、音乐、舞蹈等一般的视听艺术上,更集中体现在包括神话、传奇、诗、小说、散文、寓言、童话、民间故事等口头或书面文学上。也正是因为与叙事的紧密联系,法国学者罗兰·巴特将人称作"会叙述的动物"。

叙事活动在人类社会的普遍存在,源于其在人类社会中所承担的重要文化功能。从根本上说,作为对"故事"的讲述,叙事行为是人类延传自身历史的一种记忆行为,是人类理解社会与整个世界的源泉,通过叙事,人类可以传递特定时代、民族、阶级的价值观念及其对现实的种种解释,由此形成特定历史时期的文化传统。就此而言,叙事行为是人类社会文化系统的一种重要的构成性力量。

---

① 陆机.文赋集释[M].张少康,集释.上海:上海古籍出版社,1984:94.

2. 叙事性作品的基本特征

叙事性文学作品是文学叙事活动的物化形态。对于叙事性作品来说，虚构性与真实性的辩证统一是其最基本的特征。一方面，任何叙事性作品都不可避免地带有虚构性。这种虚构性体现在故事人物的塑造、情节的营构、环境的创设等多个方面。以人物塑造为例，鲁迅就曾指出，文学人物形象的塑造往往采借众多形象，杂取种种，合成一个，也正是因此，"人物的模特儿，没有专用过一个人，往往嘴在浙江，脸在北京，衣服在山西，是一个拼凑起来的角色"①。

另一方面，承认叙事性作品的虚构性并不等于否定其真实性。叙事性作品尽管与客观现实存在不可避免的差异，但叙事性作品创作的目的，却是通过虚构的故事来把握客观现实本身，从而实现对客观现实之本质特征的再现。也正是因此，叙事性作品具有显示社会生活变化规律及其深刻意义的认识价值，其仅与客观现实具有同样的真实性，甚至具有比客观现实更为高级、更为深刻的真实性。正如英国现代作家劳伦斯所说，小说家是个说谎的该死的家伙，但是他的艺术如果确是艺术，就会把他那个时代的真相告诉你，因此"艺术用某种类型的谎言编织出真实"②。

3. 叙事性作品的内容和结构

叙事作品的主要成分是故事，而故事的内容主要包括：事件、情节、人物、场景四个方面。

首先，事件。事件是叙事性作品中最基本的叙事单位。在叙事性作品中，一个故事往往由一系列具体事件构成，这些具体事件承担着推动故事发展与塑造人物形象的重要使命，其对叙事性作品中人物行为和命运走向产生着极为重要的影响。

其次，情节。情节是叙事性作品的关键因素。它具体是指叙事性作品中有因果联系的一组事件的连续发展过程。在情节中，事件的排列渗透着作者从因果关系角度对之所做的精心营构和安排，正如福斯特所指出的："情节同样要叙述事件，只不过特别强调因果关系罢了……虽然情节中也有时间顺序，但却被因果关系所掩盖。"③

再次，人物。人物是叙事性作品的中心，叙事性作品对事件的陈述、情节的展开和场景的描写均为塑造人物形象服务。从功能上说，叙事性作品中人物具有双重功能：一方面，行动中的人物推动了整个故事情节向前演变；另一方面，人物形象的典型化塑造能够揭示社会生活的本质和规律，因此人物自身也具有独立的审美价值。

最后，场景。场景是叙事性作品中诸要素得以存在的基础，它指的是人物行为与活动所依托的社会或自然环境。任何一部叙事性作品都必须有场景，但场景描写并非一定要表现重大事件，那些和作品情节主题疏离但有利于刻画人物的小场景，亦可成为生动有趣的场景。

叙事性作品的结构是指叙事性作品被展现给读者的程式和框架。从宏观来看，叙事

---

① 鲁迅.鲁迅论创作[M].上海：上海文艺出版社，1983：43.
② 戴维·洛奇.二十世纪文学评论：上册[M].葛林，等译.上海：上海译文出版社，1987：224.
③ 爱·摩·福斯特.小说面面观[M].苏炳文，译.广州：花城出版社，1984：75.

性作品的结构可从表层和深层两个角度来加以审视。所谓表层结构,指叙事性作品直观可见的结构样态,这种结构样态主要包括叙事性作品中的句段关系、事件与情节关系等。叙事性作品的表层结构规定了读者对作品接受的基本方向,读者在阅读叙事性作品的过程中,必须以此类作品的表层结构为依据与基础,其在理解叙事性作品的文本内涵时,不可避免地会受到叙事性作品的表层结构的制约。

所谓叙事性文学作品的深层结构,是指隐藏在叙事性作品表层结构背后的影绰未彰的文化心理内容。叙事性作品的深层结构植根于特定社会的深层心理,因此对这种结构的分析,其重点并非在故事本身,而是在于故事内部各要素与故事之外文化背景之间的构成性关系。可以说,对特定叙事性作品的深层结构分析,其实质就是将特定叙事性作品作为某种文化的代表性文本,通过对该叙事性作品深层结构的分析,来发掘该文化在作品中的独特展现。

4. 叙事方式

如何展开叙事,在不同的叙事性作品里有着很大的区别,不同向度叙事方式的选择,更直接决定了叙事性作品的存在状态乃至读者对该作品的接受方式。

(1) 叙事视角的择取。在叙事性作品中,作者叙事方式首先体现为叙事视角的选择。一般而言,可供选择的叙事视角包括三种类型:一是非聚焦型,从该视角出发,叙事者可说出作品中任何人都不曾得知的秘密;二是内聚焦型,采取该视角的叙事者,以事件当事人的身份进行叙事,从而使叙事呈现出突出的逼真效果;三是外聚焦型,采取该视角的叙事者以"外部"观察的方式进行叙事,这使得叙事者比故事中任何人知道的更少,外聚焦型叙事视角是一种零度情感介入的叙事方式。

(2) 叙事时间的营构。叙事具有两个时间序列:故事时间和叙事者讲述故事所需的叙事时间。叙事时间是叙事者根据写作意图进行主观安排的结果,正如热奈特所说:"叙事的功能之一是把一种时间兑换为另一种时间"①,通过时间倒错、时间压缩或延伸,叙事者总是将被讲述的故事时间转换成叙事时间,相比之下,故事时间则往往隐而不彰,需要读者依靠理性与经验从对叙事时间的理解中将之复原出来。

(3) 叙事语言的提炼。叙事性作品中的语言可分为叙事语言与人物语言。与人物语言的直陈性相比,叙事语言是叙事作品中所有叙事功能的实际载体,是对叙事者叙事技巧的具体呈现,因此叙事语言对叙事性作品起十分基础的作用。就类型来说,可从情感介入方式、语言修辞技巧、语体风格等方面对叙事语言做出不同的分类,但无论哪种分类,其目的都是力图实现叙事语言与叙述内容的高度契合。

(4) 叙事动作的安排。叙事动作是指讲故事这一行为本身,其主要包括两个基本要素:叙事者和接受者。在叙事性作品中,谁在讲述故事?叙述者是在台前还是在幕后?叙事者和作者、叙事声音、接受者之间关系如何?这些问题对叙事而言都极为重要。可以说,不同的叙述动作的安排会造成截然不同的叙事效果,因此叙事动作研究是叙事学

---

① 热拉尔·热奈特. 叙事话语 新叙事话语[M]. 王文融,译. 北京:中国社会科学出版社,1990:12.

研究中至关重要的一项内容。

二、抒情性作品

1. 何为抒情

抒情是指以形式化的话语组织呈现人的内心情感的活动,广义的抒情活动包括文学、音乐、绘画、雕刻、舞蹈、摄影、书法等不同类型,而就其中的文学抒情来看,其又集中体现在诗与散文两种体裁之上,相比之下,戏剧兼具叙事和抒情双重品格。

抒情以情感宣泄为本位,但其不同于一般意义上的情感宣泄,因为就本质而言,抒情活动是一种审美活动,其要求抒情主体既能沉潜于特定情感状态之中,又能超乎该情感状态,由此创造出井然有序且富有意味的情感表达形式。可以说,抒情既是抒情主体的情感释放过程,同时更是抒情主体的情感构造过程,在此过程中,抒情主体能将自己的内心情感体验对象化,对其进行重组与表现,最终形成读者可感受与体味的抒情话语。

2. 抒情性作品的基本特征

抒情性作品是指以抒情达意、表现作家内心情感为主要功能的文学作品类型,其基本特征包括:

第一,主观性。抒情性作品以表现作者个人主观情感为主,是情感释放与情感构造辩证统一的成果,由于其主要围绕主体心理活动展开并实现自身,因此其势必具有鲜明的主观性特征。

第二,自由性。抒情性作品赋予创作主体以充分的心灵自由,这种心灵自由既体现在主体对现实时空规定性的超越,同时还体现在对作品创作既定手段与技巧的超越。例如,就情感表现的程度而言,抒情性作品的抒情既可以是直接的,也可以是间接的;就抒情语言来说,其既可借助语言音调、节奏的变化,也可以借助修辞和语法的恰切运用。

第三,诗意性。抒情性作品对个人情感进行升华和凝聚,这种升华和凝聚最终指向一种美学境界,这便使得抒情性作品的内容具备了有别于日常生活内容的诗意化特征,相关作品也由此成为偏重审美价值的一类文学作品。

第四,评价性。任何情感活动都是一种价值活动,情感态度必然潜藏着价值评判。而作为以表现作家内心情感为主旨的文学作品类型,其势必也会在情感表达和传递的背后体现出作者的生活观念与人生理想,由此传达出作者对特定对象的判断与评价。

3. 抒情性作品的内容与构成

抒情性作品的内容是指抒情性作品所表现的特定主体的情感活动过程。从来源来看,任何主体情感均根植于对现实的感受,因此抒情性作品的内容并非主体抽象情绪的产物,其实质仍然是对现实世界的一种反映。不过值得注意的是,抒情性作品反映的现实主要是社会生活的精神现实,即特定时代的社会心理状况,因此在抒情性作品中,抒情主体总是需要通过创造性想象,把这些精神现实形塑为鲜活可感且具丰富情感意味的形象,这样才能使有待反映的外在世界成为一个与个体内心世界相融合的审美世界。

通过文学语言的声音和图像性来传递主体情感是抒情性作品的结构特征,这种结构特征体现在:

首先,抒情性作品以声传情,使得作品呈现出声情并茂的结构状态。抒情性作品与音乐有着十分特殊的亲缘关系,为了强化抒情主体的情感抒发,抒情性作品的语言普遍具有能让人沉醉其间的音乐属性。例如在中国古典诗歌中,音乐美便是诗歌审美的一个重要尺度,其对平仄关系、押韵、格律等的严格要求以及由此所形成的富于节奏感的诗歌语言,在传达诗人主体情感方面起着十分重要的作用。

其次,抒情性作品以景抒情,使得作品呈现出情景交融的结构状态。在抒情性作品中,景物、形象的表现和塑造,往往与个人主观情感的抒发相互融合、化生,成为一个有机整体。正如王夫之在《古诗评选》中所说:"关情者景,自与情相为珀芥也。情景虽有在心在物之分,而景生情,情生景哀乐之触,荣悴之迎,互藏其宅"①。尤其需要注意的是,尽管抒情性作品是情景的结合,但其仍以情为主,抒情始终是主导与目的,写景只是抒情的手段,"一切景语皆情语",景的创造需围绕抒情展开,并需以抒情效果为依据进行取舍。

4. 抒情方式

抒情性作品的抒情方式可从不同角度加以认知,从抒情过程来说,有直接的抒情方式和间接的抒情方式;从抒情主体的角色定位来看,有第一人称的抒情方式和代言的抒情方式。而从抒情性作品本身所展现的技巧手法来看,抒情方式又以丰富多样的修辞方式展现出来,以下对抒情性作品中抒情的修辞方式做以简要介绍。

(1)比喻。比喻是一种借彼物来比附此物的修辞方式,是抒情性作品中最常见的修辞方式,其特点是能造成相关作品中抒情的含蓄风格,由此传达出抒情主体微妙复杂的内心情感体验,从而给读者留下更多的审美想象空间。

(2)夸张。夸张是通过不寻常之语放大并突出对象某些特征的修辞方式。在抒情性作品中,夸张是抒情主体情感体验达至巅峰状态时的一种惯用手法,其作用是使主体强劲的情感与心理能量得以充分释放,使读者获得最直接的感染。

(3)白描。白描即使用凝练的笔墨,不加烘托、不事渲染地勾勒出对象的轮廓,由此展现出对象的总体风貌。白描的特点是朴素而单纯,在抒情性作品中善于抒写主体超脱、淡然的心境与情绪,展现主体的平静之心与闲适之趣。

(4)铺陈。将同一类型的情感体验排列在一起,或通过多种途径、角度反复渲染作者的情感体验,即为抒情性作品的铺陈手法。抒情性作品中铺陈手法的运用能大大强化抒情话语的表现力,给读者留下更为深刻的情感体验。

(5)衬托。抒情性作品中的以景抒情,在表现手法上称之为衬托。衬托有正衬和反衬之分,其具体又可分为以乐景反衬哀情、以乐景正衬乐情、以哀景反衬乐情、以哀景正衬哀情等四种衬托方式。在抒情性作品中,衬托的运用可以使抒情主体的主观态度获得多面表达,从而使作品具备更持久、更强烈的感染力量。

(6)悖论。悖论原是指矛盾的两个方面出现在同一语句中,导致语义表面上的冲突。在抒情性作品中,抒情主体把相互矛盾、对立、冲突的事物组合在一起,以此表达一种复杂而真实的情感状态,使作品具备一种思之不尽、回味无穷的独特魅力。

---

① 王夫之.船山全书:第15册[M].长沙:岳麓书社,1988:814.

(7)反讽。反讽是一种带有讽刺意味的修辞技巧。在抒情性作品中,反讽是抒情主体的负面情感发展到极端的结果,其表现为作品字面上的情感评价与作者实际的情感评价截然相反,由此显示作者对对象的鄙夷、谴责与批判。

第三节　文学风格

文学风格是文学活动过程中出现的一种重要现象,它主要是指文学艺术作品展示给读者的独特的气质与风貌。文学风格的多样性是文学艺术丰富性的基础,而鲜明的文学风格更是作家艺术个性的印记,是作家文学活动臻于成熟的标志。探讨文学风格之于文学的角色和作用,对当前文艺发展有着重要现实意义。

一、文学风格概说

1. 何为文学风格

人类对文学风格的认识有着悠久的历史。早在古希腊时期,亚里士多德就曾从修辞学角度着眼,对文学风格做出了界定,认为风格的美在于明晰而不流于疏淡,使用奇字,风格显得高雅而不平凡。在中国,风格一词最早出现在晋人的著作里,《世说新语》一书就曾使用"风格"对人物气度进行品评。魏晋之后,"风格"一词逐渐被移指文章的风范格局,其与中国古典文论中气、体、味、势、格等一起,共同构成后世中国文学批评中极为复杂的风格表现范畴体系。

从中西文学理论史上对风格的既有界定来看,风格主要是指一个时代、一个流派或者一个作家的作品在整体上呈现出的独特面貌,其具体体现为作品思想和艺术独特性的总和。文学风格可从不同的角度加以辨识:从作品语言形式入手,文学风格被看作是作品的一种语言修辞特色;从作者出发,文学风格被看作是作者的创作个性在作品中的自然流露;从读者入手,文学风格被看作读者通过欣赏活动在文学作品中体味并辨认出的一种格调;从文学活动中的多重关系入手,文学风格被看作是创作主体与创作对象、作品内容与作品形式相契合时所呈现出的独特面貌。

2. 文学风格的形成

文学风格的形成,既有客观因素也有主观因素。从客观因素来看,特定社会历史条件及在该条件下人们普遍的审美需要,对文学风格的形成起着至关重要的作用。它们规定着文学风格的基本样貌并赋予后者以具体内容。例如,从时代来看,文学风格的形成总是与一定时代人们的审美要求密切结合。我国文学史上著名的"汉魏风骨""盛唐气象",都反映着文学风格的时代属性,刘勰在《文心雕龙》中所说"文变染乎世情"[①],亦是此意。从民族来看,不同民族的审美趣味以及审美价值判断,也对文学风格的形成起到了关键作用。法国思想家伏尔泰,就曾从民族角度来分析欧洲各国作家不同的文学风

---

① 刘勰.文心雕龙注[M].范文澜,注.北京:人民文学出版社,1958:675.

格。他说:"意大利语的柔和和甜蜜在不知不觉中渗入到意大利作家的资质中去。在我看来,辞藻的华丽、隐喻的运用、风格的庄严,通常标志着西班牙作家的特点。对于英国人来说,他们更加讲究作品的力量,活力和雄浑,他们爱讽喻和明喻甚于一切。法国人则具有明彻、严密和幽雅的风格。"①除了特定社会历史条件,文学风格的形成还有诸如题材、体裁等其他不可忽略的客观因素,这些因素对于文学风格的形成均具有内在的促动作用。

文学风格的形成,固然同诸多客观因素密切相关,但如果仅仅从客观层面解释风格形成的原因,那是远远不够的。事实上,文学风格更直接地来自作家的创作个性。特定社会历史因素作为影响文学风格的外部因素,必须通过作家创作个性这一内因才能起作用。对于文学风格与作家创作个性的紧密关系,历史上有许多著名观点。法国作家布封就曾有"风格即其人"的说法,德国古典美学家黑格尔也指出风格"一般指的是个别艺术家在表现方式和笔调曲折等方面完全见出他的人格的一些特点"②。在我国,刘勰针对文学风格就曾有"才性异区,文体繁诡"的观点。正是基于这一观点,刘勰看到了不同作家的气质禀赋对文学风格所产生的决定性影响。可以说,由作家本身的气质禀赋所造就的创作个性,是形成文学风格最根本的、最具决定性意义的因素。

二、文学风格的特征与表现

文学风格的特征呈现出一定的复杂性,其在彰显文学独创性、稳定性与多样性等突出特点的同时,也潜藏着社会性、变动性、统一性的特点,由此呈现出独创性与社会性、稳定性与变动性、多样性与统一性的辩证结合。

1. 独创性与社会性

文学风格展现出的是不同作家各自所具有的独特的气质禀赋和精神面貌,因此一种文学风格的成熟,其首要标志便是它的独创性。无独创性,则无风格。具体来说,文学风格的独创性体现在文学作品的诸要素中。它既表现为作家题材选择的独特性、对主题思想的富有新意的挖掘,同时也表现为作家在手法运用、形象塑造以及语言驾驭等方面的巧思独具。

文学风格虽具独创性,但这种独创性绝非个人抽象臆想的产物,而是不可避免地伴随着诸多超越个体的社会性元素的交织。鲁迅在论述曹操父子的文学贡献时就曾指出,建安时期之前形成的踞傲、矫饰的文学风格,促动了曹操对文坛积弊的革新,由此形成曹操父子作品的独特文学风格。这表明,曹操父子的文学贡献是"时代使然,非专靠曹操父子之功的"③。鲁迅的这一论断表明,文学风格的独创性源于作家切合个人经历在社会生活实践中所产生的独特体验与识见,其社会性内涵不容忽视。

2. 稳定性与变动性

文学风格在作家创作中绝不是偶然出现的现象,其一旦形成,往往会贯穿于作家之

---

① 伍蠡甫.西方文论选:上卷[M].上海:上海译文出版社,1979:323.
② 黑格尔.美学:第1卷[M].朱光潜,译.北京:商务印书馆,1979:372.
③ 鲁迅.鲁迅全集:第3卷[M].北京:人民文学出版社,1981:504.

后创作的大部分作品,很难有大的变化,具有一定的稳定性与持久性,同时也成为文学家在艺术上超越幼稚阶段、趋向成熟的标志。

不过,文学风格的稳定性是相对的。时代的演变、社会的发展与变迁、个人命运的起伏或艺术趣味的转移等因素,仍然可以使在一个时期内保持稳定的文学风格发生重大偏转,由此展现出文学风格可能变动和调整的另一面。例如著名诗人庾信在梁朝时创作了大量"宫体诗",其风格绮丽明艳,但到了后来寓居北方时,其诗歌则转为刚健雄奇,呈现出与之前诗作截然不同的面貌。

3. 多样性与统一性

文学家有各不相同的创作个性,文学接受者也需要有审美体验的丰富性,这些都决定着文学风格在类型上的多样化取向。在文学史上,不同文学家的风格彼此不尽相同,如李白与杜甫、苏轼与柳永等。截然不同的文学风格成为其历史形象的重要标记,同时,也正是这些截然不同的文学风格的出现,极大地拓宽了人类文学的天地,促进了人类文学活动的繁荣和发展。

需要注意的是,在文学发展的实际过程中,往往会形成特定的文学流派,在这些流派内部,同一类型的文学风格相互渗透、补充,由此形成此类文学风格进一步发展传承的内驱力。可以说,作为一种群体文化的体现,文学流派决定了作家在彰显自己创作个性的同时,也保持了与同一流派其他作家相得益彰的紧密联系,由此既展现出作家本人的艺术创造性,同时也保持了这种艺术创造性的持久延传与演变。

文学风格中多种矛盾因素的双方虽有主次之分,但其相互联系渗透,最终使得文学风格的特征呈现出一定程度的复杂性。在研究文学风格时,若没有辩证的风格观,只强调其所具有的独创性、稳定性、多样性,看不到其所同样具有的社会性、变动性、统一性,则会将相关研究与批评引向简单化、抽象化,这对现实的文学实践极为不利。

三、文学风格的类型划分

以不同的标准和视角,文学风格可被划分为多个类型。在西方,对于风格的划分倾向于三分法,这种划分方法可以追溯到古希腊学者安提西尼,其把文学风格分为崇高的、平庸的以及低下的三种。到了后来,文艺复兴先驱但丁也对文学做了类似的风格类型划分,他认为,文学风格有悲剧、喜剧、挽诗三种,"悲剧带来较高雅的风格,喜剧带来较低下的风格,挽诗,我们知道是不幸人的风格"[①]。到了德国古典美学时期,黑格尔也按照自己的审美理想,将文学风格区分出严峻的风格、理想的风格和愉快的风格三种,并对这三种文学风格做了详细的比较分析。总体来看,历史上西方学者对文学风格的划分是从文学作品的美的形态上着眼的,这种划分方式传承了西方学者从苏格拉底便已开始的重逻辑分析和范畴厘定的特点。其对文学风格的划分讲求系统性、差异性和相对独立性,并十分重视文学风格本源的哲学探讨。

与西方相比,我国古代文学风格分类理论同样十分丰富,这些分类理论主要呈现为

---

① 伍蠡甫.西方文论选:上卷[M].上海:上海译文出版社,1979:174.

"二分法"和"多分法"两种。所谓二分法,是将阴阳、虚实、刚柔等中国古代辩证哲学概念引入文学领域,用其来解读文学风格的差异性,从而将文学风格分为"刚"和"柔"、"虚"与"实"、"奇"与"正"等。在这些二元类型划分中,尤以文学的刚柔说影响最大。如清代学者姚鼐就把文学分为阳刚之美和阴柔之美。在论述阳刚之美时,他指出,"其得于阳与刚之美者,则其文亦如霆,如电,如长风之出山谷,如崇山峻崖,如决大川",而在论述阴柔之美时,他指出,其"如升初日,如清风,如云,如烟,如幽林曲涧,如沦,如漾,如珠玉之辉,如鸿鹄之鸣而入寥廓"①。

除了二分法,从具体实践中归纳而来的文学风格的多分法,在中国古典文论研究中更为常见。如刘勰《文心雕龙·体性》中指出:"若总其归途,则数穷八体:一曰典雅,二曰远奥,三曰精约,四曰显附,五曰繁缛,六曰壮丽,七曰新奇,八曰轻靡"②。司空图《二十四诗品》中对文学风格做出了更为详细的分类:雄浑、冲淡、纤秾、沉著、高古、典雅、洗炼、劲健、绮丽、自然、含蓄、豪放、精神、缜密、疏野、清奇、委曲、实境、悲慨、形容、超诣、飘逸、旷达、流动。而到了现代,著名学者陈望道在《修辞学发凡》中提出文学风格的四对八体:简约、繁丰,刚健、柔婉,平淡、绚烂,谨严、疏放。中国古代对文学风格的多分法是一种自下而上的划分方法,这种划分方法与现实的文艺实践与审美经验直接相关,有利于人们更为细致地洞察文学风格的差异性及这种差异的精微之处,充分体现了中国古代文学风格类型划分的优长所在与独特之处。

罗列中西文学风格类型是容易的,大致归纳每一种文学风格的特点也并非难事,让人困惑的问题主要在于:如何区别众多风格类型划分的界限。回答这一问题,首先必须明确划分风格类型的标准。从现有文学类型划分来看,这些标准可以列出许多,其中最为重要的是三条:一是以文学语言性质对文学风格的划分;二是以作品美学特征为标准对文学风格的划分;三是以风格生成的语境特点为标准对文学风格所做的划分。值得注意的是,大凡文学史上突出而鲜明的文学风格,都是作家根据一定的美学理想进行艰辛地艺术探索的结果,这意味着任何文学风格的创造都是开放的,我们不应试图通过特定标准归纳出一套周备的文学风格体系,而应更多地关注作家的生活、艺术实践,探讨特定文学风格的成因及其独特品质。

四、文学风格的价值与意义

1. 文学风格的审美价值

文学风格对于文学活动具有多重价值,在这些价值中,最为突出和显著的是其审美价值。具体来说,其审美价值体现在至少三个方面:首先,文学风格是作家审美创造力的标志。对于作家来说,他们对既成文学风格的不断突破,以及自身独特文学风格形成,均是其艺术的审美经验臻于成熟并达到审美创造的巅峰状态的体现。其次,对于作品来说,由于人类语言在日常凡俗生活中的运用,其审美表现功能大大衰退,相比之下,文学

---

① 郭绍虞.中国历代文论选(第3册)[M].上海:上海古籍出版社,1979:511.
② 刘勰.文心雕龙注[M].范文澜,注.北京:人民文学出版社,1958:505.

作品风格往往意味着语言在遵守其自身规则的同时,以其强烈的审美表现力跳出日常使用的惯性,焕发出新的生机与活力。最后,对于读者来说,文学风格作为中介在读者和作者间架起了一座情感沟通的桥梁。因此,真正具有独创风格的文学作品,能成功地实现作家独特思想情感向读者的传达、沟通与交流,激起读者强烈的审美感受,由此产生巨大的艺术感染力。

当然,需要注意的是,文学风格的审美价值在现实中是有差别的,这种差别不仅取决于个人特定心境或审美趣味,而且取决于阶级、民族、时代的整体环境。不过,可以肯定的是,不同文学风格的审美价值并无好坏主次之分,因此人们虽可依不同标准对文学风格进行选择,却不宜对之随意褒贬。

2. 文学风格的当代意义

新世纪以来,消费文化的崛起与大众互联网技术的迅猛进步,给文学风格的发展既带来机遇,也带来挑战。一方面,存在于网络虚拟空间的原创网络文学,用网络语言表达网络写手的情感与思想。这种文学的表达方式有别于传统表达方式,彰显的是自身特有的语言与艺术风格。另一方面,新世纪以来的文学,其作品的创作越来越带有产业性质。为了追求点击率和商业效益,作家的创作更多注重文学的娱乐、休闲性,其写作的范围也往往拘囿在奇幻、爱情、恐怖、悬疑等"类型文学"层面。文学创作类型的程式化与大量的财富叙事、金元书写,大大降低了作家的心灵自由度,限制了作家创作个性的形成,作家由此创作出大量无个性、无风格的作品。而这也是当今网络文学作品数量众多,质量却良莠不齐的重要原因。

文学风格是否鲜明,是我们评判一个时代文学是否真正繁荣的重要标准。回顾中西文学史,大凡文学盛世、文学巨匠,总是以其独特的风格而备受后人称扬。也正是因此,在新世纪文学发展对文学风格带来严峻挑战的背景下,有必要通过完善市场机制、促进作家个性意识的觉醒,推动文学创作从"类型化"到"个性化"的发展演变,由此彰显作家与时代的风格面貌,并在作品上按下显示作家个性和时代精神的独特印记。

第四节　文献选读

一、《文心雕龙·体性》(刘勰)

《文心雕龙》是我国南朝文学理论家刘勰创作的一部文学理论专著,被评价为"体大而虑周"(章学诚语),其涵盖之广博,思考之细密,在中国文论史上留下了浓重的一笔。《体性》是《文心雕龙》的第二十七篇,属于其中的"剖情析采"部分,该篇专门论述了作品风格的相关问题,阐明了作品风格与作家个性之间的紧密关系。

刘勰认为文学创作的动因在于作家内心的情理冲动，因此文章风格与作家的气质、习惯及才华等应该是一致的。换言之，"文如其人"，人面不同，则风格各异。不过尽管如此，刘勰却并不认为风格完全是彼此相异的，他概括了典雅、远奥、精约等八种风格类型，并通过对贾谊、司马相如、杨雄等十多人的具体分析，进一步证明了作家性格与作品风格的"表里必符"。当然，刘勰并不迷信天赋，而是强调作家的才华更多地依赖于后天的刻苦学习，同时还主张学习一定要从雅正的作品开始，逐步融会贯通，培养情志。

刘勰对于风格的研究直接影响了皎然的《诗式》和司空图的《二十四诗品》，同时自魏晋以后，从作家气质个性入手品评文藻逐渐成为一种趋势，而风格论亦成为贯穿我国文论发展的一条线索。不过，刘勰以征圣、宗经的观点来强调或贬低某种风格，也给他的风格论带来了一定的局限。

二、《诗学》（亚里士多德，节选）

亚里士多德在《诗学》中系统地表达了他对悲剧及史诗的认识，其中从第6章到第11章，多角度、全方位地论述了悲剧诸要素当中最重要的"情节"。总体来看，我们应对其以下观点给予注意：

亚里士多德认为，情节就是"事件的组合"，这是他对情节的基本界定。在此基础上，亚氏进一步论述了情节所应具备的基本特点。第一，情节要完整，包含起始、中段和结尾，且其内部的承继要自然、有机。第二，情节要有适当的长度，"以能容纳可表现人物从败逆之境转入顺达之境或从顺达之境转入败逆之境的一系列可然或必然的原则依次组织起来的事件为宜"。第三，情节要具有整一性。是否整一的判断标准不在于行动是否来自于单一的人，而是要看挪动和删减构成情节的那些事件时是否会导致整体的松裂和脱节。第四，情节一定要出人意料，但又因果明确。第五，复杂情节会伴随有"突转"，即"行动的发展从一个方向转至相反的方向"，以及"发现"，即"从不知到知的转变"，同时还要有"苦难"，即"毁灭性的或包含痛苦的行动"。这样，情节本身的构合才能引发恐惧和怜悯。

亚氏对悲剧"情节"的探讨不仅为后来的情节研究和戏剧创作提供了参考和规范，同时也为现代叙事理论对情节的研究奠定了基础。

本章问题

1. 文学类型划分在文学活动中的作用是什么？
2. 什么是叙事？叙事性作品与抒情性作品的区别在哪里？
3. 抒情性作品的基本特征有哪些？试举例说明。
4. 请结合中西文学史知识，论述文学风格是如何形成的。

参考文献

[1] 亚里士多德.诗学[M].罗念生,译.北京:人民文学出版社,2002.

[2] 普罗普.故事形态学[M].贾放,译.北京:中华书局,2006.

[3] 热拉尔·热奈特.叙事话语 新叙事话语[M].王文融,译.北京:中国社会科学出版社,1990.

[4] 刘勰.文心雕龙注[M].范文澜,注.北京:人民文学出版社,1958.

[5] 吴纳,徐师曾.文章辨体序说 文体明辨序说[M].于壮山,罗根泽,校点.北京:人民文学出版社,1962.

[6] 王国维.人间词话:插图本[M].上海:上海古籍出版社,2004.

第四章

作品分析模式

  本章重点介绍文学作品的分析方法,通过个案和作品分析,引导学生在实践中获得分析文学作品的基本能力。第一节分析文学作品的层次与结构,重点把握文学作品语言层、形象层、意蕴层的内涵、地位及三个层次的关系,引导学生在此基础上深入理解作品的内在构成。
  第二节探讨叙事作品的分析模式,重点介绍如何运用传统、现代、后现代叙事理论分析作品的方法。传统叙事理论关注的重点是内容,人物、情节和环境是传统分析的核心所在;20世纪以来叙事作品分析的重点转向叙事结构、叙事视点和叙事时间;20世纪90年代叙事理论由关注作品转向关注作品与读者及社会历史语境的关系。
  第三节探讨抒情作品的分析模式,重点介绍中国传统文论中的"意境论批评"和西方文学批评知识谱系中的"细读式批评"。
  第四节为个案分析,重在示范引领。本节介绍了两个案例。一是克林斯·布鲁克斯与罗伯特·潘·华伦分析短篇小说《阿拉比》的文章《〈阿拉比〉中的人物性格》,一是王国维分析研究中国古典诗词意境的《人间词话》。通过案例阅读,掌握中外学者分析作品的方法、步骤及运思模式,进而掌握多维度分析作品的技巧,获得分析各类文学作品的能力。

  本章重点介绍文学作品的分析方法,通过个案和作品分析,引导学生在实践中获得分析文学作品的基本能力。第一节分析文学作品的层次与结构,重点应把握文学作品语言层、形象层、意蕴层的内涵、地位及三个层次的关系,引导学生在此基础上深入理解作品的内在构成。

第一节　文学作品的层次与结构

　　文学作品具有由表及里的多层次审美结构。《周易·系辞》在论及卦象产生的缘由时,曾提出"言不尽意""立象以尽意"的观点。这里所说的"言、象、意"虽然不是针对文学作品而言,但对后人理解文学作品的层次与结构具有启迪作用。黑格尔认为,艺术作品(包括文学作品)直接呈现给我们的是"外在形状",即外在形式。它的作用是"能指引到一种意蕴""一种内在的生气、情感、灵魂、风骨和精神"[①]。可见,他已经意识到艺术作品是有层次的结构,而且认识到二者的关系。现象学美学家英伽登把文学作品的结构由表及里划分为五个层次:语音层、意义单元层、图式化面貌层、再现客体层、观念层。综合中西文论中有关文学作品层次与结构的代表性观点,一般把文学作品的结构由表及里划分为三个层次,即语言层、形象层、意蕴层。

一、语言层

　　语言层是指文学作品首先呈现于读者面前、供其阅读的具体话语系统。对具体的作品而言,这种话语系统是由作家选择一定的语言材料,按照艺术创作的诗意逻辑创造的特殊话语系统。这个系统中的"语言",已与一般语言有了明显不同。

1. 语音的审美性

　　语音指字音和以字音为基础的语音构造,如节奏、节拍、语调、音律等,是意义构成的质料基础。文学作品的语音具有相对独立的审美价值。朱光潜先生曾在《诗论》中说:"音律的技巧就在选择富于暗示性或象征性的调质。比如形容马跑时宜多用铿锵疾促的字音,形容水流,宜多用圆滑轻快的字音。表示哀感时宜多用阴暗低沉的字音,表示乐感时宜用响亮清脆的字音。"[②]现代作家老舍说:"我们若要传达悲情,我们就须选择些色彩不太强烈的字,声音不太响亮的字,造成稍长的句子,使大家读了,因语调的缓慢,文字的暗淡而感到悲哀。反之,我们若要传达慷慨激昂的情感,我们就须用明快强烈的语言。"[③]他们都发现语言的声音组合对于情感表达具有不可忽视的作用。

　　就汉语而言,一个汉字就是一个音节,由声母、韵母、声调三个要素构成。在声、韵、调的关系中,声调有着很重要的作用。四声不但含有节奏性,还能区分调质(音质),区别意义。正如明朝释真空《玉钥匙歌诀》所言:"平声平道莫低昂,上声高呼猛烈强,去声分明哀远道,入声短促急收藏。"人们认识到汉字读音有轻、重、清、浊之分,并自觉地将其运用于文学语言,尤其是诗歌语言的创造中。自近体诗开始,平仄的交互作为一种规则固定下来,形成了严整的格律。由此,语音在文学作品中审美价值可见一斑。

[①] 黑格尔.美学:第1卷[M].朱光潜,译.北京:商务印书馆,1979:24-25.
[②] 朱光潜.朱光潜美学文集:第2卷[M].上海:上海文艺出版社,1982:156.
[③] 老舍.老舍论创作[M].增订本.上海:上海文艺出版社,1982:219.

2. 指涉的内向性

文学语言不同于普通语言。普通语言指向语言符号以外的现实世界，遵循现实生活逻辑，可以用现实生活检验。文学语言指向的是作品中的艺术世界，这个"艺术世界"是虚构世界，遵循的是艺术的、诗意的逻辑，追求的是语言与整个艺术世界氛围的统一。杜甫的诗句"露从今夜白，月是故乡明"(《月夜忆舍弟》)，李白的诗句"我寄愁心与明月，随风直到夜郎西"(《闻王昌龄左迁龙标遥有此寄》)等，从科学的眼光看，故乡的月与他乡的月没有区别，心与月也无法托风寄出。这里的心、月并非现实世界的心、月，而是内指性的，是诗人将自己的满腔情思贯注于物，使"物皆着我之色彩"，那物因而也就有了人的感情色彩。

文学语言指向"艺术世界"，因而蕴含了作家丰富的感知、情感、想象等心理体验，比普通语言更富有心理蕴含。文学语言，虽然表面上与普通语言一样，但实际上具有丰富的心理内涵。阅读文学作品，就是发现文学语言独特的表现功能，在语言艺术的审美世界里，领略语言表现的魅力。杜甫的诗句"感时花溅泪，恨别鸟惊心"，不是指向自然界的"花"与"鸟"，而是指向诗人的情感世界。"花"与"鸟"早已被诗人感伤、悲戚的心情所浸染，带上了诗人浓浓的主观感情色彩。阅读这首诗，我们能够感受到诗人胸藏社稷民生的仁者襟怀，能体验到诗人浓重的感时恨别、忧国思家的思想感情。

3. 表达的反常规

文学语言往往打破常规，拒绝"熟悉化""自动化"语言。作家们总是设法把普通语言加工成陌生的、扭曲的、对人具有阻拒性的话语。这种语言可能不合语法，打破了某些语言的常规或生活常识，有的甚至不易为人所理解，但却能引起读者的注意，激发读者的阅读兴趣，从而获得强烈的审美效果。鲁迅的《孔乙己》结尾一句"大约孔乙己的确死了"，按照常规看，这句子明显是病句，但在这里却是一种非常规的、陌生化的表达，意蕴更为丰富。如，《静静的顿河》：

> 在烟雾中，太阳在断崖的上空出现了，太阳的光线把葛利高里的光头上浓密的白发，照得发光了，又沿着苍白的、可怕的和一动不动的脸上滑着。他仿佛是从一个苦闷的梦中醒来，抬起了头，看见自己头顶上的黑色的天空和一轮耀眼的黑色太阳。

一般用"红色""黄色""金色"等修饰太阳、描写太阳，而且从生活常识看，也没有"黑色的太阳"，这显然是反常规的陌生化表达，旨在表现葛利高里的绝望。

文学作品的陌生化语言是作家创造的结晶，能够表现作家独特的生活体验和生命体验，具有常规语言无可比拟的表现力。

二、形象层

非文学作品的语言符号指向的是抽象概念，文学作品的语言符号指向的具体的文学形象。读者在文学作品语言的召唤和感染之下，经过想象和联想，在自己头脑中唤起一系列相应的具体可感的文学形象，构成一个具体的、感性的艺术世界，这个感性的、形象的艺术世界就是形象层。有无形象层是区别文学与非文学的标志之一。形象层处于文学作品表层结构与深层结构之间,在文学作品中具有重要地位。形象层既是语言层的所指,又是意蕴层的载体。三国时期著名经学家王弼在《周易略例》中说:

> 夫象者,出意者也。言者,明象者也。尽意莫若象,尽象莫若言。言生于象,故可寻言以观象;象生于意,故可寻象以观意。意以象尽,象以言著。

在"言、象、意"的审美层次结构中,"尽意莫若象",这是说"象"与深层结构"意"的关系;"言生于象",这是强调"象"对于表层结构"言"的作用。它一方面关系着深层结构的传达,另一方面又制约着表层结构的处理。因此,文学作品的形象层,是文学作品层次与结构的关键。

如果说在语言层读者感受的是语言的艺术魅力,那么在形象层读者感受到的是具体可感的艺术形象。文学形象,是读者在阅读文学作品的过程中,经过想象和联想在头脑中唤起的具体可感的画面和图景。文学作品的形象,在不同作品中的形态是不同的。在叙事类文学作品中,形象主要是人物、情节、环境等;在抒情类文学作品中,形象主要是情感的对应物,即意象。

文学形象具有创造性。文学形象虽然是以现实生活中人物、事件、物象等为基础的,但并不是对现实生活中的人物、事件、物象等的客观再现,而是在现实生活中的人物、事件、物象的基础上的创造。李白的诗句"白发三千丈,缘愁似个长"(《秋浦歌》),借"白发"意象表现愁的幽深;李煜的"问君能有几多愁,恰似一江春水向东流",以"一江春水"比喻愁的无穷无尽;贺铸这样写愁,"试问闲愁都几许,一川烟草,满城风絮,梅子黄时雨"(《青玉案》),连续用三个意象表现闲愁的浓厚;李清照在《武陵春》中这样写愁,"只恐双溪舴艋舟,载不动许多愁",写出了愁的深重。同样写愁,诗人选用的意象各不相同,每个意象都是作者的独特创造。叙事类作品中的人物、情节、环境等同样具有创造性。堂吉诃德、孙悟空、阿Q等古今中外叙事作品的人物无不是作者的创造。

文学形象具有表现性。文学形象的创造离不开客观存在的人物、事件、环境、物象等,但作者创造文学形象的目的并不是为了纯粹客观地再现生活中的人物、事件、环境、物象,而是为了表现作者对人生的感悟、对社会的思考、对历史的态度、对自然的体验。英国批判现实主义文学大师狄更斯的《双城记》描写法国大革命,并不是为了客观地再现法国大革命的情景,而是为了警告英国统治者,为了表达作家对历史的人性反思。卡夫卡的《变形记》融入了作者自己的生活,但不是为了客观再现自己的生活,而是为了表达作者对人生的感受与理解。鲁迅的《狂人日记》以生活中的真人真事为原型,但是,并不仅仅为了客观再现真人真事,而是表达作者对中国几千年传统文化的反思与批判。至于抒情作品,作者描写景物无不是为了表现思想情感。文学形象虽然是主观与客观的统一,但是,客观只是基础,主观才是关键。因此,表现性是文学形象的根本属性。

文学形象具有超越性。超越性指文学形象超越时间、空间所获得的永恒的艺术魅力。古今中外的文学名著所塑造的艺术形象往往穿越历史时空,吸引着一代又一代的读者。叙事作品中的人物形象,中国的,如诸葛亮、关羽、曹操、武松、李逵、宋江、唐僧、孙悟空、猪八戒、贾宝玉、林黛玉、薛宝钗、严监生、孔乙己、阿Q等;西方的,如阿喀琉斯、俄狄浦斯、美狄亚、哈姆莱特、答尔丢夫、浮士德、葛朗台、安娜·卡列尼娜、波留希金等,已经成为人类的文学文化符号,至今依然存在于读者的视野中。抒情作品中的意象同样具有超越时空的艺术价值。陶渊明笔下的桃花源、李白笔下的月亮、王维笔下的红豆、雪莱诗歌中的西风、华兹华斯诗歌中的丁登寺、梭罗散文中的瓦尔登湖等,历经岁月的沉淀,成为不朽的文学形象。文学形象之所以具有超越历史时空的艺术价值,是因为文学形象蕴含着人类共同的精神向往和价值取向,表达了人类对真善美的追求,对假恶丑的鞭挞。

三、意蕴层

意蕴层即文学作品所蕴含的思想、感情等,是文学作品的纵深层次。文学作品的价值最终取决于它所蕴含和显示的审美意味。意蕴层是文学文本构成中不可或缺的成分。意蕴是否丰富、深厚,直接影响着文学文本的审美价值。意蕴是文学作品的灵魂所在。文学作品的意蕴不能脱离文学形象即作品的形象层面而单独存在,形象与意蕴的关系是融合统一的关系。文学作品的意蕴即蕴涵于形象层的意义,具有含蓄、多义等特点,因此,意蕴层又呈现出多层次的丰富意蕴。但丁在论及《神曲》的意蕴时曾说:

> 为了进一步阐述我们的意见,必须说明这部作品的意义并不简单,相反,可以说它具有多种意义,因为我们通过文字得到的是一种意义,而通过文字所表示的事物本身所得到的则是另一种意义。头一种意义可以叫做字面的意义,而第二种意义则可称为譬喻的或者神秘的意义。
>
> 我们了解了这一点之后,就可清楚地看出环绕主题的不同意义一定有两层。因此我们必须从字面意义上,然后又从寓言意义上,考虑这部作品的主题。仅从字面意义论,全部作品的主题是"亡灵的境遇",不需要什么其他的说明,因为作品的整个发展都是围绕它而进行的。但是如果从寓言意义看,则其主题是人,人们在运用其自由选择的意志时,由于他们的善行或恶行,将得到善报或恶报。①

文学作品的意蕴是多重的。概括而言,一般有社会历史蕴含、哲学意味、审美意蕴等多重意义。例如《红楼梦》,既有对封建社会政治、经济、文化等的历史再现,也有对人生变幻的深刻感悟,还有对大观园美女、美景、美食以及贾宝玉丰富人生的逼真描绘。大观园的女子不仅貌若天仙,而且兰心蕙质,聪慧多情,是美的化身,美的符号。大观园里的鲜花、绿草、流水、亭榭、幽径、鸟鸣,构成了世外桃源式的美的世界,也为作品增添了丰厚的审美意蕴。当然,不是所有的文学作品都有以上三重意蕴。有些文学作品,意蕴比较单纯,并无历史蕴含和哲学意味,仅有审美意蕴,但也不妨碍其成为脍炙人口的佳作。杜

---

① 但丁.致斯加拉亲王书[M]//缪灵珠.缪灵珠美学译文集:第1卷.章安祺,编订.北京:中国人民大学出版社,1998:309.

牧的《秋夕》:"红烛秋光冷画屏,轻罗小扇扑流萤。天阶夜色凉如水,坐看牵牛织女星。"诗中并未触及历史内容,也没有"霜叶红于二月花"那样的哲学意味,仅仅描绘了秋夕之夜,一位少女扑够流萤、坐在台阶上遥望夜空中的牵牛星与织女星的普通生活场景,但放在秋夕之夜,联系牛郎与织女的动人传说,却让人产生了一种难以名状的情愫。

文学作品是一个由语言层、形象层和意蕴层所构成的、有深度的统一体,上一层次是下一层次的形式化显现,而下一层次则给上一层次提供了存在的内容和依据。其中,形象层具有中介连接的作用,文学形象在与文学语言和文学意蕴的双重关系中体现了文学作品内容与形式的辩证统一。

第二节 叙事作品分析模式

传统叙事理论关注的重点在于内容,即着重研究所叙之事,因此,人物、情节和环境就成为传统叙事理论的核心所在。在此背景下,形成了以关注作品人物、情节和环境等内容为主的叙事作品分析模式,即传统分析模式。20世纪以来,俄国形式主义文论和法国结构主义文论等,把叙事文学的研究重点转向叙事作品的组织形式和表现方式,形成了现代叙事理论。相应的,叙事作品的分析模式也发生了变化,形成了重在关注叙事结构、叙事视点和叙事时间的分析模式,即现代分析模式。20世纪90年代,西方叙事理论发生了一次较大转折,由关注作品本身转向关注作品与读者及社会历史语境的关系,关注作品的意识形态内涵,形成了后现代叙事理论。这样,叙事作品的分析模式也发生了变化,转向以重点关注作品意识形态内涵为主的后现代分析模式。

一、传统分析模式

人物、情节和环境在传统小说理论中被称为小说三要素,它们不仅是构成小说内容的三要素,而且是一切叙事文学的三要素。分析叙事作品的人物、情节和环境,成为历久不衰的模式。亚里士多德在《诗学》中曾经对古希腊悲剧、喜剧的人物、情节做过具体分析,马克思、恩格斯曾经对19世纪现实主义小说的典型人物与典型环境有过精辟阐述,明末清初的文学批评家金圣叹曾经对《水浒传》的人物有过精彩点评。这一分析方法与模式,沿袭至今。

1. 人物

一般认为,人物在叙事类文学作品中居于核心地位,情节安排、环境描写都是为了塑造人物。但是,在文论史上有着不同看法。亚里士多德在《诗学》中把情节放在首位,人物则在其次。事实上,人物和情节是相互依赖的。离开人物的行动,就没有情节的发展;同样,没有情节的发展,就无法完成人物的塑造。但是,叙事文学(尤其是小说)发展到今天,比较普遍的看法还是认为人物更为重要。

福斯特根据性格的复杂程度把人物分为"扁型人物""圆型人物"。"扁型人物",即性格单一的类型化人物。韦勒克认为,这是按照静态的方式塑造出来的人物,它只表现

"人物身上占统治地位的或在社交中表现出的最明显的特征"①。比如我国古代小说中的张飞、诸葛亮、严监生,莫里哀笔下的达尔杜弗,契诃夫笔下的别里科夫,福斯特认为狄更斯笔下的人物几乎都属于"扁型人物"。"圆型人物",即性格丰满复杂、立体感强的人物,韦勒克称之为"动态型或发展型人物"。"圆型人物"性格特点丰富,富于发展和变化,他们是主导性格和复杂性格的统一体。文学史上著名的典型人物大多是"圆型人物",如哈姆雷特、浮士德、安娜、林冲、贾宝玉、阿Q等等。

现代、后现代叙事作品的人物大多是心态型人物,而不是性格人物。心态型人物侧重于展示、表现人物心理状态和精神体验。卡夫卡的《变形记》写格里高尔变成甲虫的复杂心理感受,传达出强烈的灾难感和孤独感。乔伊斯的《尤利西斯》最后一章由处在半睡半醒状态中的莫莉的意识自由流动构成。陈忠实曾说"我以为解析透一个人物的文化心理结构而且抓住不放,便会较为准确真实地抓住一个人物的生命轨迹"②。他所说的文化心理结构,就是指人物在文化传统影响下形成的较为稳定的心理状态。从这点看,《白鹿原》中的白嘉轩、鹿子霖、朱先生等,应属于心态型人物。

以上主要是从"共时"角度划分人物类型的,当然,还可以从"历时"角度对人物进行划分。例如,西方叙事文学的人物经历了从英雄、王公贵族、大资产阶级到小资产阶级及底层小人物的变化,中国传统小说的人物经历了"魔化——凡化——变形化"的发展过程。③

2. 情节

情节是由人物的序列行动构成的。说具体点,情节是指叙事作品中具有因果关系的一系列生活事件。

情节与故事既相互联系、又相互区别。故事是构成情节的基础。没有故事,就没有情节。但是,故事并不等于情节。情节强调事件之间的因果关系,故事强调事件发生的时间顺序。福斯特曾对"故事"与"情节"作了这样的区分:"'国王死了,不久王后也死去'便是故事;而'国王死了,不久王后也因伤心而死'则是情节。"④由此可见,情节并不是叙述者对生活事件的纯客观反映,而是叙述人从自己的思想感情出发对生活事件加以组织的结果,其中必然包含着叙述人对事件的主观解释和情感态度。例如,中国古典小说中的才子配佳人情节突出表现了"书中自有颜如玉"的功利主义读书观、追求爱情的婚姻观及救世主意识等。

情节是由无数个细节组成的。细节是指场景中最不引人注目的细微动作,如眼神、下意识动作等。"人物"是叙事作品的灵魂,如果有了传神生动的细节,人物形象就会生动鲜活,给读者留下深刻印象。如果没有生动具体、细致入微的细节,叙事作品就显得干瘪乏味,就缺乏感染力。例如,阿Q临刑前画押、严监生临死前伸出两根手指、葛朗台临

---

① 韦勒克,沃伦.文学理论[M].刘象愚,邢培明,陈圣生,等译.南京:江苏教育出版社,2005:257.
② 陈忠实.走出白鹿原[M].西安:陕西旅游出版社,2001:278.
③ 陆志平,吴功正.小说美学[M].北京:人民出版社,1991:19.
④ 爱·摩·福斯特.小说面面观[M].苏炳文,译.广州:花城出版社,1984:75.

终前伸手抓神甫胸前的镀金十字架等细节,把人物性格活灵活现地表现出来。

现代、后现代叙事作品则淡化情节,把重心放在人物心理状态和精神体验的分析方面。

3. 环境

环境是人物行动的具体空间,人物的存在和活动离不开环境。人物的行动与环境组合起来成为场景。环境包括自然环境和社会环境。

自然环境也称景物环境,具体包括人物活动的时间、地点、自然界的季节、天气等。自然环境描写对刻画人物性格、表现人物心理具有烘托作用。例如,《红楼梦》对"潇湘馆竹子"的描写。"潇湘馆"初次出现时,翠竹掩映,游廊曲回。当宝黛同读《西厢记》时,春天的院内是"阶下新生的稚笋";当宝黛爱情觉醒,黛玉一腔柔情郁结于心未能吐露时,是"满地下竹影参差,苔痕浓淡";当写这对恋人的命运笼罩着阴影时,是"雨滴竹梢,更觉凄凉"。这些景物描写渲染了环境气氛,烘托了人物性格和命运。再如《祝福》写鲁四老爷书房的桌子上放着"一堆似乎未必完全的《康熙字典》,一部《近思录集注》和一部《四书衬》",从侧面表现了鲁四老爷的思想性格。

社会环境,指人与人之间的社会关系、文化氛围和风俗习惯等。社会环境对人物性格的形成和影响有着决定性作用。人与人的社会关系是社会环境的核心,写人必须把人放在一定的社会关系中去写。比如要写出阿Q的生活环境,就必须写出他与赵太爷、假洋鬼子、吴妈、王胡、小D等人结成的社会关系。正是这种复杂的社会关系构成阿Q具体的社会环境,阿Q的性格也只有在复杂的社会关系中才能得到深刻的揭示。

韦勒克和沃伦说,有的环境描写的"目的是建立和保持一种情调、其情节和人物塑造都被控制在某种情调和效果之下。"①19世纪浪漫主义和西方现代主义的环境描写大多具有这样的效果,所描写的环境也多是虚幻的,不具有生活的真实感,成为人的精神和心灵的象征。

二、现代分析模式

现代叙事理论关注的是叙事方式,即如何叙事。在此理论指导下,形成了叙事文学的现代分析方法与模式。这一模式在分析作品时,重点关注结构、视点、时间。

1. 结构

叙事作品的结构是指作品中各个成分或单元之间的关系。表层结构是指事件的陈述及其排列,具体说,即句子与句子、事件与事件的关系。深层结构是指从叙事作品中抽象出来的一系列被叙述的事件及其参与者。深层结构是数量有限的结构图式,表层结构是从数量有限的深层结构中生成故事的无限变体。例如,20世纪西方战争题材的小说不计其数,但结构图式基本一致。

> 皮埃尔与吕丝相爱,而且很有才华。战争牺牲了他们的生命,葬送了他们的爱

---

① 韦勒克,沃伦.文学理论[M].刘象愚,邢培明,陈圣生,等译.南京:江苏教育出版社,2005:259.

情与才华(《皮埃尔与吕丝》)。

亨利相信战争神圣,自愿参加红十字会驾驶救护车,受伤住院与护士凯瑟琳相爱。亨利重返前线,亲眼目睹了战争的残酷,逃离战场。恋人死于难产,亨利精神崩溃(《永别了,武器》)。

索科洛夫建立了一个幸福美满的家庭,战争毁灭了索科洛夫的家庭,也毁灭了索科洛夫的幸福(《一个人的遭遇》)。

这几部(篇)小说有一个共同的结构图式:主人公(一个、二个……)拥有神圣的信念、甜蜜的爱情、幸福的家庭、健康的生命,战争摧毁了主人公的精神,毁灭了主人公的幸福,夺去了主人公的生命。这一结构图式可概括为:战争——死亡(精神的崩溃、生命的终结,等等)。可以这样说,以上几部(篇)小说是"战争——死亡"结构图式的变体。

构成叙事作品的最小单位是叙述句。每个叙述句包含两个成分,一个叫"主词"(或译作行动元),另一个叫"谓词"(或译作谓语)。主词是叙事作品中的角色,谓词则表示某种状况及其改变与发展。例如,《十日谈》"第七天故事/第二"中,佩罗尼拉、情人和丈夫是这个故事的主词(行动元),"情人""丈夫"这些词表明了它们与佩罗尼拉关系的合法与否,在叙述中表明了平衡状态和不平衡状态。之后出现了违反准则的行动,佩罗尼拉在家里与情人相会。这是一个叙述动词,可以用"破坏"或"违反"来表示,它造成一种平衡失调的状态。接着是平衡的恢复:惩罚不贞的妻子,或者是妻子想办法逃避惩罚。在薄伽丘的小说中"惩罚"没有实现,佩罗尼拉把不平衡(违反准则)的状态伪装成平衡的正常状态(外人来买桶并不违规)。于是,出现了一个新的叙述动词——"伪装"。通过伪装,佩罗尼拉瞒过了丈夫,达到了偷情目的,实现了新的平衡。托多罗夫认为,《十日谈》的故事有着共同的深层结构:平衡——不平衡——新的平衡。

如果说表层结构体现的是事件与事件之间的关系,深层结构则体现的是事件的文化隐含。例如,20世纪西方战争小说的"战争——死亡"结构,隐含着西方文化的人道主义思想。

2. 视点

视点,即视角,是作品对故事内容进行观察和讲述的角度。根据叙述者观察故事中情境的立场和聚焦点分为全知视角、内视角、外视角三类。

(1)全知视角,也称为零视角、非限制性视角。其特点是叙述者说出来的比任何一个人物知道的都多,他无所不知、无所不能。韦勒克、沃伦在《文学原理》中说:"他可以用第三人称写作,作一个'全知全能'的作家。这无疑是传统的和'自然的'叙述模式。作者出现在他的作品的旁边,就像一个演讲者伴随着幻灯片或纪录片进行讲解一样。"[1]这种"讲解"可以超越一切,历史、现在、未来全在他的视野之内,任何地方发生的任何事,甚至是同时发生的几件事,他全都知晓。这种叙述视角便于全方位地描述人物和事件,自由地改变、转移观察或叙述角度。缺点是叙事的真实性容易被质疑,留给读者再创造的空

---

[1] 韦勒克,沃伦.文学理论[M].刘象愚,邢培明,陈圣生,等译.南京:江苏教育出版社,2005:262.

间十分有限。传统的第三人称叙述大多是全知视角,如《三国演义》。

(2)内视角,即从故事中某一人物的视角出发讲故事,往往以第一人称叙述,因此也称为第一人称限制性视角。其特点是叙述者所知道的同人物知道的一样多,叙述者只借助某个人物的感觉和意识,从他的视觉、听觉及感受的角度去叙述故事。叙述者不能像"全知全觉"那样,提供人物自己未知的东西,也不能进行这样或那样的解说。叙述者进入故事和场景,或讲述亲历或转叙见闻,其叙述的可信性、亲切性自然超过全知视角。这种内视角包括主人公视角和旁观者视角两种。主人公视角,如《狂人日记》,人物叙述自己的事情,给人以真实感,也便于揭示主人公的深层心理。旁观者视角,即由次要人物叙述的视点,如普希金的《驿站长》,"我"只是个旁听者,驿站长的女儿杜妮亚被骠骑兵拐走的经过,由驿站长转叙给"我"。这是一种建立在对等关系上的叙述视角,作者绝不比人物或主人公知道得多。

(3)外视角,即从局外人的视角出发向读者叙述人物的言语与行为,也被称为第三人称限制性视角。外视角叙述的特点是叙述者比人物知道的少。叙述者像一个对内情毫无所知的人,仅仅在人物的后面向读者叙述人物的行为和言语,他无法解释和说明人物。这种叙述视角是对"全知全能"视角的反拨。海明威的短篇小说《杀人者》是典型的外视角叙事作品。酒店两个"顾客"的真实身份及其来酒店的目的,在开篇除他们本人外谁也不知道,杀人的内幕在小说中也只有那个要被谋杀的人晓得,可他又闭口不言。直至终篇,读者所期待的答案也未出现,然而这却使他们思索深层的、形而上的问题。结尾的对话好像有所暗示,其实仍无明确答案,叙述者只是让尼克觉得"太可怕"并决定离开此地,从而激起有思想的读者对我们生存的这个世界的恐惧感。

上述三种叙述视角在作品中并不是一成不变的。《祝福》开头和结尾以第一人称叙述,是内视角叙述,主体部分以第三人称叙述,是零视角叙述。

3. 时间

叙事,即讲故事,是在一个时间过程中进行的。这个时间过程包括"讲"的时间和"故事"本身的时间。前者一般称为"叙事时间"(或者文本时间),后者称为"故事时间"。

故事时间是指故事发生的自然时间状态,时间的长短是通过故事内容的发展显示出来的。叙事时间是指故事内容在叙事文本中具体呈现出来的时间状态,时间的长度是由叙述语言的长度决定的,即叙述语言越多,文本时间就越长。如《三国演义》中,赤壁之战前后不过月余,却成了自四十三回至五十回的内容,故事时间短,但叙事时间长。叙事作品呈现在读者眼前的只是叙事时间,而故事时间是隐性的,读者需依靠理性和经验,从叙事时间中去体认,或者根据这种体认在心目中将它复原出来。

故事时间体现在故事自始至终的时间关系中,叙事时间存在于作品的写作和阅读活动的时间关系中。处理叙事时间与故事时间的关系是叙事艺术的重要手法和技巧之一。叙事时间与故事时间的关系主要表现在时序、时距和频率等三个方面。

时序是叙事时间顺序与故事时间顺序相互对照形成的关系。叙事作品按照事件的发生、发展、变化、结局的自然时序来写,这样的叙述就是顺时序叙述,也称为"顺叙"。这是最古老的叙事方式,人类早期的神话与民间传说、大多数古代小说,往往以顺时序的方式讲述故事。例如,《乔太守乱点鸳鸯谱》开首写道:"那故事出在大宋景祐年间……"接着,便依照故事发展的时序原原本本地叙述下去,没有任何时间的倒错,只是在微观上有两处极简短的补叙。有的叙事作品叙事时间与故事时间不一致,出现"时间倒错"——发生于前的事情可以叙述于后,或从故事的中间开始叙述;或者打乱时序,把时间和事件编织在人物的记忆中。这样的叙述方式称为逆时序叙述。逆时序叙述方式包括"倒叙""插叙"。古希腊悲剧《俄狄浦斯王》是典型的倒叙。作品开始写忒拜城瘟疫流行,神谕告诉忒拜人发生瘟疫的原因是有人犯了乱伦罪孽,接着俄狄浦斯追查罪犯。在追查罪犯的过程中引出了过去发生的事件。海明威的小说《乞力马扎罗的雪》顺叙主人公哈里与情人在非洲大草原上打猎时得了坏疽病。他意识到自己即将死亡时开始回忆过去的生活情景。最后写他死了。这是典型的插叙。

时距也称为叙述的步速,是故事时间长度与叙事时间长度相互比较对照所形成的时间关系。如果故事时间长度与叙事时间长度一致,就是匀速叙述。匀速叙述只是一种假设。叙事作品中的实际情况是,要么故事时间长而叙事时间短,要么故事时间短而叙事时间长,前者称为变快,后者称为变慢。前者如莫泊桑的《项链》,十年的时间只用一句话带过:"这样的生活继续了十年。"后者如《三国演义》中"三顾茅庐",这个耳熟能详的故事发生在刘备客居荆州的一小段时间之内,就故事时间而言并不长,但是先后经过徐庶走马荐诸葛、水镜推许卧龙、两顾不遇等一系列事件的渲染,叙事时间被拉长了。

频率是指一个事件在故事中出现的次数与该事件在作品中叙述的次数之间的关系。故事次数与叙述次数的关系主要有以下几种:

(1) 发生一次叙述一次,简称为"单指"。如鲁迅小说《药》对华老栓买人血馒头的叙述。

(2) 发生 n 次叙述 n 次,简称为"反复"。如《孔乙己》叙述主人公两次去酒店喝酒,去了两次叙述了两次。

(3) 发生一次叙述 n 次,简称为"重复"。如《祝福》中祥林嫂多次给人讲儿子被狼吃的故事。

(4) 发生 n 次叙述一次,简称为"复指"。如《老人与海》开头:"他是个独个儿摇只小船在湾流打鱼的老汉,已经八十四天没钓着一条鱼了。"

三、后现代分析模式

20世纪后半期,西方叙事理论由关注作品本身转向关注作品与读者及社会历史语境的关系,关注作品的文化内涵。这样,叙事作品的分析模式也发生了变化——由作品的内部研究转向外部研究,着重研究作品的意识形态内涵,如作品中所蕴含的性别、种族、历史、生态等文化内容。

1. 文化批评

20世纪80年代末、90年代初以来,当代西方文化研究的理论与实践被介绍到中国,并运用于当代中国文学与文化研究,催生了中国大陆的文化研究热潮,促成了传统的文学观念与文学研究方法的转变,文化批评在此背景下应运而生。文化批评"是一种文本的政治学,揭示文本的意识形态,文本所隐藏的文化—权力关系,它基本上是伊格尔顿所说的'政治批评'"①。

文化批评是继社会政治批评和审美批评之后的一种批评类型。20 世纪 70 年代末、80 年代初,文学、文学批评与时代的关系处于和谐状态,文学批评成为社会宏大叙事的组成部分。这一时期的文学批评主要是社会政治批评,而这一时期的文学批评关键词,如"伤痕""反思""改革",充分体现了此时文学批评的特征。进入 20 世纪 80 年代中后期,文学和时代的和谐关系破裂,文学批评试图与主流意识形态分道扬镳,与文学创作保持距离,文学批评的主体性因此得以增强与提高,强调批评独立性的审美批评成为文学批评的主流。20 世纪 90 年代以来,随着全球一体化、价值多元化、消费化时代的来临,文学批评由审美批评转向文化批评。

文化批评属于当代形态的文学社会学。文化批评是对文本中心主义的反拨,是要重建文学与社会的关系,但这是一种否定之否定。文化批评并不是要回到传统的文学社会学,即使要回归文学社会学,那也是扬弃机械的反映论、克服简单化的阶级论之后,重新理解文学与文学批评政治性的文学社会学。如果说传统的社会政治批评侧重于文学作品所反映的时代生活及阶级冲突,那么文化批评侧重于文学作品所蕴含的性别、种族、身体等文化意蕴,着重从文化批判的视角介入作品。

文化批评作为政治批评,与审美批评的区别在于审美批评把文学作品当作独立的客体,从审美的角度解读作品,目的在于揭示作品的审美特质,并对作品做出审美判断。文化批评把文学作品当作具有意识形态内涵的文本,从大众立场揭示作品所隐藏的权力政治,并以批判的眼光展开批评。

从文化批评角度看,鲁迅的小说《头发的故事》隐藏着身体政治主题。头发属于每个人身体的一部分,但是《头发的故事》告诉我们,头发并非只是自己身体的一部分,细细的发丝牵连着政治,变成了政治符号。《头发的故事》中,N 先生的祖母就曾经对他说:"那时做百姓才难哩,全留着头发的被官兵杀,还是辫子的便被长毛杀!"满清政府和洪秀全们似乎一定要在这根辫子上一决高下,辫子成为他们互相争夺的东西。难怪 N 先生要大发感慨:"我不知道有多少中国人只因为这不痛不痒的头发而吃苦,受难,灭亡"。

2. 生态批评

生态批评出现在 20 世纪 70 年代。1978 年,威廉姆斯·鲁克尔特发表了题为《文学与生态学:一次生态批评实验》的文章,首次使用了"生态批评"一词,明确提倡"将文学与生态学结合起来",强调批评家"必须具有生态学视野"。哈佛大学英文系教授劳伦斯·布伊尔认为,生态批评家不仅把自己看作是从事学术活动的人,而且是深切关注当今环境危机、参与各种环境改良运动的人。

生态批评是以探讨文学与自然环境之关系为旨归的批评,既要解决文学与自然环境的深层关系,又要关注文学艺术与社会生态、文化生态、精神生态的内在关联。生态批评运用现代生态学观点考察文学与自然、社会以及人的精神状态的关系,同时运用文学手

---

① 陶东风.文化研究:西方与中国[M].北京:北京师范大学出版社,2002:6.

段透视生态文化,探索人在世界中的诗意化生存,反思人与自然征服与报复的关系,确定生态批评的人文原则。

生态批评有以下基本特征:首先,生态批评以研究文学中的自然生态和精神生态问题为主,力求把握文学与自然环境的互动关系;其次,生态批评从生态文化角度重新阐释阅读传统文学经典,从中解读出被遮蔽的生态文化意义和生态美学意义,并重新建立人与自我、人与他人、人与社会、人与自然、人与大地的诗意审美关系;再次,生态批评讲求人类与自然的和睦相处,主张人类由"自我意识"向"生态意识"转变;最后,生态批评将文学研究与生命科学相联系,从文学与生态学两个领域对文学与自然加以研究,注重从人类社会发展与生态环境变化角度进入文学层面,从而使生态批评具有了文学跨学科特性。

从生态批评角度解读文学作品,揭示文学作品的生态内涵,是生态批评最基本的操作方式。例如《白鲸》,讲述的是捕鲸船"裴廓德号"船长亚哈一心想捕杀咬掉自己一条腿的白鲸莫比·迪克,最终船毁人亡的故事。传统的观点认为这部作品的主旨是赞扬人在自然面前所表现出的巨大的精神力量。生态批评认为这部作品表现了人类对海洋生命的蔑视和残杀以及因此给人带来的灾难,反映了作者的生态意识以及对人类自我中心主义的质疑。

生态批评将文学与自然环境的关系作为自己研究的领域,一方面必须是"文学性"研究,另一方面又必须触及"生态性"问题。生态批评是人类面对愈演愈烈的生态危机、防止生态灾难的迫切需要在文学领域的必然表现,也是学者们对地球所有生命的命运担忧在研究领域的必然反映。

第三节 抒情作品分析模式

与西方相比,中国传统批评理论与实践更重视对抒情作品的分析与研究,因而形成了众多关于抒情作品的分析方法。如"比兴论""韵味说""意境论"等等,其中影响最大、持续至今的当属"意境论批评"。西方文学批评理论与实践的侧重点在叙事作品,但是,兴起于20世纪20年代的"细读式批评"则侧重于对现代诗的批评。因此,本节重点介绍"意境论批评"和"细读式批评"。

一、意境论批评

意境,是中国传统美学的一个重要范畴,是指抒情作品中作者的思想感情与外界的物象、事件、场景相互交融所产生的艺术形象及其所诱发的审美想象空间。意境是情与景的交融、主观与客观的统一。

在中国古典文学批评史上,"意境"的提出经历了一个漫长的过程。《易传》提出了"言不尽意""立象以尽意"的观点,《庄子》提出了"得意忘言""得意忘象"的主张,这些可以看作是意境说的源头。唐代诗人王昌龄在《诗格》中提出了包括"物境""情境""意境"在内的"三境"之说,以后有关"意"与"境"偕的论述不胜枚举。明代朱承爵《存馀堂诗话》:"作诗之妙,全在意境融彻,出音声之外,乃得真味。"清末民初的王国维是意境论的集大成者,他的《人间词话》标志着意境论文学批评范式的确立。

在王国维的文学批评中,"意境"占据中心地位。论诗词歌赋,他言必称"意境"。他认为:"文学之工与不工,亦视其意境之有无与深浅而已。"论宋元戏曲,他说:"元剧最佳之处,不在其思想结构,而在其文章。其文章之妙,亦一言以蔽之曰:有意境而已矣。"[①]在《人间词话》中,王国维对"意境论"的批评标准与方法步骤作了具体规定:

> 文学之事,其内足以摅己,而外足以感人,意与境二者而已。上焉者意与境浑,其次或以境胜,或以意胜。苟缺其一,不足以言文学……文学之工与不工,亦视其意境之有无,与其深浅而已……夫古今人词之以意胜者,莫若欧阳公。以境胜者,莫若秦少游。至意境两浑,则惟太白、后主、正中数人足以当之。静安之词,大抵意深于欧,而境次于秦。至其合作……皆意境两忘,物我一体……[②]

由上可知,作为文学批评范式,王国维意境论批评的具体内涵有两个方面。第一,文学的审美本质是"意境",这是"意境论"文学批评的前提;第二,以"意境"作为标准评判作家作品。由于"意境"的美学内涵指的是构成"意境"的两个基本元素"意"和"境"的结合,根据"意"和"境"的具体结合情况,又生发出下面三种情况:如果"意"与"境"结合得浑然一体,那么就可以评判这个作家的作品是"上等"的;如果"意"与"境"的结合是偏重于"境"的,那么就评判这个作家的作品是"次等"的;如果"意"与"境"的结合是偏重于"意"的,那么也同样评判这个作家的作品是"次等"的。

在随后的新文化运动中,胡适、康白情等人常以意境论新诗。如胡适在1919年《谈新诗》中通篇以"意境"作为审美标准评说现代新诗的优劣,并在《词选》一书中将"诗之意境"定义为诗之"情绪"或"情感"。这种以意境论新诗的做法在当时的新诗评论中引起了众多人的共鸣。

在胡适之后,着重用"意境"进行文学批评的是宗白华。早在1920年,宗白华就在《新诗略谈》一文中开宗明义地提出"诗的定义可以说是用一种美的文字……音律的绘画的文字……表写人的情绪中的意境",而诗的意境又是"诗人的心灵与自然的神秘互相接触映射时造成的直觉灵感",由于这种直觉灵感是一切高等艺术的源泉,是一切真诗、好诗的条件,所以宗白华强调"诗人最大的职责就是表写人性与自然……表写天真的诗意与天真的诗境"。[③] 进入20世纪30年代以后,宗白华写了大量意境论批评方面的文章。特别是他著名的长篇文章《中国艺术意境之诞生》,明确指出"意境"是"中国文化史上最中心最具有世界贡献的一个方面",并对意境的具体内涵和意义作了这样的论述:"在一

---

① 姚淦铭,王燕.王国维文集:第1卷[M].北京:中国文史出版社,1997:389.
② 姚淦铭,王燕.王国维文集:第1卷[M].北京:中国文史出版社,1997:176.
③ 宗白华.艺境[M].北京:北京大学出版社,1987:20–22.

个艺术表现里情和景交融互渗,因而发掘出最深的情,一层比一层更深的情,同时也透入了最深的景,一层比一层更晶莹的景;景中全是情,情具象而为景,因而涌现了一个独特的宇宙,崭新的意象,为人类增加了丰富的想象,替世界开辟了新境。"①由此出发,宗白华结合中国艺术的具体实践,对中国艺术中所展现出的意境特征作了细致的点评。他以唐代诗人杜甫为例,认为中国诗歌的至高追求是意境的创造。

进入20世纪40年代,除宗白华之外,朱光潜对"意境"作了深入研究,并不遗余力地运用意境论从事文学批评。1942年,朱光潜的《诗论》出版。在这部纵论诗歌基本原理的诗学著作中,朱光潜以六朝之前中国古诗中情趣与意象配合的关系为例,展开了意境论批评。

> 中国古诗大半是情趣富于意象。诗艺的演进可以从多方面看,如果从情趣与意象的配合看,中国古诗的演进可以分为三个步骤:首先是情趣逐渐征服意象,中间是征服的完成,后来意象蔚起,几成一种独立自足的境界,自引起一种情趣。第一步是因情生景或因情生文;第二步是情景吻合,情文并茂;第三步是即景生情或因文生情。②

20世纪,以王国维等为代表的现代"意境论"批评破除传统"意境"说的含蓄与神秘,强调"意境论"批评范畴的明晰性以及批评模式的可操作性,为抒情作品(尤其是诗歌)批评确立了中国独有的一种批评范式。

二、细读式批评

细读式批评是指对作品语言进行封闭的、细致的阅读与分析进而揭示作品意义的一种文学批评方法。细读,意为封闭的、严格的、谨慎的、细致的,就是指对文学作品进行封闭的、内在的分析与批评,即文本批评(也称之为本体论批评)。这个概念出自于西方新批评派的重要理论家和开拓者之一瑞恰兹的著作《实用批评》一书。瑞恰兹反对文学外部研究,主张文本批评。细读式批评是英美新批评创造的一种具体的批评方法。因此,有必要了解一下新批评。

英美新批评肇始于20世纪20年代,从30年代到60年代在美国的文学批评领域内,一直处于统治地位。20世纪中叶以后,西方文坛上新理论层出不穷,但是新批评作为形式主义的理论与实践,却从未退出过。文本分析的方法已成为西方学界解读文学作品(尤其是诗歌)的基础和常用方法,女性主义、文化批评、解构主义等常常使用形式主义文本分析的方法作为其方法论基础。

瑞士语言学家索绪尔在他的《普通语言学教程》中,"区分了外部语言学与内部语言学,说明外部语言学研究语言与文化、政治等关系,内部语言学研究语言系统自己固有的

---

① 宗白华.艺境[M].北京:北京大学出版社,1987:150-153.
② 朱光潜.朱光潜全集:第3卷[M].合肥:安徽教育出版社,1987:71.

秩序"①。俄国形式主义者由此提出：文学理论与批评不应该研究文学与外部的联系,应该研究文学内部的固有的秩序和结构。形式主义认为文学的本质在于形式。形式表现内容,创造内容,内容是形式的内容,形式就是内容。必须从形式关照文学,分析文学,总结文学规律。②

新批评承继俄国形式主义,认为文学作品具有本体论的性质,文学的本体即作品,作品本身是文学活动的本源与目的。具体而言,一首诗即是一个独立的存在。每一首诗都是一个客观的、自足的、独立的艺术品。这种主张把诗"首先当作诗而不是别的什么"来考虑的本体论美学观,使批评者得以将注意力聚焦于作品本身,从而颠覆了偏于外部研究的传统批评形态,使文学研究回归文学本体。

在作品本体论的基础之上,新批评者们认为,作者的感情或意图不能等同于诗的意义。他们批评那种在诗与作者的个人经验或意图之间画等号的观点,并斥之为"意图谬见"③。新批评认为,任何一首诗都是一个公共文本,批评者可以根据公共话语的标准和规则对其予以解读,而不需要把诗人个人经验、兴趣爱好及性格等因素作为解读条件,因为,以作者的心理动机作为批评依据必然导致传记式批评与相对主义。新批评理论强调,意义栖居于文本之内,而不是之外。

新批评也反对读者反应批评,认为读者反应批评混淆了诗的意义及功能。谈一首诗对读者的心理影响属于印象主义批评,在新批评看来,这不是客观的批评,是非科学的,是"感受谬见"④。

意义既不存在于作者的意图之中,也不存在于读者的情感反应之中,更不能将社会和个人历史背景作为获得意义的途径,那么,意义到底在哪里呢？新批评认为诗的意义存在于诗自身的结构之中,存在于它的形式之中。在新批评者看来,诗与任何复杂的事物一样,都有一个结构及形式要素。这个结构及其形式要素和规则是可以分析的。通过分析,人们可以发现存在于作品中的结构,进而发现诗的意义。

"细读法"(即细读式批评方法)是新批评创造的发现作品结构与意义的具体方法。美国的文森特·B·雷奇对"细读法"作了简明扼要的概括,他说：

> 在进行细读时,新批评派的批评家一般要做的是：
> 1. 挑选短的文本,常常是超验主义的诗或现代诗。
> 2. 排除"生成"批评的方式。
> 3. 排除"接受主义"的探索。
> 4. 设想文本是一个独立自足的、非历史的、处于空间的客体。

---

① 葛红兵,温潘亚.文学史形态学[M].上海:上海大学出版社,2001:147.
② 张首映.西方二十世纪文论史[M].北京:北京大学出版社,1999:30.
③ 维姆萨特,比尔兹利.感受谬见[C]//黄宏熙,译."新批评"文集.北京:中国社会科学出版社,1988:46.
④ 维姆萨特,比尔兹利.感受谬见[C]//黄宏熙,译."新批评"文集.北京:中国社会科学出版社,1988:228.

5. 预设文本是复杂的、综合的,又是有效的和统一的。

6. 进行多重回溯性阅读。

7. 想象每个文本都是由冲突力量构成的戏剧。

8. 连续不断地集中于文本及其在语义和修辞上的多重相互关系。

9. 坚持基本上是隐喻也是奇妙的文学语言的力量。

10. 避免释义和概括,或明确陈述不等于诗的意义。

11. 寻求一种完全平衡或统一的,由和谐文本组成的综合结构。把不一致和矛盾冲突置于次要位置。

12. 把悖论、含混和反讽看成是对不一致的抑制。

13. 把意义视为结构的一个因素。

14. 在阅读过程中注意文本的认识和经验方面。

15. 力图成为理想的读者并创造出唯一真正的阅读,把多种阅读归类的阅读。

　　细读式批评的要领由此可见一斑。首先,细读式批评选择篇幅短小的、意蕴丰富的作品,如玄学派诗歌、现代派诗歌、含蓄蕴藉的中国古典诗歌。其次,对作品进行多重回溯性阅读,寻找其中语词的隐微含义,如词句中的言外之意和暗示、联想意义;仔细分辨作品中所运用的各种修辞手段,如隐喻和拟人等。再次,把作品视为充满矛盾和张力的有机统一体,分析语言的含混(复义)、反讽、悖论、隐喻、象征等要素,以及由于这些要素的作用所形成的诗歌的复杂意义和阐释空间,在此基础上探究诗歌的诸多要素如何在矛盾冲突形成了诗歌的和谐统一的具有张力的整体结构。新批评理论认为,诗歌文本是由反讽、悖论、隐喻、象征等形成的语言张力。

　　反讽是语境对陈述语的明显歪曲,简而言之,就是实际意义与语言的字面意义相对立。布鲁克斯认为,在诗歌中,语言受整体语境的影响而发生疏离,成为诗歌语言新颖而富有活力的一种表现;反讽是诗歌的根本特性和基本原则。悖论是表面上荒谬实则真实的一种陈述,诗人常常把日常意义上相互对立、冲突的语言放到一起,从而在语言的碰撞和意义的对立中诞生诗性。《浮士德》中浮士德面对魔鬼诱惑时所说一段话就是反讽。

　　上帝,上帝,别那么冷眼看我,
　　毒蛇猛兽,让我透一口气!
　　地狱,别打开;魔鬼,别来;
　　我要把书都烧了,啊,梅菲斯特!

　　这几句诗表达的实际意义是:让地狱打开吧,让魔鬼来吧。像这样"口非心是"(或"口是心非")的语言,就是反讽。悖论是把不和谐甚至完全对立的东西放在一起。例如,蒲柏《论人》中,"心思与躯体""生与死亡""兴起与沉陷"等矛盾体的并列在一起,构成悖论。

　　悬而未决,到底是他的心思还是躯体;

生就为了死亡,论究只会误入歧途;
同样在蒙昧中,理性亦然,
无论他思虑过周还是不全……

本造就出一半兴起,一半沉陷;
万物之伟大主宰,又属万物之祭献,
惟一的真理裁判,处在无休止的错误里;
荣耀,嘲辱,尘世之谜!

第四节　个案分析

一、《〈阿拉比〉中的人物性格》(克林斯·布鲁克斯,罗伯特·潘·华伦)

《〈阿拉比〉中的人物性格》选自克林斯·布鲁克斯与罗伯特·潘·华伦合著的《小说鉴赏》。《小说鉴赏》是布鲁克斯、华伦继《诗歌鉴赏》之后的小说理论著作,在这本著作里,布鲁克斯、华伦实践了他们的"细读"批评方法,探讨了小说内部各要素之间关系,重点阐发了小说是内部诸要素构成的有机整体这一观念。

布鲁克斯与华伦认为,《阿拉比》中的细节内容是围绕主题而安排的有机整体。选文在精研细读《阿拉比》细节的基础上,提出该小说的主题是孤独而不是失恋。并结合小说主人公的生存环境,揭示了主人公孤独的形成原因——与生存环境的隔膜与冲突。布鲁克斯与华伦在此文中还分析了小说的叙述视点。"这篇小说是由主人公自叙的,但时间是在很久以后,也即在他成年之后。当然,这个情况在小说里并没有点明,但是这篇小说的语言风格显然不是未成年的少年人的风格。"这种语言与细节分析,切实实践了新批评的理论与方法。

总体而言,选文既有对小说人物、情节、环境等基本要素的分析,也有对小说视点的辨析,为小说的内部研究与细读批评提供了成功的个案。该文选自克林斯·布鲁克斯与罗伯特·潘·华伦合著的《小说鉴赏》,要进一步了解叙事作品的细读式分析,可以全面阅读《小说鉴赏》。

二、《人间词话》(王国维)

"意境论"批评的个案,最具代表性的当属王国维的《人间词话》。《人间词话》六十四则,以"意境"为纲,详细评述了从唐代直至近代词人的词,是王国维"意境论"的集大成之作。

第四章 作品分析模式

《人间词话》开篇即提出"词以境界为最上。有境界则自成高格,自有名句。"接着对"意境"的美学内涵作了"造境"和"写境"的区分,指出构成"意境"美学内核的既有"理想"这样的偏于主观方面的内容,也有"写实"这样的偏于客观方面的内容,同时强调构成"意境"的主客观两方面的内容是合二为一的,并对"有我之境"与"无我之境"、"理想"与"写实"、"景"与"情"关系予以说明,强调"意境"的主("意")客("境")观合二为一,提出了"意境"是文学之本的美学主张。在此基础上,王国维以"意境"作为美学评判的标准,具体评述了唐五代北宋直至近代历代词人的词作。最后,王国维指出文学的体式由诗(包括四言、五言、七言古体和律绝)入词,以及由词入(元)曲(杂)剧,是文体自身遵循的内在规律,文体本身没有难易高下之分,如果运用特定的美学原则来"衡定"它们,一切"皆然"。

《人间词话》把"意境"作为评判文学作品的标准,又根据"意"和"境"的具体结合情况,对文学作品的的高下作了评判,为后世的意境论批评提供了范例。下面是宗白华对王安石《题西太一宫壁》的意境分析,虽然简短,但对我们理解与把握"意境论批评"大有裨益。

> 意境是"情"与"景"(意象)的结晶品,王安石有一首诗:
>
> 杨柳鸣蜩绿暗,荷花落日红酣。
>
> 三十六陂春水,白头相见江南。
>
> 前三句全诗写景,江南的艳丽的阳春,但着了末一句,全部景象遂笼罩上,啊,渗透进,一层无边的惆怅,回忆的愁思,和重逢的欣喜,成了一首绝美的"诗"。①

本章问题

1. 文学作品语言层、形象层、意蕴层之间有何关系?
2. 什么是表层结构和深层结构?
3. 结合具体作品谈谈什么是反讽和悖论?
4. 《〈阿拉比〉的人物性格》分析小说的方法与你平常的分析方法有何不同?

参考文献

[1] 宗白华.艺境[M]北京:北京大学出版社,1987.
[2] 张首映.西方二十世纪文论史[M].北京:北京大学出版社,1999.
[3] 陶东风.文化研究:西方与中国[M].北京:北京师范大学出版社,2002.
[4] 朱立元.当代西方文艺理论[M].上海:华东师范大学出版社,2005.
[5] 福斯特.小说面面观[M].苏炳文,译.广州:花城出版社,1984.
[6] 兰色姆.新批评[M].王腊宝,张哲,译.北京:文化艺术出版社,2010.

---

① 宗白华.艺境[M].北京:北京大学出版社,1987:160.

第五章

文学创造

　　文学创造在世界—作者—文本—读者系统(艾布拉姆斯)和文学生产—文学交换—文学分配—文学消费系统(马克思)之内是重要的中介元素和环节。

　　第一节,主要探讨文学创作与作家的关系,并依据作者类型和作者地位展开论述。分析模仿作者和创造作者、修辞作者和解释作者、气化作者和意志作者等六种作家类型的内涵和系统关联。

　　第二节,主要介绍文学创造的属性与过程。文学创造的属性表现为认识属性、审美属性和人文价值属性。文学创造过程呈现为材料积累、运思及具象阶段的形式化。

　　第三节,主要讨论文学创造方式的流变。包括模仿论、现实主义、浪漫主义、现代主义及后现代主义诸创造方式的流变。身体写作与网络写作,作为后现代社会新媒体语境下新的写作方式,对文学创造带来复杂影响.

　　第四节,文论选读导引。一是刘勰的《文心雕龙·体性篇》。文章分析了文学风格与作者才性、时代风气、文章体裁等因素的关系。二是节选了韦勒克的《二十世纪文学批评中的形式和结构概念》,文章分析研究了20世纪文学批评中"形式"和"结构"的关联和发展状况,他从有机形式论出发,反对"内容"和"形式"的简单二分。

　　文学创造在世界—作者—文本—读者系统(艾布拉姆斯)和文学生产—文学交换—文学分配—文学消费系统(马克思)之内是重要的中介元素和环节。

第一节　文学创作与作家

文学创作活动和作家的关系如影随形，密不可分。从文学创作现象来看，作家大致从女巫开始，其后经历了巫师、行吟诗人、智者、牧师、启蒙作者、人文主义作者、浪漫主义天才作者、消费作者、无意识作者、存在作者、结构主义作者、空无作者、机器作者、语言作者等多种类型作者。文学创作特点和规律因而也非常复杂。

一、从文学创作看作家类型

从文学创造现象中作者的功能、职业、身份等因素来看，作者可以从如下几个层面来认识。

1. 模仿作者和创造作者

模仿作者认为文学是作者对世界或外物的摹仿。西方自古希腊开始便盛行摹仿说。赫拉克利特（Herakleitos，约前540—前480与470之间）最早提出了"艺术……显然是由于模仿自然"①。后来德谟克里特（Demokritos，约前460—前370）从模仿本能角度指出，"在许多重要的事情上，我们是摹仿禽兽，做禽兽的小学生的。从蜘蛛我们学会了织布和缝补；从燕子学会了造房子；从天鹅和黄莺等歌唱的鸟学会了唱歌"②。柏拉图则认为，艺术是对现实世界的模仿，是理念的影子的影子。"模仿诗人既然要讨好群众，显然就不会费心思来模仿人性中理性的部分，……他会看重容易激动情感的和容易变动的性格，因为它便于模仿。"③亚里士多德认为，摹仿是人的天性，诗是对自然和人生的摹仿。由于遵从可然律与必然律，文学可以表达真理。他对戏剧的模仿进行了较系统的论述。"模仿者所模仿的对象既然是在行动中的人，而这种人又必然是好人或坏人……喜剧总是模仿比我们今天的人坏的人，悲剧总是模仿比我们今天的人好的人。"④此后，无论艺术是自然的一面镜子（达·芬奇），还是艺术是对生活的再现（车尔尼雪夫斯基），都是摹仿论的变体。直到20世纪，匈牙利马克思主义美学家卢卡契（G. Lukács，1885—1971）、德国文学理论家奥尔巴赫（Erich Auerbach）仍然主张文学是对生活或历史的摹仿。中国古代也有这方面的论述，但总的来说这派观点不占优势。《易经·系辞传》里便有"观物以取象"的说法。钟嵘在《诗品》中说："气之动物，物之感人，故摇荡性情，形诸舞咏。"刘勰《文心雕龙·明诗》也说，"人禀七情，应物斯感，感物吟志，莫非自然。"王国维认为："诗人对宇宙人生，须入乎其内，又须出乎其外。入乎其内，故能写之。出乎其外，故能观之。入乎其内，故有生气，出乎其外，故有高致。"⑤现代作家鲁迅也坚持"模仿论"观念。毛泽东在

---

① 北京大学哲学系外国哲学史教研室.古希腊罗马哲学[M].北京：商务印书馆，1961：19.
② 北京大学哲学系外国哲学史教研室.古希腊罗马哲学[M].北京：商务印书馆，1961：112.
③ 柏拉图.文艺对话集[M].朱光潜，译.北京：人民文学出版社，1963：84.
④ 亚里士多德.诗学[M].罗念生，译.北京：人民文学出版社，1962：7-9.
⑤ 王国维.人间词话[M].北京：人民文学出版社，1960：220.

《在延安文艺座谈会上的讲话》中认为,"作为观念形态的文艺作品,都是一定的社会生活在人类头脑中的反映"①。这些见解凸显了文学艺术对外在世界依从关系。

摹仿作者重视文学的社会历史属性,重视对超个人的社会现实的表征,这都有其合理性方面,但忽视了作者的高度主体性,若以此来概括文学活动的全部则是远远不够的。

创造作者在中国老庄美学那里已经露出端倪。作者作为"道"和"自然"的传递者和呈现者,具有"道""自然"的那种生生气质,因而也携带着生生的创造气质。文学作品一方面作为天道的显现,一方面作为钟灵神秀之人的创造,具有很高的价值。"万物各有成性存在,亦是生生不已之意,天只是以生为道。"②文学创造只是人显示天道生生事业的一部分。这种创造论在普罗提诺的"太一说"、奥古斯丁的"摹本说",以及后来的别尔嘉叶夫的"上帝是人的样式说"等那里都有所体现。在中国佛教文学创造理论那里,"心生万物"也是此种文学创造理论的一个方向。

另一方面,在文艺复兴以后,尤其是笛卡尔以来,人们认为自己具有把握世界的能力,因而文学创造也成为一种具有创造性的事业。席勒认为,文学艺术是人们多余精力的游戏创造形式。康德运用人的图式来追踪神秘文学创造论的现代性解释。尼采认为,文学就是具有狄奥尼索斯精神的作者生命力勃发的创造作品,是这种新人创造世界、自我事业的一部分。弗洛伊德认为,文学艺术是作者受挫折心理能量反弹的创造产品及其替代。在中国古代,司马迁的"发愤著书说"、苏轼的"寄情山水说"等都带有这种文学创造理论的特征。

文学创造论在马克思唯物主义文学理论那里得到继承和创新。马克思在区分物质生产和精神生产的基础之上,阐明了文学创造的精神生产特性,文学创造和社会发展与变革的宏伟事业结合起来。马克思早在《1884年经济学哲学手稿》中就提出了"艺术生产"的概念,"全部人的活动都是劳动","宗教、家庭、国家、法、道德、科学、艺术等等,都不过是生产的一些特殊的方式,并且受生产的普遍规律的支配"。马克思和恩格斯在《德意志意识形态》中又一次指出:"支配着物质生产资料的阶级,同时也支配了精神生产中的资料",还有关于"关于意识的生产""语言中的精神生产"等提法。在《共产党宣言》中则直接提出来了"精神生产","精神生产随着物质生产的改造而改造"。马克思在《〈政治经济学批判〉导言》中提出了人类对世界的四种把握方式:理论、宗教、实践精神和艺术的方式。在此基础之上,马克思提出了"艺术生产"概念,并论述了艺术生产与物质生产之间的平衡和不平衡关系。霍克海默、阿多诺、本雅明、马歇雷、阿尔都塞、伊格尔顿等人对艺术生产理论都有独特而充分的论述。

2. 修辞作者和解释作者

在语言学意义上,从修辞学和解释学的发展过程看,修辞学和解释学属于不同的创作历史阶段。修辞学是关于言谈和说服形式的理论,它也能从实际运用的天生才能中得到发展,一些具有天赋的人能以这种技巧胜过他人。修辞作者在言谈、说服的现场艺术

---

① 毛泽东.在延安文艺座谈会上的讲话[M]//毛泽东选集:第3卷.北京:人民出版社,1991:860.
② 程颐,程颢.二程集[M].北京:中华书局,1981:29.

形式之内发挥其创造性作用,因而修辞作者属于言谈艺术作品。"修辞学并不是在阅读中而是在讲话中才获得它真正的实现。"①最早的修辞学史是亚里士多德写的,修辞学属于早期希腊哲学。从普罗塔哥拉到伊索克拉底,修辞学不仅是一种讲话艺术,也是一种政治艺术。在中国春秋战国时代,为了在论战中获得胜利,说服诸侯推广自己的学说,诸子修辞学获得了充足发展。修辞作者在当下的相声、小品、民歌、说书等艺术作品之内都有自己的表征,当然历史上的一些文学类型也携带着修辞论作者的影子。修辞作者把修辞看作说话艺术和政治艺术的天赋和技术。

解释学至少从奥德修开始,其兴盛则是浪漫主义时代作为近代同传统的紧密连结瓦解的结果。伽达默尔认为,解释必须把一些远离我们的东西拉近,克服疏远性,在过去和现在之间建造一座桥梁。一般地说,解释作者主要寄居于文本文学类型之内,文字表达是解释学研究的传统对象。在《老子》《庄子》《孔子》《圣经》《古兰经》等经典文本和神奇世界的解释演绎中产生了诸多文学作品。神秘陌生世界(如,女性世界、神仙世界、鬼怪世界、科幻世界等)的具象化作品也属于解释类作品。历史性体裁的文学作品也存在着转译问题。另外,在世界文学开启的时代,在全球化文学创作时代,在不同民族文化的接触和融合的背景之下,不同民族的文学作品都存在着世界性和民族性的转译问题,解释作者日益显现其重要性。

3. 气化作者和意志作者

气化作者。在道家文学理论方面,《老子》四十二章曰:"道生一,一生二,二生三,三生万物。万物负阴而抱阳,冲气以为和。"《庄子·知北游》云:"人之生,气之聚也;聚则为生,散则为死……故万物一也。"人之生为气,人之存为气,人心所达到的最高境界亦为气。《庄子·达生》曰:"壹其性,养其气,合其德,以通乎物之所造。"养气要"独与天地精神相往来。"养气既是返天通物的进程,也是文学创作的境界。《管子·内业》云:"气道(导)乃生,生乃思,思乃知,知乃止矣。"艺术创作由心理来完成,离不开生命的支持。将人的自然生命与精神生命协调才能做好创作。在儒家文学理论方面,《说卦》曰:"立天之道曰阴与阳,立地之道曰柔与刚,立人之道曰仁与义。"仁为重德之首。创造为天地之本,亦为人间道德秩序建立之本,也是艺术之美产生之本。孟子认为,在志和气的关联之内,气是志所以存、所由来之前提。而志高于气,志统帅气、统帅人的整体生命。《孟子·公孙丑》曰:"我善养浩然之气。……难言也!其为气也,至大至刚,以直养而无害,则塞于天地之间。"李存山认为,浩然之气为志气——至高之气,是精神生命与自然生命的混合体。朱良志认为,气指自然生命,志指精神生命。在这种位格生命之内,气携带着来自天、地、人之气的创造本质,因而,孟子以气作为文学创造的基础。刘勰也阐明了相似的文学创作观念。《文心雕龙·原道》中表明,文心源于对天地之心的法和汲取。刘勰在《养气》篇中认为,"是以吐纳文艺,务在节宣,清和其心,调畅其气,烦则即舍,勿使壅滞"。曹丕、韩愈、苏辙、姚鼐、刘大櫆等人都对"文气"创作论阐明了自己的体悟和评介。气化作者是中国古代"文气"理论的具体表现。

---

① 伽达默尔.哲学解释学[M].夏镇平,宋建平,译.上海:上海译文出版社,2004:24.

意志作者。尼采是从师承和反叛叔本华开始的,由于尼采的彻底反叛精神遮蔽尼采意志论方面的贡献。尼采把"意志"看作"重估一切价值"的基础。同"文气论"相似,"意志论"也具有位格概念特征。意志是宇宙、民族、国家、生命的代名词。文学艺术只是尼采依靠强力意志拯救自己和重建世界的审美大业的阶梯和镜片。在尼采意义上,"艺术是生命的最高使命和生命本来的形而上活动"①,而悲剧又是"肯定人生的最高艺术"②。"意志"作者文学创作的心理基础是醉。"为了任何一种审美行为或审美直观得以存在,一种心理前提不可或缺:醉。"③在"醉"的生命返回基础之上,尼采形成了强力生命艺术生理发生学,艺术是作家强力生命投射和改变事物与世界的形式和过程。"艺术家倘若要有所作为,都一定禀性强健、精力过剩,像野兽一般充满情欲"④,"他的创造力总是随着生殖力的终止而终止"⑤。因而强力意志也成为作品风格的方向标。弗洛伊德、克里斯蒂瓦、伊利格瑞、苏珊·朗格可以看作其后继者。

气化作者和意志作者都带有生命文学理论作者的特征,他们都暗中携带着宇宙论、民族论和个体生命论的特征。在个体主义盛行的背景下,重新考量气化作者和意志作者对于理解文学创造历史文化和过程具有重要意义。

二、文学创作中作者的创造地位和关系

1. 作者与文学作品

在传统模仿论之内,如柏拉图和奥古斯丁,以及老子、庄子、孔子、董仲舒等那里,在表面上,作者创作了文学作品,模仿了天道、世界和社会生活。在实际上,在理念/天道自我运行的逻辑之内,作者只是借用了理念和天道的能力和素养,文学作品只是理念、天道、上帝、意志等自我发展、模仿、实现的形式,作者因而只是系统端项模仿、写作、实现自身的工具。从柏拉图的灵感说到康德的天才说等都含有这样的意味。而且这种倾向在后现代文学理论之内,并没有消失。如,文化传统(狄尔泰、海德格尔、伽达默尔)、结构(列维-斯特劳斯等)、语言(维特根斯坦、拉康等)等,这些元素自我发展的文学作品理论,也都隐含着被动的工具作者的思维传统和理论规划,甚至还发展出了文学作品创造作者的理论倾向。而在文艺复兴之后,笛卡尔的我思理论发展壮大之后,能够创作文学作品的作者才逐渐露出面孔。作者创造作品在浪漫主义、现实主义等文学理论之内更加容易被显现。

2. 作者与读者

首先,在传统模仿论和表现论文学理论之内,作者作为天道、理念、神、世界、情感等元素的模仿者和表现者现身,在象征主义、古典主义、浪漫主义、启蒙主义等文学理论之

---

① 尼采.悲剧的诞生 尼采美学文选[M].周国平,译.上海:生活·读书·新知三联书店,1986:3.
② 尼采.悲剧的诞生 尼采美学文选[M].周国平,译.上海:生活·读书·新知三联书店,1986:16.
③ 尼采.悲剧的诞生 尼采美学文选[M].周国平,译.上海:生活·读书·新知三联书店,1986:319.
④ 尼采.悲剧的诞生 尼采美学文选[M].周国平,译.上海:生活·读书·新知三联书店,1986:350.
⑤ 尼采.悲剧的诞生 尼采美学文选[M].周国平,译.上海:生活·读书·新知三联书店,1986:354.

内,由于作者的直接媒介性质、权威创作地位,以及文学作品的权威性,读者处于接受作者和文本思想资源的地位。因而,作者创造了读者。这与当时的教育水平落后、作者拥有更多的文化资源、文学阅读的文化习惯等因素有关。其次,在艾布拉姆斯四因素说的框架之内,在文学史意义上,当作者和文学作品已经成为了历史,读者理解作者和文学作品的唯一路径只能是——文学文本,只能通过语言、图像等符号元素来建构作品和作者的主要特征。这在解释学(伽达默尔)、接受美学(姚斯)、读者反映理论(伊瑟尔)等文学理论中都得到了充分阐明。另一方面,从网络文学和消费社会出发,作为买方市场存在的消费读者的接受率、认同感、点赞率等,也建构着作者的声誉和文学作品的质量层次。由作者的创造和翻译建构了文学作品和读者,发展到读者的接受、阅读、消费等建构了作者和文学作品,这一运动体现了在文学整体活动中四种元素辩证运动的逻辑。最后,在文学基本结构之内,在后现代文学理论之内,从文学写作的意义上来看,作者创作与读者阅读和接受等活动出现了合并的倾向。如罗兰·巴特认为,在可写文本意义上,作者在创作中写作了文学作品,读者在阅读接受过程中,再次写作了文学作品。写作是读者真正理解把握文学作品的指标。

第二节 文学创造的属性与过程

一、文学创造的属性

在生产—交换—分配—消费系统之内,文学创造被看作整个经济活动的生产环节。在世界—作者—文本—读者系统之内,文学创作被看作文本生产,以及系统交流的中介环节。在马克思意义上,人类生产分为物质生产和精神生产。精神生产观念地改造对象世界、以获取精神价值物为目的,以符号建构世界,是"真正自由的劳动"(马克思)。文学创造主要是精神价值的创造,是主体本质力量对象化和客体主体化的产物。

1. 文学创造具有认识属性

文学创作作为对理性生活的反思,携带着对社会生活、世界本质的认识。

首先,文学创造是对社会生活的全面认识。文学创造是作家从自己的直接和间接生活经验出发,对整个社会生活的深刻认识和反映。如《西游记》的神话世界、《终结者》的科幻世界等。

其次,文学创造是内在情感、心理、本质的外化。文学创造隐涵和凝聚着作家对生命个体、自我情感和意识等内在领域的深刻认识。

2. 文学创造具有审美属性

文学创造是作者所携带和选择的审美理想的具象化。

首先,文学创造具有对社会现实的审美批判属性。如,鲁迅先生创造《孔乙己》等作品批判旧中国知识分子学而无术。正是作家深入批判人生、社会、历史等,他们才可能创作出具有深刻审美批判属性的作品。浪漫主义以回归自然批判现代工具理性,现实主义以人的异化抗议现代性的暴力。

其次,文学创作具有审美关怀属性。自尼采以后,作家要摆脱孤独困苦,获得存在的意义,文学创作奠基了作家自我拯救之路。如李清照、苏轼、史铁生等作家都通过文学创作重新获得其人生的价值。

第三,文学创造的审美教育属性。审美存在是人的全面存在和发展(席勒)。有感于现实困境和人生缺憾,作家的理想性、存在照料性等方面都包含了对人自由全面发展的憧憬和规划。无论经世作家还是浪漫主义作家,都在暗中教导世人如何建构一个人文世界、如何成为一个新人等,其文学创作因而包含和植入了审美教育属性。

3. 文学创造具有人文价值属性

文学创造是携带着时代人文精神和道德理想的作家对所创造对象的审美判断。

首先,主流层面的人文价值属性。作家的创作活动,无论顺向或者背向,总是处于一定社会意识形态之内,并携带着来自上升阶段积极价值的意识形态。如,笛福在文学创作中彰显了资产阶级自由、自强、尊重的人文精神(《鲁滨逊漂流记》)。伟大作家总是将时代人文价值形象地植入作品之内,并反思和建构当下的人文价值。

其次,边缘领域的人文价值属性。大多数作家总是处于边缘领域,这是其体验、反思、建构社会人文价值的土壤和武库。如,蒲松龄以"花妖狐怪"(《聊斋志异》)反思了人类和其他生命形式如何相处的生态美学命题等。从边缘到中心,从中心到边缘,正是这种文学创造所携带的人文价值流动的踪迹。

作家文学创作活动的认识属性、审美价值属性、人文价值属性是文学作品价值建构和流通的重要基础,也是读者能够占据作者地位的原因。

二、文学创造过程

法捷耶夫说:"任何艺术工作的过程都可以假想地分为三个时期:积累素材时期,构思或者酝酿时期以及写作时期。"①文学创作过程主要分为三个阶段。

1. 材料积累阶段

一般地说,文学创作始于材料积累阶段。"眼中之竹"(郑板桥)隐喻了文学创作材料积累阶段。"我在农村插队落户时……回城后当刊物编辑时……时有所感。写作的要求都是在这种场合产生的。"王安忆阐明了生活积累对于作者创作的重要性。马克思说:"人不仅在思维中,而且以全部感觉在对象世界中肯定自己。"②因而,材料积累的范围包括视觉、听觉、温觉等全部感觉对象材料和表象。

材料积累一般包括三种形式:①生活积累。如,在写作《复活》过程中,法庭诉讼、监狱等生活经验的积累是托尔斯泰创作成功必不可少的条件。生活是文学创作的基本源泉(白居易、毛泽东等)。②思想积累。在创作过程中,中国古代作家多强调立意,西方现代作家多以时代思想为基本依据。如,萨特、福克纳等人,都以存在主义、后现代主义作

---

① 法捷耶夫.论写作[M].北京:人民文学出版社,1955:175.
② 中共中央马克思恩格斯列宁斯大林著作编译局.马克思恩格斯全集:第42卷[M].北京:人民出版社,1979:126.

为文学创作的前提。③情感积累。情感因素是中国古代文学创作理论的基本元素之一，也是浪漫主义文学基本追求之一。如，国破、家亡等是李清照创作的情感元素。源自生活的抑郁情感在内在不断淤积，作家不得不用文字表达出来。

作者积累材料一般有两种方式。①被动方式。一些作家在特殊人生之中被动地积累了大量生活材料。如，医学生活积累了鲁迅解剖国民灵魂的经验和方式等。这些被动积累的生活经验成为作家创作的基础。②主动方式。一些作家在具备一定创作经验之后，通过专门的调查、体验等方式，积累自己的生活经验。如，杜鹏程到铁路建筑工地调研、柳青到陕西农村定居等。

由于个体生命的有限性，社会生活和艺术世界的无限性，作家除了直接积累生活材料，间接积累生活材料也非常重要和不可或缺。审美材料和表象的积累，作者要做到深入与鸟瞰、直接和间接、宏观与微观的统一。

2. 运思阶段

"心中之竹"隐喻了艺术家创作心理机制。相对于唐大圆的用心说，科瓦廖夫表明运思就是"把外部刺激的能量变换成知觉的显示或者现实的形象"①等。创作心理是运思阶段的重要内容。

(1)应感。应感大致有四种类型。第一，感物，即"伫中区以玄览"。这是一种"心居玄冥之处"与外物应感的最佳创作心理状态。因而才能"遵四时以叹逝，瞻万物而思纷，悲落叶于劲秋，喜柔条于芳春。心懔懔以怀霜，志眇眇而临云"(《文赋》)。作家的主观情绪与客观心境之间相互契合感应，相互显现。其他还有，"物色之动，心亦摇焉"(《文心雕龙·物色》)，"气之动人、物之感人，故摇荡性情，形诸舞咏"(钟嵘，《诗品序》)等。感物接近波德莱尔的应和理论。第二，感文，即"颐情志于《典》《坟》"。"伫世德之骏烈，诵先人之清芬。游文章之林府，嘉丽藻之彬彬。慨投篇而援笔，聊宣之乎斯文。"(《文赋》)作家以一种诗意态度接触先人的文章典籍，接受其伟大思想，同时感受和学习其作文用心。第三，感事。作家在日常生活中因为某件事情(或社会大事，或个人情事)给自己以深入骨髓的影响，因而激发作者浮想联翩、手舞足蹈、挥笔成文。正如"夫才童学文，宜正体制，必以情志为生命，事义为骨髓，辞采为肌肤，宫商为生气"(《文心雕龙·附会篇》)。如，唐明皇和杨贵妃的倾国爱情成就了白居易的《长恨歌》。第四，感人。作者因为某个人而触动心灵和诗神，认为这样的人或足以警诫后世，或足以成为典范，因而披文成传。如《史记》的列传、世家等都表现了这样创作心理。

(2)想象。作家想象力的质量，直接关系着文学创作的成败。"其始也，皆收视反听，耽思傍讯，精骛八极，心游万仞。……观古今於须臾，抚四海於一瞬。"②陆机形象地表明，想象活动是作者主体世界和外在物象世界在心灵之内的相遇、接触、缠绕、融合。刘勰认为想象活动瞬息万变、变幻莫测。"文之思也，其神远矣。故寂然凝虑，思接千载；悄焉动容，视通万里；……故思理为妙，神与物游。"(《文心雕龙·神思》)弗兰克认为想象是语

---

① 科瓦廖夫.文学创作心理学[M].程正民，译.福州：福建人民出版社，1983：51.
② 郭绍虞，王文生.中国历代文论选[M].上海：上海古籍出版社，2001：68.

言符号的自我游戏。陆机和钟嵘都认识到了想象活动的自由性。想象活动携带着生命的自由性质,它超越时间和空间的限制,实现想象效果的最大化和最佳化。

(3)虚静。虚静是返天状态,也是创造性心理状态。自孔子以来,儒家非常重视心性修养。"仁义礼智,非由外铄我固有之也,弗思耳矣。"(《孟子·告之上》)"心者,形之君也,而神明之主也"(《荀子·解蔽》),"是以天下道者皆言内心其本也"(《春秋繁露·循天之道》)。儒家以心为本,道家也如此。在老子看来,返道关键在于婴儿之心。"载营魄。抱一,能无离。专气致柔,能婴儿。涤除玄览……是谓玄德。"(《老子》十章)圣人无常心也如此。庄子曰:"若一志,无听之以耳,而听之以心;无听之以心,而听之以气。……气也者,虚而待物者也……心斋也。"(《庄子·人间世》)虚静,不仅是仁、道之核心,而且是文学创造活动的核心。在虚静之内,作者以零度状态摆脱了俗世之物的束缚,因而抵达万物本貌和自由审美状态,虚静成为儒家和道家文学创造活动的隐秘心理状态。"涤除玄览""游心于物之初"(《庄子·田子方》),"离形去知,同于大通"(《庄子·大宗师》),"神居胸臆……则神有遁心""是以陶钧文思,贵在虚静"(《文心雕龙·神思》)等。因此,作者可以"积学以储宝,酌理以富才,研阅以穷照,驯致以绎辞"(《文心雕龙·神思》),进行全面的文学创作活动。

(4)发愤。由于人生的依附和缺憾(拉康),作者在遭受挫折和打击之后,发愤著述,以立言、补偿等方式重构自我。这种心理被称为"发愤"。在抒情传统方面,有"发愤抒情"(屈原)、"发愤托志"(刘勰)、"文人数奇,诗人命薄"(白居易)、"诗穷而后工"(欧阳修)、"不愤不作"(李贽)等。在叙事方面,有"发愤精神"(司马迁)、"怨毒著书"(金圣叹)、"孤愤之作"(蒲松龄)、"哭泣说"(刘鹗)等。发愤和自孔子以来的"中和"美学形成了张力。弗洛伊德的"无意识升华说"起源于家庭本我压抑反弹心理,和中国古代"发愤说"的"家国同构""穷达"基础是有区别的。

其他还有"灵思""成心""顿悟"等创作心理。不同民族创作心理有自己的特点。

3. 具象阶段

在创造心理机制作用下,作家通过使物象积累走向意象加工,再走向形象完成艺象建构过程,从而使"心中之竹"变为"手中之竹"。意素/情素、意群、图示化外观、意向事态客体层、文体、风格等将被具象化、形式化。形式化主要有文学体裁、语言选择和组合、叙事规划、形象造型、风格选定、思想提升、材料选配等方面。

(1)体裁选择。不同艺术体裁表现和规范了创作主体的不同表现形式。如《诗经》的古朴和深邃,李白散体诗的汪洋恣肆,等。曹丕曾曰:"夫文本同而末异,盖奏议宜雅,书论宜理,铭诔尚实,诗赋欲丽。"[①]同时,即使同一种文学体裁在不同作家把握下也存在不同表现。

一般情况下,伟大的艺术家也只能在有限的文学体裁之内展现惊人的创造力,到了另一领域,也许情况则相反。如,莎士比亚诗剧中的人物都艺术化地使用五步格无韵诗讲话,但是列夫·托尔斯泰从现实主义角度批判莎士比亚缺少真实性等。艺术家根据自

---

① 郭绍虞.中国历代文论选:第一册[M].上海:上海古籍出版社,1979:158.

己的创作个性、艺术对象、文学风格等要求选择适合自己的文学体裁。有的作家家专注于一种体裁,有的则融合不同的文学体裁并获得巨大的成功,如,苏轼将诗和词融为一炉等。

(2)语言选择和组合。对于古典作家来说,语言提炼完全属于修辞问题。如,贾岛斟酌"推与敲",王安石改用"绿"字,等。自文学现代性以来,语言不再满足于作为内容的华丽外衣存在,语言就是诗,语言就是一切。"诗意栖息"从存在层次奠定了语言艺术本体论特征(海德格尔)。一些现代作家的语言自觉意识很强,他们携带着改变语言改变世界的风范,展开了新的艺术世界。如,莫言《丰乳肥臀》的复数身体语言化腐朽为神奇。

钱钟书在《谈艺录》中曾言:"捷克形式主义论师谓'诗歌语言'必有突出处,不惜乖违习用'标准语言'之文法词律,刻意破常示异……实则瓦勒利反复申说诗歌乃'反常之语言',于'语言中自成语言'……"①钱先生点明俄国形式主义、结构主义文论语言的审美机制——反常自成。

(3)叙事方式的选择。叙述方式一般包括两种:线性叙事和空间叙事。传统叙事方式多线性叙事,故事本体按照线性时间不断地向后推移。如《红楼梦》等。传统民间叙事还存在着循环叙事——线性叙述的变体,故事的发展变化只是原地转圈。在当代这种循环叙事日益被先锋化、娱乐化,如《百年孤独》《灰太狼》《终结者》等,叙事圆圈使故事由"讲什么"向"怎么讲"发展。

空间叙事在中国古代小说之内由空间处所的诗化显现出来,这与古代中国人散点思维相关。到了现代社会,空间叙事被现代化,出现了不同层次空间的并置现象。如,在《百年孤独》《生死疲劳》中,人间、鬼道等不同世界混合成神奇的现代叙事风景。有些先锋作家甚至创作了不同时间并置的空间叙事作品,如詹姆斯·乔伊斯等。艺术家为了达到某种艺术效果,自觉地对叙事方式进行个性化的选择和处理已经成为他们成功的秘术。

(4)审美形象的规划。靓丽深刻的艺术形象体现了成功作品的形式化价值。艺术形象既来源于生活、又高于生活;既包含了文学作品的主旨,也隐含了形象美的追求。如,詹姆斯·邦、郭靖等硬汉形象。卡西尔认为,"我们可能会一千次地遇见一个普通感觉经验的对象而却从未'看见'它的形式……正是艺术弥补了这个缺陷。在艺术中我们是生活在纯粹形式的王国中……"②艺术家根据文学创作的主客观要求规划自己的审美艺术形象。如,鲁迅先生深沉地塑造了阿Q、孔乙己等老中国人形象,思考民族的历史和未来。不同艺术形象携带着不同作家创作个性的规划和显现。

第三节 文学创作方式的流变

一般地说,创作方式指作家、艺术家创作时所遵循的反映现实和表现现实的基本原

---

① 钱锺书.谈艺录[M].补订本.北京:中华书局,1984:532.
② 恩斯特·卡西尔.人论[M].甘阳,译.上海:上海译文出版社,1985:183.

则和方法。创作方法是20世纪20年代苏联文艺界探讨的最重大的理论问题之一。创作方式包含创作精神、创作原则、创作方法、语言应用、风格选择等内涵。在中国古代,先秦时期,主要强调文学创作的"活法",即"辞达而已"(孔子《论语·卫灵公》),到了刘勰,文学创作的"定法"出现。"活法为虚名,虚名不可以为有"(叶燮《原诗·内篇下》),"古人文有一定之法,有无定之法。有定者,所以为严整也;无定者,所以为纵横变化也。二者相济而不相妨。"(姚鼐《惜抱轩诗文集》尺牍卷三)文学创作方式有定式,有活式。

一、模仿论创作方式

模仿论写作方式,可以追溯到赫拉克利特的"自然社会模仿论",这种模仿方式被亚里士多德继承,主要适应于古希腊时期的艺术模仿方式。柏拉图的理念模仿写作方式带来了革命性变化,那种自然物质性的真实被内在的理念真实所代替。写作方式由外在的观察模仿变为迷狂、梦、死亡等模仿方式。现实主义模仿方式转向了先验理念的模仿方式。到了中世纪,上帝成为真、善、美呈现的最佳方式。模范对象尽管也有现实俗世社会,但它是需要提升的模仿对象。古典主义的模仿写作方式受到诸多规律的限制,如三一律等。到了文艺复兴时期,人逐渐站直身体,现实主义模仿方式具有了自由的特点。从作品层面来看,形象塑造、情节规划等具有自由多样的性质。如,塞万提斯的《堂吉诃德》。堂吉诃德本人具有违反骑士精神的生活隐喻,其人物造型荒诞而深刻,故事情节规划富有生活气息而多变,打破了来自古典主义的骑士叙述范式。从作品总体上看,大量作品的形象塑造和情节布局等,都突破了古典主义的程式化、公式化倾向。再如,莎士比亚的《哈姆雷特》。主人公哈姆雷特完全突破了英雄形象,其故事情节也几乎与古典主义时期所宣扬的伦理理性无关。这两部作品都强调模仿本民族的社会生活,反映和模仿广阔的社会人生图画。

在中国古代,模仿创作方式首先从《周易》的"坐地法天"开始,然后老庄之"道"、孔子之"仁"都采取从上而下的"感应"模仿方式。这种模仿创作方式和西方的"理念""上帝"等模仿创作方式具有异曲同工之妙。到了董仲舒,他将宇宙之道归为儒家之道,并以此对整个社会、文学等活动进行了规划。对于自然的独立模仿创作方式从郭象等开始,山水诗是其表现形式。其中刘勰在《文心雕龙》中以瞒天过海的方式阐明了模仿创作方法。中国古代文论以自己的术语描述了模仿创作方式。如,戏剧家李渔在《闲情偶寄·词曲部》中提出了"立心"说,"言者,心之声也,欲代此一人立言,先宜代此一人立心。若非梦往神游,何谓设身处地?无论立心端正者,我当设身处地,代生端正之想;即遇立心邪辟者,我亦当舍经从权,暂为邪辟之思。"[①]李渔阐明模仿是文学创作(戏曲)的基本原则。同样,金圣叹在《评注图像水浒传》的第五十五回总评中提出了"动心说","惟耐庵于三寸之笔,一幅之纸之间,实亲动心而为淫妇,亲动心而为偷儿。既已动心,则均矣,又安辩泚笔点墨之非入马通奸,泚笔点墨之非飞檐走壁耶?"[②]作家即使在进行虚构

---

① 李渔.闲情偶寄:精装典藏本[M].北京:中国画报出版社,2013:38.
② 施耐庵.水浒传 注评本 3[M].金圣叹,评.上海:上海古籍出版社,2015:783.

性想象也离不开对于社会生活、个体经验的模仿(间接)。"立心说""动心说"为中国古代小说戏剧人物模仿塑造方法做出了重要贡献。相对于对社会生活、人物形象的真实模仿之外,一些文论家已经认识到情理模仿的重要性。谢肇淛《五杂俎》说:"小说野俚诸书……虽极幻妄无当,然亦有至理存焉。"①叶昼在容与堂百回本《水浒传》第四十回末总评中说:"《水浒传》文字原是假的。只为他描写得真情出,所以便可与天地相终始"②。脂砚斋甲戌本《石头记》第二回批语:"事之所无,理之必有。"因而模仿文学真实与生活真实保持着"不脱不系"的关系。

现实主义创作方式,强调按照生活的本来面貌反映生活,偏重客观描绘的真实,追求艺术描写的具体性和艺术形象的典型性,在艺术手法上多用精雕细刻的描写手法。

现实主义创作方式还有社会主义现实主义、革命现实主义和革命浪漫主义、超现实主义和魔幻现实主义等。

我们的社会主义社会的文学主要采用社会主义现实主义创作方式。社会主义文学的美学原则是,"较大的思想深度和意识到的历史内容,同莎士比亚剧作的情节的生动性和丰富性的完美的融合"③。"除细节的真实外,还要真实地再现典型环境中的典型人物。"④社会主义文学创作方式也不排除能够反映社会主义现实生活和精神面貌的其他创作方式。

二、浪漫主义创作方式

"浪漫主义"(romanticism)、"浪漫的"(romantic)词语来源于"罗曼司"(romance)。"罗曼司"文学强调内容的通俗性、世俗性、非正常性,使用(罗马口头)方言,进行口头传播。在里利安·福斯特看来,文艺复兴、启蒙运动之后的浪漫主义文学"偏好想象、情感"以及"接近自然风景和景象"。韦勒克认为,"它们都看出了想象、象征、神话和有机的自然观隐含着的实质,并将它视为克服主观和客观、自我和世界、意识和无意识之间的分裂的巨大努力的一部分。这就是英国、德国和法国的浪漫主义大诗人的最重要的信条。这是一个前后严密一贯的思想和感情的主体部分"⑤。浪漫主义文学是对启蒙运动理性主义思想的反思,"他们继承和发展文艺复兴时代资产阶级人性论和人道主义传统,对启蒙运动中的自由、平等、博爱则失去了信念,对制约个性、日趋僵化而且过时的古典主义尤为反感。他们比文艺复兴时期的人文主义者更进一步,宣扬个性解放、心灵解放,向往理想世界,强调主观和想象的创造性"⑥。浪漫主义强调感性超过理性,重视个体超过群体,重

---

① 朱一玄.明清小说资料选编:全2册[M].天津:南开大学出版社,2012:428.
② 陈松柏.水浒传源流考论[M].北京:人民文学出版社,2006:345.
③ 中共中央马克思恩格斯列宁斯大林著作编译局.马克思恩格斯选集:第4卷[M].北京:人民出版社,1995:343.
④ 中共中央马克思恩格斯列宁斯大林著作编译局.马克思恩格斯选集:第4卷[M].北京:人民出版社,1995:462.
⑤ R.韦勒克.批评的诸种概念[M].丁泓,余徵,译.成都:四川文艺出版社,1988:212.
⑥ 伍蠡甫.欧洲文论简史 古希腊罗马至十九世纪末[M].北京:人民文学出版社,1985:211.

视艺术超过科学。从施莱格尔兄弟开始,"浪漫"这一概念开始流行起来。德国浪漫派对于非理性主义、神秘主义的崇奉通过叔本华、尼采等对于20世纪的文艺、哲学更产生了直接的影响。罗素认为,"从十八世纪后期到今天,艺术、文学和哲学,甚至于政治都受到了广义上所谓的浪漫主义运动特有的一种情感方式积极的或消极的影响"[1]。20世纪50年代以来,我国从苏联大规模输入文学理论,在高尔基基础之上,浪漫主义和现实主义被理解为两种普遍性的创作方法。而朱光潜在《西方美学史》中将浪漫主义和现实主义区分为文艺流派运动和文艺创作方法。[2] 浪漫主义文学兴起的背景包括:地方语言的变革、民族主义的兴起、中世纪民族文化的继承和发明。浪漫主义经历了历史(罗曼司)到现实(欧洲浪漫主义思潮、德国浪漫派)再到一般性理论(作为一种普遍性的创作方法)三个阶段。浪漫主义是作家在一定世界观的指导下,力图按照他所希望和理想的样子,虚构艺术形象、再造社会生活的一种创造方式。根据其描绘的理想世界的不同形式和作用,浪漫主义可分为消极的浪漫主义和积极的浪漫主义。

在创作方式上,相对于新古典主义把古希腊、古罗马作家的作品作为永恒的范式;浪漫主义继承来自宗教的神秘主义遗产,主张标新立异,建构奇异的美学境界。如,夏多布里昂认为,"除了神秘的事物以外,再没有什么美丽、动人、伟大的东西了"[3]。相对于新古典主义在文学体裁和文学形象塑造层面的共性类型特征,浪漫主义主要表现诗人自身,强调个别性、个体性的艺术创造。相对于新古典主义所强调遵从人为艺术理性法则,浪漫主义强调人的神性和天才是艺术的本原。相对于新古典主义的理性原则,浪漫主义则强调主观情感中心。如,华兹华斯认为,"一切好诗都是强烈情感的自然流露",诗人应"是一个天生具有强烈感受力、更多热情"的人,"对于人性有更多的认识","比任何人还要喜爱自己的内心的精神生活"[4]。

三、自然主义创作方式

左拉的自然主义源于伯纳德《实验医学研究导论》的研究病理医学的创作方式。"如果实验方法可以获致物质生活的知识,它也应当获致感情生活和智力生活的知识。""小说家是一位观察家,同样是一位实验家。观察家的他把已经观察到的事实原样摆出来,提出出发点,展示一个具体的环境……正如伯纳德所称呼的一样,这几乎总是一种'试着看看'的实验。"[5]左拉的自然主义创作方法以遗传学、生理学为指导,去认识和反映社会生活、去描写人。小说"只是小说家在观众眼前所作出的一份实验报告而已"[6]。相对于左拉,现代主义中的新小说则表现出两个极端派别。其一,以罗伯—格里耶为代表的客

---

[1] 罗素.西方哲学史:下卷[M].何兆武,李约瑟,译.北京:商务印书馆,1976:213.
[2] 朱光潜.西方美学史[M].北京:人民文学出版社,1979:720.
[3] 伍蠡甫.欧洲文论简史 古希腊罗马至十九世纪末[M].北京:人民文学出版社,1985:236.
[4] 华兹华斯.抒情歌谣集·序言[M]//缪灵珠.缪灵珠美学译文集:第3卷.北京:中国人民大学出版社,1990:5-9.
[5] 伍蠡甫.西方文论选:下卷[M].上海:上海译文出版社,1979:250.
[6] 伍蠡甫.西方文论选:下卷[M].上海:上海译文出版社,1979:251.

观自然主义,他们主张文学要对客观事物的外表做琐屑细碎的描绘,严谨客观地反映视觉所触及的外部现象。其二,以纳塔丽·萨洛特为代表的主观自然主义,他们主张文学要表现人的主观世界的各种碎片,冗长繁复地记录内心独白。他们都主张对"真实"作照相式或笔录式单调乏味的记录,因而也都属于自然主义。自然主义主张实录生活,拒绝对生活做典型化的加工和概括,满足于照抄生活,作细微冗长的精确描写。自然主义把生活表面看作真实,或者它们因此而忽视了生活的内在层面。

四、身体写作方式

尽管从斯多葛学派、毕达哥拉斯学派已经萌芽,但是身体美学从尼采才真正开始,身体创作逐渐被后现代文学理论家日益重视。除了福柯和舒斯特曼方向外,身体美学在女性主义方面得到了发展,身体创作方式成为一种先锋创作方式。相对于父亲系统文学创作方式,她/他们强调"女性心中微妙的思想和情感是任何男人都无法描写的"①,"写作,这一行为将不但'实现'妇女解除对其性特征和女性存在的抑制关系,从而使她得以接近其原本力量;这行为还将归还她的能力与资格、她的欢乐、她的喉舌,以及她那一直被封锁着的巨大的身体领域;写作将使她挣脱超自我结构,在其中她一直占据一席留给罪人的位置"②。无论是双性异体,还是双性同体,无论是性别认同,还是性别表演,女性身体成为女性主义创造方式的建构本原。女性主义身体创作至今仍在朝向性别平等、社会家庭自然和谐逼近。

五、网络写作方式

网络创作方式的基础是创作媒介。简单说,它是在互联网上的"即时写作",也携带着时代、社会、创作主体等方面的特征。网络创作方式的首要特点是高度自由,特别是从有线网络到无线网络,从电脑终端到手机终端的发展,网络创作日益显现出其自由的优越性。网络写作克服了写作门槛、出版资金、意识形态审查、文化程度限制等困难,网络写作几乎变成了随时随地随手写作。第二,高度互动。与传统作家依靠作者自述、召开签名售书会、新闻发布会、电视直播与读者交流不同,网络作家和读者几乎处于同一平台同一等级的终端上,他们可以随时进行互动,点赞或拍砖,超越时空间隔相互交流相互促进。第三,非功利性。网络创作是人类思想或情感的表达和交流。网络创作摆脱了现实功利性限制,在网络平台上,任意泼墨,任性表演,无拘无束。当然商业化网络创作则属于另一种情况。第四,网络创作的杂语化。由于网络超越时间、空间、地域、民族等的限制,在网络上,高雅的和低俗的、时尚的和本土的、口语的和广场的等被安置在一起,真正抵达了巴赫金的"众声喧哗"的特征。第五,虚拟化。同浪漫主义超越功利性社会的拯

---

① 切莉·雷吉斯特.美国女权主义文学批评:文献介绍[C]//玛丽·伊格尔顿.女权主义文学理论.胡敏,陈彩霞,林树明,译.长沙:湖南文艺出版社,1989:299.
② 埃莱娜·西苏.美杜莎的笑声[C]//张京媛.当代女性主义文学批评.北京:北京大学出版社,1992:188.

救性神秘世界、超现实主义超越现实的拯救性无意识世界不一样,在网络创作过程中,写手从媒介到媒介、从拷贝到拷贝,虚构了一种异质性现实,它不但能够模拟现实,而且能够虚构更真实的现实,在其中人们完全被符号化了(鲍德里亚)。人们不是从真实的感受中探寻其自身的自由和解放,而是从虚拟出发探求消费和生活。"人们显然需要虚拟现实。他们拥抱技术提供给他们的这样的人造现实,从印刷书本到iPod。人们进入幽灵般的虚拟现实就像鸭子扑入水中一样。……当今的技术魔术采用了我所说的魔法化的形式。"①在这种虚拟世界和面具之下,人们获得了充分自我表演的可能。

网络创作一般包括:电子邮件及电子公文、网络文学、网络评论、网络交流等。

第四节　文献选读

一、《文心雕龙·神思》(刘勰)

(选自刘勰《文心雕龙注·神思篇》,范文澜注,人民文学出版社,1958年版,493—504页。)

本文节选的文献是刘勰《文心雕龙》中的《神思》篇。该文以作家的想象力的高度活跃和充分展开为基点,深刻揭示了作家文学创作的内在奥秘。文章提出作家的构思和神奇的想象可以不受任何约束,飞翔得十分遥远。只要默默地聚精会神地思考,那念头便可以接通千年之间,视线便好像能够看到万里之外。在吟哦咏唱中间,可以发出如珠似玉般的悦耳声音;在你凝神思想之间,眼前就展现出风云变幻的景色。艺术构思很奇妙,可以使内心的想象与外物相交接。神奇的想象由作者内心来主宰,而意志和体气是支配它们活动的关键;外物由作者的耳目来接触,而语言是掌管它们的表达机构。当这个机构灵活通畅的时候,那事物的形貌便可以描绘出来。酝酿文思,着重在虚静心志,清除心里的成见,宁静专一。这就要努力学习,积累学识来储存珍宝,要斟酌辨析各种事理来丰富增长自己的才学,要研究阅历各种情况来进行彻底的观察,要顺着作文构思去寻求恰当美好的文辞。然后才能使深通妙道的心灵,按照声律来安排文辞;就像有着独到看法的工匠能自如挥斧一样,凭着想象来进行创作。这就是驾驭文思的首要方法,也是谋篇作文的重要开端。它实际上全面揭示了作家创作的规律。

二、《二十世纪文学批评中的形式和结构概念》(R.韦勒克,节选)

本文节选自R.韦勒克著《批评的诸种概念》([美]R.韦勒克著,丁泓、余徽译,成都:四川文艺出版社,1988年,第60—75页。)

R.韦勒克反对内容与形式简单的二分法,从内容、形式有机联系的观点出

---

① J·希利斯·米勒.谁害怕全球化?[C]//曾庆元,张荣翼.全球化时代的文论对话:文化研究与现代性国际高层学术论坛.哈尔滨:黑龙江人民出版社,2007:6.

发,考察了"形式"和"结构"在20世纪文学批评中的发展概况。在古典主义美学这里,情感服从于理性,形式服从于内容。重视内容的倾向把黑格尔归属于古典美学之内。在中国周易美学之内,文学作品被看作意、象、言三个层次,言、象等形式都是可以在获得至高意义之后被忘却的东西。孔子以降的伦理美学、"文以载道"美学观等都具有削弱形式美感的倾向,形式被工具化、修辞化、皮囊化。

在中国魏晋时期,郭象等人强调山水不再是返道抒怀的工具,它们具有独立的审美价值。在西方,克罗齐在《美学原理》中主张艺术是人内心情感的直觉形式;克莱夫·贝尔在《艺术》中主张艺术作品是"有意味的形式";俄国形式主义流派主张美不在于内容,而在于语言的"陌生化"运用等。符号美学强调符号的组合和链接,英美新批评强调总体性、张力等内容。他们都专注文本、语言等形式领域,忽视作品的社会意义,天然地携带着审美的偏执。

本章问题

1. 结合文学现象,分析当代作者身份和功能发生了那些变化?
2. 结合具体作家和作品,分析文学创作过程中作者的心理机制特点?
3. 结合具体作家和作品,分析文学创作方式的选择特征?
4. 结合具体作家和作品,分析文学创作过程中形式化的特点?

参考文献

[1] 托尔斯泰.列夫·托尔斯泰论创作[M].桂林:漓江出版社,1982.
[2] 科瓦廖夫.文学创作心理学[M].程正民,译.福州:福建人民出版社,1983.
[3] 尼采.悲剧的诞生 尼采美学文选[M].周国平,译.上海:生活·读书·新知三联书店,1986.
[4] 钱锺书.谈艺录[M].北京:中华书局,1984.
[5] 伍蠡甫.西方文论选[M].上海:上海译文出版社,1979.
[6] 朱光潜.西方文学史[M].北京:人民文学出版社,1979.

第六章

创意写作理论

"创意写作"(Creative Writing)是一切创造性写作的统称,包含狭义虚构类创造性写作和非虚构类创造性写作等。第一节论述从文学创造到创意写作,提出"创意写作"以"文学创造"为其基础和原点,既致力于传统文学的"写作的创意",又面向现代文化创意产业,开展"有创意的写作"。

第二节探讨创意写作的基本元素。基本观点表现于三个方面:倡导人人都是作家,鼓励更大范围的创作主体;重视创作的起点环节,促使作者的自我发掘;强调文类成规论,让写作者领略到创意写作的独特奥秘。创意写作理论将创意作为第一性,写作作为第二性,用创意来统领写作。作为一种活动,创意写作主要包括作者的心思、心思的形式、成规的约束和创意的品位等基本环节。

第三节介绍创意写作的文本类型。主要有"欣赏类阅读文本"和"生产类创意文本"两大类,尤其值得注意的是,创意写作中有许多非文学或与文学相关但本身又不是文学形式的有创造性的写作,即"生产类创意文本"。

第四节是"个案分析"。主要介绍了在西方创意写作方面有重要影响的美国爱荷华创意工坊,以了解创意写作兴起的原委;另一文献为创意写作作品个案《山姆,男孩和他的脸》,为学生学习起示范效果。

创意写作理论是对文学创造理论的拓展与补充。创意写作理论的生成、兴起与发展是一个时间线索与地域轮廓同步并举的过程,也是文学观念与文学理论在新的时代与语境下的重要变革与发展。本章讲述创意写作的基本概念、创意写作与文学创造的异同、创意写作的基本元素、文本类型等基本问题。

第一节　从文学创造到创意写作[①]

本节是对创意写作理论基本概念的介绍。分别从基本概念、与文学创造的关系,以及理论基础三个方面进行阐释。创意写作的基本概念由美国学者最先提出,其实践也自美国发端,继而影响欧美国家,本世纪被我国学者引介到国内。从核心内涵看,文学创造是创意写作的基础和原点,创意写作是对文学创造的拓展,二者互为制衡,互促发展。创意写作理论的基本观点有三个方面:倡导人人都是作家,鼓励更大范围的创作主体;重视创作的起点环节,促使作者的自我发掘;强调文类成规论,让写作者领略到创意写作的独特奥秘。

一、创意写作的基本概念

1. 创意写作的内涵

"创意写作"(Creative Writing)是一切创造性写作的统称,包含狭义虚构类创造性写作和非虚构类创造性写作等。创意写作不仅培养作家,还更多地着力于为整个文化产业发展培养具有创造能力的核心从业人才,为文化创意、影视制作、出版发行、印刷复制、广告、演艺娱乐、文化会展、数字内容和动漫等所有文化产业提供具有原创力的创造性写作人才。一般将创意写作的内涵界定为:人类以写作为活动样式,以作品为最终成果的一种创造性活动。同时,创意写作也是以文字创作为形式,以作品为载体的创造性活动,是文化创意产业链最重要最基础的工作环节。

从活动的内涵讲,"创意写作"以"文学创造"为其基础和原点。它涵盖了传统文学创造,又远远超越于传统文学创造,既一如既往地致力于传统文学的"写作的创意",又适应文化产业化发展的新气象,面向现代文化创意产业,开展"有创意的写作"。

2. 创意写作的兴起

作为概念的"创意写作(Creative Writing)"是1837年艾默生在美国大学优等生荣誉学会上发表的题为《美国学者》的演讲中所提出的。他在演讲中提到:"一个发明者才会善读书籍,即有创意写作也有创意阅读。"开启了此后一个多世纪的关于创意写作的讨论。作为新兴学科的"创意写作(Creative Writing)"创生于20世纪20年代末,在美国爱荷华大学率先兴起,后来在美国及西方国家的高校确立并推广。

美国高校创意写作学科从创立之初,就与创意写作工坊的作品生产紧密联系在一起。高校里持续活跃着数以千计的创意写作工坊,凭借这些创意写作工坊,创意写作理论以积极而务实的姿态几乎参与了美国所有社会问题的讨论以及美国思想的建构过程,尤其在美国梦的塑造、美国文化思想及形象输出、美苏冷战中创造性人才的培训等方面

[①] 注:创意写作理论的基本概念、材料多来自上海大学葛红兵等学者的专著、编著、译注以及课堂,特此说明。

起到了无法估量的重要作用。

可以说,创意写作之所以率先在美国诞生,是以美国为代表的西方资本主义强国发展到一定阶段的必然的文化扩张的重要表现。"对于文化产业的开发和市场争夺,是目前世界文化发展和软实力竞争的重要内容和主要场域,这被称为'文化帝国主义'①或'文化霸权主义'。"② 按照美国哥伦比亚大学教授爱德华·W·萨义德的观点:"'文化帝国主义'是帝国主义体系的重要组成部分,其表现形式是'文化',但其所追逐的利益的本质,与在政治上、经济上、军事上所表现出的帝国主义内容毫无二致。"③

在更为直接的意义上,创意写作的兴起是文化创意产业蓬勃发展的需要。许多发达资本主义国家都非常重视文化创意产业。美国是公认的世界上创意经济最发达的国家,其创意文化产业已经形成了自己的特色。在美国,文化创意产业被称为版权产业。近年来,美国的版权产业发展十分迅速:2002—2008 年美国版权产业的就业人数占美国就业人数比重保持在 8.39% 以上,版权产业增加值占其 GDP 的比重在 11.09% 以上。金融危机后比重虽有所下滑,但 2009—2012 年就业人数占比仍在 8.19% 以上,产业增加值占 GDP 比重仍在 11.07% 以上。④ 英国是文化创意产业的发源地,它最早提出"创意产业"概念。英国政府以就业人数多、成长潜力大、创新性高三个原则为标准,将英国十三项产业纳入到文化创意产业范畴。文化创意产业也是英国国民经济中增长最快的一个行业。目前,文化创意产业已经超过金融业成为英国第二大产业,伦敦和曼彻斯特也成为欧洲最大的两个文化创意中心。澳大利亚政府希望将澳大利亚建成一个创意国度。为此,专门成立了布里斯班创意产业研究中心,将其作为政府直接支持下的国家级文化创意产业振兴机构。另外,澳大利亚高度重视大学与文化创意产业的合作,通过创意教育培养大量高素质创意人才。⑤

创意写作的诞生和发展,改变了欧美战后文学发展的格局,也彻底改变了欧美文学教育教学思想体系,为欧美文化创意产业的兴盛和发展奠定了比较扎实的学科基础和人才储备,其创意写作中所暗含的大国文化构想等文化意识影响了整个世界。

3. 创意写作在我国的发展

对于创意写作的认识和建设,中国较之西方晚了半个多世纪。近年来,我国个别高校开始设立创意写作课程,建设创意写作学科,研究创意写作理论。创意写作在国内从无到有的兴盛过程中,复旦大学、北京大学、广州外国语大学、上海大学等高校率先作为,产生了广泛影响。以上海大学为例,在学科建构上,上海大学于 2009 年创建了全国第一所高校创意写作中心,2010 年在中文系创建了创意写作创新学科,其文学与创意写作研

---

① 文化帝国主义:指凭借文化优势,大力开拓和占领世界文化市场,使文化始终居世界领先地位,并企图将这种一国的文化优势变成世界性的文化优势。
② 祝兴平.文化产业的软实力角色[N].中国教育报,2008 - 07 - 15(03).
③ 萨义德.文化与帝国主义[M].李琨,译.北京:生活·读书·新知三联书店,2003:171 - 172.
④ 余冬林.2002—2012 年美国版权产业发展变迁及其原因[J].中国出版,2015(10):58 - 59.
⑤ 徐亚男.G20 国家文化创意产业竞争力指标体系设计与评价[D].湖南:湖南大学,2013.

究中心是中国首家致力于创意写作理论研究并将之于创意写作教学、创意产业实践结合的科研单位;在人才培养方面,告别传统写作教学方式,开设了创意写作原理与实践、当代西方创意写作实践等新型课程,并与美国哥伦比亚学院、澳洲国立大学等相关系所联合起来培养创意写作人才;在学科成果上,归结了数年来翻译和编写的资料,编撰出版了创意写作系列丛书。①

创意写作在我国逐渐兴起的原因主要有三个方面。

第一,创意写作的兴起是繁荣当代文学创作、文学理论建设的必然要求。经过一百多年尤其是近几十年的发展,创意写作在各国的实践表明,科学有效的创意写作训练可以培养作家、繁荣创作,这些有别于传统文学作品的创意写作成果渗透影响着社会生活的许多方面,使文学的世界继续繁荣和发展。中国当代文学身处其中,积极探索新的文学形式、新的文学创造模式、新的文学理念和实践等,这是繁荣当代文学创作、文学理论自身建设的必然要求。

第二,中国文化创意产业的产业化发展,呼唤对创意写作的理论研究和实践探索。2014年北京、上海、深圳三大城市文化创意产业占GDP比重分别为13.1%、12%、9.8%。广东、湖南、云南等省市的文化创意产业增加值占GDP的比重已突破5%。② 美国自2011年起,文化创意产业占GDP比重都在20%以上。显而易见,我国文化创意产业占GDP比重明显较低。2009年,国务院出台《我国文化产业振兴规划》首次明确提出文化的产业化发展路径。发展文化创意产业需要大量高素质的文化创意从业人员,需要高校建设文化创意相关学科和专业,培养大量优质人才,探索相关前沿理论,引导人文艺术传统专业和学科抓住机遇,提高其生产文化产品、服务社会的功能。

第三,我国大学中文专业教育改革需求推动了创意写作的学科化发展。中文专业以"语言文学"为核心的人才培养模式几十年来不曾变化,与社会需求难以适应,各种"无用论"不时出现,专业和人才影响力不断萎缩。文化创意人才与中文专业关联十分密切,在新的社会需求下,在新的媒体载体变化中,重新认识和不断探索大学中文专业的内涵与人才培养目标非常必要。

二、文学创造与创意写作的关系

1. 文学创造与创意写作的联系及区别

从核心内涵看,文学创造是创意写作的基础和原点,创意写作是对文学创造的拓展,二者之间具有密切联系。传统文学创造以写作为内核,主要内容是文章学,侧重遣词造句、篇章结构和技法训练。创意写作则以文学创造为内核,并且致力于更系统的发现文学创造的上游秘密,如创意心理、创意活动、创意规律,而不是具体的辞章技巧。创意写作当然包括文学创造,但又不仅仅是文学创作,它更多强调的是其"创造性"内涵。长期以来,传统写作往往被称为文学创造,文学创作被看作是一种只有作家才能拥有的天赋,

---

① 许道军,葛红兵.创意写作:基础理论与训练[M].桂林:广西师范大学出版社,2012:5.
② 数据来源于"中国产业信息网"——2016年中国文化创意产业发展概况报告。

而这种天赋是不能或者不易被学校培养的。"创意写作的根本理念,在于承认每个人都有进行创意写作的能力,反对'作家写作能力与生俱来'的'天才论',而提倡'写作能力可通过后天学习而获得'的'养成论'"。①

从学科特点看,创意写作与传统写作学科有所区别。传统写作学主要侧重造句遣词、篇章结构和技法训练,并把公文写作、应用文写作作为教学和研究重点。创意写作是一门不同于传统写作学的新型学科,它适应当下泛媒体时代的社会需要,更多致力于研究创意活动规律、创意思维规律及如何以文字体现创造性想象和个人性风格。但是,毋庸置疑,传统写作给创意写作学科的创生提供了宝贵的学术资源与经验教训。其次,创意写作学不仅仅围绕"写作"活动本身,还要更多地把重点延伸向"创意","沿着创意规律"这条更上游的主线来进行"创意心理"及"创意活动"研究,精力重点并不在讲授"文章技巧"的文章学上,更着重突出创意活动规律,用创意规律来统领创作规律。

2. 创意写作的前景

创意写作的提出,从文学观念的历史流变角度看,从最初的泛文学文本、后来的纯文学观念,再到现代以来对"文学性"的探讨,文学的内涵和形式越来越丰富,可以说,创意写作进一步扩容了文学观念,增进了我们对文学的理解。

伟大的时代需要创造性的文学书写。21 世纪的中国正在向着两个一百年宏伟目标迈进,中国在崛起过程中缺乏有效的世界性"文化言说"②,如何创新文学的内涵与形式,将一个伟大美丽的中国形象呈现给世界,以足够的文化自信建设文化强国,创意写作大有可为。崇老敬古是中国文化的一大特点,具有强烈个性色彩的创意和直觉在社会生活中缺乏有效投影,也缺乏以有影响力的文化创意手段和文化创意产品向世界展示中国。反观风靡世界的美国电影,既代表了美国民众的理想和想象,更让全世界的民众对美国产生憧憬与期待,因为这种"美国形象"是经过创意写作而"系统化"了的,所以它在对美国文化形象的塑造方面具有很强的理想化色彩和拟像性质,具有强烈的心理认同和内化力量。在文化产业被提升为我国未来支柱产业的今天,我们必须回应时代和国家需要,积极构建创意写作理论,大力培养文化产业急需的创意写作人才,助推中国文化创造力的提升。

新媒体呼唤着新的文学创作。麦克卢汉的名言"媒介即人的延伸"指出了媒介是人的感觉能力的扩展和延伸。新媒体对人类生活的重要改变之一是,21 世纪的主流艺术样式是影视而不再是传统的(文字)文学,文学成为影视艺术的脚本,以及某些文化艺术样式的前文本。新媒体时代文学的创作规约和技巧已经无比丰富,超越了绝大多数人可以无师自通的能力范围,没有相对专业的训练,要想成为一个当代意义上的作家已经变得非常困难。如何认识和引导新媒体对文学和作家的巨大影响,是一个全新的课题。创意写作跳出传统文字文学的范畴,着眼新媒体对文学的革命性影响,创造性地探索新媒体

---

① 高尔雅.创意写作的兴起及理念传播:前期美国创意写作史概述[C]//中华文学基金会,世界华文创意写作协会.2015 世界华文创意写作大会论文集.上海:上海大学,2015.
② 葛红兵.创意写作学的学科定位[J].湘潭大学学报(哲学社会科学版),2011(5):104-108.

时代的创意活动策划、文学翻译、创意产业、媒体表达、读写互动等相关问题,为文学注入了新的内涵和形式。

创意写作非常重视读者/市场的接受,因此创意写作不仅培养传统作家,这种尤其重视读者的文学观念,实际上把"文学创意写作"作为新媒体文化及产业发展研究的突破口来对待,以适应媒介变化新要求、当代文学创作新模式、文化产业化发展新需求以及国际文化产业竞争新格局。由此看,创意写作能够培养出一大批能在文化产业链条中充当发动机和领军者角色的优秀人才,为文化创意、影视制作、出版发行、印刷复制、广告、文化会展、数字内容和动漫等文化产业提供具有原创力的创造性人才。

三、创意写作的理论基础

1. 人人都是"writer"

在传统观念里,加入作家协会,在文学期刊上发表作品的人才是作家。但在创意写作的视阈里,"writer"不仅指我们所理解的"专职作家",即供职于各种组织、有特定头衔的人,还包括一切有创作能力的人。只要你能写作,在写作,就是"作家":人人都可以创意写作,人人都是作家,这是创意写作对创作主体的理论判断。

一个显而易见的事实是,文字文学不再是文艺消费的主要形式,而是越来越成为整个文艺消费链条的中间环节,从终端变成中端:围绕着文学文本进行延伸写作、开发,转化为其他消费形式,是当代文学的常态,延伸出来的这部分文学产品也是当代文学中最具有市场价值的部分。因此,"作家"就包含了多种含义:传统的文字文学作家;为文化创意、影视制作、出版发行、印刷广告、演艺娱乐、数字动漫等所有文化产业提供具有原创力的创造性写作人才。从这个意义上说,作家不再是"灵感"泉涌的神秘人群,也不是把玩生活的"多棱镜"的游戏,而是实实在在介入到文化创意产业、影响 GDP 的特定从业人员。因此,创意写作理念的提出大大拓展了"作家""写作"的概念内涵。

在创意写作的理念中,不要求学习者成为传统作家,而是要求学习者学会创意写作,成为合格的创意写作人才。这有何区别呢?文学创意可以写成故事发表,也可以融汇进创意提案中,考察创意写作成果的标准不是被刊物发表或加入作家协会。现代社会,仍然需要文学作家,但更需要大量的能够面向创意产业、能为其服务的各种人才。如今众多网络作品被翻拍成电影电视剧,丰富了影视文化,带来了巨大的经济效益。这些被我们称为"网络写手"的人其实就是优秀的创意写作人才,他们大多数没有接受过中文专业的正规培养,如,南派三叔学的是电子商务,血红是计算机专业,唐家三少读的是法律专业……这表明,创意写作的门径是开放的,有千万条,人人都可以进行创意写作。

2. "自我发掘"论

"自我发掘论"是创意写作的一个非常重要的理论基石,是如何学习创意的理论依据。"自我发掘论"认为,创意是自我人生的投射,并不神秘。创意写作是发现自我、反思自我、开发自我、形成自我并超越自我的活动,可以学习、练习。创意的学习从自我发掘开始,它的前提是对自我心思的体认以及艺术发现的明确具体化。

创意写作要求超越写作的记录功能,注重在反思的维度发现自我、开发自我,最终超越自我。"有人问你是谁,你得讲自己的故事。也就是说,你会依照对过去的记忆以及对未来的期望来讲述自己的现状。你根据自己过去的状况和将来的发展来阐述自己现在的境遇。"[1]"我的故事"的真实性不是一成不变的,而是游动在创意写作者的"创意"中,你能发现什么样的自我,你就能发现什么样的故事。所以创意写作的重点之一就在于写作者怎样认识、发现、开发"我的故事"。英国相当多的高校创意写作学学科把"自传""家族史"写作作为创意写作训练的重要起点和环节。正是基于文学创作自我发掘的考虑,让每一位习作者在熟悉的生活中发现故事,在自己的故事中开发新的故事,从而领略到创意写作"如何创意"的真谛。

3. "文类成规"论

"文类成规"是创意写作另一重要的基础理论,是创意写作对文学文体的基本要求。创意写作认为,文类成规一直在创作与接受活动中存在,只有承认它,学习它,运用它,才能更好地从事创造。创意活动不是天马行空,而是带着镣铐跳舞。它要遵循种种文类成规,在接受对象可以理解的基础上展开写作。功能性创意写作有十分明确的写作规范、格式要求。即使是欣赏类创意写作,也并非作为规范的违反者和破坏者而存在。文类成规是读者在长期的阅读中所形成的阅读期待视野,只有符合这个视野才能被读者理解和接受。

因此,创意写作坚持"文类成规"的道路,将之作为创意写作基础理论来建构。成规是有限制的,然而限制本身又具有两面性,尤其在初学阶段,成规能迅速引导学习者登堂入室,掌握基本的创意写作规范。合理利用成规,才能真正领略到创意写作的独特奥秘,激发创作状态,提高创意写作水平。

除了上述的基础理论外,美国创意写作学科在长期的发展过程中还形成了国家和地方叙述理论、种族叙事理论、性别叙事论等,这些其实都是个人发掘论和文类成规理论的交叉延伸。例如,"个人"可以扩展为更大的利益单位,比如家族、国家、性别……"文类"从内容上则可以分出地方文类、阶级文类甚至民族文类等。

总的说来,创意写作始于个体终于创造,兼具个体无限性和创造多样性,为文学在新时代焕发出新的活力,拓宽内容与形式等,提供了理论和实践方面的有益探索。

第二节 创意写作的基本元素

本节涉及两个基本问题:创意写作的基本元素和创意写作活动的基本环节。创意写作立足于个人创造力但又与社会发展紧密联系,其基本元素包括创意和写作,将创意作为第一性,写作作为第二性,用创意来统领写作。在文化创意产业链中,写作只是一种技巧,而创意起着至关重要的作用。

创意写作作为一种活动,从广义上来说它包括创意写作的主体、客体、文本、传播媒

---

[1] 卡尼.故事离真实有多远[M].王广州,译.桂林:广西师范大学出版社,2007:13.

介和接受等基本环节。从狭义的角度来说,则主要包括作者的心思、心思的形式、成规的约束和创意的品位等基本环节。

一、创意写作的基本元素

将"创意"与"写作"结合起来的"创意写作"是一门新兴的学科。创意写作包括创意和写作两大基本元素。它的两大基础理论中,"自我发掘论"与"文类成规论"分别是从创意和写作两个方面出发来阐释创意写作。"自我发掘论"立足于创作主体,强调从内部激发创作者的创意潜能,运用心理学和心灵学的相关理论和方法进行潜能的激发。而"文类成规论"则是从写作的角度出发,强调写作时要符合既有的模式和规约,在既定的规约内进行创新,运用类型学的概念和创意产业发展相关理论来引导创意写作。

1. 创意是发现自我,超越自我的活动

(1)创意是发现自我的活动。创意是自我人生的投射。西格蒙德·弗洛伊德将人格的内部结构分为本我、自我和超我。本我是原始欲望的自然表现。自我是自己意识的存在和觉醒,它调节并平衡本我欲望和社会现实的矛盾。而超我则是社会行为准则及形成的禁忌,它使得人的行为符合社会的要求。因此创意首先就是发现本我的欲望,尤其是那些与社会现实之间存在矛盾的被自我所阻碍的欲望。在葛红兵的《创意写作的基本理论》中,这种被压抑的需求被称之为"心思"。创意就体现为如何激发一个人的创意潜能和内在的心思。有论者在谈及《激发作者的创作潜能——心理学和心灵学的两种路向》一文时,从创作动机、创作灵性、创作心境这三个方面具体阐述了创作潜能和心思的激发。创意作为一种发现自我的活动,首先是自我心灵的挖掘。创意写作与传统写作的不同还体现在这种创意和心思每个平凡大众都拥有,即人人都可以成为创作者。正如创意大师赖声川所言,人的创意可以通过创意概念的培养和表现手法的训练来提高,只要你有表达的愿望,每个人都可以成为"writer"。

(2)创意是超越自我的活动。创意在发现自我的同时要超越自我。自我发掘是对自我的审视,既包括对那些根深蒂固的原始思维模式审视,也包括对先前观念与时代融合后变化了的思维的审视。自我发掘始终是一个动态发展的过程,作家书写自我故事也是重塑自我的过程。每个作家的经验都是独一无二的,从广义上来说每部作品都是作家的自传。"我"的故事经过了美化、丑化或其他塑造,自我的潜意识、梦念、被压抑的欲望等都被隐藏在故事中,从而将自我的故事转化为人类的故事,具有了审美的意蕴,实现了从自我到超我的转化。创意写作,在追求创意的同时,更是一种情怀的释放,是用我的视角去寻找本我的存在,实现人类的终极关怀。

2. 写作是对成规的熟悉和超越

(1)写作是对成规的熟悉。创意和成规的矛盾一直是创作界纠缠不清的难题。最初"成规"运用于社会学中,它指的是社会成规的内在运作机制在过去同时有些在未来也是有效的,因而,过去人们处理某种事物的时候表现出的一致性,生产出了未来的一致性,一致性使自己不断自我复制和生存,这就是成规。葛红兵和张永禄两位研究者以小说这种典型的叙事类型,从类型学角度作了理论研究,并将成规引入创意写作教学中,目的是

为了证明写作是可以教,可以学的。运用成规可以帮助一般写作者找到写作的规律,并在写作规律基础上有效创新。作家的创作总是可以归结为某种类型的创作,要创作这一类型作品就必须掌握和熟悉这一类型的基本模式并受到这种类型规约的约束。如传统侦探小说的叙事语法是"命案必破",才子佳人的爱情故事是落魄书生与富家小姐的悲欢离合,等等。

(2)写作也是对成规的超越。创意写作中创意是第一性的,写作是第二性,创意统领写作。因此要实现创意写作就必须能打破已有的成规,在熟悉已有成规的基础上超越成规,发现自己的创意点,实现创新。如五四时期的文学标榜的是"狂飙突进","反对旧文学,提倡新文学",古典的才子佳人也被"问题小说"、文学"为人生"的写作洪流席卷。但鸳鸯蝴蝶派作为爱情的潜流经久不衰,并在后期不断发展革新,直至今天的言情小说,无不是在成规的约束中创新发展。旧的规约被打破了,又有了新的规约,旧成规是新成规的基础,新成规中又包含旧的成规,二者互为前提,不断促进。

创意写作对成规的强调也是对娱乐至死时代大众化写作花样百出的一种规范,在客观上它起到了对成规的强化,对读者文类阅读期待视野的引导。

二、创意写作活动的基本环节

1. 发展个人心思

创意写作首重创意,创意来自哪里?创意其实来自自己的"心思"。赖声川认为,创意的源泉来自自己,"没有任何元素是'空降'到我体内的。而如果这些元素没有储藏在我脑中,催化剂也不可能催化出这样的反应"①。

(1)心思的个人性。每个人都有自己的心思和独特的体验。这些心思具有个人性和排他性,对于每个个体来说,他的心思是独一无二的。多萝西娅·布兰德说:"我们每个人能够做的贡献只有一个:能够为人类普遍的经验之池注入我们从各个角度看世界所得到的体会。从某种意义上说,每个人都是独一无二的。"②创作源于心思的观念早在我国古代就有。唐杜牧在《答庄充书》中说:"文以意为主,以气为辅,以辞采章句为之兵卫。苟意不先立,止以文采词句绕前捧后,是言愈多而理愈乱,如入阛阓,纷纷然莫知其谁,暮散而已。"③只有以意为主,才能游刃有余地运用文采词句。刘勰也主张"为情而造文",反对"为文而造情"(《文心雕龙·情采》)。清人沈德潜提出了"以意运法"的创作主张,他在《说诗晬语》中强调诗歌创作"以意运法"的重要性,反对"以意从法"。以上文论都从不同的角度讲述了在创作过程中"意"的重要性。意就是一种心思,作家进行创作首先是个人情感的表达和诗意体验,因此作品不可避免地带有作家生活的印记和对外界事物的判断,以及由此引发的相应情感。这种情感和看法必定是主观的,体现了作家的独特个性。换句话说,作者有权利为自己留下冥想的空间,成为一个内在的有足够自信的国

---

① 赖声川.赖声川的创意学[M].北京:中信出版社,2006:42.
② 布兰德.成为作家[M].刁克利,译注.北京:中国人民大学出版社,2011:92.
③ 杜牧.樊川文集[M].陈允吉,校点.上海:上海古籍出版社,1978:241.

王。因为只有这样,作家才能将丰沛的情感转化为一个由文字构成的具有异质性的世界。只有这种忠实于自己心思的人才能写出有创意的作品。所以葛红兵说:"创作者在写作的过程中要做到不是为了创意而发展心思,而是为了心思的实现才发展创意"①。

(2)心思的开放性。心思具有开放性,它不仅仅是作家独特的体验,同时是大众的集体意识。凡是优秀的作家,其作品都具有超越性,它超越了时代、民族和国家的界限,有创意的作品就是在普遍的人生问题和人生困境面前提出自己的思考和解答,这样的故事是独一无二的。它们不回避普遍性、带原型性质的事件,相反它们就是要去解决这些人类悬而未决的困惑。通过自己的理解,作家将这些从外界接受的关于他人和世界的信息内化为自己心思,通过作品外显出来。因此,作家的心思既是个人性的,又是大众的心思。就像艾略特的著名论断:"诗人没有什么个性可以表现,只是一个特殊的工具,只是工具,不是个性,使种种印象和经验在这个工具里用种种意想不到的方式来相互结合。"②

2. 给心思一个形式

(1)给心思一个故事。故事是心思最好的表现方式。要展现一个人抽象的心思,我们可以通过讲故事的方式来表达。但故事必须是有创意的。有创意的故事基础仍然是真实性。真实性即合情合理。现实主义强调"为人生",主张外在世界的真实。浪漫主义追求作品是心灵的表现,强调内在的真实。现代主义、后现代主义,主张运用变形、夸张的手法将外在真实和内在的真实结合起来,以新奇的陌生化的手法来叙述故事。但不论什么类型的文学,都必须遵循可然律和必然律的统一。其次,有创意的故事要能触动人的心灵。这些故事来自作家心灵深处,它不仅触动了作者,而且要触动到读者的心灵。艾青说:"为什么我的眼里常含泪水?因为我对这土地爱得深沉。"这让作家动情更让读者流泪。最后,有创意的故事需要形式与内容的一致。创意不在于形式上的标新立异,也不在于内容的追新出奇,而是形式与内容的和谐。可以说,有创意的故事不是发明了一种新的形式,而是给自己的故事找到了一个适合它的形式。形式不在别处,就来自内容本身。

(2)意识流的心思。心思可以通过故事的形式表现,但有些心思仅仅是一种情绪和情感的表达,可能是对过去的回忆或对目前心绪的书写。像这样的注重描绘人物意识流动的心思可称为意识流的心思。这种类型的写作不注重整体的故事和情节,而仅仅是情绪的流动,如普鲁斯特的《追忆似水年华》、伍尔夫的《墙上的斑点》等。尤其是微博、微信等社交媒体的发展迎来了大众化的创意写作,简短情绪的抒写更符合大众化的要求,最重要的是找到自己的叙述腔调。当你抓住并强化了这种独特的声音和语调,心思就像流淌的河水一样,潺潺歌唱却不会破堤而出。

3. 沿成规上路

(1)成规的现实性。一切类型的创意写作都建立在各自的类型成规基础之上,不可

---

① 许道军,葛红兵.创意写作:基础理论与训练[M].桂林:广西师范大学出版社,2012:123.
② 艾略特.传统与个人才能:艾略特文集·论文[M].卞之琳,李赋宁,等译.上海:上海译文出版社,2012:8.

避免地对写作形成约束和规范。这个约束和规范对创意写作来说,保证了沟通、交流的快速性和有效性。对于读者而言,它选择阅读类型的同时也选择了这个类型的成规;对于作者而言,他选择创作类型的同时也选择了读者的预期,在写作的时候必然将读者的兴趣、知识与审美预期考虑在内。作者对于创作过程的熟悉有一个过程,严羽就说:"学诗有三节:其初不识好恶,连篇累牍,肆笔而成;既识羞愧,始生畏缩,成之极难;及其透彻,则七纵八横,信手拈来,头头是道矣。"①只有真正领会了文学创作的规律,创作时才能游刃有余。这里的创作规律就涉及文类的成规问题。成规使我们得以摆脱面对新作品时不知所措的焦虑,成规有时候也是一切创造性的出发点。就像格律并没有扼杀唐诗、宋词的生命力,反而因为有律可循,创造了中国诗词的辉煌。反观诗体大解放的现代白话诗,却陷入了长达百年的混乱,仍旧处于不成熟的状态。成规作为前人留下来的既有规则、方法,实际上它有两个辩证的属性:一是给后来人提供现成的规范和模板,使后来者能尽快进入和适应;二是它对后来者又有束缚作用,可能发展成对后来者思维的限制。多数情况下我们高估了打破成规的意义,而低估了遵守成规对人类的价值。

(2)成规的生成性。生成性成规,它和单纯的承袭性成规不一样,承袭性成规强调遵从,生成性成规不是直接的行为规则,而是规定一套"生成行为的原则",这些原则可以带领创作者生成一整套行为。这些"生成行为规则"就是隐藏在表面千变万化的故事、意义、结构下面的深层结构。这个深层结构是文化的,也是心理的,当然也是审美的。正是这个深层结构,促使我们的创作既有稳定性、向心性,也有开放性、创新性。对于创作学习者来说,从发现语言的表层结构模式入手到深层结构的递进理解,然后在理解的基础上进行创造性模仿可谓是一条创作的捷径。艺术是在熟悉基础上的陌生,一个真正的作家应该具备这样的技能:他唤起了读者熟悉的记忆和经验,又让读者感到陌生;他对成规有充分的了解和尊重,又能在成规的导引下,做出个人创新。

4. 提升创意品位

(1)创意品位的功利性。中国大陆创意写作的倡导者葛红兵教授说:"创意写作不仅培养作家,还更多地着力于为整个文化产业发展培养具有创造能力的核心从业人才,为文化创意、影视制作、出版发行、印刷复制、广告、演艺娱乐、文化会展、数字内容和动漫等所有文化产业提供具有原创力的创造性人才。"②在技术与经济的推动下,创意写作的原创力使之成为文化创意产业的发动机,这为创意写作与文化产业的结合提供了广阔的空间。以创意写作的发源地爱荷华州为例,爱荷华州的创意写作以读写教育和工坊活动为基本形式,衍生多种类、跨媒介的文学创意产品,既获得了文化创意产业的繁荣,又丰富了市民公共文化生活。早在 2003 年,爱荷华州每年从创意工作中获得的收益达 169 亿美元,并且带动相关就业高达 195464 个。由此,爱荷华州于 2008 年被联合国教科文组织

---

① 严羽.沧浪诗话校释[M].郭绍虞,校释.北京:人民文学出版社,1983:137.
② 马克·麦克格尔.创意写作的兴起:战后美国文学的"系统时代"[M].葛红兵,郑周明,朱喆,译.桂林:广西师范大学出版社,2012:3.

(简称 UNESCO)认定为"世界文学之都"①。创意写作作为文化创意产业动力系统的强劲力可见一斑。

(2)创意品位的利他性。利他动机决定创意品位。赖声川详细分析创意动机的种类和构成,认为动机分析结果可以分为两种极端:利己和利他。检查动机,最后就是检查"自私指数"。知道了背后的动机,会发现我们的执着其实都跟对自我的执着有关。最后他得出结论:一个人创意的终极成就,决定于它是否能将动机转向"利他"的极端。动机决定了作品的定位。② 因此一个真正的创意人,是不能完全以自己的喜好为出发点的,它必须深入了解受众的需求,给受众提供有价值的东西。比如对生死问题的思考、价值的追求、爱的渴望、对公平正义的呼唤等,是文学经典常写常新的主题。这些永恒的和新的命题,有益于人类整体精神成长和艺术可能性探索的种种努力,都是有价值、有品位的创意。仅仅面向个人私欲的创意,或者面向某一部分人的创意,难以得到多数人的认可。

第三节　创意写作的文本类型

本节主要讲述创意写作的文本类型。一般来说,文本是语言的实际运用形态,而在具体场合中,它是依据一定的语义连贯规则和语言衔接组成的整体语句或语句系统,有待于读者阅读。创意写作的文本则是用来沟通写作者和接受者两端交流、沟通和说服的媒介,既包括传统意义上的文学文本,还包括新兴的电子文学、平面文学和生产类创意文本等。它是历史演进和时代发展的产物,复杂多样。

创意写作文本类型主要有欣赏类阅读文本和生产类创意文本两大类。欣赏类阅读文本从叙事角度主要分为虚构类创作文本和非虚构创作文本,包括故事、对话、游记、传记、小说、诗歌、散文、随笔、剧本等内容;创意写作还包括众多非文学或与文学相关,但本身又不是文学形式的有创造性的写作,这主要指生产类创意文本。

一、欣赏类阅读文本

广义上,用以陶冶情操和了解社会的文学作品都可称之为欣赏类阅读文本。从现代化文化工业的生产与传播角度来看,文学作品属于文学消费的终端产品,这种通过语言的外在形式和结构,以抒情兼以议论、说明、叙事的方式,融合知识、信息等内容,借助消费者的理性和情感,引起消费的快感的文本也称作欣赏类阅读文本。从技术类型上说,欣赏类阅读文本分为传统的平面文学和依托电子超文本文件而存在的电子文学。从叙事角度看,分为虚构文学和非虚构文学两种。此处主要从叙事角度来阐述。

---

① 喻国明.民生新闻:未来十年的发展机遇与角色转型[J].现代传播,2009(4):59.
② 许道军,葛红兵.创意写作:基础理论与训练[M].桂林:广西师范大学出版社,2012:162.

1. 虚构文学

"虚构文学是作家根据生活的逻辑、对现实的理解与理想生活的想象,通过语言的叙事来编织现实中未必实有但在情理之中可能有的人生图景。"① 也就是说,一切非现实元素为背景的写作行为均可称之为虚构文学创作。传统虚构文学,即传统纯文学范畴的文学写作是虚构类文学的重要组成部分,包括故事、对话、小说、随笔、剧本、游记、传记、寓言、童话、演义等内容。除此之外,虚构文学还包括小说、故事、剧本以及它们的延伸,如神秘故事、言情小说、科幻小说、电影剧本等。

虚构类创作文本还包括一些新兴的网络文学。随着当下中国社会阶层的分化与文学活动中心由创作者向消费者的转变,当代文学愈加类型化,读者的阅读趣味更加多样化。因而,以阅读市场为依托的出版社与同人刊物正加速形成当代文学的主要类型,以文学网站功能类型化与网页版面设置类型化为背景的网络文学,更在加速当代文学的类型化。网络文学已经成为新的文学力量,可谓"网络类型小说拓宽新世纪文学之路"②。

当前的网络类型文学,主要包括同人小说、架空小说和穿越小说。

(1)同人小说(Fan Fiction),指的是利用原有的动画、漫画、小说及影视作品中的背景设定、人物角色和故事情节等元素,进行二次创作小说,大多是粉丝创作。近年来体育人物、政治人物与娱乐人物的高度密集曝光,真人同人小说也逐渐兴起,此类小说是否归类于同人小说颇有争议,但它们均以网络小说为载体,依附于原著。同人小说的形式有:完全原著演绎即文字版的漫画或电影等、原著原人物情感剖析、原著原人在原著设定下所发展出的其他剧情、原著原人物在不同的时空背景下所发生的其他故事和原著童话演绎等几种类型。譬如《此间少年》,以金庸小说人物为基础,借金庸十五部武侠小说中的主人公,讲述了宋代嘉佑年间发生在以北京大学为模板的"汴京大学"的乔峰、郭靖等同人的大学生生活,充满了双重怀旧。

(2)架空小说,是指时代背景、人物、时间为虚构或半虚构的小说,一般讲述发生在现实生活和传统想象世界之外,作者主观幻想世界中的故事,属于世界性幻想小说的一种。这个世界有自己独特的逻辑、秩序规则和完全独立的世界体系,包括族群、疆域、文明、伦理、历史、法制、世界观等,它与现实世界并无沟通往来的接口,并非真实存在。最著名的例子是 J.R.R 托尔金《魔戒》。这部作品通过庞大而完整的历史、种族、文明以及设定的世界观凭空创造了一个"中土"世界。还有刘慈欣创作的《三体》,讲述了地球人类文明和三体文明信息交流、生死搏杀及其在宇宙中兴衰的历程,同样也塑造了一个虚拟独立存在的世界。

(3)穿越小说是一种新近在网络兴起的类型小说。从情节模式上说,指一个现代身份(或具有现代意识)的人(这里多指年轻女性、女孩),由于某种原因,离开原本生活的年代穿越时空,进入一个不属于她自己的时空,在时间错置和观念并置的矛盾中重新生活及实现人生价值的行为。这类小说的作者大多是女孩,主人公也多是女孩,而故事大

---

① 许道军,葛红兵.创意写作:基础理论与训练[M].桂林:广西师范大学出版社,2012:55.
② 马季.网络类型小说拓宽新世纪文学之路[N].中国新闻出版报,2008-07-04.

体上是描述穿越主人公与王公贵族之间的风花雪月。例如桐华所著的"清穿"("清朝穿越"的简称,专指现代人因种种原因回到清朝,然后和清朝古人之间发生的故事)《步步惊心》,被誉为"清穿扛鼎之作"。它独具特色的历史演义与凄美的爱情架构结合得天衣无缝,成为了一部传奇。

2. 非虚构文学

虚构文学与非虚构文学都讲故事,非虚构文学的故事也称之为非虚构故事。随笔、回忆录、传记、游记等纪实性内容虽也是故事,但从阅读心理上说,这些非虚构的事件只有刻意编排成"故事"之后,才有阅读价值。从一定意义上说,虚构和非虚构区别于题材。要言之,"非虚构文学"是指将多种文学的虚构技巧引入新闻、历史、回忆录等文体写作,从而创新出的一种文学类型。相对于"虚构"写作,"非虚构"写作是指一个大的文学类型的集合,其"非虚构性"主要指进入写作程序的材料来源于社会生活或历史文件中已有的人物和事件,与虚构文学写作材料来源于幻想、无中生有相比,非虚构文学的材料有着自足性。

"非虚构文学"主要包括历史故事、"我"的故事和诗歌。

(1)历史故事。历史小说是"非虚构文学"的一种。继作家杜鲁门·卡波特的"非虚构小说"《在冷血中》之后,诺曼·梅勒的《夜幕下的大军》和《刽子手之歌》,采用历史和虚构小说技巧杂糅方式的文体写作,模糊了小说和历史的界限。亚历克斯·哈利的小说《根》,将历史的真实性融入到小说创作中,使读者更深刻地了解美国黑人及美国的一段历史,因此被美国国家书籍奖金委员会授予了历史特等奖。巴巴拉·W·奇曼的《八月炮火》也用文学的手法描写历史,创作出了美国文学界"最好的历史作品"。还有中国作家梁鸿的《中国在梁庄》,作品将社会工作方式、文学表现手法、现实政治诉求与历史真实目标结合,以社会责任和"人道主义"为情感统摄,书写了一部真实的乡村和心灵的变迁史。

可以说,中国的讲史是历史小说的特殊传统,随着当代广播、电视及网络等传媒的普及,提供了一个虚拟的公共场合和特殊的讲述方式,使这个即将消溃的文学类型再次兴起。"《武林旧事·诸色伎艺人》记载,临安著名讲史艺人有乔万卷、许贡士、张解元、周八官人、谭溪子、陈进士、陈毅飞、陈三官人、林宣教、徐宣教、李郎中、武书生、刘进士、巩八官人、徐继先、穆书生、戴书生、王贡士、陆进士、邱几山、张小娘子、宋小娘子等23人"[①],从中可以看出,自古便有讲史,而且讲史有着独特的题材内容和细致的分工。例如,单田芳的"评书"(评书讲的是历史小说,主要是从历史科学的角度,对历史撰述与历史小说做对比研究,某种意义上是"文史合一"的评述)有很大部分是讲历史小说,有着广泛的听众和影响力;中央电视台十套的节目《百家讲坛》是科教频道的品牌栏目,其讲史板块影响力最大,易中天、纪连海等人功不可没,获得了远远超过传统作家的知名度和市场影响力。网络技术带来了讲史的变革,赫连勃勃大王(梅毅)2003年在天涯社区首开网络讲(写)史先河,随后明月(石悦)使用通俗易懂、娱乐化手法重述历史,引发了我国持续的

---

① 许道军,葛红兵.创意写作:基础理论与训练[M].桂林:广西师范大学出版社,2012:65.

"草根"读史热、讲史热。其中,《明朝那些事》大量讲说单个历史事件或历史人物,拥有着庞大的读者群和相当的艺术水准,最后被出版,成为市场畅销书。

(2)"我"的故事。"有人问你是谁,你得讲自己的故事。也就是说,你会依照对过去的记忆以及对未来的期望来讲述自己的现状。你根据自己过去的状况和将来的发展来阐述自己现在的境遇。"①因而"我"的故事,绝非是天马行空和无所事事的幻想,而是有来源于社会生活的写作材料,属于非虚构文学。

创作离不开自己的生活。郁达夫曾经说过,一切作品都是自叙传。意思是我们只消把现代作家的散文集翻一翻,这个作家的身世、性格、嗜好、思想、信仰以及生活习惯等将会显现在我们眼前。有许多作家都是从"我"的故事,尤其是"我"的童年故事、早期生活、家乡回忆开始,遵循创意写作的规律,对过往事件进行选择性择取、情节化结构和目的性编排,根据需要创造出一个理想的自我。例如,高尔基的《童年》《在人间》等小说,作家对童年、青年生活的回忆与反思构成了他创作起步的基石。虽然存在特殊的作家,他们没有经过"自叙传"这个阶段,但他们的作品中仍能看到有关"我"的故事。《红楼梦》和《聊斋志异》这种不像高尔基的《童年》一样具有"自叙传"性质的小说,在索隐派研究者眼中,还是能够在其作品中看到曹雪芹的童年和蒲松龄的青年生活。

(3)诗歌。诗歌是以最简约的形式最集中地表现个人思想与情感的语言艺术。与叙事文学相比,诗歌的"言"和"意"存在最大的反比例和张力。

诗歌的魅力在于语言形式。中国的古典诗歌十分重视语言的形式美,汉语众多单音节的动词、双声叠韵的名词以及不计其数的同义字词,为汉语诗歌营造形式感、音乐感、节奏感提供了便利。它通过对字词的重音、轻音、浊音等音韵的把握,构成一个声音循环往复的整体,听觉上要求字音的押韵,感觉上有节奏的变化,有符合内容的内在的音律感,因而产生了代表汉语音乐美之极致的"格律"。为诗人要表达的思想、生活、情感配以独特的形式,创造出如歌如画、如吟如歌的整体的诗境。

优秀的现代白话诗,依旧是那些押韵、有节奏感和音乐感的诗作。因而,诗是简约形式的艺术,也是声音的艺术,依赖于现实的背景,将文学技巧运用到语言中,使"言"和"意"在声音中达到和谐,是非虚构文学的另一代表。

二、生产类创意文本

生产类创意文本把写作当作一种文化产业活动来看待,是将创意活动中创意思维视觉化,推进创意活动实施与实现的一类写作成果。这类创作文本本身不作为阅读欣赏的终端产品,而是创意活动的文字体现,主要为了生产新的创意文本及创意活动。生产类创意写作文本主要分为形象生产文本、活动生产文本、销售生产文本和意义生产文本。

1. 形象生产文本

创意写作是发现自我、反思自我、形成自我并超越自我的活动,形象是自我的外在形式和社会形式。一个完美而富于个性的形象需要创造性活动生产出来。形象生产文本

---

① 卡尼. 故事离真实有多远[M]. 王广州,译. 桂林:广西师范大学出版社,2007:13.

就是通过创意写作的发现、反思、总结和超越的方式,生产出能够取得接受者认同并符合自我预期形象的创造性成果。① 一个产品品牌的树立、一个城市名片的构思、一个国家的形象宣传等都需要创意写作活动来完成,其创意写作文本都属于形象生产文本。

2. 活动生产文本

活动生产文本是通过创意思维策划整个活动的理性化整理和视觉化显现,以取得活动主管、主办、协办及参与者和接受者等各利益单位的认同,得以成功生产出物质性活动的创作性成果。活动生产文本的写作是一个系统化、综合化过程,它包括活动各个环节与要素的整理、规划,有活动意义的陈述、活动过程的详细规划、活动成本的预算,以及活动结束后的后期安排等,文本体现出了对活动的理解、包装、引导等思维创意,活动完成之后是否产生了较大较好的影响力,又依赖于活动之前的有创意的视觉化写作。

3. 销售生产文本

销售生产文本一般称为广告文案或者广告销售文案,是通过有针对性的产品信息介绍、产品推介时间与方式选择、产品形象塑造,来获得消费者的认同,产生消费欲望,促使销售活动取得较大的经济收益和产品品牌影响力。一个完整的企业产品销售活动策划文书一般包括活动目的、活动对象、活动主题、活动方式、活动时间和地点、广告配合方式、前期准备、中期操作、后期延续、费用预算、意外防范、效果预估等13个部分,涉及销售活动的各个环节,要求目的明确,对象具体,切合实际,准备充分,进程可控,最大限度地达成销售活动顺利进行的目标。

4. 意义生产文本

人类的生存活动整体上是朝着理性和理想方式迈进的,但是这种理性和理想的生活方式的意义需要被有效揭示。意义不是现成的,也不是人类活动本身天然具有的,人类需要对活动进行解释与揭示,生产出有价值的意义来。因而,意义生产文本是通过包括语言在内的视觉符号,赋予人的行为和器物以正面意义的创造性活动成果。与形象生产文本不同的是,它主要通过语言来揭示人物行为的意义,赋予器物以审美性、道德性、真理性等,从而在普世意义上求取更高层次、更广范围的认同,并在审美意义上确证自己的个性价值。比如电视节目《中国达人秀》《中国好声音》《一槌定音》等,就属于此类意义生产的创意文本。总而言之,意义生产文本着重于人们活动中一切行为的意义,使人和物将其个性、价值通过一种可听可观的新形式展现出来,它区别于文案与形象宣传片,是一种追求内在价值的创造性活动成果。

第四节 个案分析

创意写作的学习方法主要是工作室(workshop)形式,这也是一种注重实际应用的教学方法,即以老师组织学生学习创作和研讨自己写的作品为主。其教学内容主要围绕如

---

① 许道军,葛红兵.创意写作:基础理论与训练[M].桂林:广西师范大学出版社,2012:81.

何激发学生的创作热情,如何传授切实有用的创作经验,如何发展学生的创作个性而展开。教学目的是让学生创作出具有一定水准的文学作品。工作室可以开在大学的课堂上,也可以有各种形式的创意工坊。通过学习和训练,学员把自己的经历变成可以分享的文学创作,写出自己的文学作品。本节选取创意写作的两个个案。爱荷华创意工坊是一个取得显著成就的创意写作实践训练机构,《山姆,男孩和他的脸》是创意写作的成功文本范例之一。

一、《理解爱荷华——"创意写作"在美国的诞生和发展》(Mark McGurl)

此个案选自 Mark McGurl 所著的《理解爱荷华——"创意写作"在美国的诞生和发展》(全文),由朱喆、郑周明所译。是国外对创意写作取得成功的个案的理论研究。作者将战后美国文学创作环境的改变,归功于美国创意写作系统的兴起及发展。在各个高校设立创意写作工坊,将教育和审美能动的连接起来,在突破传统教育局限的基础上,开拓"审美创造"的新疆域。作者谈到爱荷华大学的创意写作工坊有三条理念帮助其开拓新天地:①写作工坊为学生提供一个"每个词汇和每条建议都不受遗漏"的环境。②对于创意写作的教师以及作家而言,最佳的引导途径便是"客观的叙事"。③在创意写作的"虚拟"机制上,"文学选集"一直是最佳窗口。

美国的历史起源于欧洲历史,当他们发现拥有自己的历史几世纪后,纽约仍旧盛行着欧洲价值观,美国人便决心创造属于美国本土文化的产品中心。爱荷华作家工坊就在这样偶然的机遇下应运而生。但随之他们发现突破欧洲限制创造的本土文化似乎集结成了一个新的限制,也就是说,"偏好于地方"似乎并不能通往"更卓越"的层面,于是爱荷华创意工坊便着手于扩张与推广。保罗·安格尔作为爱荷华工坊的领导者,呕尽半生都在为工坊事业披荆斩棘。他为爱荷华带来了许多世界各地的作家,打算将其打造为国际性的写作训练基地和创意写作系统,将爱荷华模式从美国扩大到全世界。

作者将创意写作总结为,让学生拓展自身,延伸体验,相信自我,帮助自我提升的一个涅槃过程。来自创造力的鼓舞,为创意写作永赋魅力。

二、《山姆,男孩和他的脸》(汤姆·霍曼二世,节选)

这是一个面对生命的故事,充满了细节真实和强大的情感张力,也蕴含着如此之深刻的生命哲理,让人不忍释卷。而且,重要的是,它其实是一个真实的故事。

小男孩山姆在娘胎里就发育畸形,出生时大脑浮在身体外面,被诊断为大脑血管发育畸形。这种症状本来就很稀少,而这个幼小的宝宝症状更加稀奇。畸形存在于活动的血管中,而且已经侵蚀了山姆的左脸,一块淋巴和毛细血管内皮细胞的混合物代替了他脸上本该有的皮肉,有如一个气球般鼓胀的血肉肿块,夹杂着蓝色组织体,从腮边隆起呈圆形直到下巴。肿块把他的左眼拉扯成一条细缝,嘴巴扭成小型的上弦月。看起来好像有人在他的脸上打了三磅未干的石膏,从此粘住不动,把原来的那个男孩埋在里面。作品向我们讲述了一个面具背后的男孩的故事。面具在那里,面具下的男孩也在那里……

这篇报道文学曾获得了2001年美国普利策报道文学奖,作者是汤姆·霍曼二世。

报道文学属于非虚构文学,是创意写作的重要文体类型。非虚构性文学的材料是真实的,其文学性在于,这些材料在对"自我心灵"的挖掘中,被仔细编织成了有意味的故事。这篇作品的作者汤姆曾在获得山姆家人允许的情况下,和山姆一家人在一起待了数百个小时。

他跟随他们横跨美国到达波士顿,在那里接受手术。他参加了家庭会议、在屋外闲逛、陪山姆到高中报到……所以才能在文章中如此生动地反映那一个个场景,直抵人心。作者汤姆对这些材料进行利他动机的深度挖掘,重点表现克服困难的勇气,人类的这一伟大品质在每一个细节中不断被展示,山姆与生俱来的畸形病态像面具一样覆盖了他,面具下的男孩就是与生俱来的面对困难的巨大勇气。作品没有展示悲伤、不幸,而是勇气,带给读者深深的感动和鼓舞。这恰恰是创意写作的创意所在。

希望山姆的故事能使你获得面对困难的勇气,也希望汤姆的故事能帮你获得写作的知识。

本章问题

1. 如何理解创意写作与文学创造的关系?
2. 创意写作的基本环节是怎样的?
3. 什么是生产类创意文本?
4. 如何理解创意工坊对于创意写作理论的意义?

参考文献

[1] 许道军,葛红兵.创意写作:基础理论与训练[M].桂林:广西师范大学出版社,2012.
[2] 赖声川.赖声川的创意学[M].北京:中信出版社,2006.
[3] 麦克格尔.创意写作的兴起:战后美国文学的"系统时代"[M].葛红兵,郑周明,朱喆,译.桂林:广西师范大学出版社,2012.
[4] 布兰德.成为作家[M].刁克利,译.北京:中国人民大学出版社,2011.
[5] 艾利斯.开始写吧!虚构文学创作[M].刁克利,译.北京:中国人民大学出版社,2011.
[6] 克利弗.小说写作教程:虚构文学速成全攻略[M].王著定,译.北京:中国人民大学出版社,2011.

第七章

文学接受

　　文学接受是文学活动的重要方面,也构成文学理论研究的重要内容。本章第一节探讨文学接受与读者,重点揭示文学接受的主体——读者与作者、宇宙、作品之间的互动关系,文学创作与读者接受互相影响、互相促进,读者参与了文学创作的过程。

　　第二节阐释文学接受的性质与过程。文学作品是一个召唤性结构,读者具有一定的期待视野。文学接受活动包含文学的感知作用,审美与教育的功能。随着时代审美趣味的变迁,读者的文学接受会发生不断变化,文学作品只有在接受过程中才能实现其价值。

　　第三节提出文学接受的要素。文学接受是读者体验文学文本、不断深入展现生命力的动态过程。文学接受将作品由"第一文本"转化为"第二文本",文学接受不是对文学文本简单的还原与复现,而是一种积极能动的建构过程。文学接受有填空与对话、兴味与涵泳、还原与变异、共鸣与同情等多种要素。

　　第四节是"文献选读",第一篇选取《文心雕龙》中的《知音》篇,结合中国文化与艺术内涵理解读者的价值与意义;第二篇选取西方接受美学代表人物姚斯的重要著作《接受美学与接受理论》中的有关章节,其目的在于从文学接受活动中认识读者。

　　1967年德国汉斯·罗伯特·姚斯发表《文学史作为文学科学的挑战》一文,成为文学接受理论的宣言书。接受美学与接受理论作为20世纪七八十年代盛行于世的主要美学思潮,诞生于联邦德国南部博登湖畔的康士坦茨,后被人们称为"康士坦茨学派"。"康士坦茨学派"逐渐成为世界上文学方法论研究中被讨论最多、影响最大的理论流派之一。

　　导源于海德格尔、伽达默尔的现代诠释学理论和英迦登的现象学理论,接受美学瓦解了文本批评学派完全脱离现实、脱离社会的理论缺陷,重视读者的地位，丰富文学作品的内涵。文学接受理论以海德格尔现象学和伽达默尔解释学为理论基础，重视文学接受实践，开创了文学理论的新局面。需要指出的是，任何文本都不是作为独立的封闭体系而存在，打破英美新批评把文学作品视为独立自足体的认识论格局，将读者纳入文学进程之中强调文学文本的未定性，视其为多层面、开放性的图式结构。

《易经·系辞》言"仁者见之谓之仁，智者见之谓之智"。一件艺术品，如乐谱被演奏为交响乐之前只不过是一堆冰冷的客体性符号，而表演本身就是意义生成的过程，融入指挥与演奏者的思考，转化为曼妙的音乐。读者就是一部作品的解释者和知音。他们把文字质料转为鲜活的艺术形象和意象，把诗与思、宇宙与人心联结起来，构筑成一幅幅氤氲富丽的交响篇章。接受理论奠定了由对作者、作品的研究走向对读者研究的坚定道路。文学接受的过程亦即文学解释的过程，积极的理解过程是创造意义的审美体验活动。文学阐释是对文学作品释义和理解的艺术，从读者立场，通观整个文学世界，对文学与宇宙、文学功能与影响效果问题做出系统的判断。文本只有在被阅读时才会被唤醒生命，文学作品的意义需要读者通过已有的审美阅读经验获得新的生命，从而唤回与以往不同的生命感悟。

第一节　文学接受与读者

文学阐释学认为文学接受的主体——读者，是构成作者——宇宙——作品之间必不可少的环节，其以文学作品为对象，力求探颐索隐，把握文本深层意蕴。克罗齐指出，一切的历史都是当代史，那么，一切的接受都是在读者已有的经验、文化视野下对文学属性、作品内容进行主动选择或扬弃的过程。文学接受是确保文本价值得以维系、社会意义得以建构、文学传统得以绵延的基本文化活动。但长期以来，特别是在以文艺社会学的美学观念作指导，以苏联式的社会主义现实主义原则为标准的历史条件下，文学研究以外部研究为主，脱离文本主体性，外部研究与工具理性思维的强化，更忽略了读者对话立场。一般来说，文学接受的形式包含了文学鉴赏、文学批评、文学感悟等内容，其核心是理解与体悟。

一、文学接受的要素

文学作品是作者创作出来供读者与之交流的媒介，阅读文本就是与主体之间进行精神交流的过程。文学阅读并非只是辨识文字符号本身而已，其间包含了"兴观群怨""熏浸刺提"等多种因素，为此，文学阅读不仅仅是认知，同时也是通过文字与作者进行"对话"的活动。文学接受使阅读活动成为与古今作者共同交往、共享经验的过程，不再使接受活动成为读者在特定情境和为特殊目的而进行的知识、态度、价值观的分离活动。文学接受作为文学理论的重要流派，尤其重视对文学文本接受活动中阅读者再生产、二度创造的研究,认为作品的召唤性结构只有在阅读过程中敞开,文本的意义存在于作品与读者的相互碰撞,而非潜隐在作品肌质中等候人们去索隐探源。

文学解释学认为一部文学作品自其作者完成之时,就已经不再是一件僵化之物,而是一鲜活的开放性结构,其面向不同的时代,每一位读者都可以汲取养料,获得不同的审美价值。因此,作品本身超越了自身有限的格局,而展现出形而上学的力量。在历时性的对话之中,文本从文字、词语的物质媒介中解脱,永远成为再创造、再补充的存在之物。一千个读者就有一千个哈姆雷特,不同的读者对蒙娜丽莎微笑的解释和理解也是不同的,因为读者,作品从阅读中挺秀超脱。这就是说,文学接受具有对话性特点,作品离不开读者主观的参与、评价与创造。所以,文学接受是以文本解读为中心,经由读者加工,融入个体的审美体验与感悟,在把握文学作品哲学意蕴、敞开真理世界的一种能动的意义融会过程,是读者在审美经验基础上对文学作品的价值、属性进行主动选择、接纳或扬弃的过程。

二、文学接受的主体

刘勰在《文心雕龙》里谈到,"知音其难哉!音实难知,知实难逢,逢其知音,千载其一乎!"在这里,古来文学批评存在着贵古贱今、崇己抑人、信伪迷真等不良倾向,优秀的文学评论者是很难遇见的。因为,从主观上看,评论家见识有限而各有偏好,难于恰切。

德国美学家伊瑟尔认为:"在文学作品的写作过程中,作者头脑里始终有一个'隐在的读者',写作过程便是向这个隐在的读者叙述故事并与其对话的过程。因此,读者的作用已经蕴含在文本的结构之中。"①可见,作为文学活动场域的构成因素,读者是一种能动的存在,对作品的价值和地位起着直接的、决定性的影响。比如,对杜诗的学习,对晚唐及宋人以来影响巨大,超过了杜甫的物理生命本身。自欧阳修《六一诗话》始为创体以来,诗话著作一时蔚为大观。宋代处于杜诗学的兴盛期,宋人基本上没有不受杜诗影响的。宋濂强调"识见有精粗",读者的识见非常关键。可以说,读者的接受史参与了文史的建构,作品能否流传,可否成为经典,正来源于读者的阅读,甚至很大程度依赖读者的肯定性评判。刘勰说:"缀文者情动而辞发,观文者披文以入情。"正确理解作者之思,读者要含英咀华,将深文隐蔚、余味曲包的文字符号微妙之处进行解密,识鉴与细读必不可少。

1. 读者的语言文字能力

文学接受必须具备一定的语文基础知识。在阅读活动中,分析语段文法,初识文字符码,语用习惯与能力构成了读者走进文本深层的可能性。这是从文字符号层跨越到审美意象层面的起点,来源于读者长期的语文教育感知训练。

语言是思维的工具。文学文本作为"语言媒介"特有的"符号性"和"观念性""时间艺术",因修辞、训诂、文学技法等因素,诗中的语词并不仅指向所指,即语言文字的声音和形象,通过读者在阅读活动中用视觉感知文字符号,运用分析、综合、概括、判断、推理

---

① 章国锋.文学批评的新范式:接受美学[M].海口:海南出版社,1993:63.

等思维活动对感知的材料进行加工,进而发现其所指意义。阅读是搜集处理信息、认识世界、发展思维、获得审美体验的重要途径。文本的意义是通过语言媒介呈现的,文学是用词语塑造的,而非由题材构成,由此生发无限新意,展现无穷意趣。

2. 读者的文化修养和思想水平

文学作品的诞生往往显现着作家的思想学识,同时又深刻折射着民族文化心理结构和时代精神风貌。文学读者面对的是兼容并蓄的文化复合物,一部作品往往其间潜藏着引申义、情境义或隐喻象征含义。文学作品的欣赏不是数理逻辑的推演,也不是文字符码的叠加。由于作品处在是与似之间,需要读者放下利害分析,在画面和意境中去悠游感悟。文学作品并非仅仅是人物粉墨登台的秀场,读者知识面的纵深度会影响阅读的深度,影响到他对世界人生的认知、感觉、经验和领悟状况。

一般来说,读者文学接受的诉求有超越、认识、游戏消遣等几种。那些仅在作品表层浮光掠影的读者,被王梵志批评为"俗人"、"愚人"和"痴人"。没有灵魂的作品是没有生命力的,其折射着民族文化精神和社会时代意识,如何进入文本世界,须具有一定的思想水平和情感体验。同样,没有一定的文化修养和鉴识能力,则不可能进入文本的精神世界。

3. 读者的审美感悟能力

文学解读需要感受、理解、欣赏和评价美的能力,这是一种较高级的理解能力,不能简单割裂其间的关系。康德把审美判断和逻辑判断严格分开,认为在肯定"这朵花是美的"这个审美判断中,花只涉及形式而不涉及内容意义,所以不涉及概念。审美判断不涉及欲念和利害计较,具体到文学接受,读者需要有文学趣味和一定的审美鉴赏能力,相应地养成文学阅读习惯并不断积累文学经验,用审美的眼光来理解审美对象。有的读者对语言的美感的敏锐度不一样,这种审美颖悟能力、美感敏锐度不仅是诉诸于表象的,更是画面和音乐的。

如古人的推敲琢磨,语言的陌生化效果,往往在不同的语境中生成不同的意义,"挹之而源不穷,咀之而味愈长"。李商隐《无题》诗云:"相见时难别亦难,东风无力百花残。春蚕到死丝方尽,蜡炬成灰泪始干。晓镜但愁云鬓改,夜吟应觉月光寒。蓬山此去无多路,青鸟殷勤为探看。"不同的读者历来有不同的理解,有爱情诗、政治讽喻诗以及作者自况等不同的解读,但引起阅读意味的,往往是作品的音韵美和形象之美,进而再深入其间,感受其审美意境。

三、作为文学接受的客体

文学作品是供读者阅读认知的,如果没有一定的可解性,不能符合阅读者的欣赏习惯或趣味,往往会束之高阁。作品是敞开的文本,存在召唤结构,因而读者在作品意义的构成中起重要作用。优秀文学作品常常立意不大,关注人类情感和人性,同时隐含着作者同读者对话的愿望,因而审美价值较高。经典作品留下的意义空白给我们的阅读实践开辟了道路,重读经典时我们要重点关注这些意义空白,参与作品意义的生成。

作为文学接受的客体,文学作品则具有召唤结构。魏晋时期著名玄学家王弼认为经典包含了"言、象、意"三重关系。"夫象者,出意者也;言者,明象者也。尽意莫若象,尽象莫若言。言生于象,故可以寻言以观象;象生于意,故可以寻象以观意。意以象尽,象以言著。故言者所以明象,得象而忘言;象者所以存意,得意而忘象。"①文学解释学指出文学文本布满了对未定点的确定和对空白的填补,读者要在作品的不确定性和空白处寻找意义,参与文学意义的构成。读者把自己的经验与对世界的感受联系起来,有限文本展示出意义的无限可能性。文学作品的不定点或空白越多,读者沉潜作品审美世界进行艺术再创造的空间就越大。文学文本作为客体召唤性是最根本的结构特征。

四、作为文学解释条件的接受心境

所谓接受心境,是指读者在阅读前,以及阅读过程中自觉或不自觉的心理状态,读者的阅读兴趣、心态与对话诉求构成了文学接受心境的基本形态。

1. 读者的趣味

读者作为个体,因社会阶层、文化背景、个性心理、审美差异等因素的影响,趣味爱好种种不同。要对具体的文学作品有兴趣,比如对某种类型、风格或作家的作品有着不同的偏好。读者的这种选择性态度,构成了文学趣味雅与俗的分际,使其针对某一部文学作品的特定的趣味,无论高下众寡,个人的某种偏好,无所谓是非曲直,高低深浅之别。按照康德的解释,是因为"每个人有他自己的趣味",按照一个一定的客观原理检查和证明某种趣味,是绝对不可能,如此,阅读才能现实地进行。

文学的修养就是趣味的修养,朱光潜先生认为资禀性情、身世经历和传统习尚影响了文学的趣味。读者的趣味也影响了文学的创造,读者要"扩大眼界,加深知解""广泛阅读,不囿于一家""开疆辟土"来提升自身的阅读鉴赏能力。

2. 读者的审美心态

读者需要暂时与现实生活拉开一定的距离,以保持一种审美的心态。瑞士心理学家布洛在1903年所提出了影响深远的"距离说"。布洛认为,只有心理上有了"距离",对眼前的对象才能做出审美反应。当审美主体和审美对象之间保持一种恰当的"心理距离",对象之于主体才是美的。这里,"距离"有两层意思,即既要与现实生活、现实功利态度拉开较大的距离,又要与文学作品保持尽可能缩小的距离,也就是要暂时远离现实而不断逼近作品。我国古代文论倡"虚静"说,刘勰《神思篇》指出虚静乃是"驭文之首术,谋篇之大端",作家通过收视返听、澄怀静虑所达到的特殊的心理状态,使人的精神进入一种无欲、无得失、无功利的平静的状态。

3. 读者的交流诉求

文学是一种围绕文本所展开的意义交往活动,是一种社会历史实践活动。文本的不确定性和意义空白给予读者想象和丰富的空间。文学的发生建立在主体之间的交流关系基础上,读者对文学作品的理解应当为一种对话过程。

---

① 王弼.王弼集校释[M].楼宇烈,校释.北京:中华书局,1980:609.

波兰哲学家罗曼·英伽登①认为文本存在多处空白、盲点,作品经作者完成并不意味着结束,作家所描绘的世界只是一个图式性框架,内在的模糊朦胧、含混不定的地方需要读者的期待视野参与完成。同时,在作者写作过程中,他的头脑中始终有"潜在的读者"隐含其间,这种萌芽状态处在冰山之下,写作本身就是与潜在读者共同完成故事叙述,而对话就是将冰山下的部分浮现出水平面的过程。因此,读者作为对话者已经包容在文本结构之中。

五、在文学活动中理解文学接受与读者的作用

1. 文学的历史是读者接受与生产的过程

关于文学作品内部研究和外部研究之间的分歧由来已久,将作家的社会语境与文本做外部关联,或从作家情感思想探讨文本主题。文学外部研究重视文学文本中隐藏的意识形态,如文化、政治、历史等问题,而内部研究强调文学的审美特性。文学理论家的这种做法,导致了很少甚至根本不重视读者地位的情况。一般来说,作家创作除了自娱性需要之外,往往是为了供人欣赏和理解。

以《林黛玉进贾府》为例,从王夫人房里那"半旧的青缎靠背引枕"可以读出贾府不是破落人家,因为只有"半旧"才能更真实地显示出贾府是几代显赫望族。同样,我们也可以从《背影》中父亲艰难地爬月台为我买橘子的情形证见父亲对儿子的最深沉、最伟大的爱。文学感受的对象只有也只能是读者。德国哲学家阿多诺曾说:"艺术只有变成为他之能,才能成为自在之物。"②没有经过读者阅读的文学不能称之为意义之物,只能是一堆印刷品,陈列于书橱,或称为一种展览的噱头。没有读者的接受,文学文本的丰富内涵便不能被激活。正由于文学解释学纳入了读者的接受、消费与再创造等因素,才丰富了文学理论的内容,为文学研究开辟了新的领域。

2. 文学创作与读者接受互相影响、互相促进

无视读者和文学的相互作用,导致文学研究局限于形式主义、印象主义和唯美主义分析,缺乏现实针对性,文学作品与社会形态相脱节。同样,每一个文本都是人与符号的争斗,回环往复的互文性是文学作品成为永不终结的敞开世界。"以意逆志"和"诗无达诂"一直是中国解释学的传统,从孔子的《十翼》到朱熹的《四书集注》都把对经典的解释作为自己的哲学。《孟子·万章上》提出:"故说《诗》者,不以文害辞,不以辞害志;以意逆志,是为得之。""意"是读者的切身体会,"逆"是探究、追溯之意。读者要从作品的整体出发,由此及彼、由表及里理解诗作主旨,用自己的切身体会去推测作者的本意。文学作品意义的具体化是一个历史过程,无限的审美理解遵循了读者与作品之间的审美经验

---

① 罗曼·英伽登(Roman Ingarden,1893—1970),波兰著名哲学家、美学家、文艺理论家,是20世纪西方现象学美学的代表之一。他早年研究数学和哲学,后师从现象学大师胡塞尔。他将胡塞尔的现象学具体运用于美学及文艺研究领域,形成其独树一帜的现象学文论,并对伊瑟尔的阅读理论研究产生了导引作用。

② 班澜,王晓秦.外国现代批评方法纵览[M].广州:花城出版社,1987:240.

因素，如果完全剥离作家和作品二维，将文学接受独立于文学进程，将导致文学阐释孤立化和绝对化，文学研究将沦为无源之水、无本之木。接受理论用以补充文学研究的内容和方法，与作家作品关系非常密切，并不能完全斩断或有意忽视。

第二节　文学接受的性质与过程

　　文学接受活动不仅包含了文学的感知作用，还包含了审美与教育的功能，其在鉴赏活动中可以帮助读者理性分析，具有重要的指导意义。

一、文学接受的性质

1. 文学接受作为认识活动

　　文学作品以典型化的人物形象展示丰富广袤的社会生活，文学作品中表达的自然、生活世界，揭示人性的丰富本质，从而使作品具有一种为读者昭示人类存在真相的认识论属性。巴尔扎克《人间喜剧》的风俗研究，个性而具象化地展现了巴黎社会的复杂场景，"将反映一切社会现象"，"人类心灵的历史将纤毫毕现，社会史的各个部分都得到描绘"。恩格斯在《致玛·哈克奈斯的信》中指出，《人间喜剧》"提供了一部法国'社会'特别是巴黎'上流社会'的卓越的现实主义历史"。

　　《论语·阳货》："子曰：'小子，何莫学夫《诗》？《诗》可以兴，可以观，可以群，可以怨；迩之事父，远之事君；多识于鸟兽草木之名。'"在这里，观就是文学的认知作用，可以知宇宙自然，古今兴替，对历史、人文与社会有更广泛的洞知。《诗经》作为实用的百科全书式的教材，其认识论属性有助于为读者提供探寻宇宙大道、丰富人生阅历、洞察人性本质的渠道，进而扩展生活边界，增进对人类族群以及自我认知的深度。

2. 文学接受作为审美活动

　　读者不仅仅是批评家、鉴赏家，同时也是作家，在一个多层面的开放式图式结构中，因读者和时代的不同，人们可以对其做不同的解释。所以，文学的本质在于作品的效应史的永无完成中的展示。文学接受具有自由性、弥漫性、情感性的特点，通过阅读完成了读者与作者，与作品中人物角色，与作品描写的自然宇宙以及全人类的交流。

　　文学是社会情感和欲望的表现，文学作品可以从直觉知觉、情感体验和思想深度等方面吸引读者、感染读者。西方文学立足文学的摹仿论，认为文学具有再现客观生活的特点，马克思主义文学理论进一步认为文学具有反映论、镜子说的本质。文学作品以语言为媒介，融入作家的文学技法与表达实践，反映生活现实的各个面向，展示人生与诗意，揭示人性的力量，为读者透过情节与形象去感知世界提供了通途。

　　文学是社会日常生活的一份记录，对巴尔扎克作品的阅读，不仅可感受艺术形式的审美快感。《人间喜剧》在风俗研究外，还有哲理研究和分析研究两大部分，通过栩栩如生的人物形象，感受作品中关于宇宙、历史和人生深邃哲学意蕴的领悟。文学阅读的愉悦性在客观性知觉活动之外，还包含着震撼与惊觉，乃至徐渭以"冷水浇背，陡然一惊"来揭示给人带来的超越感、升华感和自由感。这里,文学阅读往往带有一种超功利的性质,给读者带来悠游自在、心灵飞升、灵魂洗染的价值属性。

3. 文学接受作为文化价值阐释活动

"诗无达诂""文无定评",由于文本不是一个封闭的体系,作品未定性的特点决定了读者需凭借自我的感知觉补充作品空白之处。如果没有读者将文本具体化的过程,文本永远只能处于未完成阶段,不可能实现其意义。通过阅读,读者领略到的不仅是修辞、想象及艺术技法,还能洞见文本之外的社会情绪。读者的能动性创造过程就是文本接受的过程,其包含了文化学、社会学、人类学等复杂因素,具有伦理价值、宗教价值及哲学价值等广阔的意义。

优秀的文学作品具有超时代性,作品的历时性特点,以其永久的艺术魅力而为历代读者所共享。文学作品有教化的功能,孔子有"不学诗,无以言","兴于诗,立于礼,成于乐","诵诗三百,授之以政,不达;使之四方,不能专对;虽多,亦奚以为"的说法,认为不管是出入应对,《诗经》都是教人为温柔敦厚的君子,以寻求或建构自己的文化价值,诗意的栖居。比如读道家文学,不管是《老子》,还是《庄子》,其中老子、庄子和我都心有灵犀,合而为一。"朝彻而后能见独,见独而后能无古今",这不是孤立的自我,读者把老子的生命融入到自己的世界中去。

4. 文学接受作为消费活动

文学消费既是一般商品消费,又是特殊的精神产品消费。文学接受反对以新批评、结构主义为代表的文本中心论,一部作品在不同历史时期的接受史就是文学作品的消费史和对话史。犹如一个产品,强调文学作为商品的属性,通过精心的策划设计,在流水线上复制并生产,文学生产的资本化使得文学不再成其为文学,大量的文学写作正在按照文化工业的逻辑推进,消费写作模式已经使得文学创作成为一种产业。发端于20世纪初叶的上海"鸳鸯蝴蝶派"、通俗文学等即把文学生产的使用价值转换成交换价值进入消费领域。随着影视、图像等现代媒体在中国的崛起,文学形成新的商业操纵力量,抹平日常生活与艺术虚构之间的界限。

伴随经济全球化的来临,大众文化悄然崛起,"先锋性""后现代""实验写作"日渐萎缩,欲望化展示与狂欢化诗学成为消费社会文艺的总体风格特征,娱乐至死的观念深刻影响到文学创作,"宏大叙事"被"日常摹写"所取代,日常生活的审美化正在消解艺术与生活之间的距离。消费时代的到来冲垮了许多古老的观念,时尚泛滥,对人文精神、严肃文学的怀疑使文学原有生存方式被否定,迫使文学调整自身的节奏和表达。

二、文学接受的过程

1. 期待视野与预备情绪

(1)期待视野。所谓期待视野(expectation horizon),是指读者在进入接受过程之前已有的对于接受客体的预先估计与期盼。由于读者因素,当文学作品在进入阅读前或阅读中,其原先具有的思维形式、趣味观念、审美理想等因素,决定了读者的欣赏水平与接受要求。

期待视野为文学解释"方法论的顶梁柱",是读者接受文学作品的前提条件。期待视野会影响读者对文本具体化的结果和意义,制约着文本在不同的历史时期所具有的价值。读者既有的阅读文本的心理图式,构成了文学接受心理活动的基础。期待视野决定了读者对所读作品的内容和形式的取舍标准,也决定了对作品的基本态度与评价结果。读者批评的文学史研究实际上就是读者"期待视野"变化史的研究。

文学作品接受的过程同样也是文学审美教育发生的过程,其培养了读者想象能力和知解能力。文学作品的真善美丑不是由读者决定的,而由文学文本所决定,文本的意义存在于时间序列的文学视野并不断演化,独立、客观性的文本是没有的,文学接受就是文学解释学。以姚斯、伊瑟尔为代表的接受美学指出,期待视野包括历史视界和个人视界两方面内涵。只有读者的期待视野和文学作品相融合,才能谈得上接受和理解。期待视野包含了历史视野和个人视野两个层面,就个人而言,随时代变化而不断发展。所以,文学作品创作本身也受制于时代读者的期待视野的影响,读者的接受水平和审美趣味构成了创作的时代性和人民性的基础。作者丧失了作品的最高裁判权,读者的审美观念、道德情操、文学基础等因素共同参与了文学民主化的过程。同时,读者期待视野的增长,促使作者创作出更好的文学作品。

期待视野构成作品生产和接受的框架,是阅读作品过程中读者以往的文学阅读经验构成的思维定向或先在结构。文学作品并不具有超时代的固定含义,文学作品的接受史也就是无数的前见反复叠加的过程。读者究竟是怎样看待和理解某部作品的接受史,折射出对一部作品最初的理解和当今的理解之间的差异。伽达默尔认为读者的期待视野会同作品的期待视野碰撞,文学研究要探究其跨越历史的、超越原来交流语境的意义,是过去的和当前的审美经验的融合。一部作品的接受往往带有修正甚至推翻的过程,只要人类存在,这一过程便会无限延续下去,永远不会终结。读者的期待视野以及文学的下属概念、判断原则和标准在这一过程中将会不断地变迁和更新。

期待视野脱离不了读者的性别、年龄、气质、兴趣等心理特征,尤其读者的世界观与人生观、审美趣味、情感倾向、人生追求、政治态度,以及对不同文学形式和技巧的掌握程度等制约着读者对文本的选择。期待视野表现为一种潜在的审美期待,可以具体分为文学表现形式的期待、审美意象的期待与哲学意蕴期待三层次。文学表现形式的期待是指对作品艺术形式印象、唯美主义方面的期待,包括作品的文学性、文体观、表现手法、语言魅力、艺术感染力等因素;审美意象的期待是指对生存世界与人物意义方面的期待,包括作品的题材、主题、情节、作家意图等方面;哲学意蕴的期待是指读者从接受动机与需求中产生的对作品价值的整体期待,这种对智慧的追问,使读者可重新塑造生命的历史。

(2)预备情绪。预备情绪,最初是由波兰现象学家英加登提出的,是读者在阅读之前的如惊喜、捷悟、迷狂等心理状态,作为一种特殊的情感,引导读者由对现实的关注跃入对文学文本的阅读与解释。预备情绪是一种前审美心理状态,读者阅读的能动性、创造性特点使作品呈现出立体、多元的时空体系。预备情绪的期望性、含混性与审美性特征可以蔓延读者的心理状态。

文学作品的审美性来源于文本包含的某种特殊性质,一种音韵、一种色彩,乃至一种画面正好能够打动读者的内心,从而让读者产生一种初发的审美情感。作为文学的含混性特征,读者对文学作品产生最初的审美情感是停留在直觉和感觉层面的,这种情感交流、碰撞还处在萌芽状态,从而产生一种朦胧含混的状态。最后是期望性,读者阅读作品时会产生一种预设与期待,如人物的走向、情节的设置、意境的展开,进而深入体验文本的审美特性来满足自己的审美想象与审美经验,从而扩大由文本阅读而带来的喜悦。

1. 读者接受心理结构的同化、顺应与挫折

任何文学接受活动都是读者先在的审美心理结构与文本之间的一个相互同化、顺应和遇挫的建构过程,读者接受心理结构受制于原有的文学知识、审美趣味以及阅读过的作品经验,读者审美心理结构不断冲突进而自我补充和自我适应,进而构成比较稳定的心理图式。

(1)同化。读者总是从既有的审美心理结构出发,去感悟、解释和评价作品,在解释过程中,作品的审美信息与结构一致时,读者把具体的文学作品整合到他原先就已存在的审美心理结构之中。同化是在结构的基本格局不变的情况下纳入新要素,艺术与接受者之间的交流性的审美经验,同化以享受他人经验并与之发生相互作用或自我享受为前提,从而接受者也积极参与了建构想象之物。

作品是生产者和接受者的共同产物,艺术成为人扬弃异化的范式。形成审美判断的基础是综合考察艺术作品的现时效果和对它的经验史,认同就是将自己投入陌生自我的审美感情。姚斯认为,产生交流的首要问题是审美态度,审美认同则是在获得审美自由的观察者和它的非现实的客体之间的来回运动中发生的。如现实主义文学中情节发展的逻辑性、细节的真实性、人性的合理性都会诱发读者从本身的心理结构出发,去判断这种经验是否一致或合拍,并不断补充和丰富,形成一种新的心理结构。

(2)顺应。同化与顺应是双向互动的建构关系,与同化相对,同化更多强调让客体符合主体的心理结构,顺应则与之相反。

由于读者阅读的审美心理结构与具体文学作品中新的审美因素发生严重冲突或不一致,读者也只好或只能通过改变自我审美心理结构来适应作品出现的新情况。顺应往往存在于那些内容与形式都突破"艺术惯例"的具有审美新因素的作品中,这些文本有陌生、新鲜、新奇感和艺术探索性。顺应通常让旧结构的部分退居次要,而让新引入的因素占据主导地位。

一般来说,顺应在审美心理结构的形成阶段占据着重要的甚至是主导的地位,当同化失败后,主体会选择积极的顺应态度,艺术作品对原有的审美心理结构起到重构、更新和提高的作用。

(3)遇挫。与同化、顺应的相互容纳、转化不同,读者审美经验与作品间的距离决定着文学作品的艺术审美特征和魅力,阅读活动中,读者由于认知能力超越了文本结构,期待会转向索然寡淡,导致阅读遇挫无法进行。还有一种情况,文学作品在表现形式、内涵涌现、创作手法等因素过于晦暗滞涩,读者接受能力或审美水平的局限,会使读者放弃文学阅读行为。当读者期待视野与文学内容产生巨大差异时,形成严重受挫,阻隔读者进一步的阅读愿望。即使有的作品具有很高的审美价值,但因无法建立阅读关系,艺术欣

赏与感悟无从发生,艺术魅力亦不可生成。

文学文本往往打破日常写作的机械化模式,以其陌生化的手法增加艺术感悟的时间和难度,出其不意的突转、山重水复之后的惊现,文本内涵或意向性结构在短暂遇挫之后继而给读者带来豁达澄澈的艺术境界。歌德指出艺术精神的探索在于"谁要伟大,必须聚精会神,在闲置中才能显出来身手,只有法则能给我们自由"。文学接受就是在同化与顺应、遇挫与震惊交替出现的精神历险活动,进而不断提高和充实自己的审美水平。

三、文学接受的影响因素

解释学认为,个人从属于传统,解释活动是读者通过解释文本去探究对象的本源,进而重构自身的过程。作为具有历史语境的读者,是带着自己的主观前见与文本展开对话的,读者在解释活动之前拥有的前见是其解释得以进行的基础。作为解释对象的文本符号、语言结构与作者、宇宙有着必然的关系,文本的意义在于其现实性,是在与解释者的对话中形成的。解释者与作者因为精神生活与生命意识的同质性打破时空距离,相通的生命底蕴基础成了理解历史整体的可能。随着解释者的改变,文本的意义也会随之改变。通过体验、表达与理解,个体之人融化于人类整体。

1. 接受动机

从文学形式与内容的关系来看,"质胜文则野,文胜质则史。文质彬彬,然后君子。"出于对艺术创作手法、技艺的领悟,文学阅读有借鉴模仿的动机。从教化与求知角度来看,通过阅读可以增进对自然人文、人生事相的把握。《诗·周南·关雎序》言"美教化,移风俗"。《礼记·经解》云:"故礼之教化也微,其止邪也于未形,使人日徙善远罪而不自知也。"文学阅读给读者以风化陶冶,获得精神的熏染澡雪。同时,读者出于审美与鉴赏的需要,对文学性的审美愉悦感更多有偏好,理性分析判断也会融入其中。

由于阅读行为具有一定的自娱性和个体性,他们的接受动机便具有更多的主观性或随意性。一般读者在阅读《红楼梦》的过程中经常从个人生活体验、兴趣爱好和道德立场做出评价。不同读者的接受动机也是不同的,《红楼梦》是一部诗性的文学作品,其主题思想的解释没有统一的认识。袁枚称《红楼梦》"备记风月繁华之盛";晚晴"中兴名臣"胡林翼视《红楼梦》为洪水猛兽,给予更多的道德批评;清人鸳湖月痴子评点《红楼梦》时说其"使天下后世直视《红楼梦》为有功名教之书,有裨学问之书,有关世道人心之书,而不敢以无稽小说薄之"[①]。

2. 接受心境

不同的阅读心境会影响阅读的效果,受一定的情绪状态的影响,文学感悟与体验的境况会发生深浅不一的变化。中国美学一直强调情感是艺术的内在生命,"情者文之经,辞者理之纬",清代刘熙载把审美风格分为"花鸟缠绵、云雷奋发、弦泉幽咽、雪月空明"为诗之四境。诗境就是心境,一般来说,接受心境可分为欢愉、抑郁和虚静三类。面对"花鸟缠绵、云雷奋发"的欢愉之境,给人以振奋乐观的情绪;"寒塘渡鹤影,冷月葬诗

[①] 一粟.古典文学研究资料:红楼梦卷[M].北京:中华书局,1963:377.

魂","弦泉幽咽"的抑郁之境带来感伤落寞、郁闷难平的情绪;"雪月空明""澄怀观道"的和平静穆之美则空灵虚无、超以象外,朱光潜将"雪月空明"列为最高的美的境界。

接受心境与接受效果相互影响,庄子讲心斋、坐忘、朝彻而见独,刘勰《文心雕龙·神思》讲"陶钧文思、贵在虚静"。读者的接受心境随环境、文学内涵等因素影响而发生变化,虚静通向精神自由,遨游天地太玄,妙悟而充分唤起感知、情感、想象、理解等心理机制,融入自己的审美经验形成新的艺术形象,从而完成审美创造活动。

第三节　文学接受的要素

文学接受不是对文学文本简单的还原与复现,而是一种积极能动的建构过程。读者以自己的期待视野为基础,将文学作品由"第一文本"转化为"第二文本",填空与对话、解读与阐释是其必要性环节。以此为据,读者的阅读既是文学作品不同历史阶段接受的历史,更是评价和重构的历史。

一、视野融合与阐释的循环

文本从属于绵延的历史,文学作品通过它自身的现时意义去克服时间的距离。文本虽然处于开放中,所有的历史理解都不是纯粹摹仿或者重复,而是新的理解,各种视野不是彼此无关的,新旧视野总是不断地错综杂糅在一起,借此沟通往昔的文学想象与当今读者的审美经验之间的关联。海德格尔认为阐释不仅只是一种阐释技巧,他认为从事情本身出发处理前有前见和前把握,他认为任何存在都是在一定时间空间条件下的存在,超越自己历史环境而存在是不可能的。同时,与不同的艺术类型或科学著作而言,文学作品以文字符号为媒介,具有抽象性和时间性意味,读者的想象与主动性参与是视域融合的内因。

阐释需要把文本产生时的历史视野同读者的历史视野相融合,在某些历史时期,读者由于审美情趣与审美标准的差异而对作品评价不一,但并不能改变作家应有的历史地位与作品的客观价值。陶渊明的诗歌地位在南朝不高,《宋书谢灵运论》《文心雕龙》均忽视陶渊明。然而在钟嵘《诗品》中,陶渊明被列为"中品"。然而在宋人那里陶渊明却得到了极大的歆羡,被视为自然平淡的正宗,而曹操却被列为下品,在今天来看都是不可思议的。在文学史上经常出现这样的情况,作家在某时昙花一现之后很快就被遗忘;或者素来不名一文,但数年以后其作却被奉为经典。

新旧视野总是不断结合在一起,阐释的循环意味着部分和整体的循环是所有理解的基础,文学作品的接受需置于文本的整体语境中来理解。[①] 对文学作品陌生对象的把握,理解的运动就这样不断地从整体到部分,又从部分到整体。在伽达默尔看来,部分和整

---

① 方维规.文学解释学是一门复杂的艺术:接受美学原理及其来龙去脉[J].社会科学研究,2012(2):109 – 137.

体的循环是所有理解的基础。单个因素不应凭借个人的经验来品味,必须置于文本的整体语境来理解。从根本上说,理解总是处于这样一种循环中的自我运动,这就是为什么从整体到部分和从部分到整体的不断循环往返是本质性的道理。而且这种循环经常不断地在扩大,因为整体的概念是相对的,对个别东西的理解常常需要把它安置在愈来愈大的关系之中。① 从文学接受的要素到过程,阐释的无限性是针对语境的无限性而言的,是历时与共时语境共同作用下的产物。海德格尔指出其大都在前理解作用下对当下语境所做的一种"合乎情理"的解释。历史语境不仅拥有种种意义生产能力,它还保留了特有的答辩制度和否决权。阐释是受语境的制约,不等同于历史语境的无限宽容,并非可从文本之中任意招来各种意义,因此也是有限的。

二、填空与对话

中国古典美学往往并不满足于对感性形式的追求,而更多心仪于终极的价值关怀和对意境的追寻。文学阅读的意义应该是作品的审美意义,而非对作品文字的训释和考证。司空图《二十四品》载:"不著一字,尽得风流。"皎然《诗式》曰:"但见性情,不睹文字","不顾词彩,而风流自然"。将与人共处的自然宇宙、人性心理都纳入到"对话——体悟——理解"的框架中。

形象大于思维。伊瑟尔指出艺术存在于读者与文本的对话中,文学文本只是一个不确定的"召唤结构""未定的无人区"。孔子删订六经,并没有进行文字的考订,而是对文章大义的阐幽发微,用以教化的目的。阐释要沟通古人与今人,融合过去与现在,联系自己与他者,会通主体与客体,要"丢弃自己",以便设想古人之处境,把自身一起带到历史的视域中去,以避免古今隔离。英伽登认为文学作品最终完成依靠读者去"填空",解释就是让语言文字瓦解,将意义释放出来。

伽达默尔认为本文是一种吁请、呼唤结构,它渴求被理解。文学意义在读者与文本的"对话"中生成,是开放、不确定的,处于无限的对话中。刘勰在《物色》篇提出"物色尽而情有余",中国古代文论中所强调的"兴味",实际也包含着与英伽登的"填空",与伽达默尔的"对话"相近的见解。钟嵘《诗品序》倡"滋味说",使味之者无极,闻之者动心。诗歌以激发人们丰富的想象和联想,进而感悟体味诗中的意蕴。

一般人们将文学作品的图式结构区分为"文学语言符码层——意象图式层——哲学境界层"三个层面,文学作品在每一个层面均具有张力与弹性空间。艺术手法或人格美学意义的隐秀,深文隐蔚、余味曲包的陌生化原则造就了解释困境。由词组到段落,由文辞到意象,由形象到意蕴,文学作品的感性与不确定性特点使文本形成了带有虚构的纯粹意向性特征。宋人严羽《沧浪诗话·诗辨》云:"盛唐诸人,唯在兴趣,羚羊挂角,无迹可求。故其妙处,透澈玲珑,不可凑泊。"作品的思想观念及其本旨,更是混沌朦胧。关于《红楼梦》的主题思想,读者提出了如"爱情说""色空说""正反说""封建家族衰亡说""双重悲剧说""痛苦解脱说"及"多重主题说"等,进入21世纪,又有"市民说""农民说"

---

① 伽达默尔.诠释学Ⅰ、Ⅱ:真理与方法[M].修订译本.洪汉鼎,译.北京:商务印书馆,2007:263.

"传统思想说""晚明思想说"等多种不同看法。对于贾宝玉形象的叛逆性问题,今天也看法不一,甚至结论截然相反。正如同柏拉图吊诡之言"美是难的",文学作品的最终完成,必须依靠读者自己体验、去填空,在理解的历史性基础上不断建立新的阐释,逼近真理本身。

阐释以读者"先有""先见""先理解"为基础,这种意识的"先结构"使理解和解释总带有解释者自己的历史环境所决定的成分,所以不可避免地形成阐释的循环。与科学论著严密、重视逻辑与理性的样貌不同,文学作品带有明显的朦胧性和含蓄性特点,填空与对话成为意义解密的孔道。

三、兴味与涵泳

中国古代诗学重视直觉体验的积极意义,从整体把握作品的意旨,始终将对作品意味的品鉴看得高于对作品意义的理解,而兴味、涵泳是中国古代诗学解释学提出的独特的文本理解途径,弥补了西方阐释学重理性分析的缺憾。

《论语》云:"诗可以兴,可以观,可以群,可以怨。"朱熹将"兴"解释为"感发志意","兴"可以"感",强调了主体的审美体验,正所谓"感同身受"。《知音》云:"夫缀文者情动而辞发,观文者披文以入情,沿波讨源,虽幽必显。"外物触动了作者的感情,引起无穷联想。钟嵘《诗品》释"兴"为"文已尽而意有余",他评张华"兴托下奇",就因其诗"其体华艳""务为妍冶"。诗的审美本质在于抒情,诗之妙处就在于"味",文艺作品中的"味"指超越生理上的感觉,在语言上具有难以穷尽、无限妙处的精神感通。刘勰《文心雕龙》谈"味",他说:"始正而末奇,内明而外润,使玩之者无穷,味之者不厌矣。"只有使赏玩者余味无穷、永不厌倦的作品才是好作品。兴味更多地带有欣赏论的色彩,注重欣赏者的个体情感、审美享受与趣味。钟嵘认为"滋味"为"诗之至",司空图以"韵味"辩诗,诗的审美特征见著于"味外之旨"、"韵外之致"。

中国古代文论以生命之喻为特色,涵泳有优游从容、自在自得之意,深入体会,沉潜其中,反复玩索和推敲的体认方式去接近对象。"涵"指潜入水中,有沉潜之义。朱子讲"虚心涵泳,切己体察"。清人王夫之《姜斋诗话》卷二:"熟绎上下文,涵泳以求其立言之指,则差别毕见矣"。朱熹《论读书诗》云:"读书切忌在慌忙,涵泳工夫兴味长。未晓不妨权放过,切身须要细思量。"虚心则客观而无成见,切己则设身处地,视物如己,以己体物,用理智的同情以理会省察。所谓"涵泳工夫兴味长",通过字斟句酌,反复玩味,方能悟出其中的意趣。

四、还原与异变

读者还原文学作品的过程是一个在特定语词序列的导引下,还原作家心目中的理想形象、情感体验和思想世界的过程。

孟子《孟子·万章上》:"故说《诗》者,不以文害辞,不以辞害志;以意逆志,是为得之。"文,指文采修饰;辞,指词语含义;意,指作品思想主旨。文学接受要切己体察,不能拘于文采修辞而误解词句含义的理解,也不能拘于辞句而误解诗人之志(作者本意),要尚友古人,从作品本身出发把握作者意图,通过主旨联结作者本意。艾柯认为,如果诠释者的权利得到了过分地夸大,种种离奇同时又无聊的诠释可能毫无节制地一拥而上——这即是他所指出的"过度诠释"。他们抛弃了"本文的原义"概念,竭尽全力地在本文的帷幕后面搜索那个并不存在的终极答案。刘勰主张"无私于轻重,不偏于憎爱"地去从事文学批评,"然后能平理若衡,照辞如镜矣",获得客观性解释。

文学的历史是作家、作品和读者三者之间的关系史,接受过程与读者的文化教养、期待视野、个性趣味密切相关。对一部过去作品的理解就是今昔对话,以达到今昔审美经验的融合。接受美学以读者为中心,反思语言与存在的关系问题,诗与思成为话语的核心。在伽达默尔看来,作品并没有固定的含义和意义,作品的含义和意义是在与读者的对话中形成的。

完全还原是不可能的,读者阅读有各种异变。异变指作品形象异变、情感异变及思想观念的异变,异变与读者的期待视野与个性化的接受动机密不可分,由于生活经验、政治意识形态、已有文化观念和文学欣赏能力的差别,异变会伴随文学接受的历史。误读(misunderstanding),在于摆脱前人解释的巨大阴影,通过有意误读而达到某种创新的境地。例如,对儒家经典的解释,注、疏、传、笺、解、章句等形成了对原典的阐发与会通。欲知人先知言,孟子将语言分为"诐辞、淫辞、邪辞和遁辞",对语言遮蔽真理的显现,因文明道,体现为对道的体悟。道为文之体,文为道之用,美如何超越有限而抵达无限,正是古今艺术思考的核心。

不管怎么样,这种异变总是有着相应阈限的,不论如何异变,哈姆雷特就是哈姆雷特,而不会是无中生有变为哈雷摩托。人同此心,心同此理,文学接受虽有明显的个体差异性,同时又存在着广泛的社会共通性。

五、共鸣、领悟与同情

黑格尔认为,古典艺术"有生气的灵魂"的遗失在很大程度上是因为世界的变迁而丧失了原生的动态关系,作品不能让概念、判断成为审美的注脚,艺术的内在情感意蕴处于流动不居的状态,并随着读者的境况差异、时间变化而有所不同,超越语言外在的形式束缚而进入深广的内心世界。艺术作品的生命灌注般的共鸣能够激起观众内心的快感和痛感,从而使观众的情感达到极致的状态。托尔斯泰就曾经说:"在自己心里唤起曾经一度体验过的感情,在唤起这种感情之后,用动作、线条、色彩、声音,以及言词所表达的形象来传达这种感情,使别人也能体验到这同样的感情,这就是艺术活动。"[①]

在文学接受活动中,读者期待视野与作品相似或相同的思想见解或人生体验,读者与作者或作品中的人物之间会产生情感命运的共鸣。读者在文本含义生成时融入其间,主动扮演角色,并对作品的历史生命具有决定性影响。文学的理想状态应该是在共鸣的基础上来实现超越的宏图,超越与共鸣共生共荣。中国文论历来重视人情人性,"情动于中,故形于言","人禀七情,感物吟志,莫非自然",情感的共鸣性文学是文学的正宗。林

---

① 伍蠡甫,胡经之.西方文艺理论名著选编:中卷[M].北京:北京大学出版社,1986:412.

黛玉因为听了《牡丹亭》戏文而"心动神摇","如醉如痴,站立不住,便一蹲身坐在一块山子石上","心痛神痴、眼中落泪"。又如歌德《少年维特的烦恼》笔下少年维特的形象,维特爱上已与人订婚的少女绿蒂,最终以悲剧结束。作品引发了大量读者的共鸣,据说许多青年不仅模仿维特的服饰,甚至还模仿了因情自杀的行为,在欧洲掀起了一股强劲的"维特热"。

领悟以思索和理解为前提,是文学接受进入高潮阶段后的一种更高境界,是指在作品接受过程中,洞悉宇宙真谛,体验人情冷暖,进而提升人的精神境界。不同的文学作品情思有邪正之分,培养健康的情趣,才能提高审美鉴赏能力。温柔敦厚的儒家诗教使人情性归于正,心意本于诚。领悟就是要让读者通过对文学作品进行反复品味去把握文本所隐含的意蕴和韵味,从而获得某种启示,达到一种忘我的审美境界。

杨春时先生认为:"理解使自我主体与他我主体在认识论上得到沟通,同情使自我主体与他我主体在价值论上得到沟通。"①亚里士多德认为,陶冶是"无害的快感",弥合审美与道德、艺术与认识、自由与遵循之间的鸿沟。审美同情和审美理解都是对人生意义的把握方式,他们殊途同归,正是由于审美理解与审美同情的充分融合,才有物我一体、主客同一。狄尔泰认为"只有同情才使真正的理解成为可能",同情意味着消除自我与他者的距离,换位体验克服了现实存在个体价值的狭隘性,使自我与他者接近融合,从而克服了自我中心主义。中国古代美学追求审美意境,"我看青山多妩媚、料青山见我亦如是",同情使人的生命与自然生命开始融化为一体,物我不分、物我两忘。

第四节 文献选读

一、《文心雕龙·知音》(刘勰)

鲁迅曾将刘勰《文心雕龙》和古希腊亚里士多德的《诗学》相提并论:"篇章既富,评骘自生,东则有刘彦和之《文心》,西则有亚里士多德之《诗学》"。《文心雕龙·知音》篇谈文艺审美鉴赏论,第一次对从秦皇汉武到晋宋千余年间的中古文学鉴赏理论进行了全面寻绎,刘勰认为读者需要正确的批评和鉴赏文学,涉及文学批评的态度、方法和基本原理,探讨了文学接受和文学创作的关系等问题。

《知音》是《文心雕龙》的第四十八篇,为将序志篇剥离后的倒数第二篇,论述如何进行文学鉴赏,是刘勰文学批评论的专篇。全篇指出知音的困难,古今文学鉴赏存在四大缺憾:①贵古贱今、喜远恶近。刘勰列举了班固、曹植、桓谭等人,说明古来文学批评近附

---

① 杨春时.审美理解与审美同情:审美主体间性的构成[J].厦门大学学报,2006(5):43—48.

而远疏,好的文学批评家难于逢遇。②崇己抑人、文人相轻。因为文学作品本身的抽象复杂,以及评论家见识有限又各有偏好,所以做好文学批评确实存在一定的困难。③信伪迷真、学不逮文。评论者应该博见广闻,以增强其鉴赏文学作品的能力。④知多偏好、人莫圆该。由于个人偏好,不可能做到不偏不倚,也就难于形成统一的评价标。因此,文学批评要求本着客观公正的态度。

此外,《知音》篇还提出了艺术鉴赏的"六观"说,一观位体、二观置辞、三观通变、四观奇正、五观事义、六观宫商。从文学作品的体制风格、章法措辞、继承创新、执正驭奇、征引事类、格律音韵等六个评价的角度,从此出发来考察其作品。

二、《接受美学与接受理论》([德]H·R·姚斯,[美]R·C·霍拉勃)

姚斯认为实证主义文学史侧重于把历史事件简单化,在因果律作用下追本溯源,文学史展现为零落杂乱的生平加作品的编年排列论文汇编。按照马克思主义的文学观,文学史就是文学作品的消费史,读者阅读一部文学作品,就是对历史与现实的沟通,历史视野与现实视野相互碰撞融汇,历时性弥散在共时性中,文学史就是一部文学接受史,文学重构史。

文学接受是个体与人类共同体的对话活动,同时又是社会的,既有个人喜好又有话语受众。柳宗元说:"夫观文章,宜若悬衡然,增之铢两则俯,反是则仰,无可私者。"(《答吴秀才谢示新文书》)孔子鼓励弟子引诗证志,《论语》中子夏、曾子与子贡等人谈诗,其有着不同的识见。对文学作品的理解可以有不同的看法,经典的构成在很大程度上取决于特定的批评话语和权力支配,接受美学将文学从社会政治意识形态剥离,强调文学性和审美功能,赋予文学作品以生命意义。

文学作品的价值、作家的历史地位是创作意识和接受意识共同作用的结果。接受美学认为意义不是文本或读者单一方面的产物,无论是否为经典文本,在未阅读之前,只是有待实现的暗隐的存在物。同一读者不同时间的阅读,如读《白鹿原》,二十岁和四十岁的感悟是不同的。文学经典从属于历史"建构"的过程,文学性和精神性始终是经典不可缺失的考量因素,经典不仅为历代读者之裁决和审判,更因本身的教化意义和阅读价值。同时,文学创作与批评更需以经典作为标杆和参照,寻求一种价值优劣判断的标准。

本章问题

1. 如何理解文学发展的历史就是文学生产与读者接受的历史?
2. 文学作为审美活动和消费活动之间矛盾吗?为什么?
3. 什么是领悟?文学接受的共鸣与同情之间有距离吗?
4. 阅读《文心雕龙·知音》篇,结合某具体作家或文学作品的接受史,写一篇鉴赏性文章。

参考文献

[1] 伽达默尔.真理与方法:哲学解释学的基本特征[M].王才勇,译.沈阳:辽宁人民出版社,1987.
[2] 姚斯,霍拉勃.接受美学与接受理论[M].周宁,金元浦,译.沈阳:辽宁人民出版社,1987.
[3] 格朗丹.哲学解释学导论[M].何卫平,译.北京:商务印书馆,2009.
[4] 艾柯.诠释与过度诠释[M].柯里尼,编;王宇根,译.北京:生活·读书·新知三联书店,1997.
[5] 李咏吟.诗学解释学[M].上海:上海人民出版社,2003.
[6] 金元浦.文学解释学:文学的审美阐释与意义生成[M].长春:东北师范大学出版社,1997.

第八章

文学的文化阐释

　　第一节"文学的文化含义"从概念界定的角度介绍了广义的、狭义的和符号的"文化概念",认为文学是语言的艺术,人类的物质文化、精神文化、制度文化等进入文学,即为符号的文化。文学作为文化的载体,是人类文化历史与社会生活的集中反映,也是人类探索文学文化含义的理想领域。

　　第二节"文化阐释理论"从史的角度介绍了中国古代以孟子、朱熹和近代以钱锺书为代表的阐释思想,西方以狄尔泰、海德格尔和伽达默尔为代表的阐释理论。它们之间具有相通性,都强调对"文本"的理解和说明,肯定"文本"阐释的多元性与当代性,其阐释过程就是一种特殊的交往对话行为,人类通过阐释实现对不同文化历史与社会生活的理解、接受和创造。

　　第三节"文化阐释的原则"从文学创作和文学接受角度提出作家、读者都以话语阐释为基本方式创造了文本、作品,作家的文本创造内蕴了丰富的文化内容,读者的阅读接受发明了文本的文化意蕴。整个文学活动就是人类连续不断的文化阐释与文化创造过程。

　　第四节"个案分析"选择了《〈三国演义〉接受的文化阐释》和《文学接受中的文化阐释性》两篇论文为例。前者从中国传统文化角度阐释发明《三国演义》在创作和接受中的民族文化心理。后者则以现代批评理论为视点,揭示《查泰莱夫人的情人》所蕴含的文化内涵。这两篇论文能代表中西差异却又相通的文化阐释原则。

　　"文化"是词汇中最宽泛也最复杂的一个表达单位,它涵盖并表现了人类文化历史和生活状况本身的复杂性。文学是文化的载体,它是人类创造的一种特殊文化形态,也是人类社会生活与心路历程的写照,具有历史的连续性和差异性。文学源于生活,高于生活。任何一部文学作品的出现都是社会多因素合力的产物,它既是作家生命体验的形式表达,也是作家对人类文化意义的能动阐

释。作为特定时代文化历史与社会结构的呈现,它又能反作用于社会生活,引导人们认识生活、理解生活,启发人们探索发现生活的秘密。

阐释学是当代人文学科最重要的研究方法之一。中国历史上诸多思想家如孟子、朱熹等都有阐释学思想,西方如狄尔泰、海德格尔、伽达默尔多有阐释学理论,他们在阐释的诸多方面具有相通性,对当代阐释学产生了重要影响。他们在积累人类丰富阐释经验与技巧的同时,体现了阐释活动中的主体性、对话性和创造性原则,这对当代人文学科的研究具有启发性。文学是人文学科的重要组成部分,对文学的文化阐释,不是寻求规律的实验科学,而是探求意义的解释科学,它是人类人文价值发现的重要手段,也是构建人类知识、思想、信仰的重要方式。

第一节 文学的文化意义

文学是人类的一种文化形态,文化有广义的、狭义的和符号的等多种概念。文学是语言的艺术,人类物质文化、精神文化和制度文化等一旦进入文学,就成为符号的文化。文学是文化的载体,内蕴了丰富的文化意义。

一、文化概念

广义的文化概念。汉语"文化"一词固有界定是"文治与教化"。该词在今天汉语中已成为一种宽泛的社会内容描述与指称,《现代汉语词典》将其解释为"人类在社会历史发展过程中所创造的物质财富和精神财富的总和,特指精神财富,如文学、艺术、教育、科学等"。在西方,英文"文化"(culture)一词从古法文"cultura"和拉丁文"cultuia"发展转化而来,其本意有"土壤的耕作、某一动植物的生长发育"等意义。① 人通过"耕作"方式,持存了生命,创造并延展了人的文化属性。因为这种有机的历史性"耕作",也拓展了人类的生存方式和生存空间,生产了人类丰富多彩的社会生活和文化内容,创造了人类具有连续性和差异性的文化历史环境。

19世纪,英国人类学家泰勒(Edward Burnett,1832—1917)在《原始文化》(1871年)中提出:"文化,或文明,就其广泛的民族学意义来说,是包括全部的知识、信仰、艺术、道德、法律、风俗以及作为社会成员的人所掌握和接受的任何其他的才能和习惯和复合体。"② 稍后的另一英国文化人类学家马林诺夫斯基(Malinowski,1884—1942)也认为文化是"指那一群传统的器物,货品,技术,思想,习惯及价值而言的",这一概念"包容着及调节着一切社会科学"。③ 当代中国学者对"文化"认识多倾向广义概念,他们将人类创造

---

① 费斯克.关键概念:传播与文化研究辞典[M].李彬,译注.北京:新华出版社,2003:62.
② 爱德华·泰勒.原始文化[M].连树声,译.上海:上海文艺出版社,1992:1.
③ 马林诺夫斯基.文化论[M].费孝通,译.北京:中国民间文艺出版社,1987:2.

的一切财富,包括精神方面的、物质方面的都称为文化。庞朴说:"文化,从最广泛的意义上说,可以包括人的一切生活方式和为满足这些方式所创造的事事物物,以及基于这些方式所形成的心理和行为。它包含着物的部分、心物结合的部分和心的部分。"① 在他看来,文化与人的本质问题紧密相关,人创造了文化,文化构成了人的生存环境,并创造了人,其"文化"就是"人化",它呈现为人类劳动创造的物质文化、制度文化和精神文化等各不相同却又相通的社会内容。根据这一文化的"社会"学认识,其"文化分析就是阐明一种特殊生活方式,一种特殊文化隐含或外显的意义和价值"②。

狭义的文化概念是指个人的素养及其程度,它包含了人接受教育的程度、知识掌握的多少、个人修养的有无等方面。《现代汉语词典》"文化"词条第三义即为"运用文字的能力及一般知识"。这一观念被广泛应用于日常生活中,在具体语境中可以被确定化,具有专门的特指性特征。

相对于广义和狭义文化概念,还有一种符号论的文化概念。德国现代哲学家恩斯特·卡西尔(Ernest Cassirer,1974—1945)提出人是符号的动物,认为符号是人与动物区别的根本标志。"正是这种劳作,正是这种人类活动的体系,规定和划定了'人性'的圆周。语言、神话、宗教、艺术、科学、历史,都是这个圆的组成部分和各个扇面。"③ 这一认识超越了传统人是政治的动物、理性的动物、情感的动物等观念,强调人在社会结构与文化历史中的主体地位。一方面,人创造了文化;另一方面,文化也创造了人。如果没有符号、符号活动和符号思维,人的本质也就无法凸显出来。人类文化的创造过程就是人类运用符号创造意义的过程,文化是人类符号思维和符号活动创造产品及其意义的总和。人对符号的认知与分析就是对人本质的发现和对人类文化的创造。这样,人创造了符号,符号是文化的载体,文化创造了人,人、符号与文化三位一体。它与广义文化概念强调的"人化"认知有一致性,又包含了狭义文化概念内容,而生活中所有物质文化、生活文化和制度文化等一旦进入人类的思维与表达,就都成为具有特殊符号意义的一种精神文化。

二、文学是文化的载体

文学作为人类的一种文化形态,它凝聚着作家的人生经验与体验,是一种特殊的社会审美意识形态,是人类文化的重要载体,也是人类语言的艺术。在中外文学史上,最初的"文学"概念都是广义的和文化的。中国魏晋之前,西方十八世纪之前,其"文学"即属一般社会文化形态,它没有从历史、哲学、演讲等一般文化现象中分离出来独立发展,没有被赋予特殊的审美价值,是一个具有兼容性的复合性概念。随人类生产力水平的提高、社会分工的扩大、文学审美属性的发现,狭义文学概念才脱颖而出,逐渐被社会认可和接纳,但文学所具有的文化功能并没有消失,且成为其他文学价值生成的重要基础。

---

① 庞朴.文化结构与近代中国[M]//稂莠集:中国文化与哲学论集.上海:上海人民出版社,1988:6.
② 罗钢,刘象愚.文化研究读本[M].北京:中国社会科学出版社,2000:126.
③ 恩斯特·卡西尔.人论[M].甘阳,译.上海:上海译文出版社,1985:87.

历史经验证明,任何一部文学作品只有根植于人类深厚的文化历史土壤中,其价值才有不断被阐释和发现的可能。文学不仅是社会生活的反映,人类思想情感的表达,也是人类经验、体验的艺术创造,作为人类文化的一种特殊形态,它内蕴了人类社会生产生活中大量的文化信息。

文学是人类文化价值创造的重要途径。马克思说:"自由自觉的活动恰恰就是人的类特性。"又说,"人的本质……是一切社会关系的总和。"前者就人和自然的关系及人与动物的区别进行界定,认为人是自由创造的主体,在实践中创造了客体对象,也生产了人的主体属性。后者则从人本身进行分析,认为人不是"单个人所固有的抽象物",而是社会关系的总和,它强调人的社会性,人是社会的产物。在生产实践中,人按照自己"固有的内在尺度"创造世界,生产出人与对象的自由关系。"五官感觉的形成是以往全部世界史的产物",能够感受音乐的耳朵,感受形式的眼睛等都是人本质的客观性与丰富性展开。文学作为作家人生经验、体验的艺术创造,它一方面展示了人的社会生活属性,另一方面创造了人类生存的文化世界,构建了人与自然、与社会、与他人以及与自己的多重关系,是人类创造文化历史的重要方式。

文学是人类实践创造文化历史的记录与保存。马克思指出人的"社会生活在本质上是实践的",人在实践中创造了自己的历史,社会器物制度、宗教信仰、科学技术等的形成,不但是人类历史实践的产物,也构成人类生存的重要传统。文学作为历史的记忆,它以自身的特殊形式,保存了人类的历史实践及其文化成果,并内蕴了它所固有的文化精神。人类在不同时期、不同地域所生产和创造的物质资料、社会制度、精神文化等都能成为文学表现的对象,它们都能以形象构造、情感表达及文字符号的方式进入文学世界,再现人类生存的多样性与复杂性,从而使文学成为人类文化历史的活态保存与传播。

文学构建了人类社会生活的一种文化形态。人生存在自己创造的环境中,在这一环境中形成人与社会的一体性,它包括相应的自然环境、社会环境、历史传统和文化环境等。它们既是文学创造的对象,也是作家阐发意义的媒体。五代画家荆浩《笔法记》提出"度物象而取其真",其"真"是社会生活的真实反映,是人类情感的真实发现,也是对社会规律的真实性探索。文学创造就是对万物生命意义的特殊发明。清代思想家叶燮说:"文章者,所以表天地万物之情状也。"作家要通过观察、体察、体悟等方式发掘万物的"情状",洞悉其中的道理,创造出能够显现生命意蕴的文体形式和艺术技巧等。中国"诗言志""诗缘情""文以载道"说等文学观历久弥新,西方"摹仿论""表现说""寓教于乐"等理论经久不息,是因为它们都将文学作为人类社会的一种特殊文化形态,探索人类文化的历史创造。

文学是文化的载体,在文学历史中,它再现了人类的物质生产,也表现了人类的精神创造。人们在创造、阅读、理解和接受过程中,不仅是对人类社会实践的创造性"还原",也是对其人文意义的阐释,它是主体与客体、个体和群体、历史和现代的对话与融通。

三、文学的文化意义

文学作为文化的载体,它与人类生存实践密切相关,文学不仅是语言实践的创造,也是人类思维认知和表达交流的工具。文学以语言为媒介,关联了物质世界与精神世界,实现了文学文化意义的创造和发明。

文学记录了人类对生产、生存和生活的探索。《吴越春秋·弹歌》用"断竹、续竹、飞土、逐肉"八个字,记述了人类制造和使用工具的狩猎过程。刘勰《文心雕龙·时序》说:"文变染乎世情,兴废几乎时序",认为文学浸染着时代的因素,是一个与时代同时出现的"秩序",以特殊方式反映人类各不相同的生产生活史。《荷马史诗》,莎士比亚戏剧,《三国演义》《儒林外史》《红楼梦》等无不是人类历史的写照,它们实现了文学对人类生存多元性、多样性的能动性探索与发现,历久弥新,生产了人类不朽的艺术精神。

文学表现了人类对生存意义的永恒追问。古希腊哲语说"认识你自己"。生活中的人们会不断发问人为什么活着?表现出对幸福、爱情、友情、爱国之情、民族之情,尊严、爱、恨、信仰等的积极思考,凡此就是对生存意义的追问。人类的历史发展推动了人文化属性的自然生成,而文化会将人的生物欲望转化为一种特殊的精神活动,如文化使人类种的繁衍转为心心相印的爱情活动,使纯粹的衣食温饱转为食不厌精、脍不厌细的精神享受,使人类的求生本能转为对家园的回归等。文学的文化创造使人类文明不断提升,人类价值不断自我超越,历史上诸多作家正是通过不同文学形象的塑造、环境的构建、情节的设计等,在虚构的世界中发现人、创造人,揭示人生存的价值和意义。

文学显现了人类对文化的历史性推进。文化是人化,是人类劳动的历史创造,它具有明显的群体性特征。一个民族、一个国家、一个共同体会在长期的实践中形成具有共同价值尺度的历史传统,成为人们认知、理解和评价一切对象的标准,并以此构建人与对象的多元关系。如竹子既可是君子的象征——梅兰竹菊,也可是小人的写照——"嘴尖皮厚腹中空"。又如不同民族对色彩的认知等,文学对它们的文化创造和发明,可以引导人们有意识、有目的的沟通与对话,以构建起人类多种文化碰撞和交融的自由领域,启发人们的文化反思与改进。

文学践行了人类对理想生活图景的自觉性探索。马克思认为人与动物的区别在于:"动物只生产自身,而人再生产整个自然界",人能"自由地对待自己的产品",懂得"按照任何一个种的尺度来进行生产","怎样处处都把内在的尺度运用到对象上去",因此,人是按照"美的规律来建造"。① 人类这种"自意识"和"美"的意识具有相对的独立性,它以现实为基础,通向未来理想世界。文学以虚构的方式,创造了未来理想社会的生活图景,以潜移默化的方式,影响人们的观念,引导人们的生活,改变人们的行动,表现出对文明理想生活的能动性探索。

任何一部文学作品都是社会文化多因素合力的结果,它内蕴了人类丰富的文化信息,等待人们去探索和发掘。历史上不存在完全封闭的文学,所有文学都具有开放性,能够向不同时代、不同读者呈现出不同风貌。它以自身的特殊结构,召唤各不相同的读者对它进行多姿多彩的文化阐释。如鲁迅论及《红楼梦》时说:"谁是作者和续者姑且勿论,单是命意,就因读者的眼光而有种种:经学家看见《易》,道学家看见淫,才子看见缠绵,革

---

① 马克思.1844年经济学哲学手稿[M].北京:人民出版社,2014:53-54.

命家看见排满,流言家看见宫闱秘事……"①我们认为,人们可从不同立场、角度等对同一作品或不同作品进行阐释,给出不同评价与判断,如此也才能见出文学文化意义的丰富性与复杂性。

第二节 文化阐释理论

许慎《说文解字》:"阐,开也,从门单声,易曰阐幽。""释,解也,从采采,取其分别物也。"根据文字意义,阐释即解开疑问,让人明白。从语义角度看,"阐释"就是答疑解惑,它蕴含了一种特殊的"对话"精神。英语传统中,"hermeneutics"作为概念术语,其意义源于古希腊语"hermeneuei",含义是"信使"将神的语言转换为人类惯用的语言,实现人神信息的沟通。而后,这一解释方法逐渐成为宗教神学中探究如何阐释上帝旨意及《圣经》经文的一种独立理论系统。这样,"hermeneutics"也就是关于阐释的理论或科学。

中国与西方的阐释传统多缘起于对文化经典的探索和意义的发明,使之成为社会思想变革、文化发展的重要手段。如两汉经学、魏晋玄学、宋明理学、清代朴学等就多以经典阐释推动社会思潮的新变。西方则重视理论的逻辑性与系统性,多表现为对宗教经文、思想及真理性理解的一种观念与方法,它确立了西方阐释理论发展的基本原理。

一、中国阐释思想

在"天人合一"文化语境下,中国古人没有将诗文看作纯粹的认知对象,而是将其作为生命体验的对象,他们关于诗文的言说也不是简单的认知性表达,而是主体精神的呈现,是人生趣味、生存方式的象征,是关于人的本质的探索与表达。② 这一观念构建了中国历代文论以体认、涵泳为基础的言说传统,即以生命体验为基础,尊重文本,通过经、传、注、笺、疏、序等方式,实现对文本意义的阐释,推动中国学术思想的发展与革新。

先秦孟子的诗学思想奠定了中国阐释学交往对话的基本原理。《孟子·万章句下》云:"一乡之善士斯友一乡之善士,一国之善士斯友一国之善士,天下之善士斯友天下之善士。以友天下之善士为未足,又尚论古之人。颂其诗,读其书,不知其人,可乎? 是以论其世也。是尚友也。"③其"尚友"精神的实质是以平等的态度与古人交流对话,根本之处是将古人看作与自己平等的精神主体,目的是向古人学习,使自己的品德更高尚,是要将古人的创造价值转换为当下的精神价值。而孟子的"知人论世"说则是从对象中寻找可以被认同的文化,它包含着一种特殊的对话交往精神,是中国较早的阐释学思想。古人的典籍多是他们生命智慧的表达,对这些典籍的阅读、理解和阐释就是这种"尚友"精神的落实与体现。这是两个主体间的深层交流,使古人创造的意义空间被有效地拓展而

---

① 鲁迅.鲁迅全集:第8卷[M].北京:人民文学出版社,1981:145.
② 李壮鹰,李春青.中国古代文论教程[M].北京:高等教育出版社,2005:5-9.
③ 杨伯峻.孟子译注[M].北京:中华书局,1960:251.

进入当下。可见,孟子"知人论世"的思想是实现对前人文化遗产当下阐释与发挥的重要方法。又《孟子·万章句上》云:"故说诗者,不以文害辞,不以辞害志。以意逆志,是为得之。"①"以意逆志"强调读者要以己之"意"迎取文本中所传递的诗人之"志"。在对话中,读者要不拘泥于文辞限制,才能充分领略文本的"言外之意"。于此,孟子还提出"知言"说、"养气"说,它与"知人论世""以意逆志"一起构建了中国的对话阐释学基础。此后,中国历代学术研究与诗文评的言说表达,都潜在地包含了这种"对话"阐释精神。

相对于先秦的传,汉代的序、笺,唐代的疏,宋代朱熹的"涵泳"说②则更充分发展了中国阐释精神。朱熹继承北宋理学传统,在解释儒家经典和道德修养之外,将"涵泳"术语引入诗学领域,用于指导诗歌的创作与学习。在朱熹看来,"涵泳"既指道德情操的陶冶,也指诗情的积蓄培养。他说:"此语或中或否,皆出臆度。要之,未可遽论。且涵泳玩索,久之当自有见。"③"涵泳"就是要对某种观点或语言的仔细体会与玩味,强调以生活经验、体验为基础进行对话,才能发明言外新意。在论《诗经》学习旨要中,朱熹说:"本之二《南》以求其端,参之列国以尽其变,正之于雅以大其规,和之于颂以要其止,此学诗之大旨也。于是乎章句以纲之,训诂以纪之,讽咏以昌之,涵濡以体之。察之情性隐微之间,审之言行枢机之始。"④他将"涵泳"与"章句""训诂"并列,认为"涵泳"是二者之外的一种解读方法。"章句""训诂"的作用是"纲之""纪之",而"涵泳"的作用是"昌之""休之"。与文字意义的单一性发掘比较,"涵泳"则是一种整体性的把握与深入性的体会,目的是要以对话方式,体味诗中"义理"。

进入20世纪,学人钱锺书将中国古典阐释理论与西方阐释哲学思想进行融通,开辟了具有民族特色的阐释新方法。特点有二,一是根据汉字诗有三训、易之三名和一字多义的符号表达特征,提出兼顾词章义理的阐释原则,即求心而通词、会意而知言,超乎象外而求词章之义理,考究文本始终以窥全书之旨。这一方法既是对西方阐释学原理的借鉴,也是对清朝乾嘉朴学的超越。二是对中国古代心物之"每相失左"和心手之"难以相应"关系的发挥,即认为作者内心初衷非能见于笔端,显于文本。一个文本本就没有确切的本真意义,作者下笔之瞬间,其心中之意已与文本拉开距离,成为一个生产新意的领域。因此,阐释并非是对作者意图的发现,而是对文本意义的阐释,所谓"人见无正色,悦目即为姝"。

我们认为,中国古代学术的基本运思方式是"体认"与"涵泳",它不同于西方的"认知"与"分析",它更强调生命的体验性、情感性和对话性。《论语·雍也》云:"知之者不如好之者,好之者不如乐之者"。其"知之""好之"都是浅层的认知,而"乐之"则是一种

---

① 杨伯峻.孟子译注[M].北京:中华书局,1960:215.
② "涵泳"一词在北宋理学家张载、程颢、程颐等人处经常使用,是指对儒家经典学习、解读的一种方法。张载说:"要见圣人,无如《论》《孟》为要。《论》《孟》二书于学者大足,只是须涵泳。"(《经学理窟·义理》)又二程说:"学者须敬守此心,不可急迫,当栽培深厚,涵泳于其间,然后可以自得。"(《河南程氏遗书》卷二)。
③ 黎靖德.朱子语类(一)[M].杨绳其,周娴君,校点.长沙:岳麓书社,1997:89.
④ 王水照.宋代散文选注:下册[M].北京:中华书局,1963:43.

真正的理解,它能将认知与理解化为自身的生命,"体认"与"涵泳"正是这种"乐之"的运思与落实。

二、西方阐释理论

西方16世纪的宗教改革运动,开启了人们对《圣经》经文意义的新阐释,那些关于宗教经文、思想及其真理性理解的观念和方法奠定了西方早期的阐释理论基础。从18世纪末到19世纪初,宗教神学阐释方法论的逐渐扩展和实践材料的不断丰富,其理论也不断完善,等到19世纪中后期,它广泛渗透到文学、历史和法学等领域,成为人文学科重要的研究方法,随之发展为哲学阐释理论。德国神学家、哲学家弗里德里希·施莱尔马赫(Friedrich Schleiermacher,1768—1834)认为阐释不仅是接近上帝和真理的重要路径,也是人和人对话、沟通的重要方式。他系统地论述了阐释的技巧和方法,提出阐释循环说,涉及了理解和理解的相对主义等问题,而西方哲学史家多认为他将阐释"置于作者和文本的精神之域"。[1]

真正将阐释引进哲学之门,使之进入人文学科领域的是德国哲学家威廉·狄尔泰(Wilhelm Dilthey,1833—1911)。他是一位科学哲学家,认为要理解人的存在,就要理解他们的文化表达。这些文化表达不仅有一般的文本,还有各种艺术形式和属于一般历史文化范畴的人类活动。人文学科是一门阐释性的学科,其重心在于对语言表达的阐释,而对这种阐释的追问则要从原初生命经验开始。狄尔泰的阐释理论表现出两个基本原则,一是表达主体和理解主体之间具有某种相似性,它以共同人性为基础。其理解与阐释才可有效的转换为个体生命对个体生命的理解,个体精神对个体精神的阐释。"我们是根据个人间的相似性和共同性理解个人的。这一过程以全人类的共性和个性之间的关系为前提。"[2]二是阐释中的理解是将一个人所接受的外部文化信息移入自己的精神世界,使之成为文本创造者的一部分。它不仅探索文本的意义,还寻找文本作者的天赋。它"所包含的东西比诗人和艺术家意识中存在的东西更多,从而也会呼唤出更多的东西"[3]。这种移入过程包含了个人在其他个人那里发现的理解,其理解和阐释过程就是个体生命、个体精神间的相互阐释。因狄尔泰过分强调生命中的意图、心灵、移情等心理因素,常被称为"体验主义"。到19世纪末,阐释学已发展成为一门哲学学科,它不仅适用于对古代文本的阐释,也适用于对所有人文学科的研究。

真正独特的阐释理论始于20世纪德国存在主义哲学家马丁·海德格尔(Martin Heidegger,1889—1976),他从现象学哲学上使阐释学的哲学思考获得突破性进展,并赋予理解和阐释更为深广的意义。在《存在与时间》中,他既追问存在的问题,又在此基础上构建现代本体论阐释学。在海德格尔看来,"存在"是一种现象,是一个不断展开的存在状

---

[1] 希尔贝克,伊耶.西方哲学史:从古希腊到二十世纪[M].董世俊,译.上海:上海译文出版社,2004:398-399.

[2] 洪汉鼎.理解与解释:诠释学经典文选[M].北京:东方出版社,2001:102.

[3] 洪汉鼎.理解与解释:诠释学经典文选[M].北京:东方出版社,2001:103.

态,也是一个不断变化的存在过程,它既非精神,也非物质,即"存在者存在,存在者不存在"。在此前提下,他认为理解是置身于一种生存论上的整体"筹划",是"生存者的在世存在"的一种展开状态,也是"此在之为能在"的一种存在方式。① 这样,理解和阐释问题就彻底成为探究我们生存的现世。这些现世意义是现场的、素朴的,是为我所默许的存在,其理解和阐释的目的是要弄清哪些是前理解,哪些时当下发生。海德格尔揭示了人的理解是基于人(此在)的历史(时间性)、人(存在者)的存在(空间性)的一般结构,将理解与阐释定位在文本自身的时间与现象、历史与语言中,而不是文本创作者的精神世界里。在文本中,一个人体验到的是被作者所描绘的世界,而不是一种异质的精神状态或意图。海德格尔的阐释理论具有很大的创建性,也具有更多的诗性沉思与冥想。

汉斯－格奥格·伽达默尔(Hans－Georg Gadamer,1900—2002)一方面继承海德格尔对存在问题的关注,并深入到理解与语言、此在与语言的关系中;另一方面则吸收了施莱尔马赫和狄尔泰的解释学说,认为文本的基础是由多方面的心理和社会事实构成,是多因素合力的一个组合体。在《真理与方法》中,他强调一个文本应该主张或陈述了某些内容,理解一个文本的意义与理解一个文本的真理性是一致的,深入文本并不是要深入到文本作者或是另一个人的精神生活中,而是要发现文本的意义。但文本意义只能在文本的真理性主张中找到,理解文本意义的关键是确定文本的真理性主张是否合理。他坚持理解和阐释的目的在于作品本身对现在所具有的意味。这样,文本阐释就成为过去与现在、他者与我们之间的对话,而对话则发生在"视域融合"的瞬间,即我们永远从自己的意义视域出发看待文本,理解我们自身历史的真实性以及它和过去绵延不断的关系。在"视域融合"中,语言不仅是表达的工具,也是认识的媒介,语言占据了认识、理解和对话、阐释的中心。可以看出,伽达默尔阐释理论的特别意义在于对实践意义的重视,在对文本的理解阐释中发现我们和文本之间在文化、历史等方面的差异性,而阐释就是要穿越距离形成对话和沟通。

总体上,中国阐释思想和西方阐释理论具有相通性,都强调对文本的理解和说明,肯定文本阐释的多元性与当代性,而阐释过程就是一种特殊的交往对话行为等。

三、阐释理论的当代价值

在当代中国,文学理论作为纯粹学术话语,在特定时期作为社会意识形态的专业化形式,被赋予特殊的话语权力与地位,被认为是至高无上的"立法者"。它制定了创作的原则和批评的标准,指导人们如何刻画人物、创造故事、描写环境、分析情节、评价作品的好坏,甚至还告诉人们什么样的作品可以被喜欢或是被反对等,一切作家、读者都须臣服于文学理论家的面前。随思想解放运动的深入,文学理论随之转化为一种时代新话语,它以主观构建的方式获取文学领域的领导权,从而凸显文学理论学术价值。但这两种文学理论话语都放弃了对文学的客观阐释,背离了学术的科学规则。20世纪90年代以来,

---

① 陈嘉映.《存在与时间》读本[M].北京:生活·读书·新知三联书店,1999:166-172.

"学术规范"①精神推动了当代文学理论阐释转向。②

它是当代求真科学主义态度的体现。西方19世纪至20世纪上半期,以实证论为代表的科学主义精神在人文科学领域居于主导地位,随之也出现对这种思想倾向的质疑和反驳。20世纪中叶以后,该领域中的相对主义和怀疑主义已逐渐成为社会思潮的主流,特别是20世纪70年代之后形成的现代语境,使实证论在人文科学中丧失了实践的有效性。学科的学术规范就是对实证论的历史呼唤,以发挥科学主义在人文学科领域研究的作用。它启发了中国学人对文学理论阐释功能的再认识与再发现。

它是人文知识分子能动言说的表达。20世纪90年代,随着科学技术的不断发展,并广泛渗透到日常生活中,科技知识分子逐渐成为文化精神的主导者,更多人文知识分子的话语权不断被边缘化,成为可有可无的"沉默者"。在借鉴科技经验的基础上,人文知识分子需要改变自身的言说策略,将人文科学的言说看作是一种技术性、专业性和科学性都很强的话语创造,以获取言说的新权力,而"学术规范"所提倡和发扬的,就是对自身存在价值的重新确认。

它是一种文化价值的能动性导入。人文学者将文学理论规定为一种特殊的话语阐释。在新时代背景下,这是对文学理论存在价值合法性与合理性的新探索和再寻找。在"学术规范"语境中,文学理论的"价值中立"是它获取社会合法性的基本条件,也是它获取阐释合理性的重要标准。历史上的各种文学现象都是客观的发生与存在,呈现在人们眼前的多是一种自然表象,其真正面目则隐含在现象之后。不同时代的文学理论家会通过各种方式探索这些现象背后的本质规律,给出各不相同却又相互关联的结论。它们具有一定的合理性,但同时也有很大的局限性。"学术规范"下的文学理论阐释则渗透着对其本真性的发现,它突破了特定时期意识形态的专业化形式,也与历史上根深蒂固的理性精神也拉开了距离,以文化价值的能动性创造,实现对文学未知领域的探索。

实践中,不存在具有超越时间与地域限制的普世性文学理论。文学理论必须以人生经验、体验为基础进行话语阐释,才具有交往意义上的自由言说与创造,即在平等对话交往的语境中实现生命之间的相互贯通。在"学术规范"下,每一次话语阐释也都只能在一定范围、一定层次、一定领域内对文学现象进行言说,如此才能获得阐释的有效性和价值的当下性。中国古代学者提倡"体认"与"涵泳"功夫,可以有效避免西方"逻各斯中心主义"的理论控制,使阐释者在阐释活动中充满生命的情感,再现出生命精神的丰富性和复杂性,也只有这种阐释,才可以将西方的阐释理论真正转化为一种平等的交往与对话,从而超越传统文学理论固有的狭隘性,实现阐释理论的当代价值。

---

① 在文学理论领域内,"学术规范"是指文学理论的有效性,即它的可操作性,以反对纯粹的主观建构,要求文学理论成为一种客观的阐释。

② 李春青.走向阐释的文学理论:文学理论学科性反思之一[J].学术研究,2001(7):89-93.

第三节　文学的文化阐释原则

阐释学是当代能够覆盖人文学科领域的重要哲学学科。它经历了从研究文本阐释技巧、探索一般阐释方法论、思考阐释本体论，逐渐扩展到更大社会批评领域，成为具有很大涵盖性的学术思想。文学的文化阐释既是一种特殊的文本创造，也是一种具有包容性的文学批评模式，它是一个不断对话、表达、交往和说明的循环发展过程，遵循了主体性、对话性和创造性的原则。可以认为，文学创作是阐释活动的初次发生，文学接受则是阐释活动的再次展开，文学活动就是一种持续性的文化阐释活动。

一、文学创作中的文化创造

"文学创作"曾被马克思称作"艺术劳动"或"艺术生产"[①]，它是社会生产的一部分。文学生产与科学、宗教、政治、法律、道德等活动一起被认为是人类"生产的一些特殊的方式"，[②]是更高的悬浮于经济基础之上的上层建筑。马克思在《1844年经济学哲学手稿》中提出，正是人与自然间建立的主客"交换关系"或"对象性关系"，才使人的诸种"本质力量"能够产生和发展起来，即主体成为主体，意味着他已在客体中显身，通过客体对象"确证"人的本质力量，客体成为客体，表明它已向主体显现了自身存在的意义，已成为"人化的自然"，其主体、客体及相互关系的生成都是人类实践的产物。

实践中，人总生存于一定的自然环境、社会环境和文化环境中，而人类活动的实质就是主客体间的不断构建过程，客体不仅在主体活动中改变自身，还在主体的活动中完成自己。在文学创作中，作者需要对社会生活进行认知、理解和改造，以审美的方式改造客体材料，使之成为艺术创造的对象。社会生活中的任一对象都须以一定的物质材料为存在和变化的必要条件，在人类的历史实践中，或转为人类生活的物质材料，或转为人类的精神内容，或转为人类的制度文化等。它们通过主客体间的相互创造，构成人类共同的生存世界。如一朵花以其固有的形状、色彩、香味等物质属性，通过人类的实践才被赋予了相应的社会属性、文化属性。当它作为审美对象进入文学时，就成为作家文化阐释的新创造。

正是文学创造中主客体的相互生成，才能使作家将自己的情感体验和生活经验融会在对客体对象的阐释发明中，实现文学文化意义的创造。作为特殊的社会生产，作家会把社会文化意识内化为个人意识，以文字为载体，沟通物质世界与精神世界，并以此为基础创造出能够显示文化意义的文学文本。文本世界内蕴了作家的文化新创造。首先，作

[①] 马克思、恩格斯在《德意志意识形态》中将艺术活动称为"艺术劳动"，后来马克思又在《〈政治经济学批判〉导言》中将其称为"艺术生产"。

[②] 中共中央马克思恩格斯列宁斯大林著作编译局.马克思恩格斯文集：第4卷[M].北京：人民出版社，2002：298.

家通过对物质世界的独特性认知和理解,将其转化为内在精神,实现对物质文化意义的超越。如"眼中之竹"已不是生活中的竹子,而是经作家"变形"的竹子。其次,作家以心中的各种观念、意识、思想、文化等多种因素对感官世界进行加工改造,创造出"胸中之竹"。此时的"竹"已不是"眼中之竹",而是渗透了作家的经历与体验,具有了特殊意义的"竹"。再次,作家通过对文字的选择和使用,字斟句酌使文字充满独特的韵味,生产出丰富的"文外之意",其"手中之竹"也已不是"胸中之竹"。陆机说"恒患意不称物、文不逮意",是因为作家的每一次认知、理解和表达都充满了对人类文化历史的能动性探索,是主体对客体的审美创造,包含了主客体的对话。同时,作者的每次对话又都以主体的经验、体验为基础,实现对对象的话语阐释,形成一个具有个性特色的文本世界,涵盖其对人类文化历史的连续性认知和阐释。

因此,文学创作是一种特殊的文化创造,作家以语言为媒介,通过多元交往与对话,实现对生活的话语阐释和表达,形成文学文本,以启发人们对世界的新认知和新理解。

二、文学接受中的文化阐释

文学接受是文学活动的继续,也是文学价值得以实现的必然途径。德国文学理论家伊瑟尔(Woifgang Iser,1926—)提出"召唤结构"①,认为文学作品有两极,"艺术一极是作者的本文,审美一极则通过读者的阅读而实现"②。文学创造发生在作家和读者的对话领域中,而召唤性是文学文本最根本的结构特征。由于文学文本的结构性(召唤性)存在,它使文学在接受中形成各不相同的阐释模式,读者在阐释中发现文学的文化意义。相对传统理论中的欣赏、鉴赏等较单纯的认知和领悟方式,文学接受则代表了一种特殊的文化理解和文化阐释行为,它更具广泛性、包容性。如对与作品相关的环境、氛围、作者、读者、评论者等诸种关系进行探讨。"文学'接受'的研究指向了文学的社会学和文学的心理学范畴",③因此,文学接受中的文化阐释更具方法论与实践论功能。

与文学创作相区别,文学接受作为文化再生产的方式,它具有突出的过程性和交流性。从历时性角度看,文学接受是一种动态发展和无限延伸的过程,接受者和作品形成了一种双向转化与融合的关系,文学文本作为有意义的符号系统,它不断向接受者呈现其内在的涵义,读者也以创造性的态度,不断充实、完善和建构文学作品。从共时性角度看,文学接受是一种性质特殊、含义丰富的文化沟通活动。它包含了读者和作者、读者和文本、读者和世界等之间的多层次对话。这种交往对话活动依赖于具有普遍性的社会文化行为,还有读者的知识、经验、体验、时空环境等。也就是说,文学创作和文学接受共同构成文学作品的意义整体。

---

① "召唤结构"中的"结构"不指文学作品的形式构成,即作品内部的组织构造和总体安排,而泛指文学文本的潜在结构与图式化框架,它包括了内容与形式等诸方面。
② 沃尔夫冈·伊瑟尔.文本与读者的相互作用[M]//汪正龙.文学理论研究导引.南京:南京大学出版社,2006:282.
③ 乌尔利希·韦斯坦因.比较文学与文学理论[M].刘象愚,译.沈阳:辽宁人民出版社,1987:47.

韦勒克认为,"一件艺术品的全部意义,是不能仅仅以其作者和作者的同代人的看法来界定的。它是一个累积过程的结果,也即历代的无数读者对此作批评过程的结果"①。这样,文学接受活动还具有文化积累和文化增殖的属性。在文学发展史上,文学接受不仅是当代的认知与理解,还包含了历时性的对话交往,它是理解的循环发展,是对文本文化意义的不断发现,以此构成了文学发展运动的历史。因此,别林斯基将文学的接受与批评称为"运动着的美学",而现代解释学也认为接受就是理解的循环。我们认为,将文学接受仅作为单纯的释义活动是狭隘的,文学批评史上普遍流行的道德批评、社会批评、心理批评、原型批评、马克思主义批评等,均表现了文学接受中的价值态度和释义倾向。虽具有相对性,但它们都重视对文学文化意义的发现。20世纪的女权主义、新历史主义、后殖民主义、文化研究等也都表现出对社会学、历史学等方法和视角的借用,以发现文本的文化意义等。

文学作品是一个"有意义的结构",具有实践性和开放性特征,它在运动与变化中能够不断生产新的文化价值。文学接受作为一种特殊的文化理解和文化阐释行为②,与更广泛的社会精神结构、政治结构、经济结构、文化结构等均有密切的关联,呈现为一种特殊的动态结构。人们对文学的理解和接受总是在传统与现代、个体与群体、文本与生活等之间构建多维度、多层面的交往对话模式,而这些文化阐释方式也多能反映出具有价值倾向和文化创造的话语阐释原则。

三、文学活动中的文化阐释原则

中国传统阐释思想既重视文学文本的客体性、阐释者的体验性,更要求阐释者能够最大限度消除阐释中的自我"臆断"。如孔子提出"诗可以兴",唐孔安国解释为"引譬连类",宋朱熹解释为"感发志意"。南北朝时钟嵘提出"使味之者无极,闻之者动心"。唐司空图提出"象外之象""景外之景""味外之旨"等。西方现代阐释学也强调主体的能动参与,肯定阐释者意向性思考的合理性,不抛开文本"空想",而进行"视界融合"的阐释。如伊瑟尔的"召唤结构",伽达默尔的"对话"理论等都包含了阐释的原则和技巧。我们发现,文学的文化阐释一般发生在世界、作者、文本和读者之间,它既有历时性的文化传播,也有共时性的话语交流,且都遵循了主体性、对话性和创造性的阐释原则。

主体性是指作家的文本创作和读者的作品创造都是阐释主体的能动介入。从阐释主体属性看,一种有效的阐释须在理解中显示生命的真实性认知。"理解按其本性乃是一种效果历史事件。"③这种"效果历史"影响了文本的生产和作品的再生产,它在某种程度上实现了意义的确定性。对作家来讲,文学生产意味着作家对社会生活真实性认知的

---

① 雷·韦勒克,奥·沃伦.文学理论[M].刘象愚,邢培明,陈圣生,等译.北京:生活·读书·新知三联书店,1984:35.

② 畅广元.文学文化学[M].沈阳:辽宁人民出版社,2000:164-186.

③ 汉斯-格奥尔格·伽达默尔.诠释学Ⅰ 真理与方法:哲学诠释学的基本特征[M].洪汉鼎,译.北京:商务印书馆,2010.

表达,文本蕴含了作家对生活的话语阐释。如《史记》《红楼梦》就是司马迁、曹雪芹"发愤著书"的心血凝结。对读者来讲,阅读接受是对文本的市场购买及阅读、理解和认知,它是读者对文本的话语阐释,创造了"作品"。"有一千个读者,就有一千个哈姆莱特",每个读者都会在阐释中留下自己的印痕。文学文化阐释的主体性原则是将世界和文本从有限的历史境遇解放出来,使人类社会的生活意义和精神创造在无限循环的阐释中释放出来,成为一种具有开放性和构建性存在。

对话性是指文学活动的效果历史都是人类社会的一种特殊交往活动。任何作家创作都意味着他与世界之间有形或无形的历史交往,文本中的人物、情节、环境等是作家与社会生活交往的结果,是作家对生活体认和价值判断的表达。读者的阅读接受也是一种对话交往行为,他以自身的文化知识、道德修养、艺术技巧等参与文学的再生产,在理解文本中实现文学价值。文学活动中的世界、作者、读者、作品等相互间的对话还隐含了不同时代、不同地域、不同文化、不同民族、不同阶层等领域间的文化沟通与心灵碰撞。文学作为人类交往对话的理想领域,也是文学文化意义阐释最充分的地方。文学世界中的文字符号、人物形象、自然景物、社会风貌、历史文化等无不构成人们交往对话讨论的对象。同时,与文本的交往对话也成为人们构建具有普遍性的社会道德、伦理秩序、价值观念等的重要途径。如儒家"兴观群怨"说和"《诗》三百,一言以蔽之,曰'思无邪'"的文学观经后世不断阐释发明,最终成为中国"诗教"传统的核心。

创造性是指文学活动中的两次创造,作家创造文本,生成文学价值,读者创造作品,实现文学价值。文本是作家对社会生活的话语阐释,是一种结构性存在,具有潜在价值。作品是读者对文本世界的话语阐释,是一种开放性存在,具有现实价值。其阐释过程均须从表到里、从现象到本质、从原义到新义的发现和扩展,才能创造出具有新意的对象。在文学接受中,傅伟勋从文化阐释角度提出"创造的诠释学模型",并将其分为五个"层次",即"实谓"层、"意谓"层、"蕴谓"层、"当谓"层、"创谓"层,[①]这一解释模式既尊重文本的历史真实性和客观性规定,又重视主体在符合作品逻辑标准下的创造性阐释,具有方法上的可操作性。从接受阐释的角度看,文学文化阐释的创造性主要在于阐释者文化视野的融通性,借助多学科思想与方法解读文本,实现"圆览旁通"的阐释发明。如王国维将叔本华意志理论引入对《红楼梦》的研究,闻一多参照神话理论研究中国古代诗歌,钱钟书《谈艺录》《管锥编》的中西对话等均属"圆览旁通"的创造性阐释。

---

① 傅伟勋.从儒法之争谈到儒学现代诠释学课题[J].二十一世纪,1993(4).

第四节　个案分析

一、《〈三国演义〉接受的文化阐释》（张红波）

本节"个案分析"《〈三国演义〉接受的文化阐释》和《文学接受中的文化阐释性——以〈查泰莱夫人的情人〉为例》为例证，说明文学活动中的文化阐释原则。

《〈三国演义〉接受的文化阐释》重视话语阐释在文本接受和文化观念构建方面的重要作用，强调作者对三国历史的叙述充满了强烈的政治倾向和道德教化意向，将《三国演义》看作"载道"的工具，在叙事结构中构建了"尊刘反曹"的政治标准与道德体系，并融会了传统儒家以人为本、积极入世的文化精神，贯穿了华夏民族经久不息的忧患意识，它是作者对历史的话语创造和形式表达。对三国文本的接受，虽表现了形式多样的接受形态，但他们对文本的阐释都渗透了传统文化的历史因素。特别是在《三国演义》的诸评点本中，人们能明确感受到这种民族文化历史功能的强大性，而不同时代、不同地域、不同民族、不同阶层的阐释者都能将这种文化历史传统作为其话语阐释的重要基础，文化传统已成为民族集体无意识的表达，显示了民族文化心理的总体价值倾向。可以看出，历史的文本阐释和文本的历史阐释已昭示了话语阐释空间的多元性和文化创新的无限性。

二、《文学接受中的文化阐释性——以〈查泰莱夫人的情人〉为例》（李志华，赵双玉）

《文学接受中的文化阐释性》认为文学的文化属性不仅来自作家的文学创作过程，也生成于读者的文学接受过程，而他们的文学活动都是一种特殊的文化阐释行为。文学的文化含义蕴藏于作家的文本创作中，它是作家人生经历、经验、体验的形式表达，它源于现实而又超越现实，内蕴了一种形而上的文化理想和文化精神。《查泰莱夫人的情人》是作者对人类本质的深刻体验和对人类理想不懈追求的结果。读者的接受过程使文学的文化意蕴具体化。对《查泰莱夫人的情人》的文本接受先后经历了文化误读、审美接受、文化阐释等不断深入和嬗变的历史过程。本文作者以性爱主题研究、原型批评、生态批评作为文本文化阐释的三个维度，借以说明《查泰莱夫人的情人》所蕴含的民族文化精神与人类普遍的文化精神，并肯定"说不尽"正是文学魅力所在。

以上所选两文都以具体文本为研究对象，从文化阐释角度分析说明文本的生产过程和阅读接受过程都包含了对文化历史的话语阐释，它是历史与现实、主体与对象、主体与主体等之间的对话交往，在文本创作中蕴含了无限文化意蕴，在文本阐释中发明了无限文化意蕴,在这种具有双向构建的文学活动中,显示了文学文化阐释的对话性、主体性和创造性原则。

本章问题

1. 结合文学实践,谈谈你是如何理解"文学的文化含义"?
2. 以孟子、朱熹为例,说明中国古代阐释思想的现代价值?
3. 为什么说文学创作也是一次特殊的文化阐释活动?
4. 自选一部文学作品,从作家创作和读者接受角度,对其进行文化阐释。

参考文献

[1] 梁漱溟.东西文化及其哲学[M].修订版.北京:商务印书馆,1999.
[2] 恩斯特·卡西尔.人论[M].甘阳,译.上海:上海译文出版社,1985.
[3] 杨伯峻.孟子译注[M].北京:中华书局,1963.
[4] 伽达默尔.真理与方法[M].洪汉鼎,译.北京:商务印书馆,2016.
[5] 马克思.1844年经济学哲学手稿[M].北京:人民出版社,2014.
[6] 畅广元.文学文化学[M].沈阳:辽宁人民出版社,2000.

第九章

文学批评

　　文学批评是文学活动的重要组成部分。自从文学产生以来,文学批评就随之发展起来,成为文学理论不可或缺的重要内容和文学活动整体中重要的组成部分。文学批评既推动了文学创造,又促进了文学的传播与接受,也影响了文学思想和文学理论的发展。

　　第一节探讨文学批评的性质与功能。文学批评是对特定的作家、作品和文学史等文学现象的分析、阐释和评价;文学批评具有审美的、特定价值取向与科学的性质,它不仅为文学理论的形成提供了实践基础,同时也具有阐释的、意识形态及哲学方法论的功能。

　　第二节概述中国古代文学批评资源。中国古代文学批评历史悠久,其构成形态体现出人文性鲜明、诗化特征突出及运思方式独特等鲜明的民族特色。中国文学批评方法的语话既灵活多样,又丰富自由。诗话、词话与小说评点是中国古代文学批评最具代表性的形式。

　　第三节为20世纪西方文学批评概览。20世纪是批评的世纪,西方文学批评流派纷呈,为文学研究提供了一系列极为丰富的解码方式,呈现出强烈的革新变化态势、自觉的语言批评意识、理论化倾向与世界性传播的特征。本节主要介绍了英美新批评和读者反应批评两种批评方法。

　　第四节是"文献选读"。本节依据对中国古代文学批评与20世纪西方文学批评的论述,从郭绍虞的《中国文学批评的发展》和韦勒克的《20世纪文学批评主潮》中节选了相关内容供学习参考。

　　文学批评是文学活动的重要组成部分。自从文学产生以来,文学批评就随之发展起来,成为文学理论不可或缺的重要内容和文学活动整体中重要的组成部分。文学批评既推动了文学创造,又促进了文学的传播与接受,也影响了文学思想和文学理论的发展。

第一节　文学批评的性质与功能

迄今为止，国内外理论界较为普遍的看法是，文艺学由文学理论、文学批评和文学史三个部分组成。也就是说，文学批评是与文学理论研究、文学史研究平行的分支学科。美国当代著名学者韦勒克和沃伦认为："最好还是将'文学理论'看成是对文学的原理、文学的范畴和判断标准等类问题的研究，并且将研究具体的文学艺术作品看成'文学批评'（其批评方法基本上是静态的）或看成'文学史'。"[①]作为以作家、作品及文学现象为研究对象的文学批评，其性质与功能不仅与研究对象直接相关，同时也与文学理论、文学史这两个平行学科紧密相连。

一、文学批评的涵义

文学批评是文学活动的重要组成部分，自文学产生和文学作品得以传播、接受开始，文学批评就随之发展起来。当读者不再满足于仅仅阅读文学作品，或者与人当面交流，而是把自己的阅读体会以有条理的文字表述出来以便使更多的人了解时，批评就出现了。文学批评标志着普通文学阅读向理性化审视的发展。

什么是文学批评？批评，在这里并不简单包含否定性评价之意，而是指一种具有条理的富于理性的文学评论。作为文学术语使用的"文学批评"中所说的"批评"，与日常生活中对人或人的行为的"批评"含义不同，它不限于对负面因素的否定性判断、批判或指责，而是侧重分析、评论之意。在西方，作为文学理论术语的"批评"（如英语中的 criticism）一词源于希腊语，原意为判断、评论，后引申为批评、鉴定、审定等意义。亚里士多德的《诗学》中，就将"批评"和"评论"相提并论。狄德罗认为"批评"就是"评判"。

文学批评的概念非常广泛，包括许多方面的内容。就其使用的情况来看，"文学批评"有广义与狭义之分。

狭义的文学批评，主要是指在阅读鉴赏的基础上，对具体作家、作品进行的分析、研究与评价。车尔尼雪夫斯基说："批评是对一种文学作品的优缺点的评论"[②]。诗人Ｔ·Ｓ·艾略特在《批评的功能》中写道："我说的批评，意思当然指的是用文字所表达的对于艺术作品的评论和解释"[③]。艾略特所讲的对于具体文学作品的评论和阐释正是狭义的文学批评。但是，这只是文学批评的一个主要方面，文学批评研究的对象不仅限于此。

别林斯基认为："在广义上说来，批评就是'判断'。因此，不仅有对于艺术及文学作

[①] 韦勒克,沃伦.文学理论(修订版)[M].刘象愚,等译.南京:江苏教育出版社,2005:32.
[②] 车尔尼雪夫斯基.论批评中的坦率精神[M]//辛未艾,译.车尔尼雪夫斯基论文学:中卷.上海:上海译文出版社,1978:164.
[③] 伍蠡甫,林骧华.现代西方文论选[M].上海:上海译文出版社,1983:278.

品的批评,也有对于科学、历史、道德及其他事项的批评。"[①]韦勒克则这样概括:"'批评'这一术语我将广泛地用来解释以下几个方面:它指的不仅是对个别作品和作者的评价,'明断的'批评,实用批评,文学趣味的征象,而且主要是指迄今为止有关文学的原理和理论,文学的本质、创作、功能、影响,文学与人类其它活动的关系,文学的种类、手段、技巧,文学的起源和历史这些方面的思想。"[②]他们都是从更广泛的意义上来理解文学批评的。因此,可以说广义的文学批评是指对作家作品、文学思潮、文学理论等诸多文学现象进行的分析研究活动。

简言之,文学批评是文学理论的领域之一,是对特定文学现象的具体分析和评论。孔子评《诗经》、司马迁评屈原、王国维评《红楼梦》、李长之评司马迁和鲁迅等,都属于文学批评。这一点看来不难理解。无论用言谈、论文还是著作去表述,文学批评都意味着对特定的作家、作品、文学史等文学现象做具体分析和评价,包括对与这些文学现象相关的其他现象做具体分析和评价。

综合以上两方面对文学批评的不同理解,我们认为,文学批评是以一定的文学观念、文学理论为指导,以文学欣赏为基础,以文学作品为中心兼及文学思潮、文学理论等诸多文学现象的研究活动。

二、文学批评的性质

不同的人看待文学批评的性质,侧重各有不同。文学批评到底是一种什么性质的活动呢?按照韦勒克的观点,"文学批评"既有"讨论具体的文学作品"的意思,同时也是"研究原理、范畴、技巧等等",因此,文学批评不可避免地同时具有客观性和主观性。具体地说,文学批评的目标是对文学现象(包括文学创作、文学接受、文学理论批评等)做出评判,指出所批评的文学现象的所以优所以劣,并且同深刻的理论背景或者文学史结合起来,指出其与此前的或同时的文学现象的关联之处,确认其在文学发展史和某一历史时期横断面上的地位,认定其性质,以及对文学发展的作用。

1. 文学批评具有审美属性

文学批评是以各种具体的文学现象(包括文学创作、文学接受和文学理论批评现象,以具体的文学作品为主)为主要对象的研究活动,受研究对象的制约,文学批评与审美性密切相关,其中必须包含着一定的审美尺度。文学批评是美学批评,是审美活动的一种特殊形式,是一种审美评价活动。它以文学作品为主要研究对象,即使是对于文学问题的理论批评,也不能脱离文学创作和文学作品的实践基础。关注作品的艺术性和审美取向是批评家不可回避的首要任务。中国古代的文学批评在这方面提供了大量的例证,刘勰的《文心雕龙》、陆机的《文赋》以及众多的诗话、词话不仅仅是批评著作,同时也可以

---

① 别林斯基.关于批评的讲话(第一篇论文)[M]//满涛,译.别林斯基选集:第3卷.上海:上海译文出版社,1980:574.
② 韦勒克.近代文学批评史(1750—1950):第1卷[M].杨岂深,杨自伍,译.上海:上海译文出版社,1987:前言1.

当成优美的文学作品来阅读欣赏。李健吾理想当中的批评家就是"鲁迅或者启明的文笔"的结合,英国作家兼理论家王尔德认为"批评本身就是一种艺术"。众多的文学批评实践表明,评论者必须按照美的规律,对文学作品从艺术方面进行考察,进行美学分析,做出审美判断和美学评价,使人理解作品的美学价值,提高读者的艺术欣赏能力和培养健康的审美情趣。

因此,批评家在对文学作品的审美价值进行评价时,不可能如科学家那样保持全然冷静分析、评价的态度。批评家首先要像普通读者一样被作家所塑造的形象感动,与作者在情感上产生共鸣,而且要用美的规律和美的尺度对文学作品进行评判。别林斯基说:"确定一部作品的美学优点的程度,应该是批评的第一要务。当一部作品经受不住美学的评论时,它就已经不值得加以历史的批评了"①。别林斯基是一个非常重视文学社会功利性的批评家,他之所以将审美批评置于文学批评的首位,是深谙文学审美本性的必然结论。在梁启超看来,小说不同于科学,是有"其可惊可愕可悲可感,读之而生出无量噩梦,抹出无量眼泪者也。"②他从欣赏的角度,提出了文学的"熏""浸""刺""提"的功能,考察了文学活动的特殊性,这也启发我们进一步认识文学批评中的人文因素与审美特性。

由于批评对象是文学,离不开对作品的鉴赏,批评活动就具备了感性的、审美的特点,显示了非理性与非科学的一面。作为一种立足于文学欣赏审美感受基础上的认识活动,文学批评应该注重作品的情感性和形象性。只有符合美的法则、美的逻辑的文学批评,才真正称得上是文学批评。换句话说,文学批评应该是一种审美的批评。

2. 文学批评具有特定价值取向

当我们说文学批评是以文学作品为中心而兼及一切文学活动和各种文学现象的理性分析、评价和判断时,实际上就已经表明了它具有特定的价值取向。因为,文学批评在面对具体的批评对象时,总是要依据一定的哲学、政治、道德、美学的观点,它不是一种纯文学的批评,总是受特定时代意识观念的影响。

作为文学批评的主要对象,不论是诗歌、散文,还是小说、剧本,文学作品都是精神创造的产物,都是一种意识形态话语。文学是对社会生活的审美反映,文学作品中丰富的社会生活内容,深刻的思想内涵,具有很明显的社会意识形态性。批评家在面对具体的研究对象时,总是立足于社会现实生活,根据自己的社会人生经验,对作品的意义做出评判和阐释,并将自己的态度和体验渗透其中。这就决定了文学批评总是带有鲜明的思想激情和社会倾向,通过对作品的评论,间接或直接地发表对社会和人生的看法,它是以一种审美个体评价的形式所反映出来的社会评价。

因此,文学批评是一种特殊的社会批评。也正是在这层意义上,恩格斯提出了进行

---

① 别林斯基.关于批评的讲话(第一篇论文)[M]//满涛,译.别林斯基选集:第3卷.上海:上海译文出版社,1980:595.

② 梁启超.论小说与群治之关系[M]//郭绍虞,王文生,编.中国历代文论选(一卷本).上海:上海古籍出版社,1979:408.

文学批评时既要用"美学的观点",同时也要有"历史的观点"。这虽然是对文学批评标准的具体要求,但实际上也简要阐明了文学批评具有特定价值取向的特征。

3. 文学批评具有科学性

个体的文学阅读感想大多是些零碎散乱的只言片语和感性材料。它们仅仅是一些朴素的爱憎而无法形成系统的观点。不过,这正是文学批评的雏形。如果将这些感想加以整理,有根有据地谈论一部作品何以优或者何以劣,并且将这种谈论同深刻的理论背景或文学史结合起来,名副其实的文学批评就出现了。

在文学批评活动中,批评家往往根据个人判断或某种公认的美学观点和文学理论对作品做出评价或鉴赏。俄罗斯诗人普希金强调文学批评作为哲学科学批评的特性,他说:"批评是科学。批评是揭示文学艺术作品的美和缺点的科学。"①俄罗斯文艺理论家普列汉诺夫认为:"批评家的第一任务,是将所与的艺术作品的思想,从艺术的言语,译成社会的言语,以发见可以称为所与的文学现象的社会学底等价的东西。"②韦勒克也说:"批评是概念上的认识,或以这样的认识为目的。"③美国新批评文论家兰塞姆也认为:"批评一定要更加科学,或者说要更加精确,更加系统化"④。文学批评的这种认识和评价的特性,决定了文学批评的科学性。作为研究与评价的活动,文学批评需要运用概念、判断、推理等的帮助才能公正、客观地完成批评活动,因而它是理性的、科学的。作为一种科学的认识活动,文学批评无疑应该具有理论的客观性、概括性和精确性。即,文学批评应该是一种科学的批评。

文学批评是对文学作品和文学诸多现象,进行社会历史和审美形式的分析研究,它始终都不应脱离实事求是的科学态度和以艺术规律为基本遵循的实践原则,从而超越批评者个人静观默察的体验阶段,达于审美感性与理性相统一的外化表述,实现为超个人的社会审美态度的一种公正判断。

三、文学批评的功能

文学批评的功能是指文学批评在整个文学活动和社会生活中所具有的价值和作用,它是在与相关领域的互动关系中实现的。不同时期的文学批评具有不尽相同的功能,文学批评在当代社会主要有三大功能。

1. 文学批评的阐释功能

对文学作品的意义进行阐释是文学批评的基本功能。阐释是指批评家对文本意义进行的探究和解释。批评家在他的文学批评活动中,不应该仅仅将自己对于具体文学作

---

① 普希金.论批评[M]//伍蠡甫,蒋孔阳,秘燕生.西方文论选:下卷.上海:上海译文出版社,1979:373.

② 普列汉诺夫.论文集《二十年间》第三版序[M]//鲁迅译文集:第6卷.北京:人民文学出版社,1958:591.

③ 韦勒克.批评的诸种概念[M].罗钢,王馨钵,杨德友,译.上海:上海人民出版社,2015:13.

④ 兰塞姆.批评公司[M]//戴维·洛奇.二十世纪文学评论:上册.葛林,等译.上海:上海译文出版社,1987:387.

品的阅读感受告诉读者——这还不是文学批评,他还必须将这部作品表达了什么,其意义如何理解,它具有哪些特色和成就,甚至存在哪些缺陷和不足等等都一一告诉读者。这些都离不开对文本的阐释。罗兰·巴特告诉人们:"一部作品之不朽,并不是因为它把一种意义强加给不同的人,而是因为它向一个人暗示了不同的意义。"①文学作品意义的丰富性首先是由文本提供的,伟大的优秀的文学作品,其意义往往是丰富的,有些甚至是矛盾的。如托尔斯泰的《复活》《安娜·卡列尼娜》,里面有心理问题、道德问题、政治问题等;另一方面,文学作品在历史的长河中也会不断地被赋予新的意义。"言说不尽的莎士比亚","言说不尽的《红楼梦》"就是这个意思。批评家的阐释不是可有可无的装饰,更不是毫无根据的无稽之谈,这种依据某种理论知识对文学作品所作的阐释可以是对原有意义的加强和补充,也可以是对原有意义的修正,甚至这种阐释本身就是一种意义生产活动。

20世纪的批评理论大多表现出对阐释的青睐。解构主义批评更是将阐释作为旗帜,认为文学批评就是围绕文本为轴心做永无止境的阐释。米勒直接宣称:"'解构主义'既非虚无主义,亦非形而上学,而只不过就是作为阐释的阐释而已"②。事实上,自20世纪中期以来,文学批评的阐释功能得到了淋漓精致的发挥。

2. 文学批评的意识形态功能

文学批评是一种与一定社会意识形态深刻联系的批评话语,它运用这种话语来判断文学作品的意识形态价值,从而决定其相应的态度。这种话语的运用,除以一定的文学理论为依据外,还总是与政治、道德、法律、宗教等意识形态密切相关。也就是说,文学批评并不止于对文学文本做出释义,它还将把触角伸向广阔的社会领域,通过对作品的阐释向社会生活发言。这样,文学批评作为意识形态评价就不能不具有鲜明的倾向性。这就是文学批评的意识形态功能的价值所在。

文学批评的意识形态功能主要指通过文学批评中的价值导向,影响人们的意识和行为,提高读者理解现实生活、辨别美丑善恶的能力,从而维护或批判某种意识形态,推动社会的进步。中国新文学运动的先驱如陈独秀、李大钊、鲁迅等对旧文学的批评,目的也很明确,就是要破坏和摧毁封建主义的意识形态,确立科学、民主的新意识形态。

3. 文学批评的哲学功能

文学批评作为一种特殊的"科学",具有理性思考的性质。别林斯基曾指出,批评和艺术都体现普遍的时代精神,"不过,批评是哲学的认识,而艺术则是直感的认识"③。文学批评的哲学功能可视为文学批评功能的发展和延伸,文学批评不仅仅是对当下文学现象做出解释和判断,它将超出具体的文本批评进入哲学层面,通过批评实践和理论思考

---

① 安纳·杰弗森,戴维·罗比,等.西方现代文学理论概述与比较[M].包华富,陈昭全,樊锦鑫,编译.长沙:湖南文艺出版社,1986:101.
② J.希利斯·米勒.作为寄主的批评家[M]//王逢振,盛宁,李自修.最新西方文论选.桂林:漓江出版社,1991:167.
③ 别林斯基.关于批评的讲话(第一篇论文)[M]//满涛,译.别林斯基选集:第3卷.上海:上海译文出版社,1980:575.

提炼并形成一定的思想观念和研究方法,在认识世界和认识人生中实现自身。

文学批评的哲学功能主要体现在文艺学内部的相互运动中。作为"一种不断运动的美学"(别林斯基语),它既是一定的文学理论指导下的具体的批评实践活动,同时又常常突破和超越文学理论的羁绊,推动文学理论的发展和更新。文学批评在方法论上的开放性和多声部的特征,对既有的文学观念和文学理论体系的解体以及新的文学理论的产生具有一定的推动作用。批评家在运用一些新的批评方法时,会自觉不自觉地对原有的文学观念作一番调整或修正。

文学批评与文学史也有着十分密切的关系。首先,文学批评对文学史的研究具有工具性作用。文学批评的标准直接影响文学史家的选择眼光。如何取舍现有材料,如何发掘和重新审视过往的史料,这些都需要文学批评的帮助。其次,文学批评本身也是未来文学史的史料,文学史家对文学发展的历史陈述是不可能完全无视相关评论的。再者,与文学批评对文学理论的作用相似,文学批评的方法论具有重新建构文学史的功能。历史的、道德的、文化的、心理的、女性的……文学批评所拥有的多重观照角度为文学史的研究提供新的视野和方法,促使人们不断发出"重写文学史"的呼声。①

第二节　中国古代文学批评资源

中国古代文学批评源远流长,内容极为丰富,形式多种多样,是对中国古代文学创作历史经验的总结,反映了中国古代文学观念的演变,表现了各种不同的文学批评方法,具有民族传统和东方特色的审美理想和审美趣味。

一、古代文学批评的基本特征

中国古代文学批评在其独特的社会文化背景和批评对象的制约下,在其从未间断的长期发展中,形成了自己鲜明的民族特点。

1. 鲜明的人文精神

中国文化具有重人事不重自然的传统,这种文化传统对文学批评起着深层制约的作用,使古代批评具有鲜明的人文精神。这首先是古代批评对审美理解主体的重视,对批评家和读者阅读时弹性理解的尊重。从孔子解诗开始,对说诗者的引申发挥就成为一种深远的传统渗透在几千年的批评实践之中。古人在总结这一特点时说:"作诗者以诗传,说诗者以说传。传者传其说之是,而不必其尽合于作者也。"②批评不是被动解说,而带有"创造"的性质。"诗无达诂""仁者见仁,智者见智",都是从肯定说诗者理解的创造性角

---

① 王先霈,胡亚敏.文学批评导引[M].北京:高等教育出版社,2005:54-56.
② 袁枚.程绵庄诗说序[M]//王镇远,邬国平,编选.清代文论选:上.北京:人民文学出版社,1999:525.

度提出的命题。其次,在中国古代批评家看来,批评不应该仅仅是技巧的解释,它应该使读者看到作者的性情和作品中丰富多彩的人生。"诗言志"和稍后的以"比、兴"论诗的传统,奠定了古代批评的这一独特指向,成为后世说诗的重要原则。这种原则必然重视审美理解者的"亲历"和"博观",使古代批评带有从个人经验(人生经验和艺术经验)出发而不是从理论范式出发理解作品的特点。再次,在表达方式上,古代批评家常常运用骨髓、肌肤、心肾、神明等人化术语,把艺术作品的结构比拟成人体生命结构。这种视艺术如生命的传统使古代批评重整体风神的直观把握,而较少切割肢解的剖析。它强调品味、涵咏,强调用形象喻示的方法将批评家的直觉感受艺术地描绘出来,以保全艺术形象的复义性和暗示性,诱发读者的想象,让读者参与创造。总之,中国古代批评的人文精神使传统批评较长时期具有不注重肢解分析的逻辑性,而注重暗示性的特点。

2. 批评文体的诗化倾向

中国古代文学批评有别于西方文学批评的显著特征就是批评文体的诗化倾向。先秦是中国古代文学批评的萌芽时代,文学批评散见于子书,没有属于自己的文体,而作为儒、道文学思想的经典著作,《论语》《孟子》《老子》《庄子》,其文体都有诗化倾向。《老子》是哲理诗,《庄子》是极富想象力和诗意性的散文。《论语》和《孟子》都是对话体,而对话体也是一种文学体裁。可以说,先秦时代这四部儒、道元典,为后来两千多年的中国文学批评史开启了一个诗性言说的文化传统。

两汉的批评文体,最具代表性的是序跋体和书信体,如《毛诗序》《太史公自序》《两都赋序》《楚辞章句序》《报任少卿书》等。两汉的"序"又可分为两类:一类是诗文评点。如《诗》之大小序,王逸《楚辞章句》之总序和分序,其评诗论赋、知人论世,既继承了先秦对话体的简洁明快,又为后来的诗话乃至小说评点提供了言说方式及文本样式。另一类是自序,多为作者在完成作品之后追述写作动机,自叙生平际遇,提出理论观点。如司马迁的《太史公自序》就是在痛说自己悲惨的人生而提出著名的"发愤著书说"。两汉之后,序跋体和书信体成了古代文学批评常见的文本样式,比较著名的如南朝萧统的《文选序》,唐代陈子昂的《修竹篇序》和白居易的《与元九书》等。

魏晋南北朝是中国文学批评史最辉煌的时代,也是批评文体诗化最为彻底的时代。此时最具代表性的文学批评巨著《文心雕龙》,所采取的是纯粹的文学样式:骈文。中国古代文学批评最常见的批评文体是诗话,虽然"诗话"之名始见于北宋,但诗话的源头却在南朝:一是钟嵘《诗品》,二是刘义庆《世说新语》。六朝之后的诗话继承钟嵘《诗品》的论诗方法,形成了以谈诗论艺为主要内容的笔记体批评样式。

唐代的批评文体,较为流行的是论诗诗。唐代文学批评家用这种"新的形式"品评诗人诗作、泛议诗意诗境。司空图的《二十四诗品》就是用二十四首四言诗论述二十四种诗歌风格和意境。《二十四诗品》在中国文学批评史上的独特地位,很大程度上是由其文体的诗化所铸成的。

元明清是小说和戏曲的时代,其批评文体除诗话词话外,又新起小说戏曲评点。小说戏曲评点作为一种批评文体,其实是对前代诸种批评文体的综合。小说戏曲评点,一般前有总评,后有各章回之分评,这颇似诗歌批评中的大小序;小说戏曲评点有即兴而作的眉批、侧批、夹批、读法、述语、发凡等,这又与随笔式的诗话词话相仿。

在批评指向上,中国古代文学批评的兴趣焦点在于作品内在审美特征的领悟。从钟嵘开始,以品论诗、以品论画、以品论词、以品论曲成为常见的方式。"品",即品味、品评,古代批评家认为只有辨于"味"方可言诗。对文学作品韵味的把捉,只能靠品鉴者的审美体验,而对这种个人性很强的体验的传达,往往有赖于艺术性语言。这种批评指向使批评家在具体操作中往往将艺术作品作为其审美再创造的起点,并且习惯于用文学创作的思维方式进行文学批评,追求批评用语的艺术化、美文化。中国古代文学批评注意批评文体的亲切性和可读性,讲究批评的趣味和文采,这种诗化倾向使文学批评的艺术性、审美性得到充分的发展。

3. 运思方式的特点

中国古代文学批评的运思方式,在古代批评发展的不同阶段,具有不同的特点,很难用一个阶段的特点概括整个中国古代文学批评的传统。

先秦两汉的诗、骚评论,重政治道德含义的抽绎,在运思方式上具有简单类比、单向抽绎的特点。孔子论诗,常常引诗以证其说,奠定了后世儒家说诗的单一指向。汉儒在先秦实用观念的制导下,形成了以美刺说诗的模式。《诗经》中优美动人的形象,均被视为指向某种封建大道理的简单符号,读《诗》说《诗》,就在于提取这种微言大义。至于这种形象本身的韵味及其是如何导向封建政治道德意义的,则不予分析。这种主观性极强的牵强比附,引起了魏晋以后文学批评家们的普遍反感。

中国文学批评思维方式发展的第二个阶段,是魏晋至明中叶。魏晋"文的自觉"使中国古代批评正式从哲学和史学中独立出来。魏晋以后,诗歌创作在情景契合上有了很大发展(由山水诗的盛行所引起),物景与诗人内在情感构成不可分割的整体,从而形成了诗歌艺术注重表现朦胧飘忽的意象情思的审美特征。批评对象的这种发展,形成了从钟嵘到司空图为代表的追求"象外之象、景外之景、味外之味"的直觉感悟的整体把握方式。这种思维方式在宋代"以禅喻诗"的批评风气中发展到极致。受这种运思方式的制约,魏晋到明末的诗歌批评,注重于主体的玩味、涵咏,反对泥辞以求,死于句下。批评家通过对诗歌意象神游其中的审视,获得客观意蕴的主观把握。批评的目的是把握对象的整体风神,这种把握依靠直觉感悟,批评结论的传达主要依靠艺术方式。中国文学的正宗是诗,是短小、精致、意味深长的抒情诗,以及由诗演变而来的词、曲等抒情写意的作品,受批评对象的制约,在中国文学批评史上,诗歌评论特别发达。而传统诗评主要的发展时期就在魏晋至明末。一般认为,中国传统批评所具有的重个人直觉感悟,重主观印象,点到为止、语焉不详,批评具有艺术化倾向等等特点,正是或者只能是这一时期诗歌评论的特点。

等到中国文学批评发展到它的第三个阶段,即明末到清末,这种特点发生了很大的变化。明中叶以后,由民间发展而来的通俗文学成为了实际上的主流,小说戏曲盛行,传统的抒情写意作品的统治地位由以故事、人物为主的叙事性文学所取代。创作中的新因素呼唤批评的关注,批评面对着新的审美对象必然产生自身变革的欲求。在创作中新因素的刺激下,传统批评最突出的变化就是理性分析的加强。小说戏曲为分解式批评提供了驰骋的场所,反过来,这种知性分解的思维方式又影响到传统诗歌批评的变革。继诗话、词话之后,明末到清末出现了大量的诗、词选本,并附以解说评析。这种以随文批评的形式出现的评选,从系统性、分析性到理论性方面,都大大超过了明清以前诗歌评论的分析水平,并和小说、戏曲评点一起,形成了中国传统的批评阐释体制,在注重整体把握的传统基础上,注重作品细节的剖析,同时整体把握和细节分析总是紧密联系。这就使中国传统批评中萌发的理性分析的新因素具有不同于20世纪60年代以前的西方科学主义精密分析的忽视文学意味把捉的特点。[①]

二、古代文学批评形式

1. 诗话词话

诗话词话是中国文学批评中的主要形式之一。中国诗论诗评特别发达,历史最为悠久。在诗歌批评的形式中,诗话词话数量最多。诗话开始出现的两宋,诗话数量达139种,完整保存下来的有42种。明代有诗话48部。清代诗话繁盛,有三四百部。

诗话因欧阳修所撰《诗话》(后人改称《六一诗话》)得名,其渊源可追溯到魏晋诗论和笔记小说。章学诚指出"诗话之源,本于钟嵘《诗品》"[②]。何文焕编《历代诗话》也将《诗品》置于首篇。从诗话的说诗方式看,《诗品》对后代诗话产生了极为重要的影响。首先,《诗品》专以五言诗为批评对象,这与后世诗话专论诗人诗作是一致的;其次,钟嵘在《诗品》中所运用的诸如整体直观判断、较其异同、推源溯流、设置品级、喻以形象、摘句为评的方法,均为后世诗话所采用。诗话的另一个源头是笔记小说。六朝产生的笔记小说多有诗人轶事和诗坛掌故的记载,也有不少品评诗人诗作的评论文字。刘义庆《世说新语·文学篇》记曹植作《七步诗》;唐孟棨《本事诗》记李白戏杜诗和杜甫"诗史",开启了诗话记述轶事轶诗的风气。可以说,笔记小说从内容和体制两方面影响了宋代诗话的形成。早期诗话继承《诗品》的论诗方法,延续笔记小说的体制,形成了以谈诗论艺为主要内容的笔记体批评样式。

早期诗话发展到南宋,出现了严羽《沧浪诗话》这样有理论深度、全面讨论诗歌艺术的著作。《沧浪诗话》全书贯串着以"妙悟"说和"兴趣"说为核心的理论原则,涉及的问题遍及诗歌创作与批评的方方面面,构成了一个首尾贯通、环环相扣的说诗体系,和早期诗话漫笔而书、带有明显的随笔体性质的体制相比,是一个重要突破。

明清两代的诗话词话,数量上大大超过前代,成为诗歌批评的主要形式。胡应麟《诗薮》、王夫之《姜斋诗话》、叶燮《原诗》、陈廷焯《白雨斋词话》等诗话词话,充分发挥诗话体制自由灵活、挥洒自如的特点,对古代诗歌理论批评的重要问题进行了深入的探讨,成为中国文学批评史上不可多得的理论批评著作。《诗薮》内编分体论诗,系统阐述了各种诗体的源流演变,品评各种诗体的代表作,同时超越具体文学现象,上升到对各种诗体审美特征和创作规律的探讨。《姜斋诗话》通过对大量作家作品的评论,构成了"'以意为

[①] 赖力行.中国古代文学批评学[M].武汉:华中师范大学出版社,1991:2-6.
[②] 章学诚.文史通义校注[M].叶瑛,校注.北京:中华书局,1985:559.

主',强调'情''景'融洽、'妙合无垠',以发挥诗歌'兴'、'观'、'群'、'怨'的艺术效力和社会功能"[①]的诗歌理论体系。《原诗》被誉为可以和《文心雕龙》比美的理论著作。《原诗》在创造性运用诗话这种批评文体方面,突破了北宋以来盛行的一枝一节谈论诗歌的传统诗话形式,完全摆脱了"资闲谈"的影响,其理论分析、作品分析、诗人评价都达到了新的高度。叶燮使传统诗话的长处得以充分发挥,又克服了论述不够、枝节太多的弊病,使诗话这一古老的批评体制焕发出新的生命力。《白雨斋词话》全书以"沉郁"为最高标准贯穿于词人词作的具体评论,见解精辟、论述深刻、方法灵活,成为词话史上最重要的批评著作。

纵观宋至明清的诗话词话,其体制上的特点随着批评家的创造性运用,由初始阶段的"以资闲谈""体兼说部"的漫笔而书逐步向系统化、理论化的文学评论发展。从宋代严羽到清代叶燮、陈廷焯等批评家的诗话词话著作,其理论批评价值,足以和其他任何形式的批评著作比肩。

2. 小说评点

明、清两代,随着小说、戏曲逐渐成为中国文学创作的主流,以及文学批评自身经验逐渐积累,一种新的文学批评形式——评点兴盛起来。

最早的小说评点本是刊于万历十九年(1591)的万卷楼刊本《三国志通俗演义》。其评论基本上是历史现象和历史人物的史实分析和道德评判,带有从史注史评中脱胎而出的痕迹。到万历三十八年(1610)和万历三十九年(1611)"容与堂"本、"袁无涯刊本"《水浒传》的相继问世,以及明末清初金圣叹的《水浒传》评点,小说评点达到顶峰,其对作品人物的分析、结构的分析和叙事的分析,为中国文学批评开辟了新的领域、新的思维方式和新的批评方法。金圣叹的小说评点和原作一起"遍传天下",促进了通俗文学作品的流传。

明代李贽开始评点白话小说,把小说批评和社会批评紧密地结合起来,运用小说批评来宣传反道学、反传统的思想。因此,"评点式"批评理论可以看作诗话批评在小说中的另一种应用,也是社会批评的一种方式。

金圣叹的评点是要发现"古人书中所有得意处,不得意处,转笔处,难转笔处,趁水生波处,翻空出奇处,不得不补处,不得不省处,顺添在后处,倒插在前处,无数方法,无数筋节"[②],帮助读者提高眼力,引导读者更好地阅读和理解作品。金圣叹的评点关注人物分析的同时,对小说的叙事技法,进行了独具慧眼的分析。在金圣叹的《水浒传》评点中,叙事分析的自觉意识更加鲜明,叙事分析的内容更加丰富,归纳出的叙事技法对研究中国叙事学更富启发性。《水浒传》的评点对叙事者、叙事时间、叙事角度、叙事节奏等都有很深刻独到的分析。此外,金圣叹常常还会点出作者采取这一叙事技法的用意,使小说评

---

① 蔡镇楚.中国诗话史(修订本)[M].长沙:湖南文艺出版社,2001:255.
② 金圣叹.《水浒传》楔子总评[M]//陈曦钟,侯忠义,鲁玉川,辑校.水浒传会评本:上.北京:北京大学出版社,1981:38-39.

点真正起到了"通作者之意,开览者之心"①的作用。

明清小说评点经过李贽、金圣叹、毛宗岗、张竹坡、脂砚斋、哈斯宝、冯镇峦、但明伦等人的成功操作,形成了独具特色的批评体制。完整的小说评点体制具体包括三部分:一是整部作品之前的序文、读法、小引、发凡、总论、缘起等。它们是评点者对全书主旨、结构、技法、人物、创作特点的分析介绍,带有总论全书的性质,对作品的宏观把握和阅读提示,对形成读者阅读的期待心理,起着十分重要的作用。二是正文中的眉批、夹批、侧批。这是评点者在正文的空白处随手记下来的阅读时的感受印象。有的以一两个字提示其思想意义和艺术特征,如"画""妙""真""传神""活写""奇文"等;有的则发挥其中的深层含义,如金圣叹评武松打虎,则联系赵松雪画马、苏轼画雁诗论"无人态",以此来说明这段文字的描写和诗画美学之间的联系。这些评语是评点者从自己的生活体验和艺术鉴赏经验出发的零星思考,有话则长,无话则短,自有灵活。三是回前和回末总评。它是评点者抓住这一回的思想和艺术上的一二特点,阐释发挥,论述的问题一般较为集中,理论色彩较为鲜明,篇幅也比分散在正文中的零星评语为多,有的总评几乎就是一篇批评专论。小说评点的上述三个部分,构成了一个完整的阐释体系,它既有对全书鸟瞰式的整体考察,又有对作品细节的具体评述,而且注重将二者联系起来。评点体制中的三个层次各司其职,或宏观,或细部,循环往复,互相配合,共同完成对作品意义的全面理解和阐释。②

第三节　20世纪西方文学批评概览

20世纪被称为"批评的世纪",正如韦勒克所说:"18、19世纪曾被人们称作'批评的时代'。实际上,20世纪才最有资格享有这一称号。"③的确,西方文学批评在20世纪空前繁荣,文学批评获得了新的高度的自觉,新理论、新方法层出不穷,各种批评理论和批评实践此起彼伏,蔚为壮观。

一、20世纪西方文学批评概述

20世纪前半期俄国形式主义批评、英美新批评和结构主义先后占领文学批评的中心,它们的出现扭转了19世纪以作者为中心的文学批评走向,带来了以作品为中心的"文本批评"。20世纪中后期,文学批评的功能发生了深刻的变化,批评家们不再满足于对文本层面的简单读解,渐渐注重文本所隐含的文化、政治以及各种权力因素,突出批评阅读对社会政治的干预。"文本批评"在20世纪60年代遭遇了解构主义文论的有力冲

---

① 李贽.忠义水浒全书发凡[M]//黄霖,韩同文,选注.中国历代小说论著选:上.南昌:江西人民出版社,1982:206.
② 王先霈,胡亚敏.文学批评导引[M].北京:高等教育出版社,2005:20-21.
③ 韦勒克.批评的诸种概念[M].罗钢,王馨钵,杨德友,译.上海:上海人民出版社,2015:344.

击,最终在20世纪后半期走向了由解构主义、女性主义、后殖民主义等各种理论交汇融合——具有后现代多元特征的"文化批评"(cultural criticism)。尽管20世纪后半期被称为是"理论的时代",然而批评理论从来没有脱离过文学文本的阅读和分析,始终以文学批评为依托,批评与理论有着密不可分的依存和共生关系。

20世纪,文学批评领域异常活跃,高潮迭起,出现了空前的繁荣,成为人文科学领域一道充满勃勃生机的风景,在当代文化网络中形成了不同于任何一个历史时期的世纪特征。

1. 强烈的革新变化态势

强烈的革新变化态势是20世纪文学批评的一个突出特征。变化构成了文学批评的生命所在,否定和翻新成为文学批评的发展方式。20世纪涌现的批评流派之多,革新速度之快,超过了历史上任何一个时期。

批判和否定是20世纪文学批评变化发展的动力。理论家们勇敢地怀疑现存知识,执着地探索文学批评的新径,在文学批评领域掀起了一股又一股批评和求新的热浪。20世纪初,俄国形式主义率先对传统文学批评提出质疑,反对任何从外部(政治、经济、思想史或心理根源)分析、解释文学作品的倾向,重新界定文学批评的研究对象和方法,从形式上规定了文学艺术的本质。此后的新批评和解构主义继续高举形式主义的大旗,猛烈攻击传统的社会历史批评。他们拒绝将文学作品看作是社会历史的反映,称作家研究为"意图谬误",把文学作品上升到本体论的位置,视文本为独立自主的符号体系,力图客观地、科学地分析文本的艺术形式,探求其内部各种因素的组合和转换规律,建立了新的科学分析方法。此后的解构批评突破了结构主义批评的封闭性,大胆解构二元对立,形成了更具破坏力的文学批评运动。20世纪的形式主义批评正是通过对传统文学批评的批判,实现了文学批评的重心从作者到作品的转移,成为当代最有影响的批评模式之一。

20世纪下半叶,出现了反思形式主义的潮流,一种新的意欲使文学批评政治化和重新历史化的思潮。读者批评、女权主义批评、新历史主义批评都突破了形式主义批评的樊篱,从不同角度重新肯定了文学和社会的联系,表现出返回历史的努力。它们或把文学批评的重心从文本移向读者,从读者的角度审视文学的本质;或探讨文学作品中的性别歧视、社会压迫、权力话语以及意识形态中异己成分等,使"社会""历史""意识形态"这些概念又悄然出现在文学批评中。这种重返顽强地表明了社会历史与文学之间不可割舍的关系。当然这种返回不是简单的重复,而是一种超越,一种合乎逻辑的发展和延续。

20世纪的文学批评都经历了产生、发展、鼎盛和式微的过程,其发展轨迹就是不断用新理论替代旧理论的过程。这种替代并不完全是一种断裂,而是一种扬弃和补充。各种批评方法之间既有批判、否定,也有继承、吸收。尽管后来的观点是对先前的批判和否定,但所有的观点又互相补充,共同构成了文学批评探索的脚步。

2. 自觉的语言批评意识

对语言的推崇和关注是20世纪文学批评的又一重要特征。语言由以往的媒介或工具上升为文学的本体性属性,成为文学批评的中心问题和主要对象。

在当代哲学和现代语言学的影响下,文学批评中的"语言"被赋予全新的概念:世界是由语言划分的,主体在符号系列中建构;文学在语言世界里生存。这种崭新的语言意识使人们对世界、对自身、对文学的看法发生了根本的变化。世界被高度符号化了,语言正在渗透一切,改变一切,塑造一切。这种强烈的语言意识在20世纪以前的文学批评中是不可思议的,人类从来没有这样深切地感受到语言的力量。

在20世纪文学批评中,尽管众多批评流派在批评主张和批评方法上不尽一致,但都从不同角度表现出对语言的强烈兴趣。形式主义批评把语言提到十分突出的位置。俄国形式主义倡导的"文学性",雅各布森对音位学的研究,都表现出对语言问题的关注。新批评的"细读法"则是一种细致的语义分析。在索绪尔现代语言学基础上产生的结构主义文学批评视文本为自足的符号系统,将现代语言学的理论和方法作为文学批评的基本模式,对文学作品作共时的结构研究。解构主义批评把语言的能量释放到前所未有的程度,语言成为自由嬉戏的场所,文本变成一个人言言殊、永无定论的世界。以研究人的无意识活动为主要对象的精神分析批评所全力探究的事实上正是梦的语言结构和语法。新历史主义批评突出了历史的文本性,历史不再是一种真实的再现,而是一种语言的阐释,意识形态也是一种语言建构,都带有一切语言构成物所共有的虚构性。可以说,20世纪的文学批评正是在语言的框架中得到重塑的。在今天的文学批评中,语言的渗透力无处不在,不仅语言、符号、话语、语境等已经成为20世纪文学批评的常用词汇,而且像主体、文化、权力、意识形态等都以话语形式在文学批评中出现。

这种对语言的推崇给文学批评带来了双重效应。一方面,它扩展了批评阐释的空间,并通过语言的差异使批评话语获得了更大的自由度。另一方面,也使批评陷入了逻辑困境:由于批评语言的狂欢,差异的极端化,可能造成对话与交流的困难。

3. 文学批评的理论化倾向

批评的理论化是20世纪文学批评的另一突出特征。20世纪文学批评十分注重理论建构,大多是通过某种理论预设,在演绎的框架中推导而成。批评家总是从已有批评的研究对象、研究方法入手,否定其赖以存在的理论基础,并试图在理论上有所开拓与建树。在理论建构中,文学批评的泛学科趋势日益明显。在20世纪,几乎没有一种文学批评不与其他学科发生关系。结构主义文学批评是从现代语言学中获取了灵感,精神分析批评本身就是精神分析心理学的产物,文化学批评则借鉴了文化人类学的理论和方法。这些人文学科的理论成果和研究方法为文学批评提供了坚实的学科背景,成为各种文学批评流派的理论前提。当今的各种文学批评正是通过对这些学科研究成果的引进、消化和吸收,在交叉、边缘的基础上形成了各自独具特色的理论主张和观念方法,使文学批评呈现出浓郁的学术氛围。

20世纪,文学批评的理论化还表现在严密的思维方式和冷静的科学态度上。在阐释具体作品时,批评家总是遵循一定的哲学思想和理论观点,从某一特定的方法入手,运用专门术语,或对作品条分缕析,或通过文本阐发其原则和规律,显示了批评的逻辑力量。

批评不再是体验和欣赏,而是一种发现或求证。在批评运作中,显示了批评理论的有效性和批评家的学识与理论才华。这正是20世纪批评理论的魅力所在。

文学批评的理论化也改变了文学批评与文学作品的关系。20世纪的文学批评已日益摆脱作为文学作品附庸的地位,一跃为一种独立的力量,在文坛上占据了突出的位置。文学批评凭借理论优势,在分析和阐释中生产出新的文本,使文学批评变成一种创造活动。文学作品在各种批评理论的照射下不仅呈现出不同的色彩,甚至将得到改造和重铸。

文学批评的理论化倾向,其优势与不足交织在一起。首先,任何批评流派的理论框架都带有先验的性质,故不免有唯理论之嫌,但同时这种先验性正是文学批评独立性和创造性的体现。其次,一定的理论框架由于限于某一视野之内而难以对作品作全面、周到的观照,故有孤立、片面之嫌。但由于理论焦点的集中又使该流派在某一方面可进行更深入的研究,可谓偏颇之处方显深刻和独到。

4. 文学批评的世界性传播

文学批评的"全球意识"是20世纪西方文学批评的又一重要特征。如果说19世纪西方文学批评的流传主要限于欧洲文化背景的话,那么,20世纪的文学批评则已跨越不同的文化背景,并在一定程度上突破了意识形态的限制,成为一种国际性的思潮。

20世纪社会发展全球化的总趋势为文学批评的世界性传播提供了良好的条件和机遇。结构主义文学批评的发展就经历了一条国际路线,从莫斯科的俄国形式主义经由布拉格的符号学派最后在巴黎形成结构主义思潮,这股思潮形成后又成为席卷全球的结构主义旋风。此后的解构批评发端于巴黎,却在大西洋彼岸的美国开花结果,并立即风行世界。接受美学和读者反应批评在欧洲大陆与美国遥相呼应,形成了既有一定的理论差异又有共同旨趣的文学批评运动,旋即又在不同国家流传。在20世纪,文字批评思潮和运动已成为一种世界现象。

当然,文学批评的全球化并不仅仅是一种批评的流传,应该说,它体现了各国文学批评的一些共同要求和兴趣。可以说,各种文学批评理论在世界各个角落都拥有它的志同道合者。无论是中国、阿拉伯,还是东欧、拉美,都不难发现同样的文学批评思潮的涌动。

需要指出的是,每一种文学批评思潮的产生都凝聚了各国学者的共同创造。女权主义批评就是在广泛吸收社会学批评、西方马克思主义批评、精神分析批评、解构批评中建构的一种基于女性体验研究的批评模式。它的思想来源是世界性的,在创立中又融入了英、美、法等国学者的创造,特别是后期黑人女权主义和少数族裔女权主义者的加入,使女权主义批评出现了多极的倾向,而她们对父权制的反抗和建构女性文学批评的宗旨则体现了全世界女性主义者的共同愿望。在当代西方文学批评中,也不难看出东方文化的渗透,在荣格和德里达的文学批评中,均可以看到东方文化特别是中国文化的影响。西方文学批评正是吸收了世界各国精神文化的营养,又通过西方学者的再创造而向全世界输送的。在这个意义上,文学批评的交流是双向的。[①]

---

① 王先霈,胡亚敏.文学批评导引[M].北京:高等教育出版社,2005:38-43.

二、20世纪西方文学批评模式

文学批评史上,出现过各式各样的批评流派,也形成了种种不同的批评模式。尤其进入20世纪这个"批评的时代"之后,文学批评方法更是层出不穷,于是就出现了更多的批评流派或模式。"所谓文学批评模式,是由特定理论背景产生的批评视角、解读方式和行文风格形成的相对稳定的文学批评的'大法'而不是'定法'。"[①]多样的文学批评模式,既反映出文学自身的复杂性和多样性,也反映出批评思维的活跃性和异变性。

下面,在众多批评模式中选择英美新批评与读者反应批评,加以简要介绍。

1. 新批评

新批评于20世纪20年代在英国发端,30年代在美国形成,并于四五十年代在美国文学批评中取得主导地位,成为英美现代文学批评中最有影响力的批评流派之一。20世纪50年代后期,新批评渐趋衰落,但新批评提倡和实践的立足文本的语义分析成为文本批评的重要组成部分。

"新批评"一词,源于美国文艺批评家兰色姆1941年出版的《新批评》一书,但这一流派的缘起可追溯到艾略特和瑞恰兹。艾略特在《传统与个人才能》一文中提出的非个性论成为新批评文论的基石。针对浪漫主义文学批评张扬情感和个性的观点,艾略特明确指出:"诗不是放纵感情,而是逃避感情,不是表现个性,而是逃避个性。"[②]因为诗人必须承受历史意识,不但有自己一代的背景,而且处于自荷马以来欧洲整个文化的关系之中,诗人不可能脱离文学传统而真正具有个性。正是在这种观点指导下,艾略特强调批评应该从作家转向作品,从诗人转向诗本身:"诚实的批评和敏感的鉴赏,并不注意诗人,而注意诗",所以,"将兴趣由诗人身上转移到诗上是一件值得称赞的企图:因为这样一来,批评真正的诗,不论好坏,可以得到一个较为公正的评价。"[③]为新批评提供方法论基础的是瑞恰兹,他通过引进语义学的方法使人们把注意力转向语言。瑞恰兹认为,语言有两种用途:科学用途和情感用途。"就科学语言而论,指称方面的一个差异本身就是失败:没有达到目的。但是就感情语言而论,指称方面再大差异也毫不重要,只要态度和感情方面进一步的影响属于要求的一类。"[④]正是在这个意义上,他认为文学的本质特征是"非指称性的伪陈述"。在瑞恰兹那里,复义被视为是文学语言的必然结果,对文学语言的研究就是对其作语义分析。

新批评的代表人物兰色姆将哲学术语"本体"运用于文学批评,提出了"本体论批评"的主张。兰色姆认为,在文学的批评中,"本体,即诗歌存在的现实",文学作品本身就具有本源价值,是独立自足的存在物。威姆萨特和比尔兹利合写的《意图谬误》和《感受

---

① 童庆炳.文学理论教程(第五版)[M].北京:高等教育出版社,2015:383.
② 艾略特.传统与个人才能[M]//戴维·洛奇.二十世纪文学评论:上册.葛林,等译.上海:上海译文出版社,1987:138.
③ 艾略特.传统与个人才能[M]//戴维·洛奇.二十世纪文学评论:上册.葛林,等译.上海:上海译文出版社,1987:133,139.
④ 瑞恰兹.文学批评原理[M].杨自伍,译.南昌:百花洲文艺出版社,1992:244.

谬误》则进一步确定文本的中心地位。"意图谬误"锋芒直指实证主义和浪漫主义的文学批评,这两种批评将作家的生活经历或主观愿望视为理解文本的最可靠的根据,由此导致以作家传记研究代替对作品的分析。威姆萨特和比尔兹利指出:"把作者的构思或意图当作判断文学艺术作品成功与否的标准,既不可行亦不足取。"[①]"感受谬误"则是对包括瑞恰兹在内的各种注意读者反应的理论的挑战。他们认为,把判断作品的标准放在读者的心理因素上,研究作品的效果而不研究作品本身,无疑是本末倒置。效果的根源必须在作品自身寻找,关于读者的研究也应该从批评领域里排除。

新批评从艾略特的"非个性论"、瑞恰兹的科学语言与文学语言划分,到兰色姆提出的"本体论"的批评主张,形成了以文本为中心的批评理念,再经过威姆萨特、韦勒克等人的努力,从而成功地完成了由外在研究向内在研究的转变。

2. 读者反应批评

作为对形式主义批评的反驳,读者反应批评兴起于20世纪60年后期,70年代达到高潮。在欧洲,以德国的"康斯坦茨学派"的接受理论为代表;在美国,以读者反应批评为代表。读者反应批评就是指从读者角度来理解文学及其意义的一种批评范式。他们把读者的地位提到前所未有的高度,认为读者是文学活动中最重要的、也是文学作品意义产生的最基本因素。他们创建的一些新的概念,如"读者""期待视野""召唤结构""反应"等,迅速在欧洲蔓延。代表人物有德国的汉斯·罗伯特·姚斯、沃尔夫冈·伊瑟尔,美国的斯坦利·费什等。

20世纪上半叶,现象学、现代阐释学在西方哲学界崛起,对"理解"全新的阐释为读者反应批评提供了理论基础。如波兰现象学派理论家英伽登的"图式框架结构"、德国哲学家海德格尔的"前结构"、德国阐释学家伽达默尔的"成见"等思想就直接影响了读者反应批评。同时,英美新批评建立的封闭系统,割裂了与社会、读者的联系,理论危机日益严重。因此,读者反应批评以反对新批评,立足于非自足、非封闭性,提出阐释的历史性、开放性,肯定读者在阅读活动中的地位。

读者反应批评对于读者的重视直接影响到他们的文学史观念。姚斯不满以前文学史侧重于作者和作品的观念和方法,提出"文学的历史性并不在于一种事后建立的'文学事实'的编组,而在于读者对文学作品的先在经验"[②],认为与其说文学史是文学作品的积累的历史,毋宁说是文学作品的接受史。他们反驳了文学史是作者或作品史的文学史观,从一个新的角度肯定了阅读者在文学活动中的意义。在他们看来,完成了的文学作品只有一种潜在的价值和意义,只有当读者参与其中,这个潜在的价值和意义才能实现,作品的价值和意义是作品与读者共同创造的结果;换一句话说,对于同一部作品,读者完全可能读出不同意义来,因此,作品的价值、影响和地位只有在读者的参与中才能表现出来。从这个角度讲,文学史正是文学作品的接受史。可见,期待视野以及文学史是接受

---

① 威姆萨特,比尔兹利.意图说的谬误[M]//戴维·洛奇.二十世纪文学评论:上册.葛林,等译.上海:上海译文出版社,1987:568.

② 姚斯,霍拉勃.接受美学与接受理论[M].周宁,金元浦,译.沈阳:辽宁人民出版社,1987:26.

史的观念都是以"读者中心"为基点建构起来的。

在读者反应批评中,正如伊瑟尔所说:"阅读不再是被动的感知,而成为一种积极的创造活动。读者角色这一转变无疑是文学发展过程中的一次划时代的转折"[①]。读者反应批评突出强调读者在文学活动中的意义,为人们审视文学活动提供了新的阐释角度,让读者对自己有一个全新的感觉。但读者反应批评同样有偏颇,在极力夸大读者意义的同时,也在无意间贬低了作者及作品在文学活动中的作用和地位。其实,没有作者及作品,读者的阅读将无从发生,没有作品中恰当的"空白",读者也失去了展开想象与创造的可能。

第四节 文献选读

一、《中国文学批评的发展》(郭绍虞,节选)

《中国文学批评的发展》一文是郭绍虞《中国文学批评史》1955年修订本的绪论,是《中国文学批评史》的基本纲领。

文章首段即开宗明义:"中国文学批评的发展大致可以分成三个时期:一是文学观念演进期,一是文学观念复古期,又一是文学批评完成期。"次分八段:演进期分周秦、两汉、魏晋南北朝三期,复古期分隋唐五代、北宋两期,完成期分南宋金元、明、清三期。"三期八段"是对中国古代文学批评的宏观概括。

其后,郭绍虞简述了"三期八段"划分的依据、缘由。他认为,第一期自周秦至南北朝,为文学观念的演进期,文学观念由含混趋向明晰(逐步注意区别文学作品与应用文、学术文),重视文学的新变。第二期是隋唐北宋时期,文学观念由明晰趋向含混(不重视区别文学作品与应用文、学术文),重视文学的复古,但在复古中仍有变化发展。第三期是南宋到清代,此期特点是在前两期的批评基础上加以发挥、补充、融合,新见较少,但较有系统,是文学批评的完成期。

最后,郭绍虞把鸦片战争前的中国文学批评史总分为上古、中古、近古三个阶段:上古期自上古至东汉,中古期自东汉至五代,近古期自北宋至清中叶。他指出:"文学和文学批评是经常结合在一起的,所以这个分期是按照一般文学史的分期来叙述的。"

二、《20世纪文学批评的主潮》(韦勒克,节选)

《20世纪文学批评的主潮》一文中韦勒克简要地述评了20世纪初到50年代新兴的六种批评的基本潮流:马克思主义文学批评、精神分析批评、语言学与文体学批评、新的有机形式主义、以文化人类学成果与荣格学说为基础的神话批评、由存在主义或类似的世界观激发起来的一种新的哲学批评。

韦勒克对马克思主义文学批评、精神分析批评整体上持否定态度,对神话

---

① 郭宏安.二十世纪西方文论研究[M].北京:中国社会科学出版社,1997:339.

批评和存在主义的许多观点,在一定程度上持赞同态度,因为它们有"对人类灵魂和状况的许多深刻观察"。基于文本批评和内部研究的立场,他"并不认为神话批评或存在主义为文学理论问题提供了一种解决办法。如果追随神话学和存在主义,我们就会重新回到把文学与哲学、文学与真理视为同一的立场。在热衷于对诗人的态度、情感、观念、哲学进行研究的时候,文学作品作为一个美学整体就被割裂或忽略了,创造的行为和诗人,而不是作品,便成了人们兴趣的中心。"从总体上看,韦勒克认为形式主义、有机主义、象征主义的美学更确定地把握了诗和艺术的本质。他认为,新批评派的"基本认识对于诗歌理论是有价值的",同时,他也承认"目前它无疑已经智穷力竭了"。

韦勒克提出了自己的解救之道:"形式主义、有机主义、象征主义的美学更确定地把握了诗和艺术的本质。今天它还需要与语言学和文体学更紧密的合作,对诗歌作品层次做出更清晰的分析,以便成为一种能够进一步发展和加强的严整的文学理论"。

本章问题

1. 谈谈对文学批评的性质与功能的理解。
2. 谈谈对中国古代文学批评民族特征的理解。
3. 结合对新批评和读者反应批评的阅读和理解,尝试分析一部作品。
4. 结合韦勒克《20世纪文学批评的主潮》,谈谈对20世纪西方文学批评世纪特征的理解。

参考文献

[1] 叶燮,薛雪,沈德潜.原诗 一瓢诗话 说诗晬语[M].霍松林,杜维沫,校注.北京:人民文学出版社,1979.
[2] 郭绍虞.中国文学批评史[M].天津:百花文艺出版社,1999.
[3] 郭绍虞.中国历代文论选:第4册[M].上海:上海古籍出版社,1980.
[4] 伊格尔顿.二十世纪西方文学理论[M].伍晓明,译.北京:北京大学出版社,2007.
[5] 韦勒克.批评的诸种概念[M].罗钢,王馨钵,杨德友,译.上海:上海人民出版社,2015.
[6] 中国艺术研究院马克思主义文艺理论研究所外国文艺理论研究资料丛书编委会.读者反应批评[M].刘峰,等译.北京:文化艺术出版社,1989.

第十章

文学批评方法

　　文学批评是依据某种理论或原则来对艺术作品进行描述、研究、分析、阐释和评价的文学活动。本章主要讨论了影响较大的四种文学批评方法,即马克思主义文学批评、形式主义批评、新批评和结构主义批评。

　　第一节简要分析了马克思主义批评模式的基本特征、批评标准和历史发展。从意识形态的角度出发,是马克思主义文学批评的基本特征,美学和史学的观点是其最高的批评标准。马克思主义批评家主要的贡献在于丰富了马克思开创的意识形态理论,对意识形态的巨大的能动性和独立性做出了深入研究,其代表人物主要有葛兰西、阿尔都塞和伊格尔顿等。

　　第二节扼要探讨了形式主义、新批评和结构主义三种批评模式,这些批评模式都十分关注文学文本构成的形式要素和语言层面。俄国形式主义倡导一种客观、实证和基于文本分析的文学批评,有较强的科学主义色彩。相形之下,英美新批评更为关注文学作品的情感、审美和人文主义的一面;法国结构主义更为侧重于挖掘文本背后的更为深层的决定性结构,带有浓郁的科学主义色彩和决定论色彩。

　　第三节结合文学批评的基本原则,即了解对象、选点切入、谋篇布局和力求创见,具体地分析了在实际操作中应该如何进行文学批评实践,如何撰写文学评论的文章。

　　第四节为"个案分析",主要选取了两篇较为规范的评论性文章,一篇是当代著名文学批评家李建军的《再论〈百合花〉——关于〈红楼梦〉对茹志鹃写作的影响》,另一篇是西方学者杜格尔·麦克尼尔关于伊格尔顿戏剧的评论《响亮的未来——马克思主义与伊格尔顿的戏剧》。

　　文学批评是依据某种理论或原则来对艺术作品进行描述、研究、分析、阐释和评价的文学活动。本章主要讨论了影响较大的四种文学批评方法,即马克思主义文学批评、形式主义批评、新批评和结构主义批评。

第一节　马克思主义文学批评

一、马克思主义文学批评的基本特征

马克思主义文学批评是20世纪最为流行、历时最长和影响最大的一种文学批评方法，可以说，各种理论模式和思想传统都是以马克思主义为理论背景和参照物，并通过与其进行批评性的对话而发展起来的。① 历史唯物主义是马克思主义最为基本的原理，其基本观点可以用马克思的名言来概括，即"不是意识决定生活，而是生活决定意识"②。这个观点还可以用马克思的非常著名的基础决定上层建筑的隐喻来进行描述。在马克思看来，一切精神观念和意识形态体系都是现实的社会和经济存在的产物，与人类创造其物质生活的历史条件和社会状况密不可分。在文学批评上，马克思主义坚持认为，文本分析和文本批评不能脱离文本赖以存在的社会条件和文化状况，必须将文学文本与社会历史、经济条件、物质生产方式和消费方式等因素之间的动态关系联系起来。

从意识形态的角度分析文学艺术文本，是最为常见的马克思主义批评。意识形态的分析往往围绕着统治阶级的统治思想如何运作而展开。马克思指出："统治阶级的思想在每一时代都是占统治地位的思想。这就是说，一个阶级是社会上占统治地位的物质力量，同时也是社会上占统治地位的精神力量。支配着物质生产资料的阶级，同时也支配着精神生产资料，因此，那些没有精神生产资料的人的思想，一般地是隶属于这个阶级的。"③在马克思看来，作为统治阶级的统治思想的意识形态是通过一种偷梁换柱式的修辞转换来使其合法化和自然化的："因为每一个企图取代旧统治阶级的新阶级，为了达到自己的目的不得不把自己的利益说成是社会全体成员的共同利益，就是说，这在观念上的表达就是：赋予自己的思想以普遍性的形式，把它们描绘成唯一合乎理性的、有普遍意义的思想。"④在这里，经过巧妙隐蔽的修辞转换，统治阶级的思想就变成了全社会的思想，局部的集团利益就变成了全体人民的共同利益。

马克思的这种理论主张，实际上是不难理解的。结合当时的社会来说，资本家和社会权贵掌握了大部分生产资料，控制了经济基础，这些利益集团判定了什么信仰、理念和

---

① 德鲁·米尔恩.解读马克思主义文学理论[J].陈春莉,译.马克思主义美学研究,2008(1):106-118.

② 中共中央马克思恩格斯列宁斯大林著作编译局.马克思恩格斯文集：第1卷[M].北京：人民出版社,2009：525.

③ 中共中央马克思恩格斯列宁斯大林著作编译局.马克思恩格斯文集：第1卷[M].北京：人民出版社,2009：550.

④ 中共中央马克思恩格斯列宁斯大林著作编译局.马克思恩格斯文集：第1卷[M].北京：人民出版社,2009：552.

价值可以接受,什么法律、制度和政策有待形成、制订和颁布。事实上,不是工人阶级和普通老百姓,而是占支配地位的资本家,控制了社会的意识形态和社会意识,塑造了社会心理和文化氛围,也决定了社会认可和接受的行为标准和思想标准。正如美国当代批评家查尔斯·E·布莱斯勒所描述的:"有意无意地,这种社会精英不可避免地会将其观念强加于工人阶级头上。工人阶级几乎在毫不知情的状况下就被困于经济制度中,这一制度可以裁定他们能挣多少钱、他们能在何时休假、他们将如何度过他们的闲暇时光,他们能享有何种娱乐方式乃至他们相信什么与人的本性相关。"①

马克思分析了意识形态的这种修辞转换策略的虚伪性和欺骗性,处于支配地位的普通老百姓会自然而然地认为这种虚假观念是合理的和具有普遍意义的,而心甘情愿地接受、信奉甚至捍卫它们。他论述道:"在不同的财产形式上,在社会生存条件上,耸立着由各种不同的,表现独特的情感、幻想、思想方式和人生观构成的整个上层建筑。整个阶级在其物质条件和相应的社会关系的基础上创造和构成这一切。通过传统和教育承受了这些情感和观点的个人,会以为这些情感和观点就是他的行为的真实动机和出发点。"②马克思主义的批评旨在分析和批判统治阶级的意识形态和观念系统的虚假性、遮蔽性和蒙骗性,揭示统治阶级的统治思想的真相,分析社会权贵和资产阶级的意识形态如何控制、压迫和操纵工人阶级和普通老百姓,并指出造成这种压迫的特定历史条件和政治经济制度的社会因素。马克思主义批评家希望这种分析和批判将引发行动、社会变迁和变革,并促使社会主义的最终来临。

二、马克思主义文学批评的标准

1. 美学和史学的观点

马克思和恩格斯是在关于文学艺术的审美特性与历史规定的张力关系中来探讨文学批评的,因此,"美学和历史的观点"成为马克思主义文学批评的最高标准。

19世纪40年代,在《诗歌和散文中的德国社会主义》一文中,恩格斯针对格律恩对歌德的歪曲进行了批判,提出自己的批评原则,他说:"我们绝不是从道德的、党派的观点来责备歌德,而只是从美学的和历史的观点来责备他"③。1859年,恩格斯在写给拉萨尔的关于评论其剧本《济金根》的信中,又说:"我是从美学观点和史学观点,以非常高的亦即最高的标准来衡量您的作品的"④。恩格斯在这里明确地把美学的观点和历史的观点称为文学批评的最高标准。他在以后的批评实践中,基本上就是从这个标准和原则来审视

---

① 布莱斯勒.文学批评:理论与实践导论 第5版[M].赵勇,李莎,常培杰,译.北京:中国人民大学出版社,2015:218.

② 中共中央马克思恩格斯列宁斯大林著作编译局.马克思恩格斯文集:第2卷[M].北京:人民出版社,2009:498.

③ 中共中央马克思恩格斯列宁斯大林著作编译局.马克思恩格斯全集:第4卷[M].北京:人民出版社,1972:257.

④ 中共中央马克思恩格斯列宁斯大林著作编译局.马克思恩格斯文集:第10卷[M].北京:人民出版社,2009:177.

文学的。马克思也多次明确地表述过与恩格斯相类似的见解。"美学的和历史的观点"体现了马克思主义文艺批评的价值观。

所谓"美学的观点",通常是指在文学批评中坚持文艺作品的艺术效果和审美特性,重视作家的创作个性和审美感觉,重视文学作品的形象、技巧、形式、审美意蕴和美学价值。马克思和恩格斯非常注重从文学作品本身及其艺术形象的分析入手来进行文艺批评,把判定作品的美学价值放在突出的位置上。不过,他们并没有孤立地看待文学作品的形象与形式,而是在对艺术和审美规律的把握中坚持历史观点,即把作品与其所处的特定社会历史条件联系起来进行分析,这就超越了康德的自律美学的理论规定,并且与那种"为艺术而艺术"的纯形式批评区分开来。

所谓"历史的观点",是指坚持历史唯物主义的原则,认为文学艺术本身是一定的社会生活和社会实践的产物,坚持把文艺作品放到一定的社会历史条件下来进行分析。但是,马克思和恩格斯的"历史的观点"与那种抽象机械的历史决定论不同,他们非常重视作家本身的个性和独特性,重视作品本身的审美价值,认为在评价文学作品时,最重要的是看作家的创作是否符合艺术的规律和美学原则,是否具有艺术独创性。例如,马克思批评拉萨尔的悲剧《济金根》"席勒式地把个人变成时代精神的单纯的传声筒"[①],恩格斯也批评后者"为了观念的东西而忘掉现实主义的东西,为了席勒而忘掉莎士比亚"[②],就是因为他违背了文学创作不能从观念出发而应当从生活出发的美学原则。

总之,在马克思主义文学批评中,美学的观点和历史的观点是辩证统一的,不能割裂开来和对立起来。文学艺术的主要特征是审美,但美的特征是与一定的社会历史条件相联系的,历史的分析并非忽视美学价值,并非杜绝创作个性和审美体验。恩格斯关于文学艺术应该具有"较大思想深度"和"意识到的历史内容",与"莎士比亚戏剧情节的生动性和丰富性"完美融合的思想,充分表达了历史观点和美学观点的统一性。

根据马克思主义批评的基本原则,在批评实践中,马克思主义批评又形成了一种更具操作性的具体标准,即思想标准和艺术标准。

2. 文学批评的思想标准和艺术标准

可以说,文学批评的思想标准和艺术标准是美学的观点和历史的观点在批评实践中的实际运用和具体转化,具有较强的可操作性。所谓思想标准就是评价文学作品的思想性是否正确、是否深刻,所谓艺术标准就是评价文学作品是否遵循艺术规律、是否具有审美价值。

文学作品的思想性,是指文学作品的题材、主题或形象、意蕴所显示出来的社会、政治、道德、哲学、宗教和人生等观点及其所产生的思想力量。在运用思想性标准来衡量文学作品时,一般来说,要着重从三个方面进行审视。首先,考察文学作品在反映社会现实

---

① 中共中央马克思恩格斯列宁斯大林著作编译局.马克思恩格斯文集:第10卷[M].北京:人民出版社,2009:171.

② 中共中央马克思恩格斯列宁斯大林著作编译局.马克思恩格斯文集:第10卷[M].北京:人民出版社,2009:176.

时是否具有真实性。主要看作品是否真实地反映了特定历史阶段的社会生活风貌,是否深刻地把握了现实生活关系,是否清醒地揭示了历史本质、历史必然性和社会发展的客观规律。其次,考察文艺作品是否具有进步的倾向性。作品的倾向性是作家渗透在作品中的对世界人生、社会生活、历史发展的趋势的理解、认识、体验、追求和主张。作家的倾向性与其世界观和人生观息息相关,总会在作品的场面描写、情节叙述、形象塑造中表现出来。马克思主义文学批评强调作品要有进步的倾向性,要求作家在艺术地把握世界时以先进的世界观作指导,反映出历史发展的趋向,表达广大民众的思想感情和理想愿望,从而引导人们走向进步,自觉地为建设更美好、更理想、更符合人性的世界而奋斗。最后,考察文艺作品在其接受方面是否具有积极健康的情感性。作为审美的文艺作品,在影响民众的思想灵魂方面主要是通过情感情绪实现的。而作品中所传达的情感有的是健康高尚的,有的是低俗卑下的。马克思主义的文学批评主张作品要表达对人的心灵有积极影响、格调健康和催人向上的情感。

艺术标准是用来评价作品艺术性的,所谓的艺术性是文艺作品中所呈现出来的艺术魅力和审美价值。艺术性一般通过文艺作品的文本构成、形象塑造和意蕴表现体现出来。因此,艺术标准一般就包含文本构成的完美性、形象塑造的鲜明性和意蕴表现的深刻性。

艺术标准要求在考察文艺作品时,首先,要对文本的构成进行审视。文学文本主要是通过语言、结构和体裁构成的,文学文本是否具有艺术性,主要是看这些要素在构成文本时是否符合形式美法则和美学规律。在语言层面,主要看语言是否生动、具体、可感、准确和新奇,是否具有节奏韵律,是否具有艺术感染力等。在结构层面,主要看文本的结构是否有机统一,是否浑然完整。在体裁方面,主要审视文学作品是否运用文学体裁的规则而呈现出某种独特的风格,有没有自己的创新性。总的来看,在文本构成方面,主要侧重于文学作品的形式层面,看其在形式上是否呈现出独特新奇的美。其次,要对文学作品的艺术形象进行评价。一般来说,在评价作品的形象塑造上,一是要看其是否鲜明生动,栩栩如生;二是看其是否新奇独特,有创造性;三是看其是否典型,是否在个性中蕴含着普遍性。鲜明生动、独特新奇的典型形象,往往会给读者留下深刻印象,让其咀嚼不已、回味再三。最后,还要考虑文学作品中所呈现出来的历史情调、哲学意味和形而上思考是否深刻丰富,是否能够提升读者的思想境界,是否能够开阔观众的人生情怀和世界眼光。总的来看,文艺作品只有渗透着这种令人深思的哲学意蕴,才会有那种余味无穷的韵外之致的艺术效果。从文学作品的意蕴层面来看,艺术标准与思想标准是内在地联系在一起的,越是深刻犀利的批评,就越注重艺术标准与思想标准的完美融合。

三、马克思主义批评的发展

马克思和恩格斯开创意识形态理论之后,许多马克思主义学者都沿着他们的路径,拓展与深化了对意识形态的认识,代表人物主要有普列汉诺夫、卢卡奇、布莱希特、阿多诺、马尔库塞、本雅明、霍克海默、葛兰西、阿尔都塞、罗兰·巴尔特、雷蒙·威廉斯以及当代非常活跃的詹姆逊和伊格尔顿等人。

葛兰西与阿尔都塞是意识形态理论发展史上两位最有影响的理论家。意大利马克思主义理论家葛兰西发现，在资本主义政权背后，有一个保护着它的十分强大的市民社会。这是因为资产阶级不仅依靠强制与暴力的国家机器来维系国家政权，而且依赖文化、伦理和意识形态建立了文化领导权。由于资产阶级实际控制了经济基础并建立了构成上层建筑的所有成分（音乐、文学、艺术等），他们赢得了工人阶级和市民大众的自发的推崇和赞同，他们的假说、价值观、意义和信念就被普通老百姓认可和接受。由于意识形态的虚幻性和欺骗性，普通民众就会忘记或放弃他们自己的利益和欲望，而将统治阶级的价值、理想、信念、情感和意义当作他们自己的来接受，甚至不惜牺牲自己的利益而捍卫守护这套虚伪的理念。葛兰西指出，资产阶级运用了各种手段和文化策略，使意识形态如毛细血管那样弥散渗透到日常生活的角角落落，就像"水泥"一样将整个社会粘合起来，从而有力地维护了他们统治的稳定。葛兰西的文化理论指出，要在意识形态领域获得领导权，不可能完全通过暴力或武力等国家机器直接获得，而是要通过文化机构、媒体和出版物等所制造的舆论、社会心理和文化氛围来说服民众，使他们在理性和情感上达成某种赞同和认可。对于努力争取自己的利益和话语权的工人阶级和其他民众阶层来说，葛兰西的理论具有重要的启发意义。这种理论极大地鼓舞了在社会文化中处于边缘、压制和下属地位的社会阶层和群体，他们可以通过自己的文学艺术活动乃至文化活动，来抵抗占统治地位的统治阶级的思想和文化霸权，而在社会结构中争取自己的权益和话语权。

法国马克思主义学者路易·阿尔都塞提出了意识形态生产理论，指出意识形态并非一种精神观念的存在，而是一种话语性的物质实践。它们生产了可以为资产阶级创造财富并接受其剥削的"合格"的劳动力，从而再生产了资本主义的生产关系。阿尔都塞认为意识形态领域充满斗争，而统治阶级在文化领域不可能一劳永逸地处于领导地位，还有其他力量在努力夺取文化领导权。如果工人阶级创造了他们自己的文学艺术，如戏剧、诗歌、小说、音乐、图画等等，建立起一种替代性的文化领导权，来挑战统治阶级的文化霸权，就可能是一场社会变革的开端。

在当代，还有一位马克思主义批评家也值得注意，他就是英国学者特里·伊格尔顿，他以"意识形态批评"的倡导者和践行者而著称。在伊格尔顿看来，审美话语和审美意识形态除了作为一种意识形态外，还具有审美的特殊性。这种特殊性不仅表现在它是一种情感性的话语和非逻辑理性的话语，而且更为重要的是，作为一切意识形态的基础，个体经验和日常经验是原生态的、混沌状的、流动变化和生生不息的，不可能被意识形态完全符号化和抽象化。普通民众的个体经验和日常经验所经历的匮乏、限制、压迫和痛苦是很难用意识形态的花言巧语、美妙修辞和审美幻象进行充分解释和合理化的。伊格尔顿高度肯定了审美话语的人类学意义，他指出，审美是一种情感性的想象活动，能够突破约定俗成的文化习惯和制度，消除现实世界对人的各种理性压抑，使主体体验心灵的自由、审美的愉悦和精神的解放。伊格尔顿非常看重审美的这种解放自由的特性，认为丰富多彩的审美幻象恰恰反观了现实生活中的极端匮乏和不合理，是一切支配性思想或工具主义观念的死敌。

伊格尔顿还发展和丰富了马克思主义的身体理论。以唯物主义为基础,马克思把已被唯心主义颠倒的东西,即幻想、理性和心灵这些精神性的力量,重新基于物质性的社会存在。这种社会存在并非抽象的概念,而是具体的现实社会关系,即普通老百姓的具体的酸甜苦辣和五味杂陈的日常生活和日常经验,其物质载体就是处于特定历史时空的普通老百姓的身体。伊格尔顿的贡献在于,指出了身体是伦理道德和文学批评的物质基础。他认为,身体是人和其他人在时间和空间延伸上共享的最有意义的东西,人的身体的同样的生理构造,导致人必定在原则上能够怜悯同类,人的身体的软弱有限,导致需要他人的呵护照料和相互依存,而怜悯与同情又以物质上的相互依存为基础,这就使社会主义式的团结互助和相互合作的关系的缔结成为可能的和必要的。伊格尔顿指出,社会的发展和进步不能以任何成员的有血有肉的身体的畸形发展或者牺牲损毁为代价。这样,在后现代主义和相对主义的语境下,伊格尔顿实际上为文学批评重新确立了一个物质性的判断标准,即普通民众的身体感受和日常感受。

第二节 从形式主义到结构主义

在20世纪的西方学术界,一些影响较大的批评流派还有英美新批评、俄国形式主义和法国结构主义。这些批评流派的共同特点在于,都非常关注文学文本构成的形式要素,狂热地关注语言层面,并力求从语言或形式的层面入手对文学作品进行分析。

一、俄国形式主义

直到19世纪末,文学批评通常受到心理学或社会历史原理的支配,不少人往往从个人的偏好和作家的传记生平的角度出发去解释文本,如罗曼·雅各布森在短论《艺术中的现实主义》中所概括的:

> 直到最近,艺术史尤其是文学史一直更多地与随笔性而不是学术性相一致。它遵循随笔的所有规则,随意地从一个话题跳到另一个话题,从形式优美的抒情跳到艺术家私生活的奇闻逸事,从心理的陈词滥调跳到关于哲学意义和社会环境的问题……①

而在20世纪初,随着俄国形式主义的出现,这些传统方法发生了一次根本性的断裂。俄国形式主义的代表人物有罗曼·雅各布斯、杨·穆卡洛夫斯基、维克多·什克洛夫斯基和鲍里斯·艾柯鲍姆等学者,他们反对传统文论的诸多观点,如文学作品是作家世界观的表现,是作家的心理情感的释放的传统观点,也反对社会历史批评和传记批评。

---

① JAKOBSON R. On realism in art[M]//MATEJKA L, POMORSKA K. Readings in Russian poetics: formalist and structuralist views. Cambridge: MIT Press, 1971.

他们认为,人们应该按照文学自身的学科属性来审视文学,而不能仅仅把文学看作讨论宗教、政治、社会和哲学观念的平台。这些学者旗帜鲜明地主张文学和诗歌语言的自主性,倡导一种客观、实证和科学的文学批评方法。他们认为,正确的文学研究应该是研究文学本身,应该分析文本的各构成部分(其语言和结构属性)或形式要素。而形式包括作品本身的内部技巧、诗性语言和修辞手法。正是这些形式要素,而不是文本的主题或内容,是一切文本的艺术性或文学性所在。

形式主义批评关注的重心是文本的文学性及其最重要的组成成分,即文本所运用的语言。他们认为,文学语言与日常语言不同,为了使自己突出而引人关注,它们会大喊大叫:"看看我吧,我是特殊的,我是独一无二的。"①通过结构、想象、句法、节奏、韵律、反讽和悖论等各种手法,针对日常语言,通过一些扭曲、变形、夸张、拉长或者有节制的暴力手段,文学语言使自己打破常规、超出平常,与日常语言疏离开来,从而引人注目。这就不得不提到形式主义最重要的概念之一,即由什克洛夫斯提出来的概念"陌生化"。

在什克洛夫斯看来,在日常生活中,由于人们的行为、动作和言谈等往往成为一种习惯性、自动化、机械化和无意识的东西,所以丧失了对事物和世界的新鲜感。而艺术的特殊任务就是要唤醒人们的意识,使其重新认识到那些已经在日常意识中变得司空见惯的事物的本真面目,而艺术所运用的手段就是陌生化:"艺术技巧是使事物变得'陌生',使形式变得困难,是增加感觉的难度和长度,因为感觉过程就是审美目的本身,因此必须延长。"②

这种陌生化手段不仅使事物的形象更加鲜明和突出,而且增加了读者感受事物的难度和时间,从而使他们有可能重新发现各种事物的意义和价值。在论述斯特恩的《商第传》中,什克洛夫斯分析了放慢、抽出或者阻断等陌生化手法的巧妙作用。当商第先生听到他儿子特斯川的鼻子破了之后,非常悲伤,作者斯特恩是这样描写的:"他扑到床上,右手掌蒙住了前额,遮住了两眼的大部分,头轻轻地沉了下去(胳膊肘让出地方,向后移动),直到他的鼻子碰到了被子;左臂吊在床边,毫无知觉,指关节松垮地斜搭在夜壶把上。"③作者本来可以用一般的传统方法来描写商第的行为(如"他充满悲伤地躺在床上"),但是他却有意用拉长、放慢和突出等陌生化手段,非常具体细致地描绘商第的行为动作,从而让读者注意到这种反常的情况,并体会感受商第痛苦不堪的心情。

形式主义所提出的陌生化手段,在古今中外的文艺实践中实际上一直被大量运用,我国唐代诗人杜甫就是运用陌生化的高手。清代文论家叶燮在其名著《原诗》中就曾惊叹于杜甫的陌生化手法,他是这样分析杜甫的名句"晨钟云外湿"的:

以"晨钟"为物而"湿"乎?"云外"之物,何啻以万万计?且钟必于寺观,即寺观

---

① 布莱斯勒.文学批评:理论与实践导论 第5版[M].赵勇,李莎,常培杰,译.北京:中国人民大学出版社,2015:63.
② 塞尔登.当代文学理论导读[M].刘象愚,译.5版.北京:北京大学出版社,2006:38.
③ 塞尔登.当代文学理论导读[M].刘象愚,译.5版.北京:北京大学出版社,2006:39.

中,钟之外,物亦无算,何独湿钟乎?然为此语者,因闻钟声有触而云然也。声无形,安能湿?钟声入耳而有闻,闻在耳,止能辨其声,安能辨其湿?曰"云外",是又以目始见云,不见钟,故云"云外"。然此诗为雨湿而作,有云然后有雨,钟为雨湿,则钟在云内,不应云"外"也。斯语也,吾不知其为耳闻耶,为目见耶,为意揣耶?俗儒于此,必曰:"晨钟云外度。"又必曰:"晨钟云外发。"决无下"湿"字者。不知其于隔云见钟,声中闻湿,妙悟天开,从至理实事中领悟,乃得此境界也。①

如叶燮所分析的,杜甫的诗句不合常理,钟不可能在云外,声音不可能被雨湿,这种超出常规的陌生化的诗句,引逗读者不得不延长感知时间,沉潜虚静下来反复体味,从而增强了它的审美效果和艺术魅力。

除了陌生化外,形式主义还对情节理论、文学技巧、审美功能有诸多贡献。总的来看,形式主义对文学批评的贡献在于对文本本身的重视。他们力求为文学研究引入科学实证的研究方法,他们坚持,与一切科学一样,文学有自己的特殊的规则、原理和方法,研究文学必须从文本本身和文本形式出发。在具体的批评实践中,形式主义非常重视文本调查和文本分析,将分析落实到文本的具体的段句字词、修辞技巧和表达手法上,主张言之有据,显得非常有说服力。

当然,在理论上俄国形式主义也有其致命软肋,它们把文学文本与特定的社会历史条件完全隔离开来,不仅忽略了这些特定的社会历史条件经常决定、制约和影响着文本的生产、加工和最终的文本面貌,而且忽略了这些历史条件也强有力地影响着作家在文本生产中的文学技巧、陌生化和修辞手法的运用。

二、英美新批评

在20世纪对文学作品的文本和语言近乎虔诚地迷恋关注的批评模式还有英美新批评。新批评家认为,文学作品是一种客观存在,人们可以评价的只有文学文本本身,而不是作者或读者的感受、态度、价值观和信念。他们摒弃了通过诗人的个人陈述或预设意图来发现文本意义的方法,也几乎不采信诗歌的传记史或语境史。他们也不热衷于把读者、社会语境或历史条件作为探寻作品意义的资源。他们支持形式主义的"文本至上"的文本分析方法。不过与带有自然科学倾向的形式主义区别在于,新批评更为关注文学作品的情感、审美和人文主义的一面,甚至把文学作品看成人文精神的偶像和宗教的替代品,看成对抗20世纪的工具主义、物质主义和文化蛮荒主义的一方净土。新批评主要把诗歌作为其理论关注对象,其主要代表人物主要有T.S.艾略特、I.A.理查兹、威廉·燕卜荪、约翰·克罗·兰色姆和F.R.利维斯等人。

1948年诺贝尔文学奖获得者英国诗人T.S.艾略特也是位非常重要的文学批评家,他认为,真正的诗人在写作时不应该将自己的个性或情感注入诗歌,而应该把全人类共

---

① 叶燮,薛雪,沈德潜.原诗 一瓢诗话 说诗晬语[M].霍松林,杜维沫,校注.北京:人民文学出版社,1979:31-32.

同的感受和情感融入诗歌当中。在他看来,诗歌不是在释放而是在逃离诗人的感情。因为诗歌是一种共同感受和情感的非个人化表达,成功的诗歌能将诗人的印象与全人类的观念统一起来,形成一种并非仅仅反映诗人个人感受的文本。艾略特也强调,诗歌的读者必须受到系统的文学训练和全面的文学技巧的指导,方能进行专业内行的优秀批评。

英国文论家 I. A. 理查兹也是新批评的中流砥柱式的人物,他意欲为文学研究奠定一个坚实的理论基础。他力求把文学批评变成一门比科学还要精确的专业学问,倡导一种操作性强、易学易用的实用批评。他对诗歌语言与日常语言做出了细微区分,认为诗歌语言是一种情感语言,而日常语言是一种指涉语言。他还对诗歌的具体细微的技法进行论述,提出了一种旨在获取诗歌意义的复杂系统,分析了如何从幽微之处细察诗歌文本。他倡导批评界应该细读文本,并确立了一种在教室和课堂中进行文学研究的民主化精神;在这种民主平等的氛围中,几乎每一个人都可以通过训练,形成自己的文学批评。理查兹后来定居哈佛,他的"实用批评"在英美高校中产生了深远影响。

F. R. 利维斯也是一位饮誉全球的英国著名批评家,他不仅是著名杂志《细察》(1932—1953)的主要创办人和主要编辑,而且以四十余年的教学实践与批评实践为后人留下了丰厚的批评遗产。利维斯也是一位实用主义批评家,其批评具有实用的、经验的和反理论的性质。他认为优秀的文学作品肩负促使民族文化健康发展的重任,是一个民族文化的代表,它们可以增强人类意识,提升生命的价值,抵御工具主义、技术理性、物质主义、蒙昧主义和工业主义之类对人类生活的腐蚀侵害。在他看来,文学艺术实际上成为文化政治斗争的武器,它们不仅是人类价值能够存活的容器,而且可以在道德—社会的、文化的政治中得到有效的运用并发挥重要的作用。

美国批评家约翰·克罗·兰色姆、克林思·布鲁克斯的贡献也值得一提,他们也关注文本本身,包括文本的语言、结构和修辞手法,他们想阐明文本是如何言说自身的,文本的各部分是如何联系在一起,如何成为一种拥有秩序的和谐统一的有机体,如何容纳"反讽""悖论""张力""矛盾"和"多义性",使他们完美地统一起来。从根本上说,他们最想澄明的是,文学作品本身的文学性和诗性,即文学作品本身在形式上的完美性和审美性。

总体来看,新批评家的主旨不在于建构理论,而在于进行文学批评,他们的大部分理论都包含在具体的、实践性的批评文章中。他们自己的批评实践为初学者树立了一种易学易用的批评的典型和楷模。他们坚信,读者如果能够遵循一些模式,不断练习,分析文本的技巧就会越来越熟练。下面是新批评家经常使用的一些方法:

一是,考察文本的措辞。思考文本中一切词语的外延、内涵和词源学基础。二是,如果可能的话,追索词根直到它的初始文本或来源,进而考察文本中所有可以发现的暗示。三是,分析文本中的所有意象、象征和修辞方式。注意各要素间的关系,这既包括属于同一类别的要素(如种种意象之间)的关系,也包括属于不同类别的要素(如一种意象与一种象征之间)的关系。四是,考察并分析文本中出现的不同的结构模式,包括韵律学的技术层面,或制约诗歌写作的原则,如韵律、音步和节奏等。

注意诗人是如何使用韵律手法、语法结构、语调模式,以及词语、短语、从句或句子的句法模式的。确定这些不同的模式是如何相互关联,并与前述三个步骤中所有要素相互关联的。五是,思考如下要素,如语调、主题、观点,以及其他与文本的戏剧情境直接相关的要素(如对白、伏笔、叙述、戏仿和背景等)。六是,寻找前述五个步骤中所有要素的相互关联,注意张力、含混和悖论在何处产生。最后是,在仔细考察上述所有要素之后,阐述诗歌主要与首要的张力,并解释诗歌是如何通过解决这种张力而获得自己的主导效果的。①

在我国古代文论中,也有类似的考察文学文本的方法,如刘勰在《文心雕龙·知音》里,就提出了著名的六观说。他说:"是以将阅文情,先标六观:一观位体,二观置辞,三观通变,四观奇正,五观事义,六观宫商。"②其意思就是说,要探究作品中的思想情感,先从六个方面去考察:一是看作品体裁与文本,二是看作品的遣词造句和修辞手法,三是看作品对前人的继承与自己的创新,四是看作品的格调品味,五是看作品的用典是否合适,六是看作品的音节韵律是否悦耳动听。

总之,古今中外的文论家的批评实践告诉我们,只要通过不断的训练和批评实践,通过大量的细察和细读文本的实践,按照前贤通过自己的实践经验所总结的行之有效的方法,就有可能掌握文学批评的方法,从而熟练地开展文艺批评实践。

三、法国结构主义

在20世纪五六十年代,结构主义主导了欧美文学理论和文学批评,其代表人物主要有法国的几位理论家,如克劳德·列维-斯特劳斯、罗兰·巴尔特、茨维坦·托多洛夫、热拉尔·热奈特,还有俄国形式主义批评家弗拉基米尔·普洛普等人。

结构主义是在瑞士语言学家费德南·德·索绪尔的语言学的基础上建立起来的。索绪尔为语言学的两个问题提供了新答案,即"语言学研究的对象是什么","词与物之间的关系是什么"。他对语言(langue)和言语(parole)做了奠基性的区分,认为前者是先于具体的语言实例而存在的语言系统,而后者是个体在具体的交际活动中的具体言语。前者是语言的社会特征,是人们在具体言说时所依靠的共同体系,如不得不利用其语言规则、语法和句法等,而且这种依靠实际是无意识的、习惯性的。言语是个体在具体的交际活动中对语言体系的具体运用。显而易见,人们共同享有的语言体系决定和制约了个体的人的具体言说,前者是后者的基础。因此,语言学研究的恰当对象就不是任何个别的言说,而是处于一切个别言说之下的基础,即语言体系。索绪尔对语言系统和个体言说的区分意义事关重大。在结构主义看来,分析研究个别的文学文本、神话、文化实践或经济实践,就是要探寻和揭示藏在它们背后并决定它们面貌的规则体系究竟是什么。结构

---

① 布莱斯勒.文学批评:理论与实践导论 第5版[M].赵勇,李莎,常培杰,译.北京:中国人民大学出版社,2015:77-78.

② 刘勰.文心雕龙义证[M].詹锳,义证.上海:上海古籍出版社,1989:1853.

主义雄心勃勃,意欲发现支撑一切人类社会与文化实践并成为其基础的规则、结构和体系,它们意欲像考古学那样通过挖掘,从事物的表面之下找到其更为深层的决定性的结构。

最早将索绪尔的语言学原则运用于叙事话语研究的学者之一是法国人类学家列维－斯特劳斯。他多年致力于研究世界各地的神话,发现在不计其数的神话中有一些反复出现的共同主题。这些主题超越时空和文化,与所有人类的精神和心灵进行对话,成为神话的基本要素。神话素往往通过一种二元对立获取意义,如恨或爱某人的父母,爱上一个爱或不爱你的人,抚育或遗弃某人的孩子,等等。制约神话素如何组合的规则构成了神话的基本的结构或语法,神话的意义和价值就来源于这种支配性的结构模式。列维－斯特劳斯关注的不是具体的神话的内容或者叙事序列,而是从所有神话中抽象出来的支配这种叙事设置的结构模式。他认为这种结构模式能够揭示人类头脑的基本结构——那种控制人类心灵使他们形成自己的一切机构制度、艺术和人工制品以及知识的结构。

在研究和写作上回应列维－斯特劳斯的是他的同辈法国学者罗兰·巴尔特。在巴尔特看来,人类的一切意义系统,不管是亲属结构、服饰体系、烹饪艺术还是叙事话语、神话谱系、图腾禁忌,都受索绪尔所指出的那种语法结构的支配。他的杰作《神话学》以大量生动的例子揭示了在现代资本主义条件下,意识形态是如何通过种种人为构建的流行神话(如电影、表演、展览或报纸杂志上的相片)来运转的。巴尔特也对时尚体系进行了非常精彩的分析,在时尚杂志的广告中,经常可以看到佩戴各种奢侈品的女模特。这些奢侈品成为一种时尚和品位的标记,它使女人如此美丽高雅。它似乎成为中产阶级的生活梦想和价值判断的表征。如果我们被广告打动后,表面看来只是接受了一个品牌,一件奢侈品,其实已经接收了中产阶级意识形态的控制。

结构主义在文学理论方面最大的贡献可能是结构主义叙事学。与索绪尔和列维－斯特劳斯一样,普洛普、托多洛夫和热奈特等人都力求阐明,故事的意义来源于那种基础性的支配性的结构(往往是语言结构),而每一个故事的内容、思想和主题都受那种结构的制约。这些叙事家都关注的是叙事部分的相互关系是什么,制约故事情节的法则、制约叙事视角、叙事者的法则又是什么。普洛普在其影响深远的《民间故事形态学》中,研究了俄国民间故事,来揭示它们共有的语言结构。他认为,所有的民间传说或神话故事尽管数量丰富,内容和细节都不尽相同,但是这些故事的核心却都建立在 31 种基本功能的结构上。根据保尔·维赫维莱宁,普洛普的 31 个功能项可以简化为经常以同样的顺序出现的五种系统:

(1) 存在着某种缺憾。
(2) 这一缺憾驱使英雄不断追寻,用来消除这种缺憾。
(3) 在追寻中,英雄遇到了神奇的帮手。
(4) 英雄经受一个或更多考验。

(5) 通过考验后,英雄得到奖赏。[①]

普洛普所概括的这些功能项,非常简洁实用,如果用来分析更为复杂的文本时,只消进一步丰富和扩展就可以了。

托多洛夫也有类似的论述。他曾指出,最根本的叙事序列往往由五个命题构成,它们描述了某种被打乱然后又以改变的形式重建的状态。这五个命题:一是平衡(例如和平),二是打乱平衡的外力的出现(例如敌人入侵),三是平衡破坏(战争),四是力求恢复平衡(力求打败敌人),最后是达成平衡或达成新条件下的平衡(和平)。当多个连续序列组合在一块时就构成了叙事文本。这些序列可用多种方式构成,如嵌入式(故事套故事,插叙)、线性式(连接一串序列)、交替式(序列交织),或者是这些方式混合使用。

总体来看,结构主义有明显的科学主义色彩,它也以其严密性、客观性和反传统性吸引了一些文学批评家。结构主义也对主流批评,即新批评和一般的人文主义的批评实践构成了猛烈挑战。传统上,一般把语言视为作者头脑或者作者感受到的世界的反映,语言是与作者的个性密不可分的。但在结构主义那里,不是作者的语言反映了现实,而是语言的结构生产了"现实"。文学文本的意义不再由作家或读者的经验所决定,而是由控制语言和个人行动的那种体系或结构所决定。

结构主义的局限也是显然的,它所探寻的事物深层的结构和体系是一种抽象普遍的结构,是超越时代的,并没有考虑历史和语境因素的影响。这种决定一切的结构不仅因为忽视了个体经验和主观能动性而带有决定主义和宿命论色彩,而且显得过于深奥神秘,呈现出某种神秘主义的味道。

第三节 文学批评方法的运用

关于文学批评方法的探讨,目的在于具体运用,即,使我们能够从某种理论立场出发,运用所掌握的文艺理论或美学规律,来对文艺作品或者文学现象进行理论上和学理上的分析和评价。文学批评有两种途径,口头表述和书面表达。在通常情况下,文学批评主要指书面的和文字的表述,即撰写批评性或评论性的文章。撰写文学评论具有多种功能,它不仅可以使我们通过充分的理由来说服他人喜欢或不喜欢某部作品,引领别人感受和体验某部优秀作品的艺术魅力,而且可以加深我们对文艺作品、文学现象以及社会人生的理解,提升自己的理论水平和鉴赏水平,并获得来自分析、探索和思考的乐趣。关于撰写批评性或评论性的文章,不可能有固定统一的方法。这里只能大体上指出一些主要操作原则,这些原则概括起来有以下几条:了解对象、选点切入、谋篇布局、力求创见。

[①] 布莱斯勒.文学批评:理论与实践导论 第5版[M].赵勇,李莎,常培杰,译.北京:中国人民大学出版社,2015:127.

一、了解对象、细读文本

要进行文学批评,首先要全面理解把握批评的对象。批评对象总体上来看是整个文学现象,包括具体的文学作品、文学思潮和文学流派等,但对于初学者来说,文学批评实践总是始于具体的文学作品。了解对象,就是要深入理解所批评的对象的整体风貌,其中最主要的一个途径就是精细地阅读作品。如以某部小说而言,首先,要通过深入阅读作品文本的字词句篇,来理解作品所传达的故事内容、思想意蕴、情感意味及其价值意义。如我国古代文论家刘勰所指出的:"观文者披文以入情,沿波讨源,虽幽必显。"①也就是说,文学批评要根据作品的文辞而深入到作家的内心世界,从情感表现的外在形式(即语言)来追溯作品的根源(即作家的情感世界),这样即使再隐微幽深的思想感情也可以敞显出来。只有准确地理解了作品所要表达的思想意蕴,才能对其是否深刻正确进行评价。

其次,要反复体会作品语言特色、形象塑造、场景描绘、情节设置和叙事技巧等艺术手法。要了解作品的成败得失,要看作品哪些地方写得精彩漂亮,哪些地方安排得聪明智慧,哪些地方令人遗憾感慨,哪些地方让人扼腕叹息。所谓的"书读百遍,其义自现",就是强调要反复阅读作品,用新批评的术语来说就是要"细读"。精细阅读是对作者的辛勤劳动的尊重,也是更为充分准确地全面把握作品的基础,可以使自己的分析和论证更为充分翔实和有理有据。恩格斯为了对拉萨尔的《弗兰茨·冯·济金根》剧本进行评论,先后将作品至少读了四遍,他在《致斐迪南·拉萨尔》中说:"为了有一个不偏不倚、完全'批判'的态度",为了"在读了之后提出详细的评价、明确的意见",所以"我需要比较长的时间才能发表自己的意见"。②再如,列宁为了对小说《怎么办》进行评论,在一个夏天把这部小说读了五遍,"每一次都在这个作品里发现了一些新的令人激动的思想。"③。

再次,了解对象还要了解作者的生平遭际、作品生产的时代背景和社会历史状况。作品并非处于真空中的孤立之物,它们不可避免地打上作家的创作个性的烙印,不可避免地受到作品所处的时代背景的影响。早在两千多年前,孟子就提出了"知人论世"的批评原则,指出只有结合作家的生平和时代背景,才能正确地理解和把握文学作品的思想内容,而不是断章取义和以辞害义。如不了解司马迁因直谏获罪的悲剧人生,就很难理解他在《史记》为韩非子立传时,为何不吝笔墨而全文抄录后者的长文《说难》;如不了解司马迁因为"家贫,财赂不足以自赎",不能免遭腐刑的经历,就很难理解其奇文《货殖列传》。最后,了解对象,要有文学史和批评史的视野,不仅要了解与其体裁、题材、主旨相关的文学史,而且要了解其他批评家关于作品的评价。文学批评不是感想式、抒情式的创意写作,而是学术的和理性的论辩性写作,相当程度上是与其他专家学者进行交流对

---

① 刘勰. 文心雕龙义证[M]. 詹锳,义证. 上海:上海古籍出版社,1989:1855.
② 中共中央马克思恩格斯列宁斯大林著作编译局. 马克思恩格斯文集:第10卷[M]. 北京:人民出版社,2009:173.
③ 列宁. 列宁论文学艺术:第2卷[M]. 北京:人民文学出版社,1960:897.

话。只有有了学术史的视野,才显得分析和批评是站在专家学者的肩膀上进行的,才能显得专业、内行和权威。

二、选点切入、择取方法

一部文学作品往往在思想意蕴和内涵主旨上丰富复杂,在艺术手法和表现手段上丰富多样,对其进行文学批评就不可能面面俱到。面面俱到的批评往往蜻蜓点水,浅尝辄止,难以深入、精准和出彩。如以当代小说《白鹿原》这样的史诗性作品来说,信息量和包容量都很大,艺术特色比较鲜明,表现手法也丰富多彩,面对这样的大部头作品,初学者往往面临"老虎吃天,无法下手"的困惑。因此在具体的批评实践中,聪明智慧的选择是选点切入,从作品的一个角度或一个侧面切入进去,以点带面,扩展开来,把一个或几个方面说清说透。如,可以从小说所反映的社会历史内容入手,来揭示现代中国的历史变迁的隐秘规律;还可以从小说的叙事手法入手,来揭示其安排设置故事情节的特点;也可以从作品的人物形象塑造入手,来分析其立体式的圆整人物的艺术魅力;也可以从现代心理学角度,来分析作品中大量的神秘现象的原因;也可以从作品凝练劲拔的语言层面入手,分析其高明巧妙的修辞手法;还可以与其他小说进行比较,分析其艺术特色;等等,不一而足。

选点切入,实际上也是一个甄别过程。一方面,要甄别出作品中的那些有意义和有价值的层面来进行分析。如鲁迅先生所指出的:"有意义之点,指示出来,使那意义格外分明,扩大,那是正确的批评家的任务。"①文学批评的一个很重要的任务就是阐释作品中有价值的意义。另一方面,要甄别出自己能够驾驭的角度,以防止批评对象过大偏难而力不胜任。因此在选点时,要选取自己熟悉、能够把握和易于操作的角度来进行分析和评论,尽可能扬长避短。优秀的批评家往往是通过"有所不为"而做到"有所为"。选点的同时也是在确定批评的主旨,主要确定批评的理论立场和批评方法,确定批评的基本目标对象。理论立场是结合自己的世界观和人生观所选择的批评方法,优秀的批评家大都持有鲜明一致的理论立场。如杰出的马克思主义批评家特里·伊格尔顿,他有大量的批评性的论文和论著问世,可谓著作等身,但其作品大都上是从意识形态理论角度展开批评的,普通民众的身体感受和日常感受始终是其批评的依据和尺度。确定批评的基本目标对象,是指集中在哪些目标上展开批评,即着重在哪些具体目标上展开论述,着重分析什么,评价什么。对于初学者来说,在目标的确定上,固然需要对作品进行宏观观照和全方位的评价,但更需要的是微观的审视和精细的分析。

三、谋篇布局、遣词造句

在深入了解对象、选择好恰当的切入点和批评方法之后,就应该进入具体的写作阶段,思考如何安排布局,从而可以有组织、有条理和有层次地表达自己对作品的理解,使批评意见得以"物化"成型,得以现实化。谋篇布局应该着重考虑文体选择和章法结构。

---

① 鲁迅.鲁迅全集:第四卷[M].北京:人民出版社,1981:368.

文体选择与批评对象、文章内容、批评的受众和批评者自己的擅长有关,这就需要批评者谨慎选择和灵活处理。章法结构对于评论性文章来说也具有不可忽视的作用。在写作之前,列出基本的大纲,对文章的行文逻辑非常重要。大纲可以采取随意的形式,如列出一些基本观点,分出章节,以及定下标题、副标题等。标题应该大小适宜、具体集中,并且能够吸引读者的注意力。如以教材所附的范文,即青年评论家李建军所作的赏析性文章《再论〈百合花〉——关于〈红楼梦〉对茹志鹃写作的影响》来说,题目对内容作了限定,是对茹志鹃的短篇小说《百合花》的分析,把关注点集中在小说内容本身。而副标题又进一步限定了文章只对作家在《百合花》的小说写作中所继承的《红楼梦》资源进行深入探讨,而不讨论其他因素。文章还分出四个章节,并冠以四个提纲挈领的章节标题,从而围绕这些标题所限定的内容来进行分析,分别从作者的人生体验和精神气质、小说的简洁准确的白描手法、象征物象的营造和日常事象里的自我牺牲的母爱四个方面,来分析《红楼梦》经验对茹志鹃的深刻影响及其在小说中的艺术呈现。显而易见,通过标题、副标题、基本大纲和章节标题的限定,使文章有了明确的聚集点,而且给文章的写作和读者的阅读都提供了极大的方便,可谓"功多而累寡"。

  在写作过程中,应该根据精心构思的大纲来确定文章段落的数量。段落数量不宜太少,其篇幅不宜太短,否则文章的观点很难得到全面充分的论证。段落之间力求过渡自然、条理清晰。每一个段落不管有多少句子,都应该有贯穿整个段落的一致观点。这个观点应该在每一段的主题句里点明,主题句引导着整个段落,与文章的主旨思想密切相关。文章的首段很难处理却极其重要,它必须抓住读者的兴趣,并清晰地点出文章的主题和以什么样的方法来展开论证。结尾是对文章的总结,但并非对开篇主题的重述,而是不仅要提醒上文已讲过的观点,而且要强调最终的观点。有力的结尾往往在文章范围内结束一个论证过程,同时又提出了其他的可能。批评文章是对作者辛勤的工作和劳动的分析和评价,所以在遣词造句方面要更为慎重,必须充分地尊重作者的劳动,不能随意贬低他人的世界观和人生观,批评应该怀有敬畏之心。在用词上应该敏锐、准确、生动和具体,过于华丽夸饰的语言并非总是可以增色添彩。为了避免文章的行文单调,还应注意词语的丰富性和变化性。例如,重复使用"作者"一词就可能令人厌烦,可以使用作者名字或代词"他/她"代替。其次,要注意语调的平和折中,采用嘲讽、讥笑、蛮骂或愤怒的语调并不具有说服力。如"这部所谓的先锋派小说连一个最普通的读者也无法吸引"这样的表述,只能会让人觉得作者过于偏激不能做出客观的评价。如果表述为"这部先锋小说最大的问题在于,它可能让那些普通大众丧失阅读的兴趣",效果可能会更好。

  写作时还应在整篇文章里保持语调的一致性,避免文章的不同段落和不同句子之间采用不同的语调。在造句方面,应该追求两个主要目标,简洁和有趣。简洁能给人留下深刻印象,写作时应该力求用最少的话传达更多的意思,用古人的话说就是"字期唯少,意期唯多"。古罗马诗人贺拉斯也认为写作时"简洁"是首义:"这样思想就不会自己挡住自己的去路,被那些沉重得令人生厌的词句阻碍。"①因此,写作时应该删除那些激昂张

---

① 依迪斯·汉密尔顿.罗马精神[M].王昆,译.北京:华夏出版社,2012:138.

扬、华丽空洞、言之无物和没有风格的句子。有趣是指句子富有变化,能够吸引读者。简单的直接陈述句过多,往往会使文章显得单调冗长和无趣乏味。应该恰当地利用各种连词,将单句关联起来组合成结构紧凑的复句,并产生有节奏的变化。在初稿时,最好不要在用词准确或句式简洁上多费力气,等修改初稿时,再纠正和完善词语、句子和标题。在文章定稿时,字斟句酌地反复修改是非常必要的,什么时候都不会多余。

四、力求创见、切忌抄袭

文学批评是人们通过分析、阐释和评价文艺作品,来表达自我的人生观、价值观、信念和理想,来展现批评家的心灵活动。它绝非文学艺术的附属品和衍生物,它本身就是一种特殊意义的创造,有自己独立存在的价值和意义。因此,对于初学者来说,在批评活动中应该有意识和有目的地追求创见,而不是人云亦云。力求创见,主要有两点,一是"发前人所未发",二是"发前人所已发"。所谓"发前人所未发",是指要通过分析和评价,提出迥乎别人的全新的见解和观点。批评的创新,既包含发现批评内容的新质、新义和新价值,也包含新的批评方法、批评角度和批评标准。由于批评家的期待视野、理论立场、批评方法以及切入作品的角度不同,不同的批评家面对同一作品得出的见解不可能完全相同,这就为不断地创新提供了可能。如以古希腊悲剧《俄狄浦斯》来说,自从问世以来,有无数的杰出文士做出了无穷无尽的阐释,似乎很难再出新意,但在特里·伊格尔顿那里,却照样可以做出精彩深刻的分析。伊格尔顿从身体理论的角度出发,认为俄狄浦斯悲剧的寓意在于,告诫人们不能忘记自己的出身,人始终是一个特定具体时空之中的肉体存在,人是有限度的,并不能为所欲为。俄狄浦斯虽然猜出了斯托芬斯怪兽的谜语谜底是人,却并没有真正认识到作为肉体动物的人的软弱性和受限性,因而遭受了可怕的惩罚。显然,伊格尔顿的阐释不仅是创造性的,而且具有重要的现实意义。

所谓"发前人所已发",是指对前人的发现的深化、推进、修正或补充。批评往往带有浓郁的学术研究色彩,学术研究大都是在和专家学者进行对话,大都是在已有研究的基础上做出进一步的分析和阐释,因此发"发前人所已发",更应该是批评创新的常见形式。如以这里所选的范文李建军的《再论〈百合花〉——关于〈红楼梦〉对茹志鹃写作的影响》来说,自从1958年发表以来,短篇小说《百合花》就一直受到读者的喜爱和专家的好评,相关的批评文章可谓数不胜数,再对其进行研究似乎很难再出新意了。而李建军却巧妙地另辟蹊径、别出心裁,从《红楼梦》对女作家茹志鹃写作的影响的角度切入,进行了富有新意的创造性阐释。不过,在写作文章时,必须清楚哪些观点是自己的,哪些观点是引用其他人的。参考或注明他人的观点和评论,不会削弱文章的说服力,反而会强化和合法化自己的观点。但如果并不注明,把别人的观点与自己的混淆起来,就会有剽窃抄袭之嫌,这会导致整个文章失去信用而前功尽弃。剽窃抄袭是作文之大忌,我国文论家陆机认为不只抄袭,就是雷同也应该摒弃。他说:"虽杼轴于予怀,怵佗人之我先。苟伤廉而愆义,亦虽爱而必捐。"[①]意思就是说,虽然观点是自己形成的,但担心别人在自己之前已

---

① 陆机.文赋集释[M].张少康,集释.北京:人民文学出版社,2002:145.

经有过类似的表述。如果是这样的话，就会违背学术道德，虽然非常珍惜它，为了道义还是应该将其放弃。总之，从古到今，雷同和抄袭都是为人不齿的不诚实行为，批评性文章是对别人成果的评价，在这一点上更应该注意。

第四节 个案分析

一、《再论〈百合花〉——关于〈红楼梦〉对茹志鹃写作的影响》（李建军）

《再论〈百合花〉——关于〈红楼梦〉对茹志鹃写作的影响》，是一篇标准规范的具有示范意义的评论性文章。对其进行学习揣摩，可能会有助于我们加深对如何撰写文学评论的体验理解。

首先，评论家李建军占有充分翔实的资料，他对茹志鹃的创作经历、作品、访谈和日记以及其女儿王安忆对她的回忆都非常熟悉，对研究对象小说《百合花》更是烂熟于心，这使得评论家在写作时可以恰如其分地引用大量的资料和作品原文来进行分析，使评论显得言之有据，很有说服力。其次，在选点切入上，这篇评论的选择值得一提。自从1958年发表以来，短篇小说《百合花》就一直受到读者的喜爱和专家的好评，相关的批评文章可谓数不胜数，再对其进行研究似乎很难再出新意了。而李建军却巧妙地另辟蹊径，从伟大的小说《红楼梦》对女作家茹志鹃写作的影响的角度切入，进行了很有说服力的阐释。而且，更难为可贵的是，评论家葆有"大处着眼，小处入手"的情怀，他的评论与其说在于追求为了创新而创新，不如说旨在指出，经典伟大的作品对于当代文学创作的重要意义。最后，如果再仔细揣摩的话，还可以发现，这篇文章的框架结构也非常饱含智慧。文章题目和副标题本身就对研究内容作了限定，只对作家在《百合花》写作中所继承的《红楼梦》资源进行深入探讨，而不讨论其他因素。文章还分出四个章节，并冠以四个提纲挈领的章节标题，而围绕这些标题来进行分析，指出了《红楼梦》经验对茹志鹃的深刻影响。显而易见，通过标题、副标题、基本大纲和章节标题的限定，使文章有了明确的聚集点，而且给文章的写作和读者的阅读都提供了极大的方便，可谓"功多而累寡"。当然，这篇评论在理论立场、文本体验和语言表达等许多方面还有值得学习之处，值得细细揣摩体会。

二、《响亮的未来——马克思主义与伊格尔顿的戏剧》（杜格尔·麦克尼尔）

英国马克思主义批评家特里·伊格尔顿不仅是一位享有世界声誉的文学理论家，而且常常在文学创作上一试身手，他有多部小说出版和多部戏剧上演。这里所选的杜格尔·麦克尼尔的《响亮的未来——马克思主义与伊格尔顿的戏剧》是关于伊格尔顿的三部戏剧的评论性文章。麦克尼尔在大学任教，他的这篇文章的论证非常严谨,学术性较强,对于初学者来说,在许多方面都值得学习。首先,文章的选点较好,从马克思主义的角度切入伊格尔顿的创作,正抓住了后者通过文学创作介入社会政治情境和当下现实生活的鲜明特征。文章的主标题"响亮的未来",实际上与马克思的著名论断"不能从过去,而只能从未来汲取自己的诗情。它在破除一切对过去的事物的迷信以前,是不能开始实现自身的任务的"相关联起来,文章也非常深入地分析了伊格尔顿是如何汲取马克思主义学者本雅明和布莱希特的"间离"和"震惊"的手法,来"破除一切对过去的事物的迷信的"。其次,作者的学术视野开阔,理论素养深厚,他的文章不是自说自话,而是通过学术史的梳理,与一些专家学者进行学术性的对话,来揭示伊格尔顿戏剧的重要贡献,学理性很强,很有说服力。最后,作者坚信"一切对文学或哲学的现象的具体描述——如果它要达成真正完美——最终都有责任与个别句子本身的形式达成妥协,说明它们的来源和构成",这实际上借鉴了形式主义的学术理念。文章的观点也是通过细致入微的文本分析和形式分析来得出的,这不仅显得言之有据,而且充分展现了作者的丰富的艺术感受力和细腻的情感体验。

本章问题

1. 怎样理解马克思主义批评的基本特征?
2. 怎样理解思想标准和艺术标准的具体内涵及两者关系?
3. 为什么说新批评、形式主义和结构主义这三种批评模式的共同特点在于都非常关注文学文本的语言层面和形式要素?
4. 如何理解撰写文学批评的基本原则?

参考文献

[1] 布莱斯勒. 文学批评:理论与实践导论 第5版[M]. 赵勇,李莎,常培杰,译. 北京:中国人民大学出版社,2015.

[2] 塞尔登. 当代文学理论导读[M]. 刘象愚,译. 5版. 北京:北京大学出版社,2006.

[3] 科里根. 如何写影评 插图第6版[M]. 宋美凤,译. 北京:世界图书出版公司,2009.

[4] 李建军. 大文学与中国格调[M]. 北京:作家出版社,2015.

[5] 邱运华. 文学批评方法与案例[M]. 2版. 北京:北京大学出版社,2006.

[6] 叶燮,薛雪,沈德潜. 原诗 一瓢诗话 说诗晬语[M]. 霍松林,杜维沫,校注. 北京:人民文学出版社,1979.

第十一章

文学理论

　　文学理论是一种对文学活动及其规律进行理性思考和阐释的学说,也是一门对文学现象进行审美价值分析和理论建构的学科。

　　第一节探讨文学理论的性质。文学理论、文学批评和文学史,是文艺学学科中直接面向文学问题的最基本的三大分支学科。通过探索三大分支学科间的关联和区别,可把握文学理论的学科形态和品格,获得对文学理论性质的本源性认识。

　　第二节阐释文学理论的形态和任务。文学理论着眼于文化活动的基本理论经验,对文学活动的不同认识和不同切入,可形成多种研究视角,形成了千差万变的具体表现形态。文学理论关注文学活动系统中的"世界""作家""作品""读者"诸环节,由此也确定了文学理论的研究任务。

　　第三节梳理文学理论的发展趋势。文学理论学科诞生于19世纪以来的知识学科化的发展之路,进入20世纪后工业时代文化语境后,文学理论学科遭遇了唯理化的思辨魅力衰减的话语危机。当前文学理论正直面网络时代多媒介文化生产和文学活动的现实经验,通过建立新的话语形态,促进文学理论新的发展。

　　第四节是"文献选读",主要选取了美国著名文学理论家韦勒克、沃伦《文学理论》中的一节"文学理论,文学批评与文学史",以及英国学者拉曼、塞尔登等编著的《当代文学理论导读》中的最后一章"后理论"。

　　文学理论是一种对文学活动及其规律进行理性思考和阐释的学说,也是一门对文学现象进行审美价值分析和理论建构的学科。

第十一章 文学理论

第一节 文学理论的性质

文学理论是一种对文学活动及其规律和相关知识进行理性论说和理论阐释的学问,也是一门对文学现象进行审美价值研究和理论建构的学科。作为文学理论的研究对象,文学现象是人文性的文化现象,文学活动是塑造人的心灵的一种情感化、形象化的文化活动,这两方面都体现出人文精神的特点。因此,文学理论总是着力于对人自身的文化阅读心理机制、文学审美需求和诗性的情感生活进行透视、揭示和阐释。文学理论、文学批评和文学史,是文艺学的分支学科中直接面向文学问题的最基本的学科。通过这三个分支学科之于文学研究的关联和区别,去把握文学理论的学科形态和学科品格,可以获得对于文学研究的本源性认识。

一、文学研究的学科形态

在文化发展的古典时期,即19世纪以前,基于研究领域、研究方法、研究任务的凸显,区别于哲学、历史学等其他学科,文学研究的学科形态已趋于独立,但是理论内部的学科之间仍处于形态交叠而边界不清晰、理论发展而学科不独立、话语繁缛而体系不健全的状态。随着20世纪社会科学研究中学科发展的现代化、自律化趋势,理论形态的区分越来越成为学科研究的重要内容。在这种现代学科分类中,苏俄学界将研究文学的学科称之为"文学学",并进行相应的学科划分。借鉴苏俄的研究成果,我国学术界把研究文学及其他艺术的学科统称为文艺学。依循这种惯例,国内学界也把文学理论、文学史和文学批评三个文学研究的门类,称为文艺学的三个分支学科。[①] 基于这一学科归属,文学理论研究的一项重要内容就是立足于鲜活而丰富的文化现象,达到认识文学的文化本性、把握文学的人文内涵、呈示文学内在规律的理论目标,最终可以使文学研究拥有独立性、体系化的知识基础、研究方法和理论场域。文学理论、文学史和文学批评都以文学为研究对象,都要求把历史的、现实的文学观念、审美体验与文本的文化逻辑结合起来进行研究,在共同的研究领域组成相对一致的学科群落。其中,文学史重在对一定时间限度内的文学现象进行研究,文学批评不断地审度新的文学现象和文学经验,文学理论则是依据文化研究的法则对文学的普遍现象进行系统的整体的研究。

文学理论。文学理论作为文艺学的分支学科,其理论话语建构的基点就是概括古今中外文学现象的普遍规律和文学活动的基本原理。文学理论立足于文学的一般现象,立足于文本阅读的现场体验,来阐发文学概念。但是,文学理论研究的文本阅读,重在选择典型的文学事实,作为其推理论说的范例,作为配合理论概括的具体说明,其理论指归是文学的一般特点和普遍规律。文学理论家们综合运用由此及彼、由表及里、去粗取精、去伪存真的方法,从浩瀚的人类文化现象中找出反复出现的文学规律,对其作逻辑研究,总

[①] 童庆炳.文学理论教程[M].修订2版.北京:高等教育出版社,2004:3-4.

结出文学活动的基本原理。例如,伊格尔顿对20世纪西方文学理论的研究。也有的文学理论研究者立足于某种哲学观念或政治态度,以此作为理论建构的逻辑起点,借助演绎的方法推演出一种理论体系来,并且以此来规范具体的文学创作和批评,表现出较强的知识论和目的论倾向。这种文学研究,往往脱离文化实际,束之高阁而不能受用。可以说,文学理论不是为文学活动和文学研究"发明"一套固定不变的法则或强迫遵从的准则,而是对文学实践的普遍经验进行理论概括,在文学现象、文学批评、文学史研究的实践基础上形成一种有可能为文学创作、文学批评和文学史研究所借鉴的理论形态。

文学批评。文学批评作为文艺学的分支学科,其理论话语建构的基点是评价新文学现象。批评家们对作家的艺术探索予以理性分析和评价,采用一定的途径、方式和手段提出新的文学观念,及时揭示它们所包含的文化含蕴、审美价值和时代精神。文学批评的理论着力点在于创新文学批评的观念和革新文学批评的方法,以此经历长时期的批评积淀而产生其学科自身关于文学文体、文学创作、文学结构、文学功能等方面的批评话语,也为日常文化实践,总结出文学活动所遵循的道路和规范的惯例,从而形成一种关于文学研究的理论样式。这类研究,在国内,例如汉代的儒生在《毛诗序》中提出"风化""美刺"的文学观念,揭示文学与社会的复杂关系;南朝的钟嵘在《诗品》中,通过对一百二十二位诗人的具体评析,提出"古今胜语,皆由直寻"的文学观念,推动着中国古代文学批评的话语实践。在国外,例如美国的兰色姆在《新批评》中,通过对英国诗人艾略特的批评,提出了文学批评的文本细读法,以此强化了文本作为文学批评学科的客观基础。可见,由于文学活动是一种纷繁复杂的具体化的文化现象,文学批评多着力以文本意识去审度文学的新现象,阐释文学观念,归纳出自身学科发展所依赖的思想和概念,同时,也为文学理论和文学史的理论建构提供了鲜活而丰富的理论素材。

文学史。文学史作为文艺学的分支学科,其理论话语建构的基点是发掘具有历史规律性的文学现象。文学史家们注重研究文学发展的历史过程和规律,揭示或重新阐述某个时期文学现象的内容和形式、思潮和流派所产生、发展的谱系,揭示文学与特定时代的哲学、宗教、艺术、道德、政治、经济、军事等社会文化的关系,揭示特定时代的作家作品的历史地位和作用,揭示不同地域、民族之间的文学交流与文化影响的关系。区别于文学批评的是,文学史的理论建构所面对的是具有"历史性"的文学现象,揭示它们在一定时段所受意识形态和审美文化制约的特点,以及受读者价值判断而产生的历史走向。虽然文学史研究因采用史学方法,往往受到历史客观性的制约,呈现总体稳定的状态,但是,文学史的理论建构也因其对作家、作品和读者形成的交叉关系的文化认知和价值发掘的发展而总是处于动态前进之中。区别于文学理论的是,文学史的理论对象是特定时段的客观实在,而作家的文学写作与文学成就在文学理论的普遍原理的概括中,有可能存概念预设下的非对称情况,因此,文学史家们的文学研究,并不仅仅凭借文学理论的宏观概念和原理,也不完全采信文学批评的微观成果,而是立足于特定时代的文化现象,从具体的文学阅读体验出发,判断文学活动的创意之处及其创造性成就。我国当代的文学研究中,关于中国古代文学史的著作层出不穷,正体现了文学史研究的上述开放性特点。

二、文学理论的多元品格

不同于其他两种文学研究的理论形态，文学理论是对文学的性质、特征、发展规律和社会作用进行一般阐释和宏观概括的学问，其研究所得的原理和原则为文学解释提供理论依据、思维方法。对于文学理论的学科建构而言，既要从宏观上发掘其理论形态在文化场阈的特殊性，又要从文学审美价值的具体阐释中构建其人文话语的底基。宏观构建的理论维度，使文学理论获得科学发展的逻辑话语体系；微观运行的审美场阈，对文学现象的个别性和现象之间的异质性的研究，使文学理论获得文化实践的人文话语根基，从而体现出学科发展的多元品格。

1. 学科自律的品格

首先，文学理论的学科品格表现为学科话语的独立构建。这里的学科话语是指文学理论在学科陈述时，其概念和原理所构成的"说"与交流。也就是说，文学理论的文学研究不止于文学阐释本身，不仅在于研究本身的技术革新，而更注重其学理自身的完善，注重为其研究群体间的话语沟通，发掘出文学经验对象所对应的意义符号，总结出能够表征文学经验的普适性的知性概念。这些概念的确立和阐述可以构建出相对稳定的文学原理，从而促进文学理论学科自律性地言说。事实上，中外杰出的文学理论家们对于文学理论学科的贡献，也往往以关键的几个概念和原理的言说为标识。这些概念和原理正是文艺学的各个分支学科间进行文学解释的依据、理论交流的凭借、付诸实用的依托。因此，文学理论进行学科自律的话语构建，也不偏移在与文艺学的各个分支学科保持相对一致的理论取向之外。其次，文学理论的学科自律性，也表现为研究方法的自觉性。文学理论的研究有时会适度借鉴社会科学或自然科学的研究方法，却自觉于总结文学研究的逻辑范畴，构建和确立相对性的规范、疏导和共享的理论体系，梳理出普适性的自身结构完整的学科知识，彰显研究本身的理性思维能力，体现学科自身不断发展的理论创新能力，从而成为针对人文对象的相对实用的理论样式。同时，由于研究的对象具有人文性，文学理论不像自然科学或一般的社会科学一样，依靠探索试验的方法，确定一套恒定的理论规则，总是适度借鉴却又不断超越自然科学和一般社会科学的研究方法本身，从而避免成为哲学意义上的文学之元理论。

2. 科学实践的品格

文学理论的学科品格也表现为一种科学的文学实践。首先，文学理论具有理论源于文学实践的品格。鲜活的文学经验经由一定的文学批评、文学史的认知，最终整合成文学理论的学科知识。可见，文学理论实事求是地着眼于文学批评和文学史的文学实践，通过文艺学的分支学科之间的话语互动，来进行文学研究的理论对接，对文学批评和文学史所提供的文学事实，进行概念性陈述，构建文学理论对于文学现象的普适性的话语实践机制，促进文学理论学科发展。这样，从生成论的角度看，文学理论的产生，源于文学实践，遵循文化实践的检验，而不是借助于哲学的概念思辨和原则推导，开拓出一种看似可靠的文学知识谱系。其次，文学理论具有科学性的实践品格。在文学理论的学科发展中，学科自身的话语体系表现为一种学科知识的逻辑演绎，而这一话语体系却是根植于文学经验的归纳。在两者互动的循环中，只有经过文学实践的环节，符合一般文化经验，为经验所证明了的文学理论，才能是科学的理论。这种科学性的证明，就是在文学实践的当下场阈，采用归纳、演绎、综合、分析、概括、比较的科学方法，合理阐释文学作为文化现象的个别性和一般性，有效地总结出学科发展的学理规则和学科话语，从而体现出科学的具有文学指向性的实践品格。单纯通过政治、道德、宗教、历史等意识形态的观念设定，进行逻辑推导的文学理论，远离文化实践，而只成为文学玄思的某种理论碑记。最后，文学理论具有动态开放的实践品格。文学理论用理性的文化观念去审阅文学现象而成为一种科学性的文化实践。这表明，文学理论总是在特定文学经验的基础上总结出概念来认识文学，表明其概念和理论都来自实践。但是，每当文化现实发生变化，文学批评和文学史的实践随之变化，文学理论的研究也要接受文化实践的检验实践随之改变，探寻既有的文学概念与新文学现象、新文化观念的适应性。依然用过去的概念和原理来研究新的文学现象，虽然处于新文学实践中，却也是故步自封的状态。因此，文学理论的科学实践的品格，是科学、实践、开放三者统一的品格，是其在文化批评的具体语境中，着眼于一处处丰厚的文学肌质，总结出文学阅读经验的知性概念的研究态度。文学理论发展史上每一次巨大而深刻的变化，都体现出文学理论的这种一种动态开放的科学实践品格。

3. 审美判断的品格

虽然文学理论采用科学理性的理论意识来构建其学科体系，但是，文学理论却不是居高临下的"玄思"。文学理论总是根植并生发于文化批评的场域，区别于一般的文化批评，而体现出审美判断的价值品格。从文学研究的角度来看，文学理论对于文学现象、文学活动的文化批评，能够从文化现象的普遍实际出发，超越政治、道德等单一观念的先验评判，超越文学审美趣味的感性直观，重视对"文学"的文化"还原"和审美价值判断。也就是说，文学理论作为一种关于文学现象的文化批评，从审美价值论的文化视野来研究文学，以微观的、感性的审美态度与宏观的、理性研究相结合，用理性认识来提升感性经验，探寻文学何处为美和美在何处的奥秘，更多地在创意书写、文本风貌、文化接受的审美维度，总结出文化活动中文学审美的一般尺度，对文学现象的全部的文化关系进行审美价值判断，从而不再纠结于文学本质论的玄思妙想。区别于文艺学的其他分支学科，文学理论可以超越历史条件的限定，不对文学现象进行单一观念的评判，立足于描述具体的文学经验，并通过这种个别的文学事实的反思，深入到文学经验现象的内在文化联系中，发现文学的审美价值规律，形成普适性的文学审美坐标，概括为文学理论。可见，文学理论不是以规范性的美学理论或单一的意识形态匡正文学的审美实践，而是以审美价值判断的视角，对文学活动从感性的直观状态到理性的审美升华，进行价值判断，从而形成平等和谐而自由包容的文化审美的品格。

第二节　文学理论的形态和任务

文学理论着眼于文化活动的基本理论经验，对文学活动的不同认识和不同切入，可形成多种研究视角。在这些研究视角的视域交叠中,运用多种方法加以研究,文学理论形成了千差万变的具体表现形态。一些基本而稳定的理论表现形态合力构筑了文学理论的话语系统。由此,文学理论研究相应于文学活动的"世界""作家""作品""读者"环节,开拓出了指向明确的研究任务。

一、文学理论的表现形态

文学理论的研究对象是文学。文学作为一种文化活动,为文学研究的理论概括和知性表达,提供经验基础。这项文化活动的基本理论经验在于,文学是由素材、创作、作品、接受等四个主要环节构成的具体的人文现象。着眼于文学素材,文学是现实世界中具有审美蕴含的生活素材的语言总结。由此形成文学理论的世界视角,研究丰富多彩的文化世界和社会生活中,文学素材所蕴含的生命经验、表达主题、情感态度和时代精神,发掘文学满足人类精神需求的审美价值,研判特定时期这些文学素材得以出版、发行的规则和民间传播的状况。着眼于文学创作,文学是由作家开启的文化书写活动。由此形成文学理论的创作视角,研究作家写作的心理机制和艺术表达方式。着眼于文学作品,文学是由语音、语词、段落和结构等构成的感性的语言文本。由此形成文学理论的作品视角,研究文学作品的艺术表现手法、特色化的语言技巧。着眼于文学接受,文学是读者阅读、欣赏和批评的审美过程。由此形成文学理论的读者视角,研究读者的文化心理结构、文学接受的过程以及文学消费的性质。文学理论的研究往往侧重于其中一个环节的文学认识,形成专门性的研究意向,进行知识总结和理论建构,从而形成不同的话语形态,即文学理论的具体表现样式,也称表现形态。正如美国当代的文学理论家艾布拉姆斯(M. H. Abrams)在1953年出版的《镜与灯》中所总结,整个西方世界的文学理论就是从作家、作品、世界、欣赏者四个要素的视角,进行了要素权重不同的理论研究。[①] 的确,古今中外的文学理论都能见出关乎这四个要素的某种构建趋向,以及用于界定、区分和剖析文学活动的主要范畴和评价标准。

在商品经济的条件下,在电子媒介的网络时代,作为文化活动的文学也被理解为"艺术生产"[②]或"文化传播",即由生活世界、文学生产、价值生成、文学消费等环节构成的文化经济活动,文学理论的研究也相应地形成了生产研究、价值研究、消费研究、传播研究等多种视角。因此,作为文学理论的研究对象,文学活动是其唯一的认识客体,但是,对于文学活动的不同认识和不同切入,可以形成多种研究视角。理论家们往往会在多重视角的视域交叠中,运用多种方法加以研究,使文学理论的具体表现形态千差万变。现阶段,文学理论的研究因思想观念、理论渊源、批评方法的相对统一,而形成了一些基本稳定的理论表现形态。这些形态主要有文学哲学、文学文化学、文学社会学、文学心理学、

---

① M·H·艾布拉姆斯.镜与灯:浪漫主义文论及批评传统[M].郦稚牛,张照进,童庆生,译.北京:北京大学出版社,1989:6.

② 畅广元,李西建.文学理论研读[M].西安:陕西师范大学出版社,2013:27.

文学符号学、文学价值学、文学信息学等如下七种。①

文学哲学。文学哲学是文学理论从理性思辨的角度对文学的艺术本性和规律,进行逻辑推导和理论阐述的表现形态。其理论主旨在于对"文学是什么"和"艺术是什么",以及这两个"是什么"的关系,进行所谓"文艺学"的宏观探究。这一理论形态从哲学所关注的存在与意识的关系出发,构建出文学研究的基本范畴,致力于探讨文学作为一种艺术样式的审美本性。其研究内容和研究方法与哲学的美学分支交叠。美学往往重视造型艺术和时间艺术的研究,而不够重视语言艺术,文学哲学受其影响而简约化了文学现象的具体阐释。

文学文化学。文学文化学是文学理论从文化论的角度,对文学的人文化成的本性和规律进行阐述和解释的表现形态。这一理论形态从文学作为文化现象的角度,视文学为社会实践中人为化成的审美创造和文化经验,在物质与文明互化的文化语境中,根源性地探讨人与文学的文化关系,研究文学与文化精神、文化形态、文化结构、文化心理的关系,研究文学表现手法的文化习惯和文化机制对文学的影响等。其理论主旨在于对文学现象关乎人的"生命理想"、"经验呈现"和"社会存活"的内涵、特征、选择和共识,进行所谓"文化学"的探究。其研究内容和方法与文化学交叠。

文学社会学。文学社会学是文学理论从社会论的角度,对文学作为社会文化现象的本性和规律进行阐述和解释的表现形态。这一理论认为,文学的形成和发展,都有深远的社会历史和深层的社会根源,因此,需要从社会性的角度,阐明文学发生、发展、变迁的社会规律和利益争执,阐述文学的社会功用和社会认知的意义。其理论主旨在于,对作品与社会环境的关系,文学活动与社会思潮、社会风貌、社会问题的关系,进行所谓"社会学"的总体探究。当前,文学社会学尤其关注文学与社会规范、商品市场、生活状况、职业习惯、传播媒介、大数据调查的关系。其研究内容和方法与社会学交叠。

文学心理学。文学心理学是文学理论从心理学的角度,对文学写作和阅读作为人的心理过程的规律,以及心理情感的特性,进行实验和解释的表现形态。这一理论认为,文学是一种特殊的生命现象,文学的创作和阅读都与人的想象和评价的心理因素密切相关。因此,需要从心理学的角度,阐述文学活动中自主表现的心理想象和自我抑制的心理批评及其相互关系,阐明文学作为心理活动的本性和文学心理认知的意义。其理论主旨在于,对文学与书写、阅读的思维心理和感觉心理及其关系,对作者和读者的审美心境、美感态度、审美价值及其关系,进行所谓"心理学"的探究。文学心理学也倾向于探讨人的心理结构与文学活动的关系,实验性地研究梦幻想象、个人人格、童年经验对文学活动的影响,并试图更深入地揭示文学活动的心理奥秘。其研究内容和方法与心理学交叠。

文学符号学。文学符号学是文学理论从符号论的角度,对文学活动作为文化符号活动的特性和规律进行揭示和阐述的表现形态。这一理论认为,人类的一切思想和经验都是符号活动,符号是人类文化延续的意义载体。当前符号的意义源于漫长时间的演进和

---

① 童庆炳.文学理论教程[M].修订2版.北京:高等教育出版社,2004.

历史意义的传承。表现在文学活动中,作家所书写的以及作品世界所呈现的语言声音、文字、图像表情和情绪都是意义符号。文学符号具有能够被感性把握的肖像性、具有符号间相互关联的指示性、具有符号因约定俗成而延伸出来的象征性。因此,只有从文本的符号结构与现实世界的对应关系上研究文学作品的符号结构及其意义表现,才能更好地理解文学。其研究内容和方法与符号学交叠。

文学价值学。文学价值学是文学理论从价值论的角度,对文学活动作为价值活动的系统性和实现规律进行揭示和阐述的理论形态。是对文学进行价值论研究的理论。这一理论认为,人与世界的一切关系都是人根据自身的能力,用有限的自我精神去把握无限丰富的对象世界的过程,也就是对象之于人的意义呈现过程。表现在文学活动中,文学创作到文学接受的过程,是人的文化符号活动通过意义呈现,而成为价值评价和效应表现的过程。文学价值学认为,从社会价值的角度看,只有把文学理解为人为了满足个体精神或一般性的社会需要,而进行的价值创造和实现的活动,才能更好地进行文学释义;因此,文学理论需要研究文学活动之于人在社会现实中的有用性。

文学信息学。文学信息学是文学理论从信息论的角度,对文学活动作为文化信息活动的特性和规律进行揭示和阐述的表现形态。这一理论认为,人类的一切思想和经验都是文化信息表现,文学作为文化信息活动,其各个环节都体现着信息功能。生活世界是文化信息基地,文学创作是对文化信息的加工,文学文本是对文化信息的呈现,文学接受是对文化信息的传播和利用。区别于自然科学的信息活动,文学活动是一种系统性的文化信息流程,文学信息的获取、加工、输送、利用的方式都具有文化人文性的特点。因此,文学研究可以在文化信息系统的各个不同节点上,分别捕获不同的文学信息。

二、文学理论的学科任务

作为文学理论学科的研究对象,文学活动由"世界""作家""作品""读者"等四个动态环节构成。文学活动发生的原点是文化生活,即"世界"。对"世界"有独特的生命体验和艺术发现,并能够借助独具匠心的艺术形式表现出来的创造者,即"作家"。"作家"妙笔生辉而创造出具有人文内涵的艺术文本,即"作品"。在文化交流中,文学作品的阅读和评价者,即"读者"。因此,世界—作家—文本—读者这四个环节构成动态的文学活动。文学活动不仅是指由这些环节所形成的物理的动态关联,更重要的是指在这一过程中人与对象所建立的诗意的文化秩序。这两方面共同构成文学理论研究的对象系统,即文学活动。可见,只有全面关注文学活动的这些环节,文学理论才有可能完整地把握文学的结构特征,准确地理解文学的文化性质、文学写作和阅读的灵巧与方法,文学的主要功能,以及文学发展变化的规律。因此,文学理论学科立足于具体的文学经验描述,汲取文学理论基本形态的多重滋养,相应于文学活动的构成环节,以显著的话语建构和明确的问题指向,确立文学理论的研究任务,即文学活动论、文学创作论、文学文本论和文学交往论。

文学活动论。文学理论需要明确学科研究对象的存在方式,从而确立相应的研究方法。这是文学理论需要解决的首要任务。文学理论把文学理解为人类世界特有的"动态存在"的审美文化活动,采用对文学审美经验进行归纳概括的研究方法,而开拓的文学研究理论就是文学活动论。作为文学理论的任务之一,文学活动论的基本出发点是将文学视为人在社会实践中形成的特殊的精神活动,认为文学活动随着社会实践而产生,并随社会实践的变化而发展变化,以此,对文学存在方式和相应的研究方法进行理论阐释。可见,文学活动论的任务就是将文学理解为人特有的审美文化活动,揭示文学的"人学"本性和审美品格,选择相应于这种人文现象的研究方法,实现文学理论研究的对象论与方法论的统一,从而确立文学理论进行学科建构的逻辑起点。

文学创作论。文学理论需要探究学科对象能够动态存在的动力之源。这是文学理论需要解决的关键任务。文学理论把文学理解为由文学创作推动的动态过程,对创作活动的精神本性、审美属性和生产特征进行研究,以此开拓的文学研究理论就是文学创作论。可见,作为文学理论的任务之一,文学创作论的基本内容就是对文学存在方式的动力之源,即主体作为文学创作的关键条件和功能,进行理论阐释。文学创作论认为,文学创作是一种动态的审美创造过程,是作家以审美化的生命经验来把握生活世界的过程,也是作家以独特的审美感受、观察方式、想象能力和思维特点,使文学作品被创作出来的过程。文学创作论不仅研究为何创作和如何创作的文学认知活动,也研究作家在精妙的言语世界进行生命书写的审美体验活动,以及作家以个体经验对人性善恶和美丑的独到观察,从而评判日常琐细的生活素材何以在文学创作中焕发出思想精神的色彩。因此,创作论是理解文学活动何以发生,从而进行学科理论建构的关键所在。

文学文本论。文学理论需要研究学科对象能够动态存在的文化属性。这是文学理论需要解决的核心任务,或俗称"主线任务"。文学理论把文学理解为文化文本的艺术呈现和文本作品化的"文化生成"过程,对文本的艺术构成因素及其相互关系进行研究,对作家创作出来的文学文本在阅读、欣赏和批评中趋于形成文学作品的话语条件进行研究,由此而开拓的文学研究理论就是文学文本论。文学文本论的基本内容是研究文学活动的文化属性,即以作品为核心所形成的"文学——文化"系统的理论阐释。一方面致力于探讨文学文本的微观构成,把文学文本理解为题材、人物、情节、环境、主题、情感态度等文化要素构成的内容,以及语言、结构、体裁、风格等文化要素的形式呈现,探讨内容要素与形式要素间的动态存在的文学系统性。另一方面,研究文学存在方式的文化属性,即"世界"当中一般性的文化文本、"作家"创造的文学文本、"读者"接受中形成的艺术文本,以及这三者间构成以作品为核心的文学动态架构的文化系统性。因此,缺失文学理论文本论这一核心任务,就会使文学活动其他环节的解释失去文化根基。

文学交往论。文学理论需要研究学科对象能够动态存在的运动形式。这是文学理论需要解决的基本任务。文学理论把文学活动理解为一种具有文化属性的"交往"过程,探索文学动态形式的文化交往属性,尤其关注读者在文学阅读、消费的交往过程,与文本、作家之间建构的文化接受关系。由此而开拓的文学研究理论就是文学交往论。文学交往论的基本内容是研究文化文本经艺术交往的诸环节而最终生成为文学作品的对话历程。文学交往论认为,文学研究只有在具体的情感经验的交往、对话、接受过程中,进行跨文本的话语交流,才能突破文学研究的视角隔离,才能形成鲜活的文学研究系统。

因此,文学理论任务拓展的基本方向就是阐述文学的审美经验和深层意蕴通过"文本及语言的表现"而动态存在的交往形式。

第三节 文学理论的发展

从现代知识生产的角度看,文学理论学科诞生于19世纪以来的知识学科化发展之路。文学理论学科诞生以来,其最基本的文化使命就是对文学活动进行知性理解和理论表述。在20世纪以来的后工业时代的文化语境中,文学理论自身的知识生产机制与文学活动的复杂变化交互发展,文学理论学科遭遇了唯理化的思辨魅力衰减的话语危机。文学理论在未来发展的道路上,必须直面网络智能时代多媒介的文化生产和文学经验,明确新的文化使命,建树新的话语姿态,方能谋得新的理论发展。

一、文学理论的学科独立与扩界

在知识生产条件下,文学理论需要自觉构建学科独立的知识身份,才能获得文化认同的合法位置。文学理论的学科独立性涵括理论建构、实践探索、方法革新及学理积淀等学科要素的获得。其理论建构就是在文学体验和反思中,以意识形态批判的话语姿态,概括出基本概念和原理,阐述对象、范围、任务、目标等要素构成的理论系统;实践探索就是倡导在现实的社会文化活动与文学实践中检验和完善理论;方法革新就是确立具有文学指向的研究方法,并根据社会文化条件和文学现象全新的事实变化,而自觉创新适当的研究方法;"学理积淀"就是文学理论历经长期研究积淀,形成关于文学基本概念原理和价值标准等相对稳定的理论形态。在学科化的发展进程中,文学理论的学科独立与学科扩界互化互生而又若即若离地显示出理论发展的文化特征。

19世纪以来,文学理论步入了知识学科化发展的必由之路。文学理论在古典哲学理论思维的影响下,在启蒙理性主导下,以文化批判的学术理念,于社会文化的一般层面,研究审美文化的文学表达,研究文学现代性的观念,以此来建构学科自身的知识结构和话语体系。作为文学研究的学科建构,文学理论用综合和演绎的方法,研究艺术创造的思维形式和文学文本传达的思想观念。这种研究强调理论之于文学经验的先在而自明的思维程式,使得理论研究思维获得了居于文学活动之上的独立性。致力于文学审美经验的理论建构,不仅对文学现象进行理性直观和逻辑推导,而且从哲学思辨的角度,推演文学与其他文化现象的逻辑关联,甚至把其他学科理论获得的文化规律引入文学理论的思维程式。这种跨学科的理论汲取和分析、推理的方法,在知识生产的文化序列中,直接促使文学理论以哲学的逻辑范畴和思维形式进行文学研究,推进了文学理论的思维水平与话语生产能力的发展。

20世纪以来,文学理论致力于人文学科的话语建构。精细化的知识生产和大学教育的学科职业化发展,以及自然科学、社会科学的分支学科的分类发展,促使文学理论在大学体制的学科构建中,不断地确立起与其他学科截然不同的人文理论的学科特征和研究取向。在此条件下,文学理论立足于科学化地研究文学作为人文现象的文化特性,从哲学、社会学、文化学、心理学、符号学、价值学、信息学等诸多的知识领域吸收养料,不断地更新研究方法,构筑其人文科学下的学科性质和边界,以求在当代知识生产场域获得某种文化身份的认同。作为一种人文学科的知识生产,文学理论扬弃了19世纪以来唯理论主导的思辨性研究模式,转而走上理论批评化道路。从此,文学理论立足于文学活动的生命经验,以分析和归纳的方法,钟情于对个别性和偶然性经验进行艺术呈现的文学现象进行知性把握,因而偏重对文学现象的批评性研究。当文学理论放弃把文学当作全部知识的可靠基础和意义的稳定来源,不以文学进行普遍真理的探索时,实质上也使哲学思辨式的文学理论,被理解为偏离文学事实而牵强附会的话语虚构。因此,文学作为文化审美现象和生命活动的直观状貌,成为理论家以自我生命经验来阐释和批评的"生命对应物"。但是,经验提升手段的匮乏和有效性的降低,造成了文学理论研究对于生命经验的理论乏力,扩界"取经"或称越界"移民",成为文学理论研究的外在风尚。

如果说文学理论学科的知识身份,是由理论建构、实践探索、方法革新、学理积淀而为学科边界,使自身呈现为一种独特的文化标识,那么,文学理论的学科扩界就是,当其经历文化、哲学、社会转向的新挑战时,对应新文学现象的文化生成语境,验证既有概念、原理、标准、方法等条件的有限效度,从而跨界到政治学、经济学、人类学、和艺术史学等理论场域,汲取文学之外的理论滋养。正基于此,20世纪以来的文学理论不仅探讨文学本体范围的问题,如创作的方法技巧、文学的形象、体裁和思潮等涵括文学自身规律性的内容,也将研究的范围延展至更为广阔的文化环境中,探索文艺新形态的特征和规律,甚至摸索借鉴其他学科的研究成果。这种跨域研究,扩充了文学理的研究内容,拓展了文学理论的学科体系,促进了学科自身的发展,同时,客观上造成种种理论扩界效应。作为文艺学诸多分支学科的理论枢纽,当文学理论的这种大举扩界似乎已成为其当代发展的主导趋势时,客观上为整个文学研究灌注了活力,但也造成整个文学研究视域的文学与非文学边界的扩散乃至消失的认同危机。

遭遇到理论扩界和对象边界移动的危机时,文学理论的文化身份合法性受到质疑,也得到辩护。质疑的观点认为,文学理论扩界表明其本然地缺乏理论建构的生命力,只是一种单纯性、空泛性的文化"信息载体"研究,而当视像文化扩充并蔓延至文学境地,文学生产转入机械复制与审美泛化,审美形式浸入日常生活时,必然导致文学理论以文化视界的一般惯例扩界而迷失在文学之外。辩护的观点认为,虽然文学理论的扩界已势不可挡,但是,其作为对人类文化中诗性经验的理论总结,与文化转型相适应,正处于扩界转型的理论重构状态。这种理论重构立足于大众化的文化选择及其规律,能够超越文学理论的知识生产受意识形态与制度化深度介入的权威设定,能够超越文化绝对价值、社会总体性和知识论的宏大叙事,正趋向于成为一个更具有科学性、时代性、开放性和实用性的理论学科。但是,对文学理论发展趋势的关注远不止于此。一些理论家认为,文学理论的危机是综合性的。这意味着危机不仅体现为学科边界的失守,也不仅体现在自上而下思辨研究的"理论终结",也体现为"理论之后"的使命缺失,更体现为文学批评话语"反理论"的勃兴及其抵御效应,因为文学批评似乎已致力于去分担文学理论终结后文学研究的文化使命。其实，作为一种理性认知活动，文学理论的话语体系建构离不开逻辑推演的凝神思考。创作或阅读经验的文学实践，只有通过理性的分析、总结和评判，才能提升为理论经验。缺失理论渗透的纯粹批评，只是对文学局部现象的经验观照。缺乏理论思辨的指引，就会缺少真正的文化评判能力，甚至造成文学赏析的深度误读。重构的文学理论话语体系，通过理论概念和范畴对文化经验和文学规律的认识而着力，是文学经验得以升华的思想依托，能够使文学理论肩负起新的文化使命，重构学科身份，获得自身存在的知识和文化价值，从而越过危机，步入理论发展的新天地。

二、文学理论的文化使命与发展

作为一种文化研究形态，文学理论能够得以持续地以知识生产的身份，继续在社会环境中保存和发展，缘于其能够担负起学科发展的文化使命，在时代文化的新语境，解释文学活动的新问题，以此推动文学理论不断向前发展。

1. 文学理论的文化使命

就当前文学研究的发展趋势而言，自上而下的文学理论研究已然只成为一种时过境迁的话语怀旧。因此，担当文学意识形态认知的权威和意识形态批判的英雄，已不再成为神圣的"现代使命"而悄然走向终结。文学理论学科必须进行知识身份的自我定位和学科使命的重构，以克服走向微小叙事的表面化和局部真理化的危险。为此，文学理论的"当代使命"就是重构身份，重新获得文化认同。这样的身份建构不是要回答"文学理论是什么"，也不是要解释"文学理论形成的依据"，而是要明确这样的研究"会使文学理论成为什么""文学理论如何才能再次成为文学研究的理论""文学理论如何重构自我"。缺失了这些使命，文学理论将再次失去现实依存。因为，文学理论不只是要建构或更新关于文学知识的思想或理论资源，不只是形而上地沉淀出典范性地运用文学研究概念、范畴和原理的思维样态，更是要能够在全新时代的文化环境中，探讨文学作为文化现象与政治、历史、宗教、道德等文化观念的联系以及文学的构成和特性，解释文学实践所依存的种种全新的文化现象。

2. 文学理论的社会发展

文学理论的学科发展总是在一定社会文化环境下的发展。因此，文学理论要直面新的社会文化现象，肩负并完成社会文化所赋予的学科使命，才能获得社会文化的身份认同。例如，我国当代文学理论就经历了在"文革"之后全新的文化环境中，及时重构理论形态，释放学科发展的科学态势，更好地完成社会使命的学科建设历程。这一时期，文学作为文化现象普遍突破了题材禁区而呈现在全新的社会环境中。于是，文学理论适时研究文学与人学的关系、文艺与政治的关系，文艺的真实性原则、文艺的形象思维特征、文艺的审美意识形态属性等一系列问题，提升了对文学的形式和内容、题材和风格、创作和接受的新认识，成功地将文学从庸俗社会学和艺术教条主义的束缚中剥离出来，从而标识出"文革"之后文学理论学科在全新的社会文化中的知识身份。当前，网络文化给社会发展带来诸多益处，但是也造成了许多弊端。因此，文学理论作为人文研究的理论学科，应当自觉建构新理性思维，去思索网络文化活动的普遍规律和文学活动的特殊性。可以预见,随着社会发展和新技术的再发展,必然带来文学活动各环节的急剧变化,文学理论研究,需要合理解释全新的文化语境,在文学发展变化的外部关系和话语呈现的内在生成之间,辩证性地权衡探索与新生产力相适应的文学观念和研究方式。在文学的外部联系中,以文学本文与一般文化文本共享的电子信息场域,探索文学与社会、历史和个人生活的文化关联。在文学的内在生成中感知网络文本的思维情感和逻辑判断的特质,把握网络书写、阅读作为生存方式对于文学活动的常态性,进而探索新文学现象与传统文学之间可通约的理论基础,重新构建出文学研究共识性的学术规范。

3. 文学理论的文化语境

"再深奥的理论也有历史现实的根源"[①],文学理论的发展总是依存于特定时代的文化语境,只有能够充分地理解和合理地解释影响文学发展的时代文化因素,才能建设具有文化使命担当的文学理论。就文学活动而言,随着社会文化的普遍发展,当前的文化语境主要表现为以下五点。其一,电子技术使机械复制时代的艺术演变成了符号编码的文化仿像,促成了文学传播手段的重大革新。其二,文化潮流浸透到文学艺术研究的各个领域,促使文学理论的学科发展,不断地扩展到大众文化领域。其三,现代大学教育体制造成学科研究团队的职业化、专门化、竞争化,推动文学理论研究不断地超越危机而向前发展。其四,出版技术、传播手段的变化造成学科接受频率和学科知识更新速度的新变化。其五,文学生产的网络化,创作人员的职业化,传播媒介的民间化,文学接受的大众化等新文学现象层出不穷。面对如此变化了的文化语境,文学理论的研究需要在"文化理解"的意义上不断地拓展和深化。然而,传统意义上的文学理论,往往忽视当下的这种文化语境,仍然眷恋18世纪审美无功利主义的理性直观,试图提炼共同美的普遍心理特征,确保审美意识,和审美心理的主体自觉与独立。当文学理论只是理性认识和推论的结晶,而超越文学实践时,就意味着文学理论必然脱离实际的文化语境,而不能得到当代文化认同。

4. 文学理论的发展趋势

在全球文化的社会转型和文化转向以及科学技术迅速发展的进程中,智能化的信息网络使得文化的存在形态发生了根本性的改变,作为文化形态的文学理论也必将随之产生深刻变化。网络搜索引擎正在由局域设定的数据库检索,向全域开放的元搜索发展,这会使得文化信息、文学文本的检索和跨时空传递,更为及时性、全面、便捷和民主,为文学理论的研究提供全新的阅读视野。规避掉出版控制的网络文学活动,使文学生产避免了意识形态上的分歧、偏见和评价权利的任性表现,也会使文学理论的意识形态评价脱离理论惯例的话语机制而更为客观公允。文学商品化发展会使得文学活动从规模、利润、技术手段等方面构建出一种全新的文化系统,这将为文学研究对象的认知提供新的逻辑起点,使之在更为贴近现实的意义上建构理论形态。总之,只要明确了文化使命,沿着社会发展的道路前进,着力于理论生成的文化语境,文学理论必将"取决于文学发展的

---

① 伊格尔顿.理论之后[M].商正,译.北京:商务印书馆,2009:24.

未来"①而重新赢得理论兴盛。

第四节 文献选读

一、《文学理论,文学批评和文学史》(韦勒克,沃伦,节选)

对文学理论、文学批评和文学史三者关系的探讨,也受到西方文论的关注。美国理论家韦勒克、沃伦合著的《文学理论》一书,在第四章中专门探讨了这一问题。该著通过具体文学研究与宏观理论研究相结合的方法,讨论了文学理论、文学批评和文学史三者在文学"本体"研究中的关系。作者认为,虽然文学理论的文学原理研究、文学史的作品构成研究和文学批评的文学标准研究是有区别的,各自有各自的特点和方法,但他们之间仍然都内在的关联。这些认识在西方学术界已相当明显,广为人知,但是,有的西方学者还是忽视了这种区别,如贝特森关于"影响"的观点,再有如文学重建论的主张,也称为"历史主义"。这些"粗心"的观点认为,每个时代的文学批评观念和规范,都仅仅表现在自身时代性的研究形态中,而与其他时代的形态无关,也同时忽略了文学理论、文学史和文学批评之间的文学关联,造成对文学学科的片面性认识。《文学理论》的上述观点,在一定意义上表明,文艺学的各个分支学科不是纯粹而单独进行的,他们之间是相互包容、相辅相成的。文学理论需要通过具体的文学作品研究来例证或归纳,文学批评和文学史也需要理论观念的支撑。文学史的研究,不是单纯以文学为研究对象,而是把历史上的、当代的文学理论、文学批评与文学一起,逻辑性地结合为一种历史"秩序",使理论渗透在文学史的各种研究实践中。

二、《后理论》(拉曼·塞尔登等,节选)

20世纪以来,文化全球化背景下世界大学教育急速发展,文学理论研究在教育体制管理和职业竞争推动下,呈现出空前的科学化、学科化、职业化发展态势,各种形态的文学研究理论层出不穷,似乎造成文学理论的"泛滥"。于是,一些国外学者认为,文学研究正步入超越文学理论的"后理论"时期。经刘象愚译介,英国学者拉曼·塞尔登等人在《当代文学理论导读》中对"后理论"的讨论,受到国内学界的关注。该作认为,多元化的文学研究,使一些人感到,相比于传统的纯文学研究,如今的文学的理论研究已偏离了正轨,因为,这些多元化的文学研究使文学的完整性和客观事实被边缘化、被冲击。他们表示,当文学研究认识到这一点时,就会警醒:文学研究的"后理论"转向开始了。这种"后理论"转向有两个特点。其一,文学研究的理论不再是神秘、神圣的权威,理论家也不再被顶礼膜拜。其二,文学回到其自身的轨道上,不再接纳社会、文化、经济机制的赋予,也不被遮蔽。但是,在如何使

---

① J.希利斯·米勒.文学理论的未来[J].东方丛刊,2006(1):15-29.

文学的理论研究回归文学自身的问题上,产生了拉巴尔特与卡勒等诸多学者参与的论战,争论如何保持文学研究与理论论述的平衡,对文学文本采取怎样恰当的批评态度,如何使研究真正能够置身于文学本身。这些是"后理论"需要解决的问题。

本章问题

1. 简述文学理论的任务。
2. 简述文学文化学的形态特征。
3. 有学者认为文学理论已步入"后理论"时代,谈谈你对"后理论"的认识。
4. 文学理论在20世纪的发展有何特点?

参考文献

[1] 特里·伊格尔顿.文学原理引论[M].北京:文化艺术出版社,1987.
[2] 乔纳森·卡勒.当代学术入门:文学理论[M].李平,译.沈阳:辽宁教育出版社,1998.
[3] 热奈特.文学理论精粹读本[M].阎嘉,编.北京:中国人民大学出版社,2006.
[4] 钱中文.文学理论:走向交往对话的时代[M].北京:北京大学出版社,1999.
[5] 童庆炳,马新国.文学理论学习参考资料新编[M].北京:北京大学出版社,2005.
[6] 赵宪章.文艺学方法通论[M].修订版.杭州:浙江大学出版社,2006.

第十二章

文学理论的应用

　　文学理论的应用是要辨析文学理论的用途,文学理论虽然是对文学活动"形而上"问题的思考,然而其根基在生活中,脱离了生活,文学理论就成了无源之水,无本之木。文学理论是对文学实践和文学规律的总结,先有文学实践,才有文学理论,文学理论反过来又指导文学实践。

　　第一节阐释文学理论作为一种人文阐释的方法。文学是人学,文学理论是一门人文学科,文学的主体是人,文学的作者、读者都是人文活动的主体,文学理论作为人文阐释的方法,主要体现为对文学现象和文学活动进行人文性阐释。

　　第二节论述文学理论作为文学研究的基础。其表现在于文学理论高度关注作家的创造及"文学性",重视文学的内部研究以及对作品的细读和分析,并从整体上对文学发展的基本规律进行系统的关照与把握.

　　第三节探讨文学理论作为文学批评的手段。文学批评既奠基于文学理论,受文学理论的指导,又可以通过其鲜活的实践揭示出文学发展的内在规律,丰富文学理论的内容。文学理论为文学批评提供思想标准和艺术标准,文学理论对文学评具有方法论和实践指导的意义。

　　第四节为"个案分析",其一选择了美籍华裔理论家宇文所安对杜甫的《江南逢李龟年》一诗的分析,从中体会作者是如何体现理论作为人文阐释方法的效果;其二是选取了当代西方文论的一篇重要文献《文学理论在今天的功能》。

　　文学理论的应用是要辨析文学理论的用途,文学理论虽然是对文学活动"形而上"问题的思考,然而其根基在生活中,脱离了生活,文学理论就成了无源之水,无本之木。文学理论是对文学实践和文学规律的总结,先有文学实践,才有文学理论,文学理论反过来又指导文学实践。

第一节　作为人文阐释的方法

文学理论是一种人文阐释的方法,本节主要在中国古代文论以及西方人文主义和阐释学背景下,探讨了人文阐释的内涵以及文学理论作为人文阐释方法的具体表现。

一、人文阐释的内涵

关于"人文"这个概念,在中国古代文论和西方文论中都有论述。而"阐释"一词则要放在西方阐释学的背景下来理解。

1."人文"的内涵

"人文"在中国古代文化典籍中和"天文"相对。《周易·贲卦》中的《象》中说:"天文也;文明以止,人文也。观乎天文,以察时变;观乎人文,以化成天下。"①"天文"主要指的是天的文采,即日月星辰、阴阳变化;"人文"主要指的是人的文采,即"文章""礼仪"等。刘勰说:"人文之元,肇自太极,幽赞神明,易象惟先。"②这里的"人文"指的是人类的文化学术,有"文献"的意思,即儒家的经典。中国古代的"人文"是与"天文"相对的一个概念,张立文说:"先秦时,则文、史、哲、社不分,以日、月、星、辰为文(天文),礼乐刑政亦是文(人文),文是一个很普遍的范畴。"③也就是说,"人文"指的是礼乐刑政这些人类的文化学术、文献以及规章制度。"古代中国'人文'本义乃是以天道信仰为背景的礼仪教化,其重心所在并非'人',而是礼仪之'文'。"④不管"礼"的内容如何变化,"礼"教化"人"的"人文"意义一直不变。

"人文"受西方"人文主义"的影响。人文主义诞生于14世纪的文艺复兴时期。文艺复兴是资产阶级在意识形态领域里对当时占据主流地位的基督教文化的一场宣战,文艺复兴高扬人文主义的旗帜,以人性对抗神性,强调人的主体地位,把人从神的束缚下解放出来。薄伽丘是文艺复兴时期人文主义的先驱,认为诗的虚构中隐藏着真理。薄伽丘认为,诗"能够武装君王们,把他们导向战争,使整个舰队从其停泊的场所驶向海洋",诗能"唤起懒人,激发蠢徒,约束莽汉,说服罪犯"⑤。他的《十日谈》凸显了人的欲望,揭露了教会的虚伪,表达了对人性解放的肯定。莎士比亚的《哈姆雷特》有一段话,用诗性的语言对人类进行赞美,而哈姆雷特的悲剧是人文主义与封建主义对抗的悲剧。

"人文"是对现代性(modernity)的一种回应。现代是相对于古代而言的,在西方文化中,现代和近代是一个词,即"modern"。现代与古代区别在于时间观的不同,古代是一种循环往复的自然时间观,现代则是一种崭新的时间观,即现代性时间,是一种指向未来、

---

① 黄寿祺,张善文.周易译注[M].上海:上海古籍出版社,2004:174.
② 刘勰.文心雕龙注[M].范文澜,注.北京:人民文学出版社,1958:2.
③ 张立文.朱熹思想研究[M].北京:中国社会科学出版社,2001:399.
④ 尤西林.人文科学导论[M].北京:高等教育出版社,2002:33.
⑤ 伍蠡甫.西方文论选:上卷[M].上海:上海译文出版社,1979:177.

不再返回过去的矢量时间。"而'现代性'指现代(含现代化的过程与结果)条件下人的精神心态与性格气质,或者说文化心理及其结构。"①现代性的特点是一切都碎片化,所有坚固的东西都灰飞烟灭了。现代性都有《浮士德》的色彩,和魔鬼交换灵魂,获得力量。而现代社会的进步,往往是以牺牲人类的一些宝贵的东西为代价的。"人文"概念是对现代性的一种回应,是对现代工业文明割裂人性的回应。

2. 西方阐释学背景下"阐释"的内涵

"阐释"一词源于阐释学(Hermeneutics),"阐释学"本来是用来解释《圣经》的。"阐释"是神的使者"赫尔墨斯"的音译,赫尔墨斯是沟通人和神的关系的,经常向人传达神的意旨。阐释学又称为"赫尔墨斯之学",即解经学和诠释学。

施莱尔马赫为现代阐释学的诞生奠定了基础。施莱尔马赫使阐释学从一种文字技巧和规则发展为一般理论。施莱尔马赫认为,理解和阐释是一个复杂的过程,而理解和阐释的核心问题在于如何避免"误解"。那么,如何避免"误解"呢?施莱尔马赫认为,只要通过必要的方法消除"成见"。狄尔泰的阐释学在于为"人文科学"的合法性正名。狄尔泰发展了施莱尔马赫的阐释学理论。狄尔泰致力于为"精神科学"研究奠定基础,他反对人文科学受自然科学的影响,他想使人文科学对于人类影响具有与自然科学一样的可靠性,而阐释是人类沟通自己与过往历史之间联系的重要环节。伽达默尔的从"理解"的角度去谈"阐释"。阐释就是现在与过去的对话,文本的意义在于阐释,而阐释又受阐释者所处的历史环境的制约。伽达默尔是在哲学层面思考"理解与阐释"的问题,伽达默尔要回答的问题是:"理解怎样才是可能的?"赫斯将阐释学理论引入文学理论领域。赫斯的理论主要是针对现代阐释学而发的,他反对伽达默尔关于文本意义的历史性和理解的相对性的观点,认为这种观点会给阐释的相对论大开方便之门。而要消除这种弊端,就必须确立作者本意的权威性。

二、文学理论作为人文阐释的方法

而文学理论可以看作是文学作品的一种人文阐释的方法。文学是人学,文学关注人的情感、生存状况,并塑造典型人物,文学理论是一门人文学科。

1. 文学是人学

文学关注人的情感。情感是文学创作的根源,也是文学创作的主要内容,没有情感,文学就失去了灵魂。文学关注各种各样的情感:亲情、友情、爱情等,而爱情是文学永恒的主题。《荀子·乐论》中说:"夫乐(音乐之'乐')者,乐(快乐之'乐'也),人情之所不免也,故人不能无乐。乐则必发于声音,形于动静,而人之道,声音、动静、性术之变尽是矣。"②文学与音乐相通,荀子论述音乐也适用于文学,音乐、文学都离不开"情"。陆机的《文赋》中说:"诗缘情而绮靡",刘勰在《文心雕龙》中有一章叫"情采",是专门写情的,有

---

① 尤西林.人文科学导论[M].北京:高等教育出版社,2002:21.
② 荀况.荀子[M].方勇,李波,译注.北京:中华书局,2011:325.

"文采所以饰言,辩丽本于情性"①之语,进一步确立了文学的抒情本质。在中国文学理论中,"情本论"是文学本质论的主流观念。在西方文学理论中也是如此,狄德罗认为,没有情感这个因素,任何风格都不可能打动人心。泰纳在《〈英国文学史〉序言》中说:"一部书越是表达感情,它越是一部文学作品;因为文学的真正使命就是使感情成为可见的东西。"②情感性几乎成了"文学性"的同义语,情感性使文学具有审美性。

文学关注人的生存状况。文学源于生活而高于生活,对人类的生存状况给予密切的关注。生存不易,人生的意义在于生存的价值,许多影视作品都反映普通人的生存状况,如电影《活着》《老井》和电视剧《平凡的世界》就是如此,任何文学文作品都会发现人的价值和意义。一些以荧幕硬汉著称的演员,如陈宝国、张丰毅、黄志忠等人,也会选择演一些小人物。如陈宝国主演过《老农民》中的农民牛大胆,张丰毅主演过《岁月如金》中的北京知青石德宝,黄志忠主演过《家常菜》中的国营食堂大厨刘洪昌。小人物的生活是平庸的,柴米油盐的生活当中也会有硬汉般的铮铮铁骨。

文学要塑造典型人物。文学作品包括诗歌、散文、小说、戏剧四大文学样式。散文中的叙事散文会关注人,而诗歌要有一定的意象,所谓"意象"就是主观和客观的统一,"所表现的是主观的生命情调与客观的自然景象交融互渗,成就一个鸢飞鱼跃,活泼玲珑,渊然而深的灵境。"③而这个"灵境"就是意象,是情与景的结晶品。小说中更要塑造典型人物,就是要为艺术的画廊中平添几个人物。塑造典型人物是文学的特征,如《水浒传》中的人物,一百零八个人物有一百零八幅面孔。另外,如孙悟空、贾宝玉、林黛玉、阿Q等都是这样的典型人物。

2. 文学理论是一门人文学科

人文学科与人文科学相关,但是二者又有根本的区别。人文科学重在讲述基本原理,人文学科则是一门学科。人文学科具有实践性、具体性和个别性。而这些特性,文学理论都具有。

文学理论具有实践性。文学理论来自于文学创作的实践,是对文学实践规律的总结,它的出发点和基础只能是文学活动的实践。先有文学实践活动,再有文学理论的概括。西方文论和中国古代文论都把文学理论叫"诗学",是因为西方和中国的最初文学样式都是"诗歌","诗学"是用来总结诗歌的创作规律的。例如,亚里士多德的《诗学》,贺拉斯的《诗艺》,锡德尼的《为诗辩护》,布瓦洛的《诗的艺术》,严羽的《沧浪诗话》,叶燮的《原诗》都是研究文学理论的重要著作。文学理论不仅诞生于这些学说形成之时,而且为以后的文学实践所印证。文学理论产生于实践,又反过来指导文学实践。文学理论的实践性品格与人文学科的特点相符。

文学理论具有具体性。一个时代的文学理论是对这个时代的文学实践的总结。文学理论具有历史化和地方化的特点。福柯在《方法与问题》中提出了历史学研究的"事件

---

① 刘勰.文心雕龙注[M].范文澜,注.北京:人民文学出版社,1958:538.
② 伍蠡甫,蒋孔阳,翁义钦,等.西方文论选:下卷[M].上海:上海译文出版社,1988:231.
③ 宗白华.艺境[M].北京:北京大学出版社,1999:141.

化"的方法。所谓"事件化"(eventulization)就是"使……成为事件"。任何所谓普遍、绝对的知识,最初都是作为事件(event)出现的,而"事件"总是历史的、具体的。布尔迪厄提出了"生成的遗忘"的概念,即对于文化、知识或知识分子的历史发生的遗忘,这种遗忘是特定理论变成意识形态霸权的根本原因,解决的方法就是"历史化"。任何文学理论都是一件历史事件,只适合于某个历史时期,从来没有恒常不变的、放之四海而皆准的文学理论。例如,西方文论中的古典主义、浪漫主义、现实主义和现代主义,明代的台阁体、茶陵派、前后七子、唐宋派、公安派和竟陵派,是你方唱罢我登场。文学理论精彩纷呈、千变万化,从来没有任何一种文艺思潮会永远独霸文坛,这是与人文学科的品格相通的。

文学理论具有个别性。许多国内文学理论教材在建构普遍性文学理论知识的名义下,力图寻求文学的"普遍真理"、"共同规律",但遮蔽了文学理论知识的个别性,遮蔽了文学理论知识的地方性和民族性。中西文学理论产生于不同的文化系统与话语背景,具有不同的价值取向与、基本范畴、理论框架以及表述形态,那些所谓的普遍性知识不过是在"普遍"的名义下出现的某种地方性的知识而已。乔纳森·卡勒在《文学理论入门》一书中说:"文学是什么?你也许会认为这是文学理论的中心问题,但事实上,这个问题并不重要。"[1]这是因为文学理论具有个别性,任何一种文学理论都只适合于本民族,不同民族的文学理论是不同的。这与人文学科的个别性相通。

三、人文阐释方法在文学理论中的体现

文学的主体是人,文学的作者、读者都是人。文学理论是对文学作品进行解读的一种方法,文学理论是作为阐释文学文本的方法而存在的。文学作品的意义重在阐释,而人文阐释的方法在文学理论中主要表现为作者中心和读者中心两种形式。

1. 作者中心

狄尔泰的阐释学倾向于作者中心论。狄尔泰认为,阐释是人文科学的基础,是人类沟通自己与过往历史之间联系的重要环节。通过阐释我们可以跨越时空,认识广泛的生活,认识过去的历史,有点像我们现在的"穿越"小说或者"穿越"电视剧,通过现代人穿越到古代来还原古代的生活,但仍保持着现代人的视角。狄尔泰认为,而阐释之所以可能,就是因为人类留下了"生活表现"的符号和印迹,而可靠的阐释在于通过重建作者当时的生活,才能理解作者所处的历史。

美国批评家赫斯认为作者是阐释的最终权威。赫斯提出"保卫作者"的口号,他主张确立作者本意的权威性,但是要确立作者本意的权威性,就会面临以下问题:第一,我们会遇到阐释的循环的障碍,对同一文本的理解存在多种可能,就像董仲舒所说的"诗无达诂"[2]。第二,我们如何能够有效确定我们把握到的是作者要表达的愿意呢?为了解决这样的问题,赫斯对作品作了"意思"和"意义"的区分,就是说作者在作品中写进"意思",读者在阅读中确定"意义"。赫斯认为,"意思类型"是"意思"与"意义"之间的桥梁,我们

---

[1] 卡勒.文学理论入门[M].李平,译.南京:译林出版社,2013:19.
[2] 苏舆.春秋繁露义证[M].钟哲,点校.北京:中华书局,1992:95.

要复制出文本的"意义类型",从而复制出作者的原意,使我们的阐释与作者的原意相符合。

2. 读者中心

伽达默尔的阐释学思想开启了西方文论中的读者中心论。伽达默尔发展了海德格尔的阐释学思想。海德格尔认为,解释不是客观的分析,而是主体的建构。伽达默尔认为,有两个"视界":一个是从阐释者的"个人的视界",另一个是作品本身置于其中的"历史视界"。而"理解"就发生在这两个"视界"融合的过程中。"视界"有人翻译为"视域",所谓"视域","就是看视的区域,这个区域囊括和包含了从某个立足点出发所能看到的一切。"①一部作品的意义,不是作者给定的,而是阐释者给定的。一个文本的意义永远是相对的,它不可能将作者的意图穷尽,而是由阐释者所处的环境及全部历史所决定的。

伽达默尔的阐释学理论为接受美学提供了一种方法论原则,为西方文学接受理论和读者反应批评理论的产生奠定了基础。经典作品之所以是经典作品,就在于不同时代的人对其有不同的解读和阐释。例如,《红楼梦》中的林黛玉形象在不同时代的读者那里,其形象是不一样的。而这恰恰反映了不同时代人的审美趣味和审美风尚的变化。例如,从每年央视的春节联欢晚会的语言类节目中,可以窥探当代人的审美理念和审美风尚的变化。文学理论如同一个武器库,任何一个评论家都可以找到阐释文学现象、文学作品和文学流派的武器。

文学理论是一种人文阐释的方法,正如马克思所说:"哲学家们只是用不同的方式解释世界,而问题在于改变世界。"文学理论只是借文学作品来阐释人类的情感、生存状况,从而提高一个民族的人文素养,以达到改变世界的目的。

第二节 作为文学研究的基础

文学理论是文学研究的基础,文学理论主要关注"文学性"研究,重视文学的"内部研究",力图对文学活动的基本规律作整体性的把握。

一、关注"文学性"

"文学性"是俄国形式主义的代表人物雅各布森提出的一个概念。"文学性"的提出,对于重视文学自身规律的研究具有重要意义。

1."文学性"的含义

"文学性"问题是俄国形式主义文学理论的中心问题。雅各布森说:"文学科学的对象不是文学而是'文学性',即那个使某一作品成文学作品的东西。"②所谓"文学性"(lite-

---

① 伽达默尔.真理与方法:哲学诠释学的基本特征[M].洪汉鼎,译.上海:上海译文出版社,1992:388.
② 安纳·杰弗森,戴维·罗比,等.西方现代文学理论概述与比较[M].包华富,陈昭全,樊锦鑫,等译.长沙:湖南文艺出版社,1986:8.

rariness）就是文学之所谓为文学的决定性因素，而这些决定性因素则来自形式、技巧、语言的应用。文学研究的对象不是文学整体，而是文学的特性，也就是那种使一部文学作品成为文学作品的特性。

"文学性"在文学创作方面表现为更加重视文学的"技巧"。"文学"即"技巧"，艺术的技巧使对象变得陌生，使形式变得困难，增加感受的难度和时间的长度，因为感受过程，本身就是审美目的，必须设法延长。由此出现了修辞，修辞就是语言的技巧，使语言更加生动形象。而一切艺术（包括文学）都是技巧介入的结果，文学运用艺术手法对材料进行加工，才使其成为审美对象。例如，《西游记》中妖怪就是用艺术技巧对现实世界的变形，也就是采取了"陌生化"的手段。

"文学性"还表现为对形式的重视。艺术的"什么"（即内容）与"怎么"（即形式）的划分，是一种人为抽象的划分，但在现实生活中，形式与内容是很难区分清楚的，就像苹果的果肉与果皮一样是不能完全分离的，以前我们只重视内容，而忽略了形式，其实形式也很重要。既然文学理论的研究对象是文学作品，而不是作家的生平经历、社会环境或作品中的哲学、宗教内容，那么，"形式"问题就成了文学理论关注的中心。

文学性使人们开始重视文学语言。文学语言不同于日常语言，因为文学语言具有"陌生化"的特征。文学语言是在日常语言的基础上发展起来的，但日常语言突出的是种种实用目的，而文学语言则以审美为主要特征。文学语言的特征在于"文学性"。文学语言不同于科学语言。科学语言具有强烈的工具性特征，要尽可能地"透明"。科学语言的意义是明确的，而文学语言却具有很多歧义。例如，"天上有一朵云"是日常语言，"明天的天气是：晴，转多云"是科学语言，"天上有朵雨做的云"就是文学语言。

2."文学性"理论在文学研究中的意义

"文学性"理论在文学研究中意义十分重要。乔纳森·卡勒说："文学性的定义之所以重要，不在于作为鉴定是否属于文学的标准，而是作为理论导向和方法论导向的工具，利用这些工具，阐明文学最基本的风貌，并最终指导文学研究。"[①]雅各布森"文学性"理论的提出，可以说是文学理论走向现代、走向成熟的标志。

"文学性"理论改变了文学理论的研究对象和研究范围。一门学科要成立，必须要确定其研究对象。"文学性"理论提出后，使文学理论的研究对象聚焦于文学的语言、形式、技巧、文体等，而不是作家史、宗教史、政治史，文学理论要关注文学自身。正如什克洛夫斯基所说："艺术永远独立于生活，它的颜色从不反映飘扬在城堡上空的旗帜的颜色。"[②] "文学性"理论改变了文学研究的范围。"文学性"理论使文学研究的范围更加明确，为文学理论研究的范围划定了自己的疆域和范围。"文学性"理论的提出，使文学理论与其他学科区别开来，文学理论不同于政治学、哲学、心理学、美学、民俗学，从而进一步确立了文学理论的学科合法性。

---

① 乔纳森·卡勒.文学性[M]//马克·昂热诺,证·贝西埃,杜沃·佛克马,等编.问题与观点:20世纪文学理论综论.史忠义,田庆生,译.开封:河南大学出版社,2010:22.
② 马新国.西方文论史[M].修订版.北京:高等教育出版社,2002:382.

"文学性"理论改变了文学研究的方法。"文学性"理论的问题域本身就已经蕴含了文学理论研究的思考方式和研究路径。"文学性"理论使文学理论研究开始关注语言,出现了西方20世纪文论所说的"语言学转向"。"文学性"只是语言交流的一种功能,人们开始关注语言的韵律、节奏、措辞、语法和修辞。"文学性"理论使文学研究开始重视文章的形式法则,关注文学作品本身,西方文论出现了后来的叙事学、符号学、结构主义等理论研究。

"文学性"理论是文学理论学科成熟的标志。英文中的 literature 直到19世纪,在欧洲语境中,仅仅意味着"文章"或者"书本知识"。"文学"的现代含义不过两百年。莱辛于1759年发表的《关于当代文学的通讯》一书,"文学"一词才含有现代意义的萌芽。据卡勒考证,1800年法国的斯达尔夫人发表的《从文学与社会制度的关系论文学》,是"文学"的现代意义确立的标志。"文学"是一个现代性的概念。因此,可以说,雅各布森的"文学性"的提出,是文学理论走向现代、走向成熟的标志。

二、突出文学的内部研究

文学理论作为文学研究的基础,开始突出"文学的内部研究",重视文学内部的规律。

1. 文学内部研究和文学外部研究的区分

韦勒克、沃伦在《文学理论》中将文学研究分为外部研究和内部研究,所谓"文学的外部研究"侧重的是文学与时代、社会、历史的关系,强调作家在文学中的作用。而"文学的内部研究"指的是对文学自身各种因素的研究,诸如作品的存在方式、叙述性作品的性质与存在方式、类型、文体学、韵律、节奏、意象、隐喻、象征、神话等形式因素都属于文学的内部研究。

文学的外部研究则关注文学的外在因素,主要关注文学与时代、政治、经济、文化等方面的关系,泰纳认为文学发展与种族、环境、时代关系密切。泰纳所说的"种族",指的是"天生的和遗传的那种倾向,人带着它们来到这个世界上,而且它们通常更和身体的气质与结构所含的明显差别相结合。这些倾向因民族的不同而不同"[1]。"环境"包括自然环境和人文环境。泰纳所说的"时代",主要包括风俗习惯、时代精神等。斯达尔夫人在《从文学与社会制度的关系论文学》中提出了南方文学和北方文学的概念。由于南方与北方环境的不同,因而南方与北方文学的特点也不同。在中国古代,魏徵说:"江左宫商发越,贵于清绮,河朔词义贞刚,重乎气质。"[2]魏徵看到了南北文学的不同特点,南方文学"贵于清绮",北方文学"重乎气质"。文学与心理学、社会学、思想的关系,都属于文学的外部研究。

2. 文学内部研究的价值

对于文学内部研究的重视,是文学理论成熟的表现,突出了文学作品所具有审美价值的内在因素,为文学研究提供了一种新的视野和方法。

---

[1] 伍蠡甫.西方文论选:下卷[M].上海:上海译文出版社,1979:236.
[2] 魏徵,令狐德棻.隋书[M].北京:中华书局,1973:1730.

第十二章 文学理论的应用

关注文学内部研究是文学理论成熟的标志。文学内部研究关注的是文学作品本身的价值,文学作品具有想象性、虚构性等特点,文学内部研究关注的是文学作品的声音层面、意义单元、意象和隐喻、诗的"神话"、有关形式和技巧的特殊问题、文学类型的性质问题、文学作品的评价问题、文学史的可能性问题等,这些是文学研究关注自身规律的表现,是文学理论研究走向成熟的表现,文学理论不再依赖于其他外在因素。在中国古代,魏晋南北朝时期,中国文论走向成熟,出现了曹丕的《典论·论文》,陆机的《文赋》,刘勰的《文心雕龙》,钟嵘的《诗品》等文学理论名著,这是文学自觉的表现。

关注文学内部研究是文学审美价值凸显的表现。"文学是一种语言艺术,是话语蕴藉中的审美意识形态。"①文学具有审美属性,文学作品不同于人工制品的地方就在于其审美性。康德认为,审美无涉利害,是对艺术自身规律的强调,后来出现了王尔德的唯美主义思潮。在中国古代,魏晋南北朝时期出现了"文笔之辨","文"指的是审美性较强的押韵的文章,"笔"指的是应用性较强的不押韵的文章。审美性是文学艺术的特性,而对文学内部研究的重视,更可以突出文学的审美价值。

文学的内部研究为文学研究提供了一种新的视野和方法。以前的文学研究只关注文学的外部研究,未能深入到文学的内部,往往是隔靴搔痒。外因是条件,内因是事物发展变化的根本原因。重视文学的内部研究就是对文学发展的内在因素的重视。"文学内部研究"理论的提出,将我们的视野扩展到一个新的领域,对文学的解读有了新的方法。读者要直面文学作品本身,抵制种种对文学解读的不良因素的影响,这就是文学性自身的特点和规律,故采用"细读法"来解析文学作品。

三、重视对"文学基本规律"的系统把握

文学理论是研究文学及其规律的一门学科,文学理论侧重于对文学基本规律的把握,具体而言,就是关注文学是如何产生的、构成文学的基本要素以及文学的意义和价值。

1. 关注文学是如何产生的

文学是语言的艺术,艺术是如何产生的?在西方,有五种著名的学说:模仿说、游戏说、表现说、巫术说和劳动说。模仿说的代表人物是古希腊的德谟克利特和柏拉图。德谟克利特认为文艺模仿自然,他说:"从蜘蛛我们学会了织布和缝补;从燕子学会了造房子;从天鹅和黄莺等歌唱的鸟学会了歌唱。"②亚里士多德认为,文艺的本质在于模仿,文艺是对人的行动的模仿。游戏说的代表人物为席勒和斯宾塞。席勒认为,艺术就是在游戏中产生的特有的想象力的产物。斯宾塞对席勒的观点进行了补充,他认为艺术(文学)是人的过剩精力引起的。表现说的代表人物为克罗齐和科林伍德。克罗齐认为,艺术的本质是艺术情感的表现。科林伍德认为,人类的有些情感是巫术情感,如在国难当头时,岳飞的《满江红》会唤起一种爱国情感,这种情感就是巫术情感。巫术说的代表人物是爱德华·泰勒和弗雷泽。泰勒在《原始文化》一书中提出了艺术起源于巫术的学说,而弗雷泽在《金

---

① 童庆炳.文学理论教程[M].修订2版.北京:高等教育出版社,2004:76.
② 伍蠡甫.西方文论选:上卷[M].上海:上海译文出版社,1979:5.

枝》中发展了这一理论,他提出了巫术的两种类型:一是模仿巫术,二是接触巫术。劳动说的代表人物是恩格斯、普列汉诺夫。恩格斯认为,劳动创造了人,而俄国的普列汉诺夫认为,文学起源于劳动,以大量的人种学、民族学、人类学和民俗学的文献加以说明。

2. 关注文学构成要素

美国文艺理论家艾布拉姆斯在《镜与灯:浪漫主义文论及批评传统》一书中提出了文学的"四要素"的著名观点,他认为文学由四个要素构成:作品、作家、世界、读者。按照哈贝马斯的交往行为理论,文学的四个构成要素相互交往、发生关系,所以文学理论所把握的不是四个要素中的孤立的一个要素,而是要把握四个要素所构成的整体活动。也即是说,文学理论要关注文学和社会生活的关系、作家和作品的关系、作家内部的组织结构的关系和读者与作品的关系。而有的文学理论教材称之为文学活动的发展论、文学活动的本质论、文学创作论、作品构成论、文学接受论。不同的文学理论教材对文学理论研究的范围所划分的版块不同,但万变不离其宗,始终围绕着文学作品的四个要素展开。文学理论所涉及的问题,归根结底是以文学活动涉及的问题为依据的。西方文论,围绕着文学与"世界"的关系,形成了"模仿说";围绕着作品与"作家"的关系,形成了"表现说";围绕着作品与"读者"的关系,形成了"实用说";把"作品"作为独立自足的客体加以客观分析,则有了"客观说"。① 关于文学活动所涉及的四个关系——文学和社会生活的关系、作家和作品的关系、作家内部组织结构的关系、读者与作品的关系——在不同的历史时期,其侧重点是不一样的。大致可以这样说,西方古代文论研究的重点是文学与现实的关系,西方近代文论研究的重点是作品与作家的关系,西方现代文论主要研究的是文学作品的内在构成规律,而西方后现代文论研究重心则转移到作品与读者、作品与社会历史文化的关系了。西方文论发展中的三次中心转移:作者中心、作品中心、读者中心,都是围绕着文学的构成要素展开的。

3. 关注文学的意义和价值

文学何为?文学有什么意义和价值。柏拉图认为,诗人危害城邦,将诗人驱逐出了理想国。亚里士多德认为,悲剧的社会作用是"卡塔西斯"说,即净化和宣泄理论。在中国古代文论中,孔子提出了"兴""观""群""怨"说。

柏拉图列举了模仿的艺术的三条罪状:第一,模仿的艺术与这里隔着三层,诗人没有真知识;第二,模仿的艺术以虚构的语言亵渎神明、贬低英雄,为青年做坏事提供辩解的理由;第三,诗人为了讨好观众,模仿人性中不好的部分,使"城邦的保卫者"失去勇敢、镇静的精神品质。由于上述原因,柏拉图对诗人下了驱逐令。

亚里士多德认为,悲剧的作用是"卡塔西斯"说。"卡塔西斯"的原文是Katharsis的音译。关于"卡塔西斯",历来有多种解释。文艺复兴时期的钦提奥认为,"卡塔西斯"是宗教术语,译为"净化",认为悲剧以怜悯和恐惧为媒介,洗涤罪恶的思想和欲望,使人的灵魂得到净化。而明屠尔诺把"卡塔西斯"看作医学术语,译为"宣泄",认为悲剧的"怜

---

① M·H·艾布拉姆斯.镜与灯:浪漫主义文论及批评传统[M].郦稚牛,张照进,童庆生,译.北京:北京大学出版社,1989:6.

悯"与"恐惧"是以毒攻毒,观众在看悲剧的过程情感和心理得到平衡。在我国,罗念生认为,把"卡塔西斯"译为"陶冶"。

关于文学的意义和价值,孔子提出了"兴""观""群""怨"说。孔子说:"小子何莫学夫诗?诗,可以兴,可以观,可以群,可以怨。迩之事父,远之事君;多识于鸟兽草木之名。"①"兴"指的是文学作品的审美作用。"观"指的是文学作品的认识作用。《论语集解》引郑玄的注说"观风俗之盛衰"。"群"指的是文学作品的团结作用。《论语集解》引孔安国的话说"群居相切磋。""怨"指的是文学作品干预社会、批判社会的作用。《论语集解》引孔安国说:"怨刺上政。"这是孔子对文学的意义和价值的系统概括与总结。

第三节 作为文学批评的手段

文学理论是文学批评的手段,文学批评奠基于文学理论,文学批评实践的成果可以丰富文学理论的内容,文学理论对文学批评具有方法论的意义和实践意义,可以指导文学批评实践。

一、文学理论与文学批评的关系

文学批评是文学理论的重要内容,"是批评主体按照一定的理论思想和批评标准,对批评对象进行分析、鉴别、阐释、判断的理性活动,表达着批评主体的立场观点和价值取向"②。文学批评以文学理论所阐明的概念、范畴、原理及其方法为指导,文学批评是文学理论的根基,离开了文学批评,文学理论就成了"空中楼阁"。

1. 文学批评奠基于文学理论

文学批评具有一定的模式,何谓文学批评模式?"所谓文学批评模式,是文学批评的一种由特定理论背景产生的批评视角、解读方式和行文风格形成的相对稳定的'大法'而不是'定法'。"③同时,文学批评模式由一定的文学理论作为支撑的。文学批评的模式分为传统的批评模式和现代的批评模式。而文学批评模式的转变和批评重心的转移都源自于文学理论研究范式的转变。

传统的文学批评模式包括伦理道德批评、社会历史批评和审美批评。伦理道德批评是指以一定的道德意识及由之而形成的伦理关系作为规范来评价作品,以善、恶为基本范畴来决定批评对象的取舍,主要强调作品的伦理价值和道德教化作用。例如,孔子说:"诗三百,一言以蔽之曰:'思无邪'。"④《毛诗序》认为诗可以用来"经夫妇,成孝敬,厚人伦,美教化,移风俗"⑤,这是对《诗经》的道德教化作用的强调。社会历史批评强调文学

---

① 杨伯峻.论语译注[M].北京:中华书局,1980:185.
② 童庆炳.文学理论教程[M].修订2版.北京:高等教育出版社,2004:354.
③ 童庆炳.文学理论教程[M].修订2版.北京:高等教育出版社,2004:363.
④ 杨伯峻.论语译注[M].北京:中华书局,1980:11.
⑤ 郭绍虞.中国历代文论选:一卷本[M].上海:上海古籍出版社,2001:30.

与社会生活的关系,认为文学是再现生活并为一定的社会历史环境形成的。西方社会历史批评的代表人物是圣伯夫和泰纳。审美批评着眼于强调文学作品的美的构成及其审美价值,要求作品满足人的审美品位、审美需求。中国的钟嵘、司空图、严羽、王夫之、叶燮、王国维都在践行这种批评。西方的克莱夫·贝尔提出的"美是有意味的形式"的观点,唯美主义颠倒艺术和生活的关系,克罗齐的表现主义批评都是审美批评。

现代文学批评模式包括心理学批评、语言学批评、文化批评。心理学批评主要是指运用现代心理学的成果对作家的创作心理及其作品人物的心理进行分析,从而探求作品的真实意图,以获得其真实价值的批评。弗洛伊德认为,文学作品是本能冲动升华的结果,也是得不到现实满足的欲望的补偿。格式塔心理学批评侧重于对文学作品的整体完形结构的评价。弗洛伊德的学生荣格提出了集体无意识理论,在荣格看来,认为艺术是集体无意识及其原型的表现。语言学批评试图从语言或形式层面入手来对文学作品进行分析,作品的意图只要从文本去寻求而无需借助外部因素加以说明,这些都源于20世纪西方文论中的语言学转向。文化批评是现代才出现的一种批评形式。就西方而言,是伴随着20世纪50年代英国的文化研究而产生的,代表人物有雷蒙德·威廉斯、斯图亚特·霍尔等。文化批评是联系权力、文化关系的批评,文化批评首先关注文化生产者的权力,又特别强调工人群众、平民大众、妇女和种族中的弱势群体等的话语权力,而这一切与西方文学理论的发展密切相关。

2. 文学批评丰富文学理论的内容

文学批评相对于文学理论具有更鲜明的倾向性和现实针对性,文学批评是文艺学中应用性、实践性最强的学科,也会揭示出文学发展的基本规律和特征,这些会丰富文学理论的内容。

文学批评具有鲜明的倾向性和现实针对性。关于文学批评的分类,韦勒克和沃伦合著的《文学理论》中说:"有时,文学批评被区分为'注释性的'和'判断性的'两种,作为可供选择的两个类型。把批评分为对意义的阐释(Deutung)和对价值的判断(Wertung)两种,当然是可以的。"①"注释性"的文学批评,即对文学作品作意义的阐释;"判断性"的文学批评,即对文学作品作价值判断。文学批评就是将所学理论应用于作品的分析中,具有强烈的具体关怀和实践意义,是文学基本理论的应用和扩展。

文学批评也会揭示出文学发展的基本规律和特征。文学批评虽然是针对某一具体文学作品、作家或文学现象的解读,但往往能揭示出带有一般性的、普遍性的文学规律。例如,刘勰的《文心雕龙·通变》关于"通"和"变"解释牵涉到了文学理论中文学的继承传统和创新的问题,这是文学理论的基本问题。《通变》中说:"楚之骚文,矩式周人;汉之赋颂,影写楚世;魏之篇制,顾慕汉风;晋之辞章,瞻望魏采。"②但另一方面,文风又趋于不断演化之中,刘勰说:"黄唐淳而质,虞夏质而辨,商周丽而雅,楚汉侈而艳,魏晋浅而绮,宋初讹而新。"③整个文章发展的过程是由质到文。西方的"古今之争"经历了意大利的

---

① 韦勒克,沃伦.文学理论[M].刘象愚,等译.南京:江苏教育出版社,2005:300.
② 刘勰.文心雕龙注[M].范文澜,注.北京:人民文学出版社,1958:520.
③ 刘勰.文心雕龙注[M].范文澜,注.北京:人民文学出版社,1958:520.

文艺复兴时期、17世纪的法国古典主义时期、18世纪的启蒙运动,直到19世纪浪漫主义时期才宣告结束,遍及欧洲诸国,时间长达三百余年。这一场旷时持久的"古今之争"是现代意义文学批评的一个标志性事件,同时也深化了文学理论中关于文学继承传统与革新问题的讨论,丰富了文学理论的内容。

二、文学理论对文学批评具有方法论的意义

文学理论是文学批评的理论资源,离开了文学理论,文学批评就失去了方向,文学理论拓展了文学批评的视野,具有方法论的指导意义。

1. 文学理论提供文学批评的理论资源

文学理论可以指导文学批评实践。文学批评的理论和工具源于文学理论,离开了文学理论,文学批评就成了感悟式的理解,就会缺乏深度和广度。"方法"在古代汉语里,指的是衡量事物方与不方的准则。西方的"方法"起源于希腊文,原意是达成目标的道路。由方法而形成方法论,指的是对诸种方法的系统的探究和概括总结,这种探究和概括总结出来的理论,就是关于方法的学说,它是人的世界观的重要构成。例如,黑格尔的历史的方法与逻辑的方法,马克思、恩格斯的美学的观点与历史的观点,都属于方法论。再如,读者——反应批评理论转换了传统批评以作家作品为本体的批评模式,也转换了语言批评把文本看作封闭系统并以之为唯一性本体的批评模式,而批评的重心定为读者对作品的接受性阐释和审美性创造,现象学批评、阐释学批评和接受美学批评是该批评最有影响的三种,现象学批评的代表人物是英伽登和杜夫海纳,阐释学批评的代表人物是海德格尔和伽达默尔,接受美学批评的代表人物是姚斯和伊瑟尔,而这些都源于西方文学理论的发展。

2. 文学理论拓展文学批评的学术视野

文学理论为文学批评提供新的角度和学术视野。例如,西方的马克思主义文学批评,可以认为是社会历史批评的延续和深化。西方马克思主义文学批评原则上体现了马克思主义的文艺观,马克思主义文学理论为其提供了新的角度和学术视野。西方马克思主义文学批评派别众多,主张各不相同,卢卡契坚持的是现实主义的反映论和批评观,强调作家要用"正确的形式"创造性地反映现实的历史形态;法兰克福学派的阿多诺等人则要揭示现实矛盾并给予否定性认识,对现实存在取批判态度;卢卡契的主张更适合于现实主义作品;阿多诺的作品则适合于现代主义作品;杰姆逊则把批评的重心从文本的多维度如意识形态形式构成等转向为如何把文本纳入历史序列以及历史又如何进入文本并使文本构成,从而使他的批评优先着眼于文本的历史维度和政治解读。可见,西方马克思主义文学批评则是以马克思主义文学理论作为放大镜和望远镜的。

三、文学理论对文学批评具有实践意义

文学批评是将文学理论应用于文学作品的活动,文学批评是文学活动的重要组成部分,不同于文学理论是文学活动的哲学化省思和理论化建构,而文学批评则是对文学文本及其相关要素的关系的理解,具有强烈的实践意义。

1. 文学理论为文学批评提供评判标准

文学批评是对文学基本理论的运用,是根据文学理论对文学文本及一切文学现象的

阐释和评价。文学批评是社会意识形态的形式，包含着价值判断的功能。既然是价值判断，就有标准。鲁迅说："我们曾经在文艺批评史上见过没有一定圈子的批评家吗？都有的，或者是美的圈，或者是真实的圈，或者是前进的圈。没有一定圈子的批评家，那才是怪汉子呢。"①"圈子"就是"标准"。那么。什么是文学批评的标准呢？"所谓文学批评的标准，是一定时代、一定阶级的人们据以分析、评价和判断文学作品有无价值和价值大小的尺度或准绳。"②

文学理论为文学批评提供思想标准和艺术标准，即文学批评的标准有意识形态属性和审美属性。思想标准是衡量文学作品思想性强弱的尺度，艺术标准是衡量文学作品艺术性高低的标准。文学作品的思想性，是指作品题材、主题或形象、意蕴所显示出来的意识形态的观点，更加会突出文学批评的意识形态性质。例如，在柏拉图的《理想国》中的苏格拉底看来，应该摒弃那种不利于培养城邦青年过"节制、勇敢、正义"生活的靡靡之音，文学形式因素之外的价值因素成了判断诗歌好坏的标准。柏拉图认为，"庄严""静美""刚柔"相济的节奏必然是好的内容与好的表现形式，这是重视思想标准的体现。在孔子的"兴于诗，立于礼，成于乐"③的文学批评视角中，礼乐道德价值是判定文本内在价值的标准。艺术标准是用来评价作品的艺术性的：首先是对文体的评价；其次，是艺术形象的评价；最后，是意蕴的评价。意蕴是包含于主体和形象之中又超越其上的韵调、情感、思想和精神。刘勰的《文心雕龙·宗经》中详细探讨了"文"的思想标准和审美标准，指出在儒家价值观念的框架下，"文"应符合六种标准："一则情深而不诡，二则风清而不杂，三则事信而不诞，四则义直而不回，五则体约而不芜，六则文丽而不淫。"④"情深""事信""义直"是"文"的思想标准，而"风清""体约""文丽"则是"文"的审美标准，即艺术标准。用诗化语言阐发批评对象的审美意蕴，是艺术标准的体现。如钟嵘《诗品》的"滋味"，《二十四诗品》的"雄浑"，宋人的"涵泳""玩味"都是如此。

2. 文学理论指导文学批评实践

文学理论会指导文学批评沿着正确的方向前进，从而改变文学批评中的种种乱象。所谓正确的方向，即符合时代特色、社会历史条件的思想标准和符合作品本身的审美规律的艺术标准。文学批评实践是将文学批评知识转化为批评能力的操作性问题，是批评者对文学作品、文学现象阅读思维、分析评价、表述论证等综合能力的具体展示。文学批评的实践就是对文学作品和文学现象包括文学批评自身发表评价性意见，或见之于口头，或见之于笔下。见之于口头，大多是即兴式、点评式、感悟式的批评。见之于笔下者，指的是批评文章的撰写，要求文章具备理论深度。而批评文章的撰写需要文学理论的指导。那么，以什么样的指导思想进行文学批评，更具有科学的价值取向并产生更有效的作用呢？从文学批评发展的角度和批评实践效果来看，马克思主文学理论为马克思主义文学批评实践提供了更科学的价值取向并产生了更有效的作用。从哲学层面看，马克思

---

① 鲁迅.批评家的批评家[M]//鲁迅全集：第5卷.北京：人民文学出版社，1981：428.
② 童庆炳.文学理论教程[M].修订2版.北京：高等教育出版社，2004：361.
③ 杨伯峻.论语译注[M].北京：中华书局，1980：81.
④ 刘勰.文心雕龙注[M].范文澜，注.北京：人民文学出版社，1958：23.

的世界观、方法论是科学的,是随时代发展的,而且具有开放性和包容性。从理论层面看,马克思主义关于美学观点和历史观点的论述,关于思想标准与艺术标准的厘定,可以作为文学批评高屋建瓴的指导思想和操作原则。从实践层面看,马克思、恩格斯的文学批评实践活动产生了巨大而深刻的影响。例如,恩格斯在对哈克奈斯的《城市姑娘》进行分析时提出了要"真实地再现典型环境中的典型人物"的观点。① 马克思对拉萨尔的悲剧《济金根》进行了批评,认为《济金根》"席勒式地把个人变成时代精神的单纯的传声筒"②,恩格斯批评拉萨尔"为了观念的东西而忘掉现实主义的东西,为了席勒而忘掉莎士比亚"③,是因为拉萨尔违背了文学创作应当从现实生活出发而不能从概念出发的美学原则。可见,文学理论对文学批评实践具有指导作用。

第四节　个案分析

一、《对杜甫〈江南逢李龟年〉的分析》(宇文所安,节选)

本个案节选自宇文所安所著的《追忆:中国古典文献学中的往事再现》(郑学勤译,北京:三联书店2004年版)。杜甫的《江南逢李龟年》是一首脍炙人口的"小诗",但在批评家的关照之下,这首"小诗"并不简单。宇文所安借助阐释学批评方法,细致地在历史语境、诗歌情景和文本字里行间的细节之间建立关联,对本诗的审美意蕴和情感形式进行了深入的开掘和诠释,从中我们可以见到文学批评对文本艺术价值的呈现与创造。本篇文章采用了情景再现的方式,试图在读者与作者之间建立起一定的联系,从而产生一种身临其境的感觉,是文学理论作为人文阐释方法的表现。本文尝试把英语散文(essay)和中国式的感兴进行混合而产生的结果,带有中西文论结合的特色,通过精彩的阅读、想象、分析与考证,给我们显示了一个古人的世界,还原了杜甫与李龟年交往的情景。宇文所安认为:"没有这些阅读和已有的想象,就没有诗:我们会被排斥在外,成为既不了解说话者也不了解受话者的局外人。""说话者"就是作者,是诗人杜甫,而"受话者"就是读者,是自古及今的千千万万个读者,读者有读者的"视域",作者有作者的"视域",在阅读过程中,读者和作者通过文本建立起了一定的联系,不同的"视域"借助想象进行交融,这样就形成了对文学作品的阐释,宇文所安强调了想象力和阅读的重要性。

---

① 中共中央马克思恩格斯列宁斯大林著作编译局.马克思恩格斯文集:第10卷[M].北京:人民出版社,2009:570.
② 中共中央马克思恩格斯列宁斯大林著作编译局.马克思恩格斯文集:第10卷[M].北京:人民出版社,2009:171.
③ 中共中央马克思恩格斯列宁斯大林著作编译局.马克思恩格斯文集:第10卷[M].北京:人民出版社,2009:176.

二、《文学理论在今天的功能》(希利斯·米勒,节选)

文学理论何为?文学理论的价值与意义何在?尽管20世纪下半叶以来,纯粹文学理论的边界已被解构,然而文学理论并不应该因此就轻视或放弃自己传统的领地。也就是说,文学理论虽然不需要以一种原教旨主义的姿态坚守纯粹文学的藩篱,但仍然必须坚持将文学的解读——阐释与批评作为文学理论的重要维度,甚至是中心部分。否则,文学理论将失去其在文学系科中的传统功能与地位,这无论是对文学理论还是文学系科的发展而言,都不是福音。所以,今天仍有必要强调纯粹文学理论在文学解读方面的重要意义与价值。20世纪80年代希利斯·米勒的《文学理论在今天的功能》一文,其对文学解读及经典教育的坚守,迄今仍有可资借鉴的现实意义。文学理论是一门意识形态很强的人文学科。人文科学主要是主题研究和文体研究,人文科学的课程有助于吸收自《圣经》和古希腊文化以来西方传统中最优秀的思想见解。人文科学研究有两项重要任务:档案式的记忆工作和教授批评性的解读。新型文学理论的重要作用在于重新界定什么是值得记忆的东西。文学系的各门课程应变成以训练解读与写作能力为主,要训练对伟大文学作品的解读,要训练解读各种符号:绘画、电影、电视、报纸、历史资料以及各种形式的文化资料。文学理论前途无量(这是马修·阿诺德的意思),要想完成人文科学的这两项任务,就需要文学理论发挥作用。

本章问题

1. 为什么说文学理论是一种人文阐释的方法?文学理论作为人文阐释的方法主要体现在哪些方面?
2. "文学性"理论对于文学理论研究有什么重要意义?
3. 文学理论为文学批评提供标准,具体表现在哪些方面?
4. 文学理论在当今社会具有什么的意义和价值?

参考文献

[1] 童庆炳.文学理论教程[M].北京:高等教育出版社,2004.
[2] 陶东风.文学理论基本问题[M].北京:北京大学出版社,2004.
[3] 畅广元,李西建.文学理论研读[M].西安:陕西师范大学出版社,2013.
[4] 马新国.西方文论史[M].3版.北京:高等教育出版社,2008.
[5] 韦勒克,沃伦.文学理论[M].刘象愚,邢培明,陈圣生,等译.南京:江苏教育出版社,2005.
[6] 卡勒.文学理论入门[M].李平,译.南京:译林出版社,2013.